BASTEI
LÜBBE

Recherchiert und zusammengestellt von:

Emille Currie
Randy Epp
James Gilhooly
Vanesse Grange
Lyndon McLean
Joan McManners
Toni Owen
Susan Owen-Routledge
Kathryn Ostlund
Andrew Struthers
Sophie Watson
Joanne Wotypka

Lyndon McLean (Hrsg.)

Diana
Prinzessin von Wales

EIN LEBEN VOLLER LICHT UND SCHATTEN

Mit einem Vorwort von
BARBARA CARTLAND

Ins Deutsche bertragen
von C cile G. Lecaux

BASTEI
LÜBBE

BASTEI LÜBBE TASCHENBUCH
Band 12 814

Erste Auflage: August 1998

Deutsche Lizenzausgabe 1998 by
Bastei-Verlag Gustav H. Lübbe GmbH & Co.,
Bergisch Gladbach
Originaltitel: Diana: A Commendative Biography
Titelbild: Big Picture / Action Press
Bilder im Innenteil: Photographs used with permission of AP /
Wide World Phoptos / Action Press
Umschlaggestaltung: QuadroGrafik, Bensberg
Satz, Druck und Verarbeitung: Ebner Ulm
Printed in Germany
ISBN 3-404-12814-1

Der Preis dieses Bandes versteht sich einschließlich der gesetzlichen Mehrwertsteuer

Der Erinnerung von
»Englands Rose« gewidmet

Ein Jahr ist es nun her, seit jener schreckliche Unfall Prinzessin Diana aus dem Leben gerissen hat. Ein Jahr, aber die Menschen, die sie liebten und verehrten, haben sie nicht vergessen. Sie möchten auch weiterhin das Andenken an sie bewahren, deren Leben so tragisch zwischen Glück und Leid schwankte.

Viele Bücher sind bereits kurz nach ihrem Tod über Diana erschienen, doch wir möchten allen, in deren Herzen die Prinzessin von Wales weiterlebt, mit dieser Biographie eine besondere Freude machen.

Autoren, die mit dem Leben der englischen Aristokratie und dem Königshof eng vertraut sind, lassen noch einmal das kurze Leben der Diana Spencer Revue passieren. Kenntnisreich schildern sie, wie die schüchterne Diana sich zu einer strahlenden jungen Frau entwickelte, die von der ganzen Welt bewundert wurde und immer die Königin der Herzen bleiben wird.

Die Familie Spencer

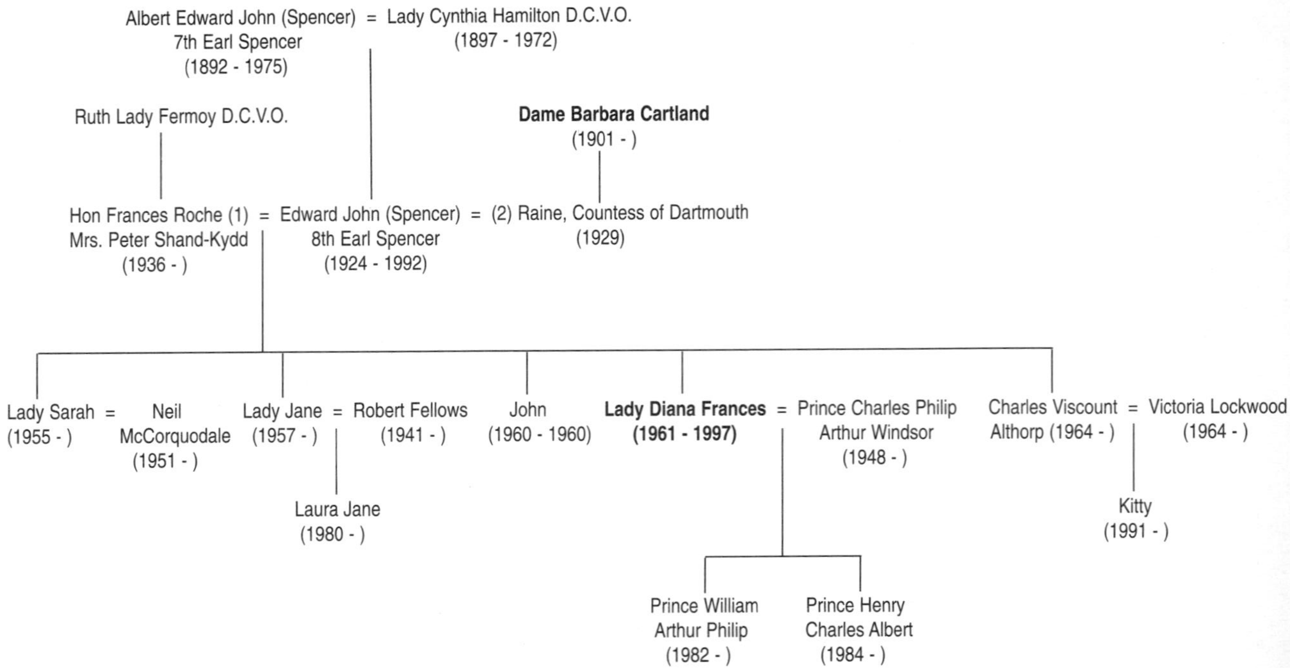

Inhalt

Vorwort von Barbara Cartland

Es scheint so unwahrscheinlich, so unglaublich, daß ein einzelnes junges Mädchen ganz England, ja die ganze Welt verändert haben soll – und doch ist es so.

Diana Spencer war die Tochter von Earl Spencer.

In ihrer Kindheit und Jugend war sie so still, daß man sie kaum wahrnahm.

Als sie jedoch heranwuchs, älter und auffällig hübsch wurde, bestand kein Zweifel mehr, daß sie etwas an sich hatte, was sie deutlich von anderen Mädchen unterschied.

Ihr Vater war ein bedeutender Grundbesitzer und angesehener Aristokrat.

Er empfing seine Gäste auf seinem herrschaftlichen ländlichen Anwesen Althorp, so daß Diana und ihre Schwestern mit Reiten und anderen typisch ländlichen Vergnügungen aufwuchsen.

Als ihr Vater das zweite Mal heiratete – meine Tochter Raine –, fühlten die Mädchen sich abgeschoben, so als hätten sie ihre bislang vorrangige Rolle innerhalb der Familie eingebüßt.

Diana war sehr hübsch, aber auch sehr still; sie sprach nur selten mit jemandem über sich selbst und ihre Gefühle.

Es war ihr Vater, der ihr die ersten Bücher von mir schenkte, die von Liebe und Happy Ends handelten.

Sie wußte damals noch nicht viel von Liebe, doch diese

Romane gefielen ihr besser als alle anderen, die sie bis dahin gelesen hatte.

Und doch war sie nicht glücklich, als ihr Vater wieder heiratete. Sie hatte das Gefühl, als würde die neue Frau in der Familie zwischen ihr und ihrem Vater stehen.

Ihre Stiefmutter brachte auch einen Sohn mit in die Ehe. Er war damals erst elf, aber Diana kam er einsam vor und von seiner älteren Schwester vernachlässigt. Sie nahm ihn mit zum Schwimmen im Swimming Pool auf Althorp und stellte bald fest, daß sie sich gut mit ihm unterhalten und ihn zum Lachen bringen konnte. Damals wurde in ihr das Gefühl geboren, vernachlässigte oder benachteiligte Kinder glücklich machen zu wollen.

Sie fuhr fort, meine Romane einen nach dem anderen zu verschlingen. Da es ihren Vater amüsierte zu sehen, wie seine Tochter sich zum Bücherwurm entwickelte, fotografierte er sie einmal, als sie mit dreien meiner Bücher auf ihrem Bett saß.

Diana lernte aus diesen Romanen, daß jeder Mensch sich nach Liebe sehnte und daß der Verlust der Liebe einen unglücklich macht und beinahe wünschen ließ, nie wieder zu lieben. Je mehr sie las, desto klarer erkannte sie, daß der Durchschnittsmensch auf der ganzen Welt nicht sonderlich glücklich war. Viele Menschen, die in Armut lebten, waren darüber hinaus verschlossen und verbittert. Andere träumten wiederum vom Unmöglichen und waren unglücklich, wenn sie es nicht erlangen konnten.

»Alles, was sie wollen, ist Liebe«, folgte Diana daraus und spürte, daß sie selbst den Menschen Liebe geben konnte.

Auf dem Land verstrich die Zeit langsam, und Diana und ihre Schwestern konnten ihre Stiefmutter nicht besonders gut leiden. Vielleicht waren sie eifersüchtig, weil ihr Vater seiner neuen Frau mehr Aufmerksamkeit schenkte als seinen Töchtern.

Dianes Verlangen nach Liebesgeschichten wurde im Laufe der Zeit immer größer, da es ihr daheim an Liebe mangelte. Viel später dann, als ihr Vater unerwartet starb, und sie nach London zurückkehrte, wurde ihr noch deutlicher bewußt, wie viele kleine Kinder es gab, die krank waren oder von ihren Eltern vernachlässigt wurden.

Bei ihren Besuchen in Krankenhäusern traf sie auf Kinder, die keine Liebe kannten, auf dahinsiechende alte Menschen, die einsam waren und oft schon vor ihrer Einlieferung ins Krankenhaus von ihren Familien und Freunden vergessen worden waren.

Damals, vielleicht inspiriert von den Büchern über die Liebe, die sie gelesen hatte, begann sie, den Menschen, die sie besuchte, Liebe zu schenken.

Sie waren vom ersten Besuch an ebenso überrascht wie entzückt, sie zu sehen.

Sie riefen ihren Namen und flehten sie an, doch länger zu bleiben.

Je mehr Diana über Liebe nachdachte, desto mehr festigte sich ihre Überzeugung, daß für diese Menschen, vor allem für jene Kinder, Liebe etwas war, was es in ihrem eigenen Leben nicht gab.

Darum seufzten sie ergeben und versuchten, nicht weiter daran zu denken.

Wenn Diana Kinder besuchte, erzählte sie ihnen von Liebe, von der Liebe Gottes und seiner Engel, und das gab ihnen das Gefühl, diese Art von Liebe könnte auch ihnen zuteil werden, wenn sie es wollten.

Und natürlich wollten sie.

Wenn Diana sie verließ, so war es die Art, wie sie mit ihnen geredet hatte, die ihnen das Gefühl vermittelte, sie hätte ihnen etwas Kostbares und Wundervolles geschenkt, das nun für alle Zeiten ihnen gehörte.

Liebe, Liebe, Liebe . . . davon wurden Dianas Gedanken vom frühen Morgen bis zum Schlafengehen beherrscht.

Ohne es in Worte kleiden zu können, wußte sie, daß sie vor allem jenen Kindern Liebe schenken wollte, die einsam und vernachlässigt waren. Genau wie denen, die dem Tode nahe waren, die nicht nur körperliche Qualen litten, sondern auch seelische; Kinder, die das Gefühl hatten, nichts Wichtiges zurückzulassen in einer Welt, in der sie selbst nie wahres Glück gekannt hatten.

Auf eine außergewöhnliche, kaum erklärbare Art wurde ihr immer bewußter, daß sie all diese Menschen liebte.

»Ich muß sie glücklich machen«, sagte sich Diana.

Sie stellte fest, daß Menschen, die sich eben noch einsam und elend gefühlt hatten, glücklich waren, wenn sie sie besuchte, mit ihnen sprach oder auch mit ihnen betete.

Wenn Diana ging, wünschten sie sich nur, daß sie wiederkam und sie erneut ebenso glücklich machte, wie sie es beim Abschied waren.

Diana wußte, daß ihre Gefühle für Kinder und alle Leidenden von Gott kamen.

Und so glaubte sie im tiefsten Inneren ihres Herzen daran, daß Gott ihr auch den Weg zeigen würde, wie sie Kinder glücklich machen und ihnen die Furcht vor der Zukunft nehmen konnte.

Bei älteren Menschen schien es, als würde sie eine Freude in ihr Leben bringen, die zuvor nicht dagewesen war.

Viele fürchteten sich vor dem Tod, aber nachdem sie mit Diana gesprochen hatten, wußten sie, daß sie zu Gott gehen würden, und Gott war die Liebe selbst.

»Ich habe mich elend gefühlt, als Sie kamen«, wurde ihr

mehr als einmal gesagt, wenn sie eine Klinik besuchte, »aber dank Ihrer Liebe kann ich an das denken, was Sie mir gesagt haben. Ich bin glücklicher als je zuvor in meinem Leben.«

Während die Zeit für viele schleppend verstrich, hatte Diana oft so großen Streß, daß sie nicht einschlafen konnte.

Eines Nachts, als sie wach in ihrem Bett lag, dachte sie an einen Mann, der schwer krank war und im Krankenhaus lag.

Sie hatte das sonderbare Gefühl, daß er nach ihr rief. Sie stand auf, kleidete sich an, ging nach unten und fuhr in ihrem Wagen zum Krankenhaus, ohne irgend jemandem Bescheid zu geben.

Als sie der Krankenschwester, die ihr öffnete, sagte, warum sie gekommen sei, führte diese sie hinauf auf die Station, wo der Sterbende sich unruhig in seinem Bett herumwarf.

Er war allein und hatte niemanden, mit dem er reden konnte.

Sie nahm seine Hand, setzte sich und sagte zu ihm, daß er in den Himmel käme und das Paradies ein wundervoller Ort wäre.

Sie redete leise und ruhig auf ihn ein.

Gleichzeitig ließ sie die Liebe in ihrem Herzen überquellen, da sie instinktiv wußte, daß es ihm vor allem an dieser Liebe mangelte.

Als sie ging, dankte er ihr aus tiefstem Herzen und sagte, er könne jetzt unbeschwert schlafen und werde an den Himmel denken, in den er eingehen würde.

Dort, hatte Diana ihm gesagt, würde er das Glück finden, das er im Leben nie gekannt hatte.

Dort wartete es auf ihn, und er würde so glücklich sein wie nie zuvor.

Als er einschlief, fuhr sie wieder nach Hause.

Glücklicherweise wurde sie auf der Fahrt weder überfallen noch entführt.

Damals ermahnte ich sie, in Zukunft mehr auf sich acht zu geben.

Aber ich fühlte, daß sie mit ihrem Mitgefühl für alle Leidenden, die sie stumm anflehten, gar nicht anders konnte als ihnen die magische Liebe zu schenken, die ihr der Himmel eingab, eine Liebe, die jene, die versuchten, sie zu beschreiben, als sonderbares, ungewöhnliches Glücksgefühl von nie gekannter Intensität empfanden.

Liebe, Liebe, Liebe – stets schenkte sie sie den Kindern und jenen, die keine Ahnung hatten, wie sie sich auf den Tod vorbereiten sollten.

Ein Mann formulierte es folgendermaßen: »Ich wußte nicht, daß der Himmel die Liebe bereithält, die ich in meinem Leben stets vergeblich gesucht habe. Aber jetzt bin ich sicher, daß die Liebe, von der sie mir erzählt hat, mich dort oben erwartet. Und wenn ich ihr begegne, werde ich glücklicher sein, als ich es jemals auf Erden war.«

Es war dieser seltsame Zauber, mit dem Diana jeden belegte, mit dem sie in Berührung kam, ob er jung oder alt war.

Es war eine neue Liebe, die aus ihrem Herzen und ihrer Seele kam.

Und auch wenn sie nicht mehr bei ihnen sein konnte, betete sie weiter für sie.

Und sie freute sich, wenn sie später erfuhr, daß sie mit einem Lächeln auf den Lippen gestorben waren, ohne jede Furcht vor dem, was sie erwartete.

Mir erscheint es unglaublich grausam, daß Diana bei ihrem eigenen Leben nicht auch jene Liebe beschieden war, die sie so vielen anderen geben durfte.

Sie war froh und glücklich, daß sie zwei Söhne mit dem Prinzen von Wales hatte.

Aber während sie die Herzen so vieler Menschen eroberte, gelang es ihr nicht, das seine für sich zu gewinnen.

Seltsamerweise nahm man ihr nach der Scheidung auch ihre Hofdamen fort, die längst zu Freundinnen geworden waren. Sie hätten bei ihr bleiben, mit ihr reden und das Gefühl der Einsamkeit vertreiben können.

Wenn sie nicht mit ihren Söhnen zusammen war, die sie über alles liebte, war sie oft allein.

Die lastende Einsamkeit trieb sie dann in die Arme der Kinder, die ihr jubelnd entgegenliefen, sobald sie sie sahen.

Und zu den älteren Menschen, die freudig lächelten, sobald sie nur ihre Stimme an der Stationstür hörten.

Diana glaubte, daß die Liebe, die sie den Sterbenden schenkte, von Gott selbst kam.

Sie liebte Kinder aus ganzem Herzen und schenkte ihnen ein Glück, wie sie es nie gekannt hatten, bevor sie ihr begegnet waren.

Ich habe Diana immer als Prinzessin der Liebe betrachtet, und diese Liebe hat sie ganz sicher in den Himmel getragen.

Es scheint unglaublich, daß eine junge Frau durch ihren Tod ganz England erschüttert hat, eine ganze Nation bewogen hat, so eindringlich wie nie zuvor zu Gott zu beten.

Wie ist es möglich, daß Abertausende von Menschen nach London gereist sind, um Diana auf ihrem letzten Weg zu begleiten, voll Trauer und mit Tränen in den Augen?

Wie ist es möglich, daß an einem einzigen Tag so viele Menschen an Gott den Herrn und an Jesus gedacht haben, dankbar, daß sie selbst Dianas Liebe erfahren durften, die auch sie ins Paradies tragen wird, wenn ihre Stunden gekommen ist?

Wie ist es möglich, daß jede Straße, durch die Diana auf

dem Weg zum Trauergottesdienst gefahren wurde, mit Blumen geschmückt war?

Daß ihr Tod die Alten und die Jungen gleichermaßen erschütterte?

Niemand, der London an diesem Tag erlebt hat, wird je vergessen, was er gesehen und gefühlt hat.

Ich bin sicher, daß Diana dieselbe Liebe, die sie zu Lebzeiten auf Erden verschenkt hat, nun vom Himmel aus zu uns herabschickt, von dort, wo wir alle hoffen, ihr eines Tages zu begegnen.

Es ist unglaublich für alle außer für uns, die wir Diana gekannt haben und wußten, was für ein ungewöhnlicher Mensch sie war.

Scheint es nicht erstaunlich, daß ein junges englisches Mädchen die Herzen jedes Menschen öffnen konnte, dem es begegnete? Nicht für sich selbst, obgleich sie außergewöhnlich hübsch und attraktiv war, sondern für etwas Größeres und Wundervolleres, für den Himmel, wie sie selbst glaubte.

Das war ihr Geschenk an uns.

Die Liebe des Himmels, die Liebe Gottes, die nur aus dem Herzen kommen kann.

Es gibt keinen anderen Weg, sie zu erlangen.

Wie ist es möglich, daß Diana uns himmlische Liebe schenken konnte, die so völlig anders war als die Liebe, die wir so blind annehmen, wenn wir heiraten oder das Leben auf der Erde unerträglich schwierig finden?

Nur von Gott allein konnte die Liebe kommen, die Diana den Bedürftigen aus tiefstem Herzen und aus tiefster Seele schenkte.

Nur Gott allein kann bewirkt haben, daß sie eine Erinnerung bei den Menschen hinterließ, die vieles von dem Elend und der Dunkelheit auslöschen wird, die die Herzen so vieler Menschen überschatten.

Die Blumen, die die Straßen bedeckten, müssen Blumen des Himmels gewesen sein.

Jene, die der Musik in der Westminster Abbey gelauscht haben, wußten, daß es in vieler Hinsicht Engelsmusik war.

Diana hat uns einen völlig neuen Weg zu jenem Glück gezeigt, das von Gott persönlich kommt, zu der Liebe, von der Männer wie Frauen hoffen, daß sie ihnen eines Tages zuteil werden wird.

Die Liebe, die sie aus tiefstem Herzen und ganzer Seele verschenkt hat, hat bei jenen, die sie empfangen haben, ein überirdisches Glück bewirkt.

Niemand, der an Dianas Trauergottesdienst in der Westminster Abbey in London teilgenommen hat, wird jemals vergessen können, daß allein die Liebe die Menschen dorthin geführt hat.

Eine Liebe, die Millionen von Menschen bewogen hat, die ganze Nacht aufzubleiben, nur um ihr die letzte Ehre zu erweisen.

Daß in der kurzen Zeit, die seit ihrem Tod vergangen ist, bereits 150 Millionen Pfund (ca. 440 Millionen DM) in ihren Gedenkfond geflossen sind – auch das hat ihre Liebe bewirkt.

Doch den eigentlichen Reichtum bilden die Erinnerungen, die wir an sie haben, und ihre Liebe, die wir niemals vergessen werden.

Die Liebe, die aus dem Herzen und aus der Seele kommt – und von Gott.

Barbara Cartland
8. September 1997
Camfield Place

Anmerkung des Herausgebers:

Barbara Cartland wurde durch die Heirat ihrer Tochter mit dem Vater Dianas mit der Prinzessin von Wales verwandt. Mit über 600 Titeln hat sie mehr Bücher veröffentlicht als jeder andere Romanschriftsteller.

Kapitel 1

Ein silberner Löffel; eine unglückliche Kindheit

Die Anspannung an jenem Samstag muß ungeheuer groß gewesen sein. Frances, Ehefrau von Viscount Althorp, stand kurz davor, ihr viertes Kind zur Welt zu bringen. Nur achtzehn Monate zuvor hatte sie einen Sohn geboren, den Erben des 500 Jahre alten Geschlechts der Spencers und des Familienvermögens, aber der kleine John hatte nur zehn Stunden gelebt.

Edward John Spencer, ein großgewachsener, attraktiver englischer Aristokrat aus bester Familie, liebte seine beiden Töchter, doch der Fortbestand des Familientitels stand auf dem Spiel. Ohne männlichen Erben würde der Titel eines Earl, der über 200 Jahre hinweg in direkter Linie weitergegeben worden war, einem der Cousins zufallen, ebenso wie das 453 Jahre alte Familienanwesen Althorp Park, das allein dem Inhaber des Titels gehörte.

Frances lag oben in einem der Schlafzimmer, betreut von Joy Hearn, der Hebamme, während Johnnie unten rastlos auf und ab ging. Der lange Julitag schleppte sich dahin, und die Schatten wurden immer länger auf der von Bäumen gesäumten Zufahrt von Park House, dem viktorianischen Haus mit seinen zehn Schlafzimmern, das die Spencers von der Queen gemietet hatten und das zu ihrem Privatbesitz in Sandringham gehörte. Zweifellos spürten alle die angespannte Atmosphäre: die Hausangestellten ebenso wie der werdende Vater, die sechsjährige Sarah und die vierjährige Jane.

Frances und Johnnie waren so sicher, daß sie diesmal den langersehnten männlichen Erben bekommen würden, daß sie gar keinen Mädchennamen ausgesucht hatten. Johnnies Vater, der siebte Earl Spencer, wartete in Northamptonshire nur darauf, die Flaggen auf Althorp hissen lassen zu können, und auch die Diener und Angestellten im nahegelegenen Great Brington waren ebenso ungeduldig, im »Fox and Hounds« ein paar Gläser zu heben und auf den jüngsten zukünftigen Earl anzustoßen.

Schließlich schenkte die Ehrenwerte Frances Spencer, Viscountess Althorp, Tochter eines Barons, am 1. Juli 1961 um 19:45 Uhr einem 3800 g schweren Baby das Leben ... Es war ein Mädchen.

Die Enttäuschung muß fast greifbar gewesen sein. Johnnie Spencer begutachtete das Neugeborene und bescheinigte ihm wenigstens körperliche Makellosigkeit. Doch das kleine Mädchen war ihm nur eine ganze neun Worte umfassende Geburtsanzeige in der *Times* wert: »*Viscountess Althorp brachte am Samstag eine Tochter zur Welt.*« In der engen Welt des Adels und der Aristokratie, begann von neuem das Warten auf einen Erben.

Frances und Johnnie fiel kein Name ein, und es sollte noch Tage dauern, ehe der örtliche Standesbeamte, John Wilson, den Namen der Ehrwürdigen Diana Frances Spencer in die Geburtsurkunde eintragen konnte. Diana war ein Name, der in der Familie Spencer Tradition hatte und der für die römische jungfräuliche Göttin des strahlenden und wechselhaften Mondes und der Jagd stand, aber das blonde, blauäugige Kind sollte niemals zu einer leidenschaftlichen Anhängerin der Jagd heranwachsen – sie zog menschlichere, humanere Beschäftigungen vor. Sie war eine Aristokratin, Mitglied einer der ehrwürdigsten Familien Englands, aber wie ihre entfernten Verwandten Winston Churchill und George Washington sollte sie eine Aristokratin mit Hang zur Volkstümlichkeit werden.

An jenem heißen Sommertag lag dies jedoch noch in weiter Ferne, und die Welt feierte ihre Geburt völlig ohne jeden Prunk und Pomp, mit dem 12 Jahre zuvor die Geburt desjenigen gefeiert worden war, der Dianas künftiger Prinz sein sollte, ihre Nemesis und der Vater ihrer Kinder. Auch ihre Taufe am 30. August in der St.-Mary-Magdalene-Kirche in Sandringham war eine eher bescheidene Angelegenheit. Während Sarah noch Königinmutter Elizabeth als Patin bekommen und bei Janes Taufe der Herzog von Kent Pate gestanden hatte, waren Dianas Paten Nachbarn und Geschäftsleute.

Fast drei Jahre später sollte die Flagge der Althorps doch noch gehißt und etliche Toasts ausgesprochen werden, als Lady Frances einen gesunden Erben gebar.

Endlich konnten die Namen Charles Edward Maurice, die schon vor so vielen Jahren ausgesucht worden waren, einem Sohn gegeben werden. Charles sollte Dianas Freund, Beschützer und Kreuzritter werden, eine Rolle, die er dreiunddreißig Jahre später vor Millionen von Trauernden erneut einnehmen sollte.

Dianas Kindheit war ein Leben mit Privilegien, Reichtum und Rang innerhalb einer exklusiven Gesellschaft im klassenbewußten England. Aber sie gehörte nicht der königlichen Familie an, und so wurde bei ihrer Erziehung vor allem Wert auf Pflichtbewußtsein, Haltung und Aussehen gelegt. Obgleich die Spencers seit Jahrhunderten freundschaftlich mit dem Königshaus verbunden waren (Dianas Großmutter väterlicherseits, Countess Spencer, und ihre Großmutter mütterlicherseits, Ruth Lady Fermoy, hatten der Königinmutter als Hofdamen gedient, und Dianas Vater war königlicher Stallmeister bei König George VI. und Königin Elizabeth II. gewesen), unterschied sich Dianas Erziehung doch sehr von der ihrer königlichen Nachbarn eine halbe Meile entfernt im Haupthaus von Sandringham.

Als reinste englische Aristokraten konnten die Spencers eine noch edlere und ältere Abstammung nachweisen als das Haus Windsor. Die Familie der Spencers ließ sich bin in die Sachsen- und Tudor-Zeiten zurückverfolgen, während die der Windsors ihre deutsche Sachsen-Coburg-Linie lediglich bis ins 18. Jahrhundert zurückverfolgen konnten (der Name Windsor wurde erst nach dem Ersten Weltkrieg angenommen.) Streng genommen war Diana mit ihren königlichen Spielgefährten auf Sandringham verwandt, da eine gemeinsame Linie zu Henry VII. und James I. zurückführte. Je nachdem, welche Linie man zurückverfolgte, war Diana eine Cousine sechzehnten, elften oder siebten Grades der Königskinder. Trotz der tadellosen, altehrwürdigen Herkunft der Spencers, trotz allen Reichtums hatte 500 Jahre lang keiner von ihnen in die Königsfamilie eingeheiratet. Erst Diana – die »Enttäuschung«, das »überflüssige« Mädchen – sollte bewerkstelligen, was 80 Generationen vor ihr nicht gelungen war.

Diana war stolz auf ihr Spencer-Erbe. Sie äußerte einmal einer Freundin gegenüber, daß sie sich in schweren Zeiten zu sagen pflegte: »Diana, vergiß nicht, du bist eine Spencer.« Das Motto der Spencer lautet *Dieu défend le droit*, Gott schütze das Recht. Dianas Vorfahren reichen zurück bis zu Geoffrey the Despencer, der Anfang des 14. Jahrhunderts Justiziar Edwards II. war. Die Spencers haben sich stets um das Herrscherhaus verdient gemacht, sie haben über Jahrhunderte hinweg der Krone als Hofbeamte, Soldaten, Kaufleute, Marineoffiziere und Politiker gedient.

Der Wohnsitz der Familie Spencer, der auf der Webpage der Queen als »stattlich« beschrieben wird, ist Althorp Park, ein 6000 Hektar umfassendes Anwesen in Mittelengland, das John Spencer, der von Henry VIII. zum Ritter geschlagen wurde, 1486 erstmals vom Abt von Evesham pachtete. 1508 erwarb John Spencer das Anwesen, und 1573 baute sein Enkel, Sir John, dem von einem Wassergraben umgebenen Herrenhaus aus rotem Backstein weitere Flügel an.

Obgleich die Spencers auf Wormleighton in Warwickshire lebten, vergaßen sie ihr Anwesen in Northamptonshire nicht. In den 70er Jahren des 17. Jahrhunderts nahm Robert, zweiter Earl of Sunderland, weitere Umbauten vor und ließ den Graben auffüllen. Das riesige, tadellos gepflegte Anwesen, das einen Park mit altem Baumbestand, exotischen Obstgärten und wunderschönen Gärten umfaßte, war von Wasserläufen durchzogen; es gab auch mehrere Teiche. 1675 beschrieb John Evelyn Althorp House – das eine Galerie und eine große Eingangshalle besaß – ». . . irgendwie modern . . . und innen vornehm möbliert.«

Die Witwe von Sir Johns Ur-ur-Urenkel, Lady Dorothy Sidney, ließ den inneren Hof Anfang des 18. Jahrhunderts in das Gebäude einbeziehen, um einen großen Salon und eine Bildergalerie zu schaffen. Die Verbindung zu diesen Zimmern schuf eine auf Hochglanz gewachste Holztreppe, die Diana Jahrhunderte später auf einem Serviertablett herunterrutschen sollte. 1786 ließ George, der zweite Earl Spencer, Althorp von dem Architekten John Hollarn umgestalten. Er verkleidete die ursprünglichen roten Ziegel mit den damals modernen weißen Klinkern aus Ipswich und baute das Innere so um, daß sich die Empfangsräume im Erdgeschoß befanden. Auch ließ er vom Ersten Assistenten des renommierten Capability Brown Landschaft und Park schöner gestalten.

Die heutigen Gärten wurden in den sechziger Jahren des vergangenen Jahrhunderts von W.M. Teulon entworfen, der auf dem gepflegten Anwesen einen künstlichen See anlegte, mit einer baumbestandenen Insel in der Mitte, die eines Tages zum Mittelpunkt einer trauernden Welt werden sollte. Eine lange, gewundene, von alten Eiben gesäumte Zufahrt schlängelte sich von den schmiedeeisernen Toren bis hin zu Althorp House, das von Charles Kidd, Mitherausgeber von Detrett's Peerage, als »typischer prunkvoller aristokratischer Familienbesitz«, bezeichnet wurde.

Als Diana noch klein war, beherbergte Althorp eine der erlesensten Kunstsammlungen Europas. Die Sammlung umfaßte römische Marmorstatuen, die aus dem Tiber geborgen worden waren, ein Paar goldene Weinkühler, die Ende des 17. Jahrhunderts für den ersten Herzog von Marlborough angefertigt worden waren, goldene und silberne Erbstücke, seltenes Porzellan sowie exquisite Möbel und Schätze, die Marie-Antoinette gehört haben.

In der fünfunddreißig Meter langen Bildergalerie, die zu Zeiten Elizabeth I. für Spaziergänge an regnerischen Tagen benutzt wurde, fand 1695 ein prunkvoller Empfang für König William III. statt. Damals schlief der König in einem Bett, dessen olivfarbener Himmel aus Damast mit vier Straußenfedern geschmückt war.

Zu den Gemälden in der Galerie gehörten Meisterwerke von Gainsborough, Sir Joshua Reynolds, Tizian, Stubbs und Van Dyck sowie Familienporträts der Spencers seit der Regierungszeit Elizabeths I. Das Familienvermögen in Immobilien, Kunstgegenständen und Mobiliar wurde auf 150 Millionen Dollar geschätzt.

Eine dramatische Änderung begann in den 80er und 90er Jahren unseres Jahrhunderts, als Hunderte kostbarer Kunstobjekte verkauft und das Anwesen für Touristen zugänglich gemacht wurde. Ein Geschenkladen, ein Café und eine Weinhandlung wurden eröffnet; außerdem wurden 40 Cottages verkauft. Die ebenso drastischen wie zum Erhalt des Anwesens notwendigen Neuerungen führten denn auch zu heftigen Auseinandersetzungen innerhalb der Familie.

Der imposante 80-Zimmer-Familiensitz hatte dank des gewaltigen Familienvermögens finanziert werden können, das mit dem Wollhandel erwirtschaftet worden war. Robert, der erste Lord Spencer, der Ur-Urenkel jenes Mannes, der Althorp kaufte, und das fünfte Familienmitglied, das zum Ritter geschlagen wurde, galt als der wohlhabendste Mann des Königreiches, als James I. 1603 den Thron bestieg. 1603, in dem Jahr, in dem Königin Elizabeth I. starb, wurde ihr zu Ehren auf Althorp unter Leitung von Ben Jonson, ein rauschender Kostümball mit Kulissen, Musik und Tanz veranstaltet. Es war Königin Elizabeth I., die Sir Robert zum Baron Spencer erhob. Wie es alle Spencers bis 1643 taten, so verbrachte auch Baron Spencer die meiste Zeit in Wormleighton, um sich um 19 000 Schafe zu kümmern.

Sein Sohn William, der zweite Lord Spencer, wurde auf Althorp geboren und legte auf dem Anwesen eine Rennbahn an. Williams ältester Sohn, Henry, erbte den Titel im Alter von sechzehn Jahren. Als 1642 der Bürgerkrieg begann, stellte er sich mit den Royalisten gegen Oliver Cromwells parlamentarische Rebellen. Für seine Unterstützung (und seine finanzielle Hilfe in Höhe von 10 000 Pfund) wurde Henry 1643 von König Charles I. mit dem Titel Earl of Sunderland belohnt. Henry, mit dreiundzwanzig schon Vater von vier Kindern, wurde in den Kämpfen getötet, kurz nachdem ihm der Titel verliehen worden war, und das Herrenhaus in Wormleighton wurde nach der Schlacht von Edgehill von den Royalisten niedergebrannt, um zu verhindern, daß Cromwells Soldaten sich dort verschanzten. Henrys Witwe zog mit der Familie nach Althorp, das zum Hauptwohnsitz der Spencers wurde.

Henrys ältester Sohn, Robert, der zweite Earl of Sunderland, wußte andere klug und raffiniert zu manipulieren und war ein leidenschaftlicher Spieler, der seine Überzeugungen und selbst seine Religion wechselte, je nachdem, wie es ihm in der politischen Situation gerade am vorteilhaftesten erschien. Nach Wiedereinsetzung der Monarchie diente er König Charles II., dem katholischen König James II. und König William III. als Berater. In den siebziger Jahren des 17. Jahrhunderts war Robert unter Charles II. Botschafter in Paris, Madrid und Köln, und während dieser Jahre im Ausland sammelte er Gemälde und Möbel aus ganz Europa. Diese Schätze brachte er nach und nach heim nach Althorp. In den 80er Jahren diente er dann als Staatssekretär, Präsident des Geheimen Staatsrats, Haushofmeister und Lord of Regency.

Er wurde als erster Spencer Ritter des Hosenbandordens; ihm wurde damit die höchste Ehre erwiesen, die ein Monarch einem Untertan zuteil werden lassen kann. Der Name stammt aus dem Jahr 1349 und geht zurück auf ein Mißgeschick der attraktiven Countess of Salisbury. Während sie mit Edward III. tanzte, verlor sie ihr blaues Strumpfband. Als der König es aufhob, bemerkte er die lüsternen Blicke der anderen Tänzer und sagte: »*Honi soi qui mal y pense!*«, was soviel bedeutet wie: »Schande dem, der Böses denkt!« woraus sich das Motto des Ordens entwickelte: »Böses dem, der Böses denkt«.

(Eigentlich müßte es also »Strumpfbandorden« heißen; die Bezeichnung »Hosenbandorden« hat sich durchgesetzt, weil der Orden unter dem linken Knie getragen wird.) Ursprünglich war die Anzahl der Ordensmitglieder auf fünfundzwanzig beschränkt, heute sind es mehr. Die Anwärter werden persönlich vom Monarchen ausgewählt und bekommen den Hosenbandorden in einer feierlichen Zeremonie im Thronsaal von Windsor Castle verliehen. Die Ritter tragen blaue Samtroben, mit Federn geschmückte Hüte und ein großes blau-goldenes Ehrenzeichen links auf der Brust.

Trotz seiner zahlreichen Verdienste wurde Robert 1688 vom katholischen König James II. aus seinem Amt entlassen. Der gerissene Earl reiste nach Holland, erstand Gemälde holländischer Meister und trat der protestantischen Kirche bei, um sich die Gunst Wilhelm des Oraniers zu sichern, der kurze Zeit später König James II. stürzen und als König William III. den englischen Thron besteigen sollte. 1690 waren Robert und seine Gemälde zurück auf Althorp, und innerhalb von drei Jahren wurde er König Williams wichtigster politischer Berater.

Stets taktierend, bemühte sich Robert, seinen Sohn Charles mit Lady Anne Churchill, der Tochter des mächtigen Herzogs von Marlborough und der gefürchteten Herzogin Sarah, zu verheiraten. Diese Ehe wurde 1699 geschlossen, obwohl Charles ein fanatischer Whig war. Wie Jonathan Swift berichtete, bestand er darauf, unter Freunden schlicht mit Charles Spencer angesprochen zu werden; er hoffte, die Abschaffung aller Titel in England noch zu erleben. Er sollte nicht der letzte Spencer sein, der die Grenzen des Adels niederzubrechen versuchte und volkstümlich eingestellt war.

Als Charles' Frau mit zweiunddreißig Jahren starb, hinterließ sie fünf Kinder. Die jüngste Tochter war ein sechsjähriges Mädchen namens Diana. Herzogin Sarah, Annes Mutter, übernahm die Erziehung dieses Kindes. Zweieinhalb Jahrhunderte später sollte sich eine weitere sechsjährige Spencer namens Diana in ähnlichen Umständen wiederfinden. Eine zweiunddreißigjährige Mutter sollte Mann und Kinder verlassen, und jene Diana des zwanzigsten Jahrhunderts sollte zeitweise von ihrer Großmutter mütterlicherseits aufgezogen werden, Lady Fermoy, Hofdame der Königinmutter. Viele glauben, daß eben diese Lady Fermoy mit Hilfe der Königinmutter die Ehe Dianas mit dem Prinzen von Wales »gestiftet« hat.

Aber kehren wir zurück zum 18. Jahrhundert. Die gefürchtete Herzogin Sarah hatte ebenfalls den Prinzen von Wales als Bräutigam für ihre angebetete Diana im Auge. Und Diana war auch nicht die erste in der Familie Spencer, die es auf einen künftigen König abgesehen hatte – manches weibliche Mitglied der Spencers war königliche Mätresse gewesen. Sarahs Pläne wurden jedoch von Premierminister Sir Robert Walpole zunichte gemacht, der andere Pläne mit dem verarmten Prinzen hatte. Diana ehelichte Lord John Russel und wurde später Herzogin von Bedford. Sie behielt die enge Beziehung zu ihrer Großmutter bei, starb jedoch 1735 kinderlos an Schwindsucht.

Herzogin Sarah hatte keinen Sohn, und so kam es, daß Dianas ältester Bruder, Charles, den Marlborough-Titel und den Blenheim-Palast erbte, als 1722 der Herzog von Marlborough starb. Nach dem Tod von Dianas Vater erbte sein zweitältester Sohn die Spencer-Ländereien und Althorp, wodurch die Familie geteilt wurde. Der Marlborough-Zweig behielt den Namen Spencer bei, bis der 5. Herzog 1817 mit königlicher Erlaubnis den Namen Churchill hinzufügte.

Herzogin Sarah hatte für ihren Enkel John viel mehr übrig als für Charles, und so hinterließ sie ihm testamentarisch ihre unschätzbare Privatsammlung von Gemälden, Porzellan und Möbeln, die fortan Althorp schmückte. Sarahs beträchtlicher Reichtum förderte den Wohlstand der

Spencers und gestattete es ihnen, eine Sammlung berühmter Kunstwerke zusammenzustellen.

1765 stiegen die Spencers in der Aristokratie auf, als Johns Sohn, der ebenfalls John hieß, von George III. zum ersten Earl Spencer ernannt wurde. Er errichtete Spencer House am Londoner Piccadilly, diente Warwick als Parlamentsmitglied und war ein leidenschaftlicher Kunstmäzen. Außerdem war er mit Sir Joshua Reynolds und dem Schauspieler David Garrick befreundet. Einen Tag nach seinem einundzwanzigsten Geburtstag, bevor er seinen Titel erbte, schlich sich John aus dem Salon, in dem zahlreiche Gäste zum Nachmittagstee anwesend waren, begab sich heimlich in den Oak Room und wurde dort von seinem ehemaligen Tutor mit Georgianna Poyntz, einer Diplomatentochter, getraut, während die ahnungslosen Gäste unten über Gott und die Welt plauderten. Ihre Tochter, Georgianna, bekam den Spitznamen: »Herzogin von Dimples« (Herzogin der Grübchen; Anm. des Übersetzers) und wurde die Mätresse des Prinzen von Wales. Sie war jedoch auch die Geliebte von Charles James Fox, einem führenden Whig. 1784 bei den Westminster-Wahlen bot Georgina einen besonderen Handel an: Denjenigen Kaufleuten aus Covent Garden, die ihrem Geliebten ihre Stimme gaben, schenkte sie dafür einen Kuß.

Georgianas Bruder George, der zweite Earl Spencer, brach mit der Familientradition und wurde ein Tory und Anhänger von William Pitt. George war während der Schlacht bei Trafalgar Erster Seelord, kannte Admiral Horatio Nelson persönlich und wurde später Staatssekretär, doch seine Karriere fand ein jähes Ende, als Pitt 1806 starb. George kehrte nach Althorp zurück und beauftragte Henry Holland damit, das Haus zu renovieren. Zur gleichen Zeit übernahm Samuel Lapidge, der Assistent Capability Browns die Neugestaltung des Anwesens und

George bemühte sich, die Landwirtschaft auf seinem Besitz zu verbessern. Auch versuchte George mit viel Elan, die größte Bibliothek Europas zusammenzustellen, die neunzig Jahre später für 200 000 Pfund (knapp 600 000 DM) verkauft wurde. Darüber hinaus war er tonangebend, was die Mode betraf, und entwarf eine taillenkurze Überjacke, die fortan seinen Namen trug, etwa zur gleichen Zeit, als sein Freund, der Earl of Sandwich, ein neues Gericht erfand.

Im selben Jahr, da George sich von der Politik abwandte, wurde sein ältester Sohn, der vierundzwanzigjährige John, zum Mitglied des Unterhauses für Northamptonshire gewählt, eine Aufgabe, die er dreißig Jahre lang innehaben sollte. Der »ehrliche Jack Althorp« war ein stämmiger, schüchterner und scheuer Mann, der Sport, Pferde, die Jagd und Preiskämpfe liebte. Anders als sein Vater zog er körperliche Leistungen intellektuellen Anstrengungen vor.

Mit zweiunddreißig heiratete er Esther Acklom und überwand es niemals, daß sie bei der Geburt ihres ersten Kindes starb, auch das Baby überlebte nicht. Er heiratete nie wieder. Statt dessen stürzte er sich in die Politik, wurde unter Grey und Melbourne Vorsitzender des Unterhauses und Schatzkanzler und unterstützte das erste Reformgesetz. Als er 1834 dritter Earl Spencer wurde, zog er sich nach Althorp zurück und beschäftigte sich fortan nur mit der Landwirtschaft. Auch gründete er das Royal Agricultural College in Cirencester, an dem Dianas Vater ein Jahrhundert später studieren sollte.

Da er ohne Nachkommen starb, trat sein Bruder Frederick seine Nachfolge an. Während der Napoleonischen Kriege war Frederick Leutnant zur See gewesen, später war er zehn Jahre lang Mitglied des Unterhauses – zu den Whigs gehörend. Daneben diente Frederick der Herzogin von Kent, der Mutter Königin Victorias, als königlicher Stallmeister sowie als Geheimer Staatsrat, Schatzmeister, Konteradmiral und Verwalter des königlichen Haushaltes. 1849 wurde er zum Ritter des Hosenbandordens ernannt.

Frederick hatte in der Marine strikte Disziplin gelernt, die er auch daheim walten ließ. So pflegte er seine Tochter Sarah in einen Schrank einzusperren, wenn sie ungehorsam gewesen war. Er hatte seine Kusine zweiten Grades, Elizabeth Poynth geheiratet, und ihr Sohn, John Poynth, folgte ihm 1857 als fünfter Earl.

John, aufgrund seines Bartes auch als »Red Earl« bezeichnet, war leidenschaftlicher Fuchsjäger und dreimal der Master der Pythchley Fuchsjagd. Er vertrat die Whigs als Mitglied des Unterhauses Süd-Northamptonshire und wurde zunächst Oberkammerherr des Prinzgemahls, dann des Prinzen von Wales, dem späteren König Edward VII. Außerdem war John zweimal Vizekönig von Irland, Vertreter des Königs für die Grafschaft Northamptonshire, Vorsitzender des Geheimen Staatsrats, Erster Seelord, Lordsiegelbewahrer des Prinzen von Wales und Mitglied des Rates des Herzogtums Cornwall. John heiratete Charlotte Seymour, eine Frau, die für ihre Schönheit berühmt war. Sie blieben kinderlos, und als er 1910 starb, ging sein Titel an seinen Halbbruder Charles, den Sohn Fredericks und dessen zweite Frau.

Charles setzte die Familientradition fort, war Mitglied des Unterhauses, Vertreter des Königs für die Grafschaft Northamptonshire, Vizeschatzmeister und Schatzmeister. Wie George, Frederick und John war er außerdem Ritter des Hosenbandordens.

Charles' ältester Sohn, Albert Edward John, war Dianas Großvater. Er wurde Jack genannt und war ein Patenkind von König Edward VII. Jack diente im Ersten Weltkrieg als Hauptmann bei den First Life Guards (der Ersten Leibwache), und nachdem er verwundet worden war, zog er sich nach Althorp zurück. 1919 heiratete er Cynthia Hamilton, die Tochter des dritten Herzogs von Abercorn, eine Schönheit, auf die auch der Prinz von Wales ein Auge geworfen hatte. Im Jahre 1992 wurde er siebter Earl.

Jack Althorp war ein kultivierter, zierlicher Mann, der sich ganz seinem Besitz und dessen Erhalt widmete. Er liebte die Kunst und entwarf eigene Gobelinstickereien, von denen einige die Stühle auf Althorp zierten. Da er recht ungesellig war, lud er selten Gäste ein, es sei denn, es ließ sich in seiner Position als Vertreter des Königs für die Grafschaft Northamptonshire nicht vermeiden. Bei diesen Gelegenheiten schloß er die meisten der großen Räume und ließ nur handverlesene Besucher ein. Seine Frau hingegen war warmherzig und freundlich. Cynthia kam gut mit den Ortsansässigen aus und zeigte ihnen gegenüber das gleiche Mitgefühl und den gleichen Charme, die auch so kennzeichnend für ihre Enkelin waren.

Lady Cynthia und Lady Elizabeth Bowes-Lyon waren schon Freundinnen, bevor die beiden heirateten, und sie blieben sich auch nahe, nachdem Elizabeth Herzogin von York geworden war. Als ihr Mann 1936 als König George VI. den Thron bestieg, bestimmte Elizabeth Cynthia zu ihrer Hofdame. Bis zu ihrem Tod im Jahre 1972 blieb Cynthia in den Diensten der Königinmutter.

Diana kam erst im Alter von 14 Jahren nach Althorp. Der siebte Earl starb 1975, und nachdem der Titel auf ihn übergegangen war, zog Dianas Vater mit seiner Familie von Park House in Norfolk auf das imposante Familienanwesen. Nach dem Auszug der Spencers wurde Park House verschlossen und stand fortan leer. Ganz allgemein heißt es, Diana hätte – trotz der Rutschpartien auf dem Teetablett – das kleinere und gemütlichere Park House vorgezogen: Dort fühlte sie sich zu Hause.

Great Brington und Little Brington liegen nur wenige Kilometer von Althorp entfernt. Fünf Jahrhunderte lang haben die Bewohner dieser Ortschaften als Bedienstete und Pächter entweder für die Spencers selbst gearbeitet oder für die Gutspächter der Familie. Früher hatten beide Dörfer den Spencers gehört, doch zu Beginn des zwanzigsten Jahrhunderts begann die Familie, sich von ihrem Grundbesitz zu trennen. Wohlhabende Manager und Berufstätige, die sich nach einem Leben auf dem Land sehnten, fühlten sich von den idyllischen Dörfern angezogen.

Great Brington, 120 Kilometer oder eine Stunde Zugfahrt nordwestlich von London, liegt inmitten grüner, sanfter Hügel, hat 200 Einwohner, drei Straßen insgesamt, einen Pub aus dem Jahre 1765, eine Kirche, die im Jahre 1516 von den Spencers gestiftet wurde, ein Postamt und eine Telefonzelle. Es ist ein außgesprochen malerischer Ort. Die »Hauptstraße« ist von Sandsteinhäusern mit Schiefer- oder Reetdächern und kleinen, tadellos gepflegten Gärten gesäumt. In der alten Kirche aus braunem Sandstein, der St. Mary the Virgin Anglican Church, befindet sich auch die Spencer-Kapelle, wo seit 20 Generationen die Spencers ihre letzte Ruhestätte finden, angefangen bei John Spencer, der 1522 dort beigesetzt wurde. Es ist eine kleine Gruft, die jährlich etwa tausend Besucher anlockt, die das Grab von George Washingtons Ur-ur-Urgroßvater sehen möchten. Der achte Earl Spencer, Dianas Vater, wurde ebenfalls dort begraben, aber die Kapelle sollte nicht die letzte Ruhestätte des berühmtesten Mitglieds der Familie Spencer werden.

Nun, gegen Ende des zwanzigsten Jahrhunderts, steht auch Althorp leer, das alte Familienanwesen ist von den Spencers verlassen. Dianas Schwestern sind weggezogen, der neunte Earl of Spencer hat in Südafrika vor der Presse Zuflucht gesucht. Nur Diana ist dorthin zurückgekehrt.

Dianas Ahnen mütterlicherseits waren weniger vornehm und brachten schottisches, irisches und amerikanisches Blut in die Familie, und wie manche behaupten, sogar walisisches – passend für die spätere Prinzessin von Wales. Ihr Großvater mütterlicherseits, Maurice, vierter Baron Fermoy, war mit dem Herzog von York befreundet, und als der Herzog als George VI. zum König gekrönt wurde, pachteten die Fermoys Park House auf dem königlichen Anwesen Sandringham, und so wurden sie Nachbarn.

Dianas Ur-Urgroßvater, Edmund Burke Roche, war Ire. Der Mann, der Cork von 1837 bis 1855 im Unterhaus vertrat, wurde 1856 zum Baron Fermoy ernannt. Er war vor seinem Tod Vertreter des Königs für die Grafschaft Cork und vererbte seinen Titel seinem ältesten Sohn, Edward, der im Alter von siebzig Jahren kinderlos starb. Daraufhin wurde Edmunds zweiter Sohn James im Alter von achtundsechzig Jahren der dritte Baron Fermoy.

Die amerikanische Verbindung ergab sich über James' Frau, Frances Work, uneheliche Tochter eines Selfmade-Wall-Street-Millionärs, der einst als kleiner Buchhalter in Chilicothe, Ohio, angefangen und schließlich Aktien an Leute wie die Vanderbilts verkauft hatte. Frank Work war ein amerikanischer Fremdenhasser und drohte, jedes seiner Kinder zu enterben, das in die europäische Aristokratie einheiratete. Er war dementsprechend wenig erfreut, als Frances – Fanny genannt – den irischen Adeligen James Boothby Burke Roche heiratete, der zwar einen Titel, aber kein Geld hatte.

Drei Kinder und elf Jahre später hatte die impulsive Fanny genug vom verarmten Adel, verließ James und kehrte nach New York zurück, um ihren Vater um Vergebung anzuflehen. Frank Work erklärte sich bereit, seiner Tochter zu verzeihen, wenn sie ihren Titel ablegte und ihren Mädchennamen wieder annahm. Außerdem bestand er darauf, daß weder sie noch ihre Kinder jemals wieder nach Europa zurückkehrten, um dort zu leben. Ihren Kindern wurde verboten, Europäer zu ehelichen. Ihre Söhne, die Zwillinge Maurice – Dianas Großvater – und Francis, sollten nur dann etwas erben, wenn sie die amerikanische Staatsbürgerschaft annahmen.

Fanny erfüllte alle Bedingungen ihres Vaters und ließ sich in New York nieder; die Jungen gingen nach Harvard. Als Frank jedoch 1911 starb, heiratete sie prompt einen Rumänen, und ihre Söhne segelten nach England, um an der Krönungsfeier von König George V. teilzunehmen. Dann kehrten sie zurück und fochten erfolgreich die Klauseln im Testament ihres Großvaters an. James wurde 1920 der vierte Baron Fermoy, starb jedoch bereits zwei Monate später. Maurice nahm seine 600 000 Pfund und kehrte 1921 als fünfter Baron nach England zurück.

Maurice, fünfunddreißig und Ire, hielt sich aus den »Schwierigkeiten« in seinem Heimatland heraus und ließ sich in Norfolk nieder. Drei Jahre später wurde er zum konservativen Vertreter des Unterhauses für King's Lynn gewählt, ein Sitz, den er zunächst elf Jahre innehatte und dann während des Zweiten Weltkrieges noch einmal zwei Jahre. Im Jahr 1931 wurde er Bürgermeister von King's Lynn. Im selben Jahr – im Alter von sechsundvierzig Jahren – heiratete er die zwanzigjährige Ruth Silva Gill.

Ruth war ein begabtes Mädchen aus Aberdeenshire, und als sie sich kennenlernten, studierte sie am Pariser Konservatorium, um Konzertpianistin zu werden. Sie war die Tochter eines Obersten aus Bielside, und ihr Stammbaum wies keine Lords auf, aber statt dessen eine Person, die Diana später noch Kopfzerbrechen bereiten sollte. Ruths Ur-Urgroßvater, Theodore Forbes, hatte während seiner Jahre im Dienste der Westindischen Kompanie eine Liaison mit einem indischen Mädchen namens Eliza Kewark. Sie hatten eine uneheliche Tochter, Katherine, die in Schottland zur Schule ging und später einen Schotten heiratete. Nicht, daß es bei den Royals keine Vorfahren gegeben hätte, die außerehelich geboren worden wären, aber in Ruths Tagen wurde es nicht geschätzt, wenn Adelige jemanden mit »farbigem« Blut heirateten.

Ruth gab ihre Pianistenkarriere auf, um Maurice zu heiraten, Lady Fermoy zu werden und fortan mit den Royals zu verkehren, eine Rolle, die sie begeisterte. Sie besaß eine starke Persönlichkeit, eignete sich sehr rasch das Protokoll der privilegierten Aristokratie an und lernte, perfekt damit umzugehen. Ruths Regeltreue ging soweit, daß sie später sogar ihrer eigenen Tochter, Frances, in den Rücken fiel. Und Ruth sollte einen großen Einfluß auf ihre Enkelin Diana ausüben.

Maurice Burke-Roche verfügte dank seiner Abstammung über reichlichen Charme, einen erlesenen Geschmack, und als wäre das nicht schon genug, sah er auch noch blendend aus. Die beiden Familiengüter, Cahirguillamore und Kilshanning zeugten vom Reichtum und Macht, und in der Tat hatten die Burke-Roches früher zu den wohlhabendsten Familien Irlands gehört, doch dann waren sie verarmt. Maurice' Vater James habe sie nur durch seine Heirat mit Fanny vor dem finanaziellen Ruin bewahrt.

Maurice und Ruth ließen sich in Norfolk nieder, richteten sich jedoch erst ein dauerhaftes Heim ein, als König George V., der Großvater von Elizabeth II., ihnen Park House auf seinem königlichen Anwesen Sandringham anbot. Frances, Dianas Mutter, wurde dort 1936 als zweites von drei Kindern geboren, exakt an dem Tag, als König George V. starb. Mary war damals zwei Jahre alt, und Edmund, der Erbe, sollte drei Jahre später auf die Welt kommen.

Norfolk wird oft als windig und abgelegen beschrieben. Es ist berühmt für seine Weiden und Wälder und die sonnigste, trockenste Gegend im Vereinigten Königreich. Park House ist eins von mehreren Häusern auf dem 8000 Hektar großen königlichen Areal von Sandringham, das ebenso wie Balmoral im Privatbesitz der Windsors ist. Das Gelände ist mit riesigen Eichen bewachsen, die verschiedene Herrscher zu ihrer Zeit gepflanzt haben, und Parks und Gärten gleichen im Frühjahr einem Meer von Azaleen und Rhododendren. Auf Sandringham befinden sich auch das königliche Vollblütergestüt, der königliche Taubenschlag und der königliche Zwinger schwarzer Labradors. Das Anwesen wird vor allem nach Weihnachten und in der Jagdsaison, die vom zwölften August bis Ende Februar dauert, von der Königsfamilie genutzt.

Wenn die Windsors sich dort aufhalten, wird die ländliche Ruhe gestört von dem Gefolge der Royals – von Privatsekretären, Gardeoffizieren, Hofleuten, Herzögen, Herzoginnen, Vettern, Bediensteten, Gefolgsleuten, Gästen und anderen. Jene, die ein Haus auf dem Anwesen gepachtet haben, werden zum Tee, zum Dinner oder zur Jagd eingeladen, und es ist nicht ungewöhnlich, daß die Königin einen Ausritt unterbricht, um einen kleinen Plausch zu halten. So war es selbstverständlich, daß die Bewohner von Park House mit dem Leben der Royals, mit dem Protokoll und Prunk vertraut waren, das galt für Ruth, Frances und Diana.

Die Fermoys blieben auch nach der Thronbesteigung von George VI. in Park House wohnen. Während des Kriegs spielte Maurice zusammen mit dem König auf den gefrorenen Seen Eishockey gegen Soldaten der amerikanischen und kanadischen Truppen, und im Sommer vergnügten sie sich auf dem Tennisplatz. Lord Fermoy und der König waren noch einen Tag vor Georges Tod im Jahre

1952 zusammen auf Hasenjagd. Maurice starb drei Jahre später, und Ruth blieb Hofdame ihrer Freundin Elizabeth, nun Königinmutter.

Maurices und Ruths Sohn Edmund erbte den Titel 1955, als er sechzehn Jahre alt war und noch in Eton zur Schule ging. Seine beiden Schwestern hatten im Jahr davor geheiratet: Mary Anthony Berry, den Sohn des Viscount Kemsley, Frances war die Frau von Viscount Althorp, des Sohnes von Earl Spencer, geworden.

John, Viscount Althorp, und Frances waren Dianas Eltern.

Johnnie Spencer, 1924 geboren, Absolvent von Eton und Sandhurst, trat bei den Scots Grey ein, sobald er alt genug für den Wehrdienst war und kämpfte im Zweiten Weltkrieg. Nach dem Krieg ging er nach Australien, wo er Sir Willoughby Norrie, dem Gouverneur von Südaustralien, als Adjutant diente. Nach seiner Rückkehr nach England wurde Johnny der königliche Stallmeister unter Georg VI., Maurice Fermoys Freund. Nach dem Tod des Königs hatte Johnnie diesen Posten auch unter Königin Elizabeth inne, bis er seinen Rucktritt einreichte. Manch einer zog die Augenbrauen mokant hoch, als der zweiunddreißigjährige Johnnie die achtzehnjährige Frances Roche heiratete.

Frances war wie ihre Geschwister von einer Gouvernante, Gertrude Allen, unterrichtet worden, zusammen mit einigen ausgewählten Kindern aus der Umgebung. Die Kinder lernten nicht nur Lesen, Schreiben und englische Geschichte, sondern vor allem Manieren – wie man sich in bestimmter Gesellschaft und unter bestimmten Umständen zu benehmen hat und wie man in der Öffentlichkeit Haltung wahrt, auch wenn man provoziert wird. Ruth interessierte sich immer noch sehr für Musik und machte ihre Kinder und später auch ihre Enkel mit verschiedenen Künstlern und Stilrichtungen bekannt.

Frances wurde auf die Downham School in Hertfordshire geschickt und studierte später Kunst und Sprachen in Paris und Italien. Sie lernte den charmanten, gutaussehenden Viscount Althorp 1953 auf ihrem prachtvollen Debütantinnenball im Londonderry House in der Park Lane kennen, bei dem auch die Königinmutter zu den Gästen gehörte. Frances wurde zusammen mit ihrer Schwester Mary in die Gesellschaft eingeführt.

Johnnie war einer der begehrtesten Junggesellen: Er entstammte einer alten aristokratischen Familie, würde eines Tages ein großes Vermögen erben, sah gut aus und stand im Dienst der Königin. Frances ihrerseits war die schöne, lebhafte und unbeschwerte Tochter eines Barons. Es war Kismet oder Schicksal.

Aber Johnnie war auch inoffiziell mit Lady Anne Coke, der ältesten Tochter des Earls und der Countess of Leicester verlobt, ebenfalls kein schlechter Fang. Als Johnnie wegen der jüngeren, weniger hochgestellten Frances die Verlobung löste, sorgte dies für manchen Klatsch. Die neue Königin, Elizabeth II., bat Johnnie, sie und den Herzog von Edinburgh auf ihrer Commonwealth–Tour bis nach Australien zu begleiten, als Adjutant des Haushofmeisters. Die Reise sollte sechs Monate dauern, und man glaubte allgemein, daß durch die Trennung die Leidenschaft abkühlen würde.

Was sie nicht tat.

Frances und Johnnie schrieben einander jeden Tag, und als man Tobruk erreichte, bekam Johnnie schließlich die Erlaubnis, seine Angebetete zu heiraten. An der Trauung in der Westminster Abbey nahmen 1500 geladene Gäste teil, darunter die Königin, die Königinmutter, Prinz Philip und Prinzessin Margaret. Frances, in einem traumhaft schönen weißen Seidenkleid, das mit Diamanten, Pailletten und Bergkristallen besetzt war, war die jüngste Braut, die im zwanzigsten Jahrhundert in der altehrwürdigen Kathedrale getraut wurde. Ihre Brautjungfern trugen weiße Musselinkleider, die Pagen weiße Satinanzüge mit blauen Aufschlägen, die jenem Anzug nachgearbeitet waren, den der junge Lord Althorp getragen hatte, als er von Sir Joshua Reynolds porträtiert wurde, ein Gemälde, das im Marlborough Room auf Althorp House zu bewundern ist. Nachdem die Trauung beendet war, bildeten Scots Greys, die zu Ehren ihres ehemaligen Kameraden ihre Paradeuniform angelegt hatten, mit ihren Säbeln ein Spalier für das Brautpaar. Anschließend gab es für die Neuvermählten einen rauschenden Empfang mit 700 Gästen im St.-James-Palast. Es war eine prunkvolle Hochzeit, das gesellschaftliche Ereignis des Jahres, ein außergewöhnliches Fest, das mit einer weiteren spektakulären Spencer-Hochzeit siebenundzwanzig Jahre später eine Nachfolge finden sollte.

Johnnie und Frances begannen ihr Eheleben fernab vom eleganten London, in einem gemieteten Haus in Rodmarton. Johnnie studierte am Royal Agricultural College in Cirencester, und Frances erwartete ihr erstes Kind. Sarah wurde im März 1955 geboren, neun Monate nach der Hochzeit. Drei Monate später fand sich das Paar wieder in der Westminster Abbey ein, diesmal zur Taufe ihrer kleinen Tochter. Die Königinmutter gehörte zu den Paten bei der Zeremonie in der St. Faith's Chapel. Inzwischen hatte das Ehepaar sich auf dem Althorp-Anwesen niedergelassen, im Orchard Manor in Little Creaton.

Aber Johnnie und sein Vater vertrugen sich nicht. Johnnie war nicht nur umgänglicher als der leicht aufbrausende Earl, er interessierte sich auch mehr für Landwirtschaft und die Natur als für Kunst und Wandbehänge. Und anders als sein Vater hatte er gern Menschen um sich. Auch hatte Johnnie nicht die intellektuellen Neigungen seines Vaters und dessen Liebe für die Fuchsjagd geerbt – er zog die Pirsch vor. Als die Füchse des Earls Johnnies Fasanenhennen fraßen, war Ärger vorprogrammiert.

Und Frances versuchte gar nicht erst, die Wogen zu glätten. Anders als Lady Cynthia versuchte sie nicht, gut Wetter bei ihm zu machen oder sich mit seinen gräßlichen Manieren abzufinden. Dem alten Earl wiederrum mißfiel Frances' Temperament. Es war Lady Cynthia, die die Situation entspannte, als sie nach dem Tod Lord Fermoys später in jenem Jahr vorschlug, die jungen Eltern könnten Park House auf dem königlichen Anwesen Sandringham beziehen. Park House, an der Westküste Norfolks gelegen, wurde im 19. Jahrhundert vom Prinzen von Wales, dem späteren König Edward VII., erbaut, nachdem dieser 1861 das Anwesen erworben hatte.

Das Haus steht am Ende einer Kieszufahrt und ist von gepflegten Rasenflächen mit altem Baumbestand und Hecken flankiert, die das Haus von der öffentlichen Straße abschirmen. Vom Haus aus hat man einen weiten Blick über die ausgedehnten Parks und das Kricketfeld von Sandringham. Das Haus, aus dunklem Bruchstein errichtet, wirkt von außen ebenso imposant wie abweisend. Park House ist nur eins von mehreren Häusern auf dem Anwesen und sollte ursprünglich als Unterkunft für Gäste und Bedienstete des Prinzen dienen. Der Herzog und die Herzogin von York, der spätere König George VI. und Königin Elizabeth, bewohnten bei ihren Aufenthalten in Sandringham das York Cottage, ein ganz ähnliches Gebäude.

Trotz der tristen Fassade ist das Park House im Inneren warm und gemütlich. Es gibt zehn Schlafzimmer und zusätzliche Räume für das Personal. Leider fühlte Johnnie Althorp sich in West Norfolk nicht halb so wohl. Er brauchte eine Beschäftigung.

Er fand eine 100 Hektar umfassende Farm in Ingoldisthorpe in der Nähe von Sandringham und erwarb das Gehöft, um dort Rinder zu züchten. Ein Jahr später kaufte Johnnie weitere 236 Acres in Snettisham, und nachdem noch Land in Heacham hinzukam, verfügte er über 650 Acres, um sich zu beschäftigen.

Jane wurde 1957 in Queen Elizabeth Maternity Home in King's Lynn geboren. Der Herzog von Kent wurde ihr Pate. Zwei Jahre später, am 12. Januar 1960, brachte Frances in ihrem Schlafzimmer in Park House einen Jungen zur Welt. Überglücklich, daß sich endlich ein Spencer-Erbe eingestellt hatte, nannten sie ihn John. Aber das Baby lebte nur zehn Stunden. Es wurde an der Seite seines Großvaters Maurice am Westende des Friedhofs von Sandringham beigesetzt.

Nachdem sie innerhalb von sechs Jahren drei Kinder zur Welt gebracht und eins davon verloren hatte, war die vierundzwanzigjährige Frances ernüchtert und enttäuscht von ihrer Traumehe. Der einstmals so charmante und elegante Johnnie befaßte sich inzwischen nur noch mit Landwirtschaft und ging rasch auf die vierzig zu. Johnnie Althorp, der bei den Einheimischen als netter, umgänglicher Mann beliebt war, zeigte seiner jungen Frau ein ganz anderes Gesicht. Aber als pflichtbewußte Ehefrau wurde Frances erneut schwanger. Sie hoffte, ihm diesmal endlich den Erben zu schenken, den er sich so verzweifelt wünschte. Aber am 1. Juli 1961 brachte sie ein weiteres Mädchen zur Welt – Diana.

Das Neugeborene blieb fast einen Monat bei der Hebamme Joy Hearn, ehe die neue Kinderfrau, Judith, die drei Monate zuvor eingestellt worden war, das kleine Mädchen in sein hell eingerichtetes Kinderzimmer brachte. Am 30. August wurde Diana von Right Reverend Percy Herbert vor dem massiv silbernen Altar der St. Mary Magdalene Church in Sandringham getauft.

Die Kirche von Sandringham hat stets davon profitiert, daß sich dort immer wieder die Monarchen zum Gottesdienst einfanden, und wurde 1857 umfassend restauriert. Die Orgel wurde von König Edward VII. gespendet, das Dach des Schiffs von König Georg VI. Der Amerikaner Rodman Wanamaker stiftete den beeindruckenden Altar aus massivem Silber, eine juwelenbesetzte Bibel, Retabeln, die im Jahre 1911 Königin Alexandra als Geschenk überreicht worden waren sowie die Prozessionskreuze zum Gedenken an die Opfer beider Weltkriege. Ein im Boden des Altarraums eingelassenes Messingkreuz markiert die Stelle, an der die Särge der verstorbenen Monarchen stehen, bevor diese auf Windsor bestattet werden. Einer alten Tradition folgend, tritt niemand auf dieses Kreuz.

In der Taufkapelle von St. Mary's, mit ihren bunten Fenstern, den mit Malereien geschmückten Wänden und Decken und den vergoldeten Engeln wurde Diana über das florentinische Marmortaufbecken – ein Geschenk König Edward VII. – gehalten und Gott geweiht, als einziges Kind der Spencers ohne königliche Taufpaten. Ihre Eltern hatten John Floyd – einen Freund von Johnnie aus Eton- und Sandhurst-Tagen und spätere Leiter des Auktionshauses Christie's – sowie Johnnies Vetter Alexander Gilmour gebeten, als Patenonkel zu fungieren. Die Patinnen waren Lady Mary Colman, eine Verwandte der Königinmutter, und die Nachbarinnen Sarah Pratt und Carol Fox.

Als Frances im Park House aufwuchs, hatte ihre Familie über ein ganzes Heer von Bediensteten verfügt und große Gesellschaften gegeben, aber dank Maurices irisch-amerikanischer Erziehung und Ruths berühmten Freunden aus der Musikszene, ging es dort weniger förmlich zu als in den meisten anderen Adelshäusern.

Frances und Johnnie hatten wesentlich weniger gesellschaftliche Verpflichtungen als Baron Fermoy, und so reduzierten sie das Personal entsprechend auf sechs Personen, darunter eine Vollzeitköchin. Frances war lebhaft und amüsierte sich gern, Johnnie war ein sehr bodenständiger Mann, der im Umgang mit Bediensteten die gleiche Selbstverständlichkeit an den Tag legte wie gegenüber Mitgliedern der Königsfamilie. Da Johnnie sich vor allem für Landwirtschaft, Sport und örtliche Belange interessierte, luden sie zumeist gute Freunde ein. So kam es, daß es in Park House sogar noch zwangloser zuging, als Diana geboren wurde.

Dennoch erhielt Diana eine sehr traditionelle britische Upper-Class-Erziehung. Die Kinder lebten in einem eigenen Bereich, der drei Schlafzimmer, ein Badezimmer und ein großes Spielzimmer umfaßte. Diese Räume befanden sich in einem separaten Flügel, getrennt von den Räumen der Eltern und des restlichen Hauses. Kinderfrauen kümmerten sich um die Geschwister. Sie lernten zu essen, was man ihnen vorsetzte, niemals andere zu unterbrechen, gerade zu sitzen, nicht mit vollem Mund zu sprechen, zu lächeln und jedem gegenüber höflich zu sein, jedem, mit dem man sie bekannt machte, die Hand zu schütteln, leise zu spielen, anständig zu sprechen und in den Kinderzimmern Ordnung zu halten. Wie bei allen Kindern erwies sich letzteres als schwierig, und Dianas Nanny, Janet Thompson, die sich von Dianas viertem bis fast zu ihrem siebten Lebensjahr um die Spencer-Kinder kümmerte, berichtete später, sie hätten nie ihre Betten gemacht und in ihren Schlafzimmern hätte immer das reinste Chaos geherrscht.

Als dritte Tochter hatte Diana keine Sonderstellung inne. Sie war nicht das erstgeborene, ja nicht einmal das zweitgeborene Kind, und es sollte noch drei Jahre dauern, ehe sich ein weiteres Kind einstellte. Wie so viele jüngeren Geschwistern gelang es ihr nicht, mit ihren älteren Schwestern mitzuhalten. Sie wuchs in deren Schatten auf, und ihr erging es wie allen nachgeborenen Kindern: Sie stand vor der Wahl, entweder durch verrückte Handlungen auf sich aufmerksam zu machen oder durch angenehmes Benehmen akzeptiert zu werden. Da Viscount Althorp Rebellion kaum hätte durchgehen lassen, wählte Diana die andere Möglichkeit, zuvorkommendes Benehmen, eine Wahl, die ihre Persönlichkeit formte, jedoch nie über ihren starken Willen und ihren Wunsch nach Anerkennung hinwegtäuschte. Man beachtete Diana kaum, und sie wuchs als schüchternes und wenig einnehmendes Kind auf, als brave Tochter, die ihre Eltern anbetete und sich an Sarahs und Janes Rockzipfel hängte.

Diese Unterlegenheit gegenüber den dominierenden älteren Geschwistern sollte ihren Charakter formen und die Neigung begründen, sich mit einfacheren, gewöhnlicheren Menschen zu identifizieren, bei denen sie sich wohl fühlte. Im behüteten, abgeschiedenen Spencer-Haushalt (Diana war noch nie in einem Zirkus oder Zoo gewesen, bis sie mit ihren eigenen Kindern dort hinging) hatte sie nur wenige Spielgefährten, und sie verbrachte mehr Zeit mit den Dienstboten als mit ihren Eltern.

Sie lernte Verständnis und Mitgefühl, vor allem gegenüber Jüngeren, und anders als ihre königlichen Nachbarn stand sie an, wenn sie etwas kaufen wollte, spielte mit den Kindern aus der Umgebung und verkehrte mit den unterschiedlichsten Leuten. Ihre Kindheit brachte Diana in eine Nähe zu »normalen Menschen«, die sie von anderen Mitgliedern des Adels unterschied, eine Nähe, der ihr eines Tages die Bezeichnung »Prinzessin des Volkes« einbringen würde.

Sie wuchs nicht ohne Liebe auf. Ihre Schwestern, ihre Kinderfrau, ihre lebhafte junge Mutter, ihr Vater ... sie alle hatten das neue Baby gern. Sarah und Jane behandelten sie wie eine Puppe: Sie verwöhnten sie und halfen, sie zu baden und anzukleiden. Aber am Morgen, wenn Sarah und Jane zum Unterricht nach unten gingen, blieb Diana allein mit ihrer Nanny in den Kinderzimmern zurück.

Als drei Jahre später Bruder Charles, der langersehnte Erbe, zur Welt kam – was dem ganzen Haushalt erleichterte Seufzer entlockt haben mußte –, war Diana entzückt. Endlich gab es jemanden, der kleiner war als sie, jemanden, den sie lieben, versorgen und anleiten konnte. Charles sollte dreiunddreißig Jahre später sagen, daß Diana ihn bemuttert hätte und sie als die jüngsten Geschwister sehr viel Zeit miteinander verbrachten. Das tat ihnen beiden gut: Diana konnte ihn verwöhnen, und Charles hatte eine ältere Schwester, die ihn anbetete. Der Wunsch, andere zu umsorgen, ihnen die Hand zu reichen, erwachte in der kleinen Diana an dem Tag, als ihre Mutter Charles mit nach Hause brachte. Diese Eigenschaft sollte ihr in den kommenden Jahren noch gute Dienste erweisen.

Darüber hinaus besaß sie einen starken Willen. Sie war sehr streng zu Charles und achtete darauf, daß er seinen Pflichten nachkam.

Die Verbindung der Familie zu den Royals wurde enger. Johnnie Spencer kümmerte sich zwar nicht um Politik, aber er stand den Windsors sehr nahe. Seine Mutter war eine gute Freundin der Königinmutter, und Dianas Schwester Jane sollte den Privatsekretär der Queen heiraten, Sir Robert Fellowes. Diana knüpfte ihre eigenen königlichen Verbindungen, indem sie mit Andrew und Edward, den jüngeren Söhnen der Königin, befreundet war. Wären sie und Charles, der Prinz von Wales, sich zu jener Zeit begegnet, hätte er das pummelige Mädchen kaum bemerkt.

Diana liebte Parties. Als sie fünf war, zog sie ein neues Kleid an, nahm ihren Bruder Charles bei der Hand und marschierte zum »Haupthaus« von Sandringham, um mit den Prinzen Andrew und Edward Tee zu trinken. Ihre Nanny fand sie, wie sie mit Andrew – und der Queen – Verstecken spielte.

Sie war keine verwaiste Märchenprinzessin, die Fußböden schrubben mußte und sehnsüchtig auf ihren Prinzen wartete. Sie war ein modernes Kind aus privilegiertem Haus, ein Kind, das alle Vorzüge des Adels genoß und königliche Spielgefährten hatte, vor allem Prinz Andrew. Prinz Andrews distanzierter und reservierter großer Bruder erschien ihr damals schon überlebensgroß, und das sollte auch Jahre später noch so sein.

Sarah und Jane wurden an den Vormittagen unterrichtet, aber nach dem Mittagessen gingen sie spazieren und nahmen Diana mit, die entweder im Kinderwagen saß oder hinter ihnen hertrottete. Auf diesen Spaziergängen wurden die Kinder entweder von ihrer Nanny begleitet oder von ihrer Mutter. Als Diana älter wurde und besser mit ihren aktiven Schwestern mithalten konnte, schlossen diese sie in ihre Spiele mit ein. Diana war ein fröhliches und entschlossenes Kind mit einem ausgeprägten Sinn für Humor.

Die warmherzige und liebevolle Lady Althorp, die den Bediensteten und den Dorfbewohnern gegenüber stets freundlich war, machte auf ihren Spaziergängen oft halt, um mit den Leuten zu plaudern. Sie verbrachte viel Zeit im Kindertrakt, las den Kindern Gutenachtgeschichten vor und schmuste mit ihnen. Die Mädchen galten als aufgeweckt und hübsch; sie kletterten auf Bäume, ritten auf Ponys, fuhren Roller und Fahrrad und rutschten auf Teetabletts die steinernen Eingangsstufen hinunter.

Das Areal, das zu Sandringham gehört, ist der Traum eines jeden Spaziergängers, mit 20 000 Acres Wald, Rasenflächen, Gärten, Farmland und Parks, allesamt durchzogen von breiten Wander- und Reitwegen und bedeckt mit dicken Heideteppichen. Diana wuchs mit Pferden, Ponys und einer ganzen Menagerie von Haustieren auf, darunter Kaninchen, Hamster, einen Springer Spaniel namens Jill und einer Katze, die sie »Marmelade« nannte. Es gibt ein Foto von ihr, auf dem sie ein Meerschweinchen an sich gedrückt hält und bereits auf die gleiche Weise in die Kamera schaut, wie es später so typisch für sie war.

Sandringham ist der große königliche Jagdbesitz, und Spaziergänger müssen während der sechsmonatigen Fasanenjagdzeit auf der Hut sein. Johnnie war ein leidenschaftlicher Jäger, und seinen Kindern war der Zutritt zu seinem Waffenzimmer in Park House strengstens untersagt. Seine Jagdhunde hielt er draußen im Zwinger; sie waren keine Schoßtiere und hatten im Haus nichts zu suchen. Wenn sich die königliche Familie zur Jagdsaison und zum Jahreswechsel auf Sandringham befand, unterbrach die Königin ihre Ausritte oft für einen Plausch. Die Kinder beider Familien tranken miteinander Tee, vor allem Diana, Prinz Andrew, Prinz Edward und Prinzessin Margarets Kinder. Nachdem Johnnie in Park House ein beheiztes Schwimmbad gebaut hatte, kamen die jungen Royals oft zum Schwimmen herüber, und Diana entwickelte sich bald zu einer glänzenden Schwimmerin.

Aber die Royals, die nur verhältnismäßig selten auf Sandringham waren, waren nicht die nächsten Nachbarn der Spencers. Als Diana noch klein war, bezog Reverend Patrick Ashton das Pfarrhaus gleich nebenan. Er hatte eine Tochter in Dianas Alter. Der Gutsverwalter von Sandringham, Julian Lloyd, lebte in Laycocks auf der anderen Seite des Parks, und seine Tochter Alexandra war ebenfalls in Dianas Alter. Diana, Alexandra und Penelope Ashton waren Spielkameraden.

Ruth, Dianas Großmutter mütterlicherseits, wendete

ihre ganze Energie und ihr Talent auf, um die Musik in West Norfolk zu fördern. Nach dem Krieg organisierte Ruth in King's Lynn Mittagskonzerte, bei denen sie zuweilen sogar selbst spielte. 1950 spielte sie für die Königinmutter in der Royal Albert Concert Hall ein Klavierkonzert von Schumann, und im darauffolgenden Jahr organisierte sie nach der Restaurierung der St. George's Guildhall das King's Lynn Music Festival. Das Festival lockte solche Musikgrößen wie Benjamin Britten und Peter Pears an. Die Königinmutter war fünfundzwanzig Jahre lang Schirmherrin der Veranstaltung und Ruth ebenso lang Vorsitzende. Lady Fermoy wurde für ihre Arbeit im Jahre 1963 zur Ehrenbürgerin von King's Lynn ernannt. Sie hatte großen Einfluß auf den Musikgeschmack ihrer Enkelin.

Als Diana fast drei war, brachte Frances endlich den Erben zur Welt, den Johnnie sich immer gewünscht hatte. Es war im Mai 1964, zehn Jahre und fünf Kinder nach ihrer Trauung. Sie war inzwischen achtundzwanzig, und Johnnie zweiundvierzig. Frances wurde in der London Clinic entbunden, und als der Telefonanruf kam, in dem die Geburt des Stammhalters mitgeteilt wurde, gab es großen Jubel. Glückliche Hausangestellte schmückten Althorp mit Flaggen, um die Geburt eines gesunden Erben zu verkünden.

Zwei Monate später wurde der Junge im Rahmen einer großen Zeremonie in der Westminster Abbey auf den Namen Charles getauft. Seine Patin war die Königin. Die ganze Familie war anwesend, nur die dreijährige Diana mußte daheim bleiben. Sie hatte sich am Tag zuvor den Kopf auf der Steintreppe angeschlagen und eine böse Wunde an der Stirn davongetragen.

Kurze Zeit später durfte sie jedoch mit zur Hochzeit ihres Onkels Edmund, des jüngeren Bruders ihrer Mutter.

Der fünfte Lord Fermoy schloß mit Lavinia Pitman in der Kapelle der Wellington-Kaserne in London den Bund fürs Leben. Nun, wo sie nicht länger das Nesthäkchen der Familie war, wurde Diana jeden Morgen nach unten zum Unterricht bei Gertrude Allen geschickt, die ihr die gleichen Dinge beibrachte wie schon ihrer Mutter. Frances hatte den Namen früher zu »Gert« verkürzt, von der kleinen Diana wurde sie jedoch in Ally »umbenannt«. Miss Allen unterrichtete jahrzehntelang eine ausgesuchte Anzahl von Kindern in West Norfolk und bereitete sie auf den Eintritt in die Schule vor. Im Sommer wurde der Unterricht in den Gärten von Park House abgehalten. Die vier Jahre alte Diana lernte, so wie alle Kinder, in ihrem eigenen Rhythmus zeigte jedoch ein gewisses Interesse an Geschichte. Aber natürlich zog sie es vor, zu malen und zu basteln, und überließ es ihren älteren Schwestern, Geschichtsdaten zu lernen. Später sollte sie besonderes Interesse an der Geschichte der Tudors und Stuarts zeigen.

Snettisham war das nächstgelegene Dorf mit interessanten Geschäften, und Diana und ihre Schwestern fuhren oft mit ihrer Mutter nach der Schule in den Ort. Diana liebte diese Ausflüge vor allem deshalb, weil sie dort ihre Lieblingsschokolade bekam. Bei anderen Gelegenheiten fuhren sie auch zum weiter entfernt gelegenen King's Lynn oder zu Johnnies Farm. Zu ihren Lieblingsausflügen im Sommer gehörten jedoch Fahrten ins zwanzig Minuten entfernte Brancaster und an die Nordküste, wo die Familie ein Strandhäuschen besaß. Am schönsten war es, wenn sie den ganzen Tag dort verbrachten, mittags picknickten und den Nachmittag am Strand und im Wasser verbrachten; dies war etwas, was Diana auch später gern tat. Althorp bekamen sie nur bei den seltenen Gelegenheiten zu sehen, wenn Frances mit ihnen den Earl besuchte. Johnnie weigerte sich, seinen Vater zu sehen, und Jack kam nie ins Park House. Cynthia kam zu Besuch, wenn Johnnie beim jährlichen Kricketturnier mit den Julian Lloyd's President's XI. gegen den örtlichen Club spielte und wenn sie der Königinmutter bei deren Aufenthalten im York Cottage Gesellschaft leistete.

Im York Cottage hatten König George V. und Königin Mary ihre Flitterwochen verbracht, als sie noch Herzog und Herzogin von York gewesen waren. Das Haus war von Edward gebaut worden, als dieser noch Prinz of Wales gewesen war, und blieb bevorzugter Landsitz der Familie, bis diese 1925 aus Platzgründen Sandringham House bezog. Später wurde das Cottage von anderen Mitgliedern der Königsfamilie, darunter auch die Queen Mum benutzt, wenn sie auf Sandringham weilten.

Sarah und Jane hatten ein Pony namens Romany, aber es hatte einen schlechten Charakter und neigte dazu, in die kleinen Hände zu beißen, die es mit Zucker fütterten. Sie alle fuhren auf den endlosen Parkwegen Fahrrad. An ihren Geburtstagen wurden immer Partys mit Freunden veranstaltet, und das Feuerwerk der Spencers am 5. November, dem Guy Fawkes Day, war ein beliebtes alljährliches Ereignis. Johnnie zündete die funkensprühenden Räder an, die Raketen, Leuchtfeuer und Kracher, und das farbenfrohe Spektakel wurde ehrfürchtig von den Kindern bestaunt, die mit Schals und Wollmützen gegen die Kälte geschützt waren und den Bauch voller warmer Würstchen hatten.

Natürlich wurde Diana erzogen, wie es ihrem gesellschaftlichen Status entsprach, aber dennoch war es eine idyllische und normale Kindheit. Bis 1967. Damals war Diana sechs Jahre alt und Charles dreieinhalb. Als Sarah und Jane im September auf ein Internat in West Heath in Kent geschickt wurden, herrschte in den Räumen der Kinder eine ungewohnte Leere.

Dann ging auch Frances. Der Skandal war perfekt.

Trotz allem, was auf Park House hinter verschlossenen Türen vorgegangen war, hatten Johnnie und Frances die Fassade bis zu dem Tag aufrecht erhalten, an dem sie auszog und die »Familienschande« Schlagzeilen machte. Frances wurde als untreue Ehefrau und Rabenmutter verteufelt, während man Johnnie als betrogenen Ehemann und verlassenen Vater bedauerte. Aber wie bei allen menschlichen Geschichten – vor allem bei jener, die fünfundzwanzig Jahre später für noch größeres Aufhebens sorgen sollte – gab es zwei Seiten.

Frances war schon seit Jahren unglücklich gewesen. Johnnie, lieb und langweilig, war sanft im Umgang mit den Kindern und gab sich in der Öffentlichkeit stets freundlich und umgänglich. Daheim jedoch zeigte er oft das aufbrausende launische Temperament seines Vaters. Frances war keine Lady Cynthia, die die Wutausbrüche des übellaunigen Earls stillschweigend hinnahm. Frances, die sich mit sechzehn verliebt und mit achtzehn geheiratet hatte, war mit dreißig Jahren noch eine junge und attraktive Frau. Nachdem sie den geforderten Stammhalter geboren hatte, fuhr sie immer öfter nach London, um lebhaftere Gesellschaft im verrückten »Swinging London« der Sechziger zu suchen. Dann verliebte sie sich in einen anderen Mann, Peter Shand Kydd. Er war wohlhabend, liebenswürdig und geistreich, das exakte Gegenteil ihres pedantischen, spießigen und langweiligen Ehemanns.

Frances lernte Peter Shand Kydd bei einer Dinner-Party 1966 in London kennen. Sie war mit Johnnie dort, und Peter mit seiner Frau, der Künstlerin Janet Munro Kerr. Die vier verstanden sich gut und fuhren gemeinsam zum Skilaufen. Als sie zurückkamen, zog Peter aus, und Janet ließ ihn laufen, in dem Glauben, diese »Phase« würde bald vorübergehen.

Doch das war keineswegs so.

Peter war damals zweiundvierzig, und Frances einunddreißig. Er war seit sechzehn Jahren verheiratet. Und wurde auch als Zigeuner bezeichnet, da es ihn nirgendwo lange hielt. Gerade erst war die Familie aus Australien zurückgekehrt. Er hatte die Tapetenfabrik der Familie geerbt und war reich, aber kein Geschäftsmann. Er hatte das Marlborough College und die Edinburgh University besucht und während des Krieges in der Navy gedient. Während er geschäftlich in Australien war, hatte er sich in dieses Land verliebt. So zog er sich aus dem Vorstand der Firma zurück und wanderte nach Australien aus; dort, in New South Wales, hatte er sich eine Schaffarm gekauft. Doch er war als Schaffarmer nicht sehr erfolgreich und kehrte drei Jahre später nach England zurück. Er versuchte sich in allem möglichen, begann unter anderem auch zu töpfern.

Der Umstand, daß er verheiratet und Vater von drei Kindern war, war ein gefundenes Fressen für die Presse und die Öffentlichkeit, die sich stets gierig auf Skandale in den oberen Schichten stürzte.

Frances und Peter trafen sich heimlich ein Jahr lang, bis Sarah und Jane September 1967 nach West Heath ins Internat kamen. Kurze Zeit später hatten Frances und Johnnie auf einer Party einen Riesenkrach. Am nächsten Tag packte sie ihre Sachen und ging. Da sie der Ansicht war, daß es für die Kinder besser sei, sie glücklich zu sehen als ewigen Streit zwischen ihren Eltern mitzuerleben, bezog sie Cardogan Place in der Nähe des Sloane Square, einer der vornehmsten Wohngegenden Londons. »Ich lebe jetzt von meinem Mann getrennt. Das Ganze ist sehr traurig. Ich weiß nicht, ob es eine Versöhnung geben wird«, gab sie der Presse bekannt. Am Tag nach ihrer Abreise schickte Johnnie Diana und Charles mit ihrer Nanny nach London. Frances meldete Diana in einer Schule an und

Charles im Kindergarten. Violet Collinson, ein Hausmädchen aus Park House, war als Köchin mitgekommen. Frances hatte nicht die Absicht, ihre Kinder zu verlassen, aber sie war auch nicht gewillt, ihre lieblose Ehe noch länger zu ertragen. Das hatte sie ihren Kindern erklärt, bevor sie ging, denn es war ihr sehr wichtig gewesen, daß sie es verstanden. Aber Charles war erst dreieinhalb und Diana gerade sechs. Inwieweit sie tatsächlich in der Lage waren, das Geschehen zu verstehen, ist zweifelhaft.

In den sechziger Jahren war es höchst ungewöhnlich, daß einem Vater das Sorgerecht für seine Kinder zugesprochen wurde, erst recht, wenn es sich um noch sehr junge Kinder handelte, und bisher war es nur dann vorgekommen, wenn das Gericht davon hatte überzeugt werden können, daß die Mutter durch und durch verdorben und ihren Aufgaben nicht gewachsen war. Aber im Falle von Frances war allgemein bekannt, daß sie eine leidenschaftliche und liebevolle Mutter war – was die zärtliche Beziehung zwischen Frances und all ihren Kindern deutlich zeigte. Diana und Charles schienen die Veränderung eher als Abenteuer aufzufassen; Sarah und Jane hingegen waren am Boden zerstört. Frances brachte Diana und Charles vereinbarungsgemäß für die Weihnachtsferien zurück nach Park House. Aber Johnnie, der erklärt hatte, daß ihr Auszug und ihre sensationelle Ankündigung in der Presse ihn wie ein Blitz aus heiterem Himmel getroffen hätte, hatte inzwischen wohl eingesehen, daß die »vorübergehende Trennung« endgültig war und Frances nicht beabsichtigte, zu ihm zurückzukehren. Sie wollte die Scheidung. Johnnie reagierte wütend.

Johnnie verbot Frances, die Kinder nach den Ferien wieder mit nach London zu nehmen. Frances flehte ihn an, aber es war vergebens, und schließlich fügte sie sich. Immerhin waren Diana und Charles in Park House zu

Hause, und sie liebten ihren Vater, der ihnen ebenfalls liebevoll zugetan war, über alles. Frances wußte, daß sie bestens versorgt sein würden, daß sie in einer vertrauten Umgebung aufwachsen würden und ihr Leben ohne größere Schwierigkeiten verlaufen würde.

Aber nicht alle waren überrascht von der Trennung. Zweifellos war es dem Personal nicht entgangen, daß es in der Ehe kriselte, und auch den Kindern dürften die Probleme nicht verborgen geblieben sein. In diesem Jahr der Trennungen sollten Diana und Charles von noch mehr Abschieden betroffen werden. Die Katze Marmalade starb, und Ally, die Gouvernante, die seit Jahren bei ihnen war, kündigte nach Weihnachten. Diese ganzen Veränderungen begannen, sich auf Diana und Charles auszuwirken. Die beiden Kinder, verlassen von ihren Schwestern, ihrer Mutter und ihrer Gouvernante, klammerten sich um so heftiger aneinander.

Johnnie, der die Kinder vielleicht in dem Glauben gelassen hatte, Frances werde eines Tages zur Vernunft kommen, mußte sich den Tatsachen stellen und einsehen, daß sie nicht zurückkehren würde.

Frances, die nicht länger durch Johnnies gehobene gesellschaftliche Stellung geschützt war, wurde in der Öffentlichkeit dafür verurteilt, daß sie »durchgebrannt« war und ihre kleinen Kinder im Stich gelassen hatte. Ihre eigene Mutter, die überkorrekte und pedantische Ruth, stellte sich ebenfalls gegen sie. Um ihre priviligierte Position ja nicht zu gefährden, verkündete Lady Fermoy laut und öffentlich ihre Mißbilligung und sprach jahrelang kein Wort mehr mit ihrer Tochter. Auch andere Bekannte in Norfolk wandten sich von ihr ab. Frances, unglücklich ohne ihre Kinder und wütend auf den dickköpfigen, unnachgiebigen Johnnie, reichte die Scheidung ein und beantragte das Sorgerecht.

Frances war jung, schön und voller Lebensfreude, aber sie besaß darüber hinaus einen starken Willen und große Entschlossenheit. Johnnie war ein guter, fürsorglicher Vater und zeigte sich den Nachbarn gegenüber stets als Gentleman, aber er war auch älter, festgefahren in seinem Leben, und, wie Frances in ihrer Scheidungsklage behauptete, grausam.

Wenn sie die Richter hätte überzeugen können, wären ihr die Kinder zugesprochen worden, aber Johnnie ging in die Offensive und ließ zu seinen Gunsten Zeugen aus höchsten Kreisen aussagen. Frances verlor und sah sich einem Sturm böswilliger Gerüchte und zahllosen Sensationsberichten ausgesetzt, in genau dieser Situation sollte sich auch Jahre später ihre Tochter befinden.

Die Presse verfolgte die Spencers, griff jedes Gerücht auf, jedes »interessante« Detail dieser Schlacht im aristokratischen Paradies. Es war eine dunkle Wolke, wie sie auch Diana Jahre später überschatten sollte.

Frances heiratete Peter, doch auch diese Ehe hatte keinen Bestand, womit sie erneut einen Schatten auf das Leben ihrer Tochter warf. Diana zeigte nach alledem nach außen hin eine bemerkenswerte Gefaßtheit, aber natürlich blieb sie nicht unberührt. Sie lernte, Unglück mit Gleichmut hinzunehmen, eine Charaktereigenschaft, die ihr in den kommenden Jahren noch des öfteren gute Dienste leisten sollte. Ihre Freunde wußten alle, daß ihre Mutter die Familie verlassen hatte, aber was das für eine Sechsjährige bedeutet haben mag in einer Zeit, als Scheidungen noch nicht an der Tagesordnung waren, bleibt ungewiß. Diana brauste zwar auf oder bekam Weinkrämpfe, aber beides war äußerst selten. Die Erwachsenen in ihrem Leben bemühten sich, sie abzulenken. Beide Großmütter sprangen ein – sehr zu Johnnies Erleichterung. Als Sarah und Jane in jenen Jahren zu Weihnachten nach Hause kamen, kümmerten sie sich sehr um Diana und Charles. Es gab viele Einladungen, meist war das Haus voll und die Familie beschäftigt, und so verliefen die Ferien so normal wie unter den Umständen eben möglich. Aber im Januar mußten Sarah und Jane ihre Koffer packen und ins Internat zurückkehren, und Frances fuhr allein zurück nach London.

Glücklicherweise bekamen Diana und Charles eine neue Kinderfrau, Sally. Diana übernahm es, Sally alles zu zeigen, sie erklärte ihr, wo in ihrem Zimmer alles hingehörte und wieviel Zucker sie zum Tee nehmen dürften. Diana entwickelte sich zu einem sehr ordentlichen Mädchen; alles in ihrem Zimmer stand fein säuberlich an seinem Platz, und sogar ihr Teddybär und die anderen Stofftiere waren ordentlich aufgereiht. Niemals lagen Strümpfe auf dem Fußboden, und die Spielsachen wurden stets in Regale und Schränke geräumt. Die sechsjährige Diana suchte sich stets etwas zu tun, konnte sich aber nie längere Zeit mit irgend etwas beschäftigen. Vielleicht war das ihre Art, mit den Veränderungen in ihrem Leben fertig zu werden, aber für andere wurde das Zusammensein mit ihr sehr anstrengend, zumal sie mehr redete als je zuvor in ihrem Leben. Sie wurde aufsässig, schmollte viel, wollte sich das Haar nicht waschen und spielte den Dienstmädchen Streiche. Und obwohl sie wie ein Wasserfall redete, sprach sie niemals über die Abwesenheit ihrer Mutter.

Eine Ablenkung, die sie mit Erleichterung aufnahm, war die Schule. Johnnie, der deprimiert war und vor Selbstmitleid zerfloß, nachdem Frances ihn verlassen hatte, entschied, daß Diana und Charles in einer Schule besser aufgehoben wären, weit fort von den traurigen Erinnerungen in Park House. Anfang Januar 1968 wurden die beiden in einer Ganztagesschule im sieben Kilometer entfernten King's Lynn angemeldet, um in entspannterer

Atmosphäre mit anderen Kindern zusammen zu sein. Diana erzählte später, daß die Zeit auf dieser Schule einer der schönsten in ihrem Leben gewesen sei.

Wie auch immer seine Beziehung zu Frances gewesen sein mag – so hat Johnnie die Kinder nur selten als Waffe gegen seine Ex-Frau eingesetzt. Er hat ihr stets erlaubt, die Kinder zu sehen, und sie durften auch nach der Scheidung noch die Wochenenden bei ihr verbringen. Jahre später sollte Charles, der neunte Earl Spencer, in seiner Trauerrede an die ganze Welt an diese langen Zugfahrten zusammen mit Diana zwischen Sandringham und London erinnern.

Kapitel 2
Die Schuljahre

Man kann verstehen, daß Johnnie und Frances, als Diana geboren wurde, lieber einen Sohn und Stammhalter gehabt hätten, als zum dritten Mal eine Tochter. Und so schrieb auch Penny Junor in seinem Buch *Diana, Princess of Wales* über Charles' Geburt: »Der gesamte Haushalt wartete mit angehaltenem Atem, starr vor Angst, daß es erneut ein Mädchen werden könnte. Aber dann war es doch endlich ein Junge, ein Erbe, und kerngesund dazu. An jenem Tag wehten die Fahnen auf Althorp.«

Man weiß nicht, ob für Diana die Enttäuschung ihrer Eltern spürbar gewesen war, aber es scheint, als hätte sie schon als Kind das Bedürfnis gehabt, immer wieder bestätigt zu bekommen, daß man sie liebte und anerkannte – ein Bedürfnis, das sie ihr ganzes tragisches Leben hindurch begleiten sollte. Diese Sehnsucht Dianas scheint auch der Antrieb gewesen zu sein für ihren sehr persönlichen und engagierten Einsatz für wohltätige Zwecke, der ihr von so vielen Menschen die Liebe und Anerkennung einbrachte, die sie nach dem Weggang ihrer Mutter so schmerzlich vermißt hatte.

Bis zum Alter von sechs Jahren hatte Diana im Park House auf dem Sandringham-Anwesen eine im Großen und Ganzen glückliche Kindheit erlebt. Park House, Dianas Zuhause in Kindertagen, liegt im Herzen des ländlichen Norfolk. Sandringham, das für eine königliche Residenz nicht sehr groß ist, verfügt über wenig imposante Räume, dafür gibt es um so mehr kleinere, gemütliche Zimmer. Es scheint wie geschaffen dafür zu sein, daß man sich trifft, um zusammen Karten zu spielen, Tee zu trinken. Oder Puzzle zu legen.

Auf dem Anwesen stehen riesige alte Eichen, die von den verschiedene Monarchen gepflanzt wurden, angefangen bei Königin Victoria, und König George VI. ließ wunderschöne Gärten dort anlegen. Diana und ihre Geschwister verlebten einige sehr glückliche Jahre in diesem beinahe märchenhaften Zuhause – es sollte dort sogar einen Pagen geben, dessen Geist umging und brennende Kerzen ausblies.

Eine von Dianas Kinderfrauen bestätigte, daß Diana in ihrer frühen Kindheit ein ganz normales Mädchen war. »Diana war kein schwieriges Kind, aber sie konnte sehr dickköpfig sein«, berichtete Janet Thompson. »Sie mochte keine langen Spaziergänge und wollte die Kruste an ihrem Brot nie mitessen. Ihre Liebe zu Pferden hielt sich in Grenzen, und sie machte auch nicht viel Aufhebens um die beiden Hunde. Sie liebte hübsche Kleider und achtete sehr darauf, diese nicht schmutzig zu machen.« Am liebsten hatte Diana geblümte Kleider, und sie hatte schon als Kind eine Schwäche für Süßigkeiten.

1967 war das Jahr, in dem sich Dianas Leben unwiderruflich änderte. Die folgenden Ereignisse sollten für den Rest ihres Lebens ihre Beziehungen zu anderen Menschen beeinflussen und prägen.

Als Sarah und Jane im September 1967 ins Internat gingen, kam Diana und Charles das Haus ohne ihre Schwestern schrecklich groß und leer vor. Und obwohl es schon vorher Gerüchte gegeben hatte, daß beide Spencers es mit der ehelichen Treue nicht so genau nähmen, war es doch ein unglaublicher Schock, als Frances ihren Mann verließ. Dianas Vater behauptete, ihr Entschluß sei völlig unerwartet gekommen. Er sagte, er wäre sich keiner Probleme bewußt gewesen und hätte seine Ehe für genauso glücklich wie jede andere gehalten.

Doch Frances, die in ihrer Ehe unzufrieden gewesen war, reichte Anfang 1968 die Scheidung ein und beantragte das Sorgerecht für die Kinder, wobei sie als Grund hierfür »Grausamkeit« seitens ihres Mannes anführte. Wie schon geschildert, folgte hierauf ein endloser, erbitterter und von der Presse ausgeschlachteter Sorgerechtskampf, aus dem Earl Spencer als Sieger hervorging: Ihm wurde das Sorgerecht für alle vier Kinder zugesprochen. Die Bitterkeit, die beide Eltern nach dem Scheitern der Ehe empfanden, hinterließ auch bei den Kindern ihre Spuren, vor allem bei Diana. »Ich werde später einmal erst dann heiraten, wenn ich jemanden wirklich liebe«, erklärte Diana ihrer Lieblingsnanny, wie die *Daily Mail* berichtete. »Denn wenn man nicht ganz sicher ist, daß man jemanden liebt, läßt man sich später vielleicht scheiden.«

Zur weiteren Verwirrung und Bestürzung der Spencer-Kinder sagte Ruth, Lady Fermoy, vor Gericht gegen ihre eigene Tochter aus. Es heißt, Diana habe ihrer Großmutter diesen Verrat an ihrer Tochter nie verziehen. Dianas ältere Schwester Sarah war zu jenem Zeitpunkt zwölf, Jane zehn Jahre alt und ihr kleiner Bruder Charles drei.

Frances' Scheidung wurde 1969 rechtskräftig, nach fast drei Jahren erbitterten Ringens. Sie und Peter Shand Kydd, der ebenfalls das Sorgerecht für seine eigenen drei Kinder verlor, als er sich von seiner Frau scheiden ließ, heirateten in aller Stille. Sie lebten abwechselnd auf einer Schaffarm in Australien und einem abgelegenen Anwesen auf der Isle of Seil in Argyllshire, vor der schottischen

Küste in der Nähe von Orban. Frances' Kinder besuchten sie in den Ferien, die sie in London oder auf einem der Landsitze verbrachten. Die Kinder schlossen Peter Shand Kydd schnell ins Herz, aber als Johnnie Spencer beschloß, wieder zu heiraten, war das etwas völlig anderes.

Wie Frances später selbst zugab, war die sensationelle Trennung von ihrem Mann eine große Belastung für die Kinder. »Es wäre lächerlich zu behaupten, dieses Erlebnis wäre etwas anderes als traumatisch gewesen«, sagte sie. Jahre später erinnerte Charles, Dianas jüngerer Bruder, in seiner Trauerrede daran, wie er und Diana »... an den Wochenenden diese langen Zugfahrten zwischen den Wohnsitzen unserer Eltern erdulden mußten.«

Nach der Scheidung ihrer Eltern entwickelte Diana eine sehr enge Bindung zu ihrem Vater. Trotz seiner selbstauferlegten emotionalen Distanz zu seinen Kindern nahm Diana einen besonderen Platz in seinem Herzen ein, denn anders als ihre Geschwister zeigte sie ihre Zuneigung zu ihm ganz offen. Zwischen den beiden entstand ein sehr enges Band.

Da die Spencer-Kinder von Kinderfrauen aufgezogen wurden, die darauf achteten, daß sie ihren Vater jeden Tag zu festgesetzten Zeiten »besuchten«, fehlte Diana die Spontaneität eines normalen, liebevollen Familienlebens. Freizeitvergnügen, wie sie für die meisten ihrer Freunde selbstverständlich waren – Kinobesuche, McDonald's, Freizeitparks oder Theater – gab es in ihrem Leben nicht.

Es war ein emotionales Trauma, das Diana durchlebte, als ihre Mutter sich scheiden ließ und Mann und Heim für Peter Shand Kydd verließ, obwohl ihr Vater und die Verwandten sich bemühten, sie nach der Scheidung der Eltern in ein möglichst »normales« Leben zurückzuführen. Johnnie Spencer tat sein Möglichstes, damit die Kinder und vor allem Diana sich nicht vernachlässigt fühlten.

Wieviel Spaß es ihm machte, seiner dritten Tochter eine besondere Freude zu bereiten, zeigte der Earl an Dianas siebtem Geburtstag. Johnnie hatte den Direktor des Zoos von Dudley überredet, ihm für den Nachmittag ein Kamel zur Verfügung zu stellen, und die etwa zwei Dutzend kleinen Geburtstagsgäste waren ganz aus dem Häuschen, als sie unter den wachsamen Blicken eines Pflegers auf »Bert« reiten durften.

Aber alle Geschenke der Welt konnten die Mutter nicht ersetzen, und Dianas eigene bitteren Worte in späteren Jahren verraten deutlich, wie verwirrt und verzweifelt sie war, als die Mutter von heute auf morgen die Familie verließ. Bei einer Ansprache Dianas vor der European Society for Children and Adolescent Psychiatry im September 1991 sagte sie: »Manchmal verlassen Elternteile ihre Familie, und die Kinder bleiben verwirrt und verloren zurück, ohne ein Wort der Erklärung, ganz zu schweigen von einer Gelegenheit oder Ermutigung, ihre Gefühle auszudrücken.«

Anfang 1968 wurden Diana und Charles auf die Silfield School in King's Lynn geschickt. Da es sich bei Silfield um eine kleine familiäre Schule handelte, konnte man den einzelnen Kindern viel Aufmerksamkeit schenken. Man legte dort großen Wert auf altmodische Disziplin und bot reichlich Aktivitäten im Freien, draußen auf dem schuleigenen Tennisplatz oder im weitläufigen Gartengelände hinter dem Haus. Die damalige Direktorin von Silfield, Jean Lowe, erinnerte sich später, daß Diana in ihrem ersten Schuljahr bereits fließend lesen konnte und eine ordentliche, sehr leserliche Handschrift hatte. Darüber hinaus war Miss Lowe sehr beeindruckt davon, wie Johnnie Spencer mit seinen Kindern umging. Trotz seiner zahlreichen anderweitigen Pflichten gab er sich alle Mühe, seine beiden Jüngsten zu ermutigen und anzuspornen. Penny Junor, die ihre Biographie über Diana 1982 verfaßte, beschrieb sie als »vielleicht stiller als die meisten anderen Kinder, aber sie hatte ja auch bis dahin ein sehr behütetes Leben geführt. Sie war nie unter Fremden gewesen, war nie allein in einem Haus gewesen, das nicht Freunden oder Verwandten gehörte, hatte nie Mannschaftsspiele gespielt und nie erlebt, wie andere Kinder miteinander umgingen, wie sie Grüppchen bildeten oder sich gegenseitig aufzogen. »Aber glücklicherweise lebte Diana sich schnell ein, und sie hatte keine Probleme mit dem Teamgeist, zu dem in Silfield ermutigt wurde. Man weiß nicht, ob der Verlust einer kontinuierlichen, stabilen Beziehung zu ihrer Mutter einen Einfluß auf ihre schulische Leistungen hatte, aber sie war nie eine besonders gute Schülerin. Sie fiel dagegen als sehr gut erzogenes, erstaunlich ordentliches und vernünftiges kleines Mädchen auf. Sie war fröhlich, intelligent und manchmal auch übermütig. Dies wurde von Mary Clarke bestätigt, die von 1971 bis 1973 Dianas Nanny war. Sie sagte, daß Diana durchaus ihren eigenen Kopf gehabt hätte, aber dennoch »sehr, sehr mitfühlend war, doch . . . auch ein ganz gewöhnliches Kind. Sie hatte ein anziehendes, sonniges Wesen.«

Schon so früh zeigte Diana jene Eigenschaften, die sie ihr ganzes Leben begleiten sollten, vor allem ihr Engagement für jüngere Kinder. Penny Junor erzählt, daß Diana gern in die Kindergartenklasse ging und bei den Kleinsten in Silfield half. Charles gegenüber verhielt sie sich ausgesprochen gluckenhaft. Auch als Diana erfuhr, daß ihre Mutter nicht nach Park House zurückkehren würde, widmete sie weiterhin all ihre Schulzeichnungen »Mummy and Daddy«, sehr zur Beunruhigung mancher Lehrer, die dies als Anzeichen dafür deuteten, daß sie die Scheidung ihrer Eltern noch nicht akzeptiert hatte.

Diana entwickelte eine sehr enge Bindung an ihren eher reservierten Vater und machte sich Sorgen, wenn er zu spät nach Hause kam. Die Selbstsicherheit und Offenheit, die Diana bis zum Alter von sechs Jahren an den Tag gelegt hatte, schienen mit zunehmendem Alter nachzulassen. Sie wurde schüchtern und verschlossen, vor allem in der Pubertät und den frühen Teenagerjahren. Mit sieben Jahren verbrachte Diana den ersten von vielen Sommern, die noch folgen sollten, teils bei ihrer Mutter, teils in Park House. 1969 kauften Frances und Peter Shand Kydd in Itchenor an der Küste von West Sussex ein Haus mit großem Garten, und im Sommer verbrachte Diana dort eine schöne Zeit mit Schwimmen, Segeln und anderen Dingen – und der Vorbereitung auf ihre neue Schule, Riddlesworth Hall.

Man war der Ansicht, daß es für die geistige und emotionale Entwicklung der neunjährigen Diana besser wäre, wenn sie in ein Internat wie Riddlesworth Hall käme. Einige Mädchen, die mit Diana verwandt oder befreundet waren, waren bereits in Riddlesworth, so daß sie sich in der neuen Umgebung nicht völlig verlassen fühlen würde. Es war eine verhältnismäßig kleine Schule, mit etwa einhundertzwanzig Mädchen zwischen sieben und dreizehn Jahren. Außerdem lag das Internat nur zwei Fahrtstunden von Park House entfernt. Da die Schule sich noch im ländlichen Norfolk befand, hoffte man, daß Diana sich dort heimisch fühlen würde.

Im Schulprospekt hießt es: »Grundlage einer guten Erziehung war schon immer die Familie, und ein Internat sollte eine stabile familiäre Atmosphäre schaffen, innerhalb derer ein Kind sich ganz natürlich und unbeschwert entwickeln kann. Wo individuelle Freiheit und gemeinschaftliche Disziplin ein harmonisches Ganzes bilden, kann ein Gefühl von Geborgenheit erreicht werden, und jedes Kind bekommt die Gelegenheit, sich in irgendeinem Bereich hervorzutun.«

Obgleich sie anfangs unter Heimweh litt, lebte Diana sich innerhalb weniger Wochen auf Riddlesworth Hall ein und begann, sich dort wohl zu fühlen. Ehemalige Schüler behaupten: »Man kann nicht anders, als auf Riddlesworth glücklich zu sein: Dort ist es, als würde man im Kreis einer großen, zufriedenen Familie leben.« Riddlesworth Hall, das stets einen hervorragenden Ruf hatte, war und ist so ziemlich das Beste, was man für sein Geld bekommen kann. Heute belaufen sich die Gebühren auf ca. 2940 Pfund (ca. 8600 DM) für eine Internatsschülerin. Die Schule ist stolz auf ihre modernen Einrichtungen, ihr qualifiziertes und engagiertes Personal sowie auf die beeindruckende Erfolgsrate ihrer Absolventen bei den Aufnahmeprüfungen für solche Privatschulen wie Benenden, Wycombe Abbey, Felixstowe und West Heath, die Diana später besuchte.

Auf Riddlesworth Hall wurden die Mädchen um 7:30 Uhr geweckt. Sobald sie angekleidet waren, mußten die, die lange Haare hatten, darunter auch Diana, sich anstellen und es von der Hausmutter zu einem Zopf flechten lassen. Um 8 Uhr folgte das Frühstück. Danach kehrten die Schülerinnen in ihre Zimmer zurück, um die Betten zu machen, bevor sie sich zum Gebet in einem Gemeinschaftsraum einzufinden hatten. Den ganzen Vormittag über war Unterricht, lediglich unterbrochen von einer halbstündigen Pause, bei der es Milch und Kekse gab und in der sie die Haustiere füttern mußten, die sie mitbringen durften. Die Direktorin war der festen Überzeugung, daß es den Mädchen eine große seelische Stütze war, wenn sie ihre Haustiere bei sich behalten durften. Die Pflege der

Tiere war völlig den Schülerinnen überlassen, und wenn eine ihr Haustier vernachlässigte, wurde dieses nach Hause zurückgeschickt. Dianas Beitrag zum »Streichelzoo« war ein Meerschweinchen namens Peanuts. Sie hatte den Nager sehr lieb und hielt Peanuts' Käfig genauso peinlich sauber wie ihr eigenes Zimmer. Dadurch, daß die Mädchen sich allein um die Tiere kümmern mußten, lernten sie, Verantwortung zu übernehmen, und wurden, wie es Penny Junor formulierte, mit den »Realitäten des Lebens« konfrontiert. Neben reinen Wissens-Fächern wurde auch Kunst und Handwerk unterrichtet, darunter Töpfern, Weben, Körbeflechten, Zeichnen und Malen.

Nach dem Mittagessen folgte eine obligatorische vierzigminütige Bettruhe, aber in diesen vierzig Minuten wurde viel gekichert, getuschelt; Briefchen wurden ausgetauscht. Diana, die alles andere als ein »Unschuldslämmchen« war, sprühte vor Energie und spielte oft den Clown, wodurch sie ihre Schulkameradinnen in den unpassendsten Augenblicken zum Lachen brachte.

Der Nachmittagsunterricht wurde von diversen Sportarten unterbrochen: Hockey und Netzball im Winter und Tennis und Schwimmen im Sommer. Außerdem hatten die Schülerinnen vor dem Tee und Abendessen eine weitere halbe Stunde für die Pflege ihrer Haustiere. Obgleich die Mädchen jeden zweiten Abend baden mußten, langte Diana das nicht. Sie badete und wusch sich das Haar fast täglich, manchmal sogar im Dunkeln und gegen die Vorschriften. Sie war ungewöhnlich sauber und ordentlich für ein Mädchen ihres Alters.

Samstagmorgens wurde ebenfalls unterrichtet, und danach mußten die Internatsschülerinnen Kirchenlieder für den kommenden Tag proben. Dann hatten sie bis zum Mittagessen frei, durften ihre Haustiere auf dem Rasen vor der Schule frei laufen lassen, auf Bäume klettern oder die »Frog's Alley« draußen vor der Sporthalle aufsuchen. Höhepunkt des Tages war jedoch zweifellos die Gelegenheit, in ihren Sammelkisten zu wühlen, die Süßigkeiten enthielten. Das geschah auch Sonntags nach dem Essen, und die Verteilung der Leckereien wurde sorgfältig überwacht und von der Hausmutter geregelt. Natürlich gingen jene, die im Laufe der Woche bestraft worden waren, am Wochenende leer aus – eine sehr wirkungsvolle Abschreckungsmethode gegen schlechtes Benehmen. Die Sonntagnachmittage durften die Schülerinnen so verbringen, wie es ihnen gefiel.

Diana war eine hervorragende Schwimmerin und gewann mehrere Mannschaftstrophäen für die Schule. Außerdem war sie eine leidenschaftliche Tänzerin und träumte davon, Ballettänzerin zu werden, bis sie zu groß wurde und sich statt dessen dem Stepptanz zuwandte. Da die Ballettstunden zur gleichen Zeit stattfanden wie der Reitunterricht, wurde Diana nie zu einer so guten Reiterin wie ihre Schwestern. Sicher aber hat auch der Umstand, daß sie mit zehn Jahren vom Pferd gefallen war und sich die Hand gebrochen hatte, dazu beigetragen, daß sich ihre Begeisterung für den Reitsport in Grenzen hielt.

Sonntags schliefen die Mädchen bis 8:15 Uhr und bekamen ihr Lieblingsfrühstück serviert – Würstchen. Anschließend wurde in der gegenüberliegenden St. Peter's Church der Gottesdienst abgehalten. Die Mädchen waren angehalten, ihre besten Sonntagskleider zu tragen und dazu die schweren Wanderschuhe, die sie alle haßten. Alle Schülerinnen bekamen von ihrer Hausmutter einen festgelegten Geldbetrag für die Kollekte.

Dianas Eltern besuchten sie abwechselnd in Riddlesworth, stets darauf bedacht, eine Begegnung zu vermeiden. Für die Erwachsenen in Dianas Umfeld war es schwer abzuschätzen, ob sie sehr unter der Scheidung ihrer Eltern litt, da sie, bis auf wenige Ausnahmen, ihre Gefühle nie offen zeigte. Sie war immer sehr beherrscht und vermied es unter allen Umständen, in der Öffentlichkeit zu weinen oder sich zu irgendwelchen sonstigen Gefühlsäußerungen hinreißen zu lassen. Sonntags nutzte Diana ihre Freizeit regelmäßig dazu, an ihre Mutter und ihren Vater zu schreiben. Der Inhalt dieser Briefe ist nicht bekannt, da von der Schule nur die Briefe an Freunde, nicht aber die an die Eltern kontrolliert wurden. Am Spätnachmittag durften die Mädchen in Anwesenheit der Hausmutter eine halbe Stunde auf dem Heideland hinter der Schule herumtollen; sie liebten dieses Naturparadies, sowie das angrenzende Heideland. Den Mädchen war offiziell erlaubt, auf Bäume zu klettern – sie hätten es mit Sicherheit auch dann getan, wenn man es ihnen nicht erlaubt hätte.

Penny Junor erzählte, Diana hätte damals einen glücklichen Eindruck gemacht und wieder zu ihrem alten Ich gefunden, lebendig und temperamentvoll, immer auf dem Sprung. Diana entwickelte sich jedoch nie zu einer Anführerin. Sie war zufrieden mit dieser Situation, schien sich jedoch danach zu sehnen, bei den anderen beliebt zu sein. Diana gewann den Legatt Cup für Hilfsbereitschaft und für die freiwillige Übernahme verschiedener Aufgaben auf dem Schulgelände. Sie fiel aus allen Wolken, als man ihr den Preis verlieh wegen etwas, was ihr völlig normal erschien, aber das wies bereits auf einen ihrer ausgeprägtesten Charakterzüge hin.

Im Herbst 1972 starb Cynthia Spencer, Dianas Großmutter väterlicherseits. Diana hatte ihre Großmutter immer sehr gern gehabt und schien einige ihrer Eigenschaften geerbt zu haben, darunter ihr Talent im Umgang mit Kindern. Diana war tief betrübt über den Tod ihrer Großmutter und wurde ein paar Tage vom Unterricht freigestellt, um am offiziellen Gedenkgottesdienst in London teilnehmen zu können.

Im Sommer 1973 bestand Diana ihre Aufnahmeprüfung, die Common Entrance Exams, und wurde an der West Heath School angenommen, einem kleinen, exklusiven Mädcheninternat in der Nähe von Sevenoaks in der Grafschaft Kent. Sie folgte damit ihren beiden älteren Schwestern.

Jane hatte die Schule noch nicht abgeschlossen, als Diana dort anfing, und sie galt als vorbildliche Schülerin.

Sie hatte hervorragende Noten und tat sich auch in anderen Bereichen hervor. Sarah hingegen war wegen schlechten Benehmens der Schule verwiesen worden, obgleich ihre schulischen Leistungen sehr gut gewesen waren.

Das heutige West Heath ist ein bezauberndes Landhaus auf einem 13 Hektar großen Areal. Mädchen, die nach West Heath möchten, müssen sich dem Common Entrance Exam unterziehen. Es gibt jedoch keine Benotung im klassischen Sinne. Die einzige erforderliche Qualifikation – abgesehen von der Fähigkeit, die Schulgebühren zu zahlen – richtet sich danach, inwieweit die Mädchen sich in Wort und Schrift auszudrücken verstehen und ob sie gewillt sind, das, was sie besitzen, mit anderen zu teilen.

Diana schien sich gut in West Heath einzuleben und genoß es offenbar, ihre Schwester Jane und ihre Cousine Diana Wake-Walker bei sich zu haben, obgleich das Internatsleben sie nach den Jahren auf Riddlesworth nicht schreckte.

Penny Junor verriet einige Einzelheiten aus Dianas Schulalltag: »Diana wurde anfangs in die Gruppe ›Poplar‹ [Pappel] eingestuft, entsprechend ihrem Alter, doch was den Unterricht betraf, so richtete man sich nach den individuellen Fähigkeiten der einzelnen Schülerinnen. Es war also durchaus möglich, daß man in einem bestimmten Fach, in dem man besonders begabt war, mit Mädchen zusammen unterrichtet wurde, die zwei Jahre älter waren, während man in schwachen Fächern zusammen mit viel jüngeren Kindern in eine Gruppe kam. Gewöhnlich gehörten jeder dieser Gruppen maximal acht Mädchen an.«

Aber anders als ihre Schwestern tat Diana sich mit ihren Noten nicht besonders hervor. Nach viereinhalb Jahren hatte sie noch keine einzige Prüfung bestanden. Dianas Freunde meinen allerdings, die wahren Gründe für ihr Versagen wären Faulheit und mangelnde Motivation gewesen. Eine ihrer Freundinnen behauptete in Penny Junors Buch: »Wir verbrachten unsere ganze Zeit damit, Bücher von Barbara Cartland zu lesen, anstatt Hausaufgaben zu machen. Wir haben Hunderte gelesen... Wir waren ganz verrückt danach. In den Ferien kauften wir so viele ihrer Bücher wie nur möglich, um sie dann in die Schule zu schmuggeln und untereinander zu tauschen.«

Über die Schule sagte Miss Rudge, Direktorin von West Heath: »Die Kunst des Zusammenlebens zu erlernen ist der wichtigste Teil des Schullebens: die endlose Vielfalt von Erfahrungen, wozu auch Streitigkeiten gehören oder bestimmte Anschuldigungen, Teilen oder Nichtteilen wollen, das Aufeinanderprallen gegensätzlicher Persönlichkeiten, gepaart mit viel Freude und Hilfsbereitschaft zwischen Menschen der gleichen, aber auch verschiedener Generationen. Dies sind Erlebnisse, die die Lebenseinstellung und das Urteilsvermögen prägen, Toleranz lehren oder ein Gefühl der Frustration erzeugen. Erlebnisse, die uns selbst und unsere Beziehungen zu anderen viel stärker beeinflussen werden als gute oder schlechte Noten. »Ich bin sicher, daß es langfristig gesehen viel wichtiger ist, sich der eigenen Würde und Wichtigkeit für andere bewußt zu werden, seine Mitmenschen als Individuen wahrzunehmen, die Probleme haben, die unseren eigenen gleichen, und zu erfahren, wie man in bestimmten Situationen mit sich selbst und anderen zurechtkommt. Und ich hoffe, daß unsere Schülerinnen dies alles hier lernen, und wenn dies der Fall ist, hat unsere Schule ihre Daseinsberechtigung.«

Wenngleich Diana auf akademischer Ebene sich nicht durch gute Noten hervortat, scheint sie doch einige von Miss Rudges anderen Erfordernissen erfüllt zu haben, und dies dürfte ihr wohl geholfen haben, mit den zahlreichen Prüfungen und schwierigen Zeiten in ihrem späteren Leben fertig zu werden.

Auf sportlicher Ebene – Sport stand jeden Nachmittag von 14:00 bis 15:00 Uhr auf dem Lehrplan – war Diana allerdings erfolgreicher. Am besten war sie im Schwimmen; sie war schon immer eine Wasserratte gewesen. In *Diana, Princess of Wales* heißt es: »In ihrem ersten Sommer gewann sie den Junior Swimming Cup, im dritten Jahr machte sie ihr Schwimmabzeichen, gewann den Senior Swimming Cup und andere Auszeichnungen, und in ihrem letzten Sommer folgten weitere Preise.« Wasser schreckte sie so wenig, daß Diana sich sogar auf eine Wette mit ihren Schulkameradinnen einließ und an einem kalten Nachmittag im November zwischen die Reifen in den grünen, schleimigen Pool stieg und zwei Längen schwamm. Die Reifen wurden im Winter auf das Wasser gelegt, damit sich kein Eis bildete, das die Wände des Schwimmbeckens hätte beschädigen können.

Im Sommer widmete Diana sich auch leidenschaftlich ihrem zweiten Hobby – Tennis – und spielte zusätzlich zum Unterricht noch an den Abenden und in ihrer Freizeit. West Heath verfügte immerhin über vier Sand- und acht Rasenplätze.

Es ist anzunehmen, daß die Erziehung in West Heath einen großen Einfluß darauf haben sollte, wie sie sich später verhielt. Man sah es nicht gern, wenn zu enge Beziehungen zwischen den Schülerinnen entstanden, doch während der Schulzeit in West Heath schloß Diana etliche ihr wichtige Freundschaften, die sie bis zu ihrem Tod aufrechterhielt. Und auch Hilfsbereitschaft und Freundlichkeit, wie Diana sie später in ihren zahlreichen persönlichen Kontakten mit Patienten, Kindern und alten Leuten zeigen sollte, wurden in West Heath gefördert. In ihrem letzten Schuljahr pflegte Diana zusammen mit einer anderen Schülerin jeden zweiten Nachmittag eine alte Dame zu besuchen, die in der Nähe von Sevenoaks lebte. Sie verbrachten zwei Stunden bei ihr, plauderten mit ihr, kochten Tee und halfen ihr bei allem, wozu sie allein nicht mehr in der Lage war. Darüber hinaus arbeitete Diana auch des öfteren als freiwillige Helferin in einem nahegelegenen Heim für behinderte Kinder.

Einzelheiten aus Dianas Leben auf West Heath verraten, daß Diana keine Kuscheltiere hatte, wie die meisten anderen Mädchen. Statt dessen standen auf ihrem Nachttisch zahlreiche Fotos von ihrer Familie, ihren Tieren und Park House. Auch hier blieb Dianas Hang zur Reinlichkeit nicht unbemerkt. Sie wusch fast zwanghaft, nicht nur sich selbst, sondern auch ihre Kleidung, wofür sie auffällig oft eine Sondererlaubnis einholte. In jedem Halbjahr hatte Diana zwei freie Wochenenden sowie vier freie Tage pro Halbjahr. Die Wochenenden verbrachte Diana gewöhnlich entweder bei Sarah, nachdem diese ihre Schule in der Schweiz beendet hatte, oder bei Jane, nachdem Jane ihren Abschluß gemacht hatte. Als ehemalige Schülerin von West Heath – wenn auch nicht eine der erwähnenswertesten – durfte Sarah Diana jeden Samstag oder Sonntag zum Mittagessen oder zum Tee abholen. Normalerweise war dies Freunden und Verwandten, die keine Ehemaligen waren, nur an einer bestimmten Anzahl von Tagen gestattet. Offenbar wusch Diana, wenn sie bei ihren Schwestern war, deren Wäsche und putzte ihre Wohnungen – beides Betätigungen, die ihr Spaß machten. Wenn Dianas Eltern sie besuchten, kamen sie getrennt. Nur an Dianas Konfirmation nahmen sie später gemeinsam teil.

Die Wochenenden in West Heath waren jedoch alles andere als langweilig, es gab reichlich Beschäftigungsmöglichkeiten für alle. Zu den außerschulischen Aktivitäten gehörten beispielsweise Besuche von Ausstellungen, Konzerten, Museen, Theater oder Ballett. Diana liebte das Ballett und trug sich immer für Ballettbesuche ein; »Schwanensee« hat sie mindestens viermal gesehen, und auch in anderen Aufführungen war sie mehrere Male. Daß ihr eigener Traum von einer Karriere als Balletttänzerin geplatzt war, hatte ihrer Liebe zum Ballett keinen Abbruch getan. Diana nahm Standardtanz- und Steppunterricht und übte fleißig, manchmal sogar schon vor dem Frühstück. Ihre Mühe wurde belohnt, als sie am Ende des Sommersemesters 1976 den Tanzwettbewerb der Schule gewann. Als Diana vierzehn war, begann sie, Klavierunterricht zu nehmen, und sie soll in der kurzen Zeit, die sie dem Spielen widmete, erstaunliche Fortschritte gemacht und großes Talent bewiesen haben.

Obwohl damals in West Heath genau wie in den meisten Mädcheninternaten Magersucht ein ernstes Problem war, war Diana nicht gefährdet, im Gegenteil. Penny Junor schreibt: »Sie aß für ihr Leben gern, vor allem gebakkene Bohnen, und sie verdrückte jeden Morgen bis zu vier Portionen All Bran. Aber sie neigte dazu, rasch zuzunehmen, und so mußte sie sich immer wieder am Riemen reißen.« Oft besorgte Diana sich im nahegelegenen Sevenoaks noch etwas zu naschen.

Nach dem Frühstück verteilte eine Vertrauensschülerin die private Post an die Mädchen. Die meisten Briefe, die Diana bekam, waren von ihrer Familie. Penny Junor bestätigt: »Prinz Andrew hat ihr entgegen aller Behauptungen niemals geschrieben.« Die Briefe wurden zusammen mit der Tageszeitung gebracht, und Diana konnte es kaum erwarten, ein Exemplar in die Finger zu kriegen, wobei sie sich vornehmlich für die Modeseiten interessierte.

An den Wochenenden durften die Mädchen in West Heath ihre eigenen Kleider tragen. In *Diana, Princess of Wales,* wird die Schuldirektorin, Miss Rudge, wie folgt zitiert: »Die Art, wie (Diana) sich heute kleidet, ist nur die konsequente Fortsetzung dessen, was sie hier trug. Sie hatte ein untrügliches Farbempfinden. Ihr Aussehen war ihr überaus wichtig. Sie achtete ganz selbstverständlich auf jede Kleinigkeit. Sie ist eben ein sehr ordentlicher Mensch – und schlicht. Sie kleidete sich immer schlicht, aber sie wirkte auch dann schick, wenn sie Jeans anhatte und Unkraut jätete.« Des weiteren enthüllt Penny Junor: »Unkrautjäten war eine Strafe, die die Schuldirektorin sich für jene ausgedacht hatte, die dabei erwischt wurden, wie sie noch tuschelten oder durch die Gänge liefen, nachdem das Licht gelöscht worden war, oder wenn sie Schokolade in ihren Schubladen versteckten.« Diana wurde ebenso oft zum Unkrautjäten verdonnert wie jede andere, die sich nicht an die Regeln hielt.

In West Heath freundete Diana sich mit Caroline Harbord-Hammond an, die sie schon aus Riddlesworth kannte, ebenso mit Theresa Mowbray, dem Patenkind ihrer Mutter, mit Mary-Ann Stewart-Richardson, die ebenfalls in Norfolk lebte, und mit Sarah Robeson, die sich genauso gern wie sie um jüngere Kinder kümmerte. Sarah und Diana hatten beide vor, nach ihrem Schulabschluß mit Kindern zu arbeiten, was sie dann auch taten. In der Zwischenzeit paßten sie in West Heath in ihrer Freizeit auf die Kinder ihres Englischlehrers auf.

Diana ließ sich im nahegelegenen Sevenoaks die Ohren durchstechen. Obwohl Schmuck nicht gerade gern gesehen wurde, war er in der Schule doch nicht verboten. Und so bekam Diana zu ihrem Geburtstag am 1. Juli ein Kettchen mit einem D-Anhänger geschenkt, für das ihre Schulfreundinnen zusammenlegten. Diana trug die Kette sogar noch, als sie später nach der Schule als Kindergärtnerin arbeitete.

Sarah Robeson und Diana halfen gewöhnlich auch Barbara, die im Speisesaal beschäftigt war, beim Tischdecken. Sie taten dies weder aus Liebe zum Essen noch zur Arbeit – ihre Hilfsbereitschaft hatte Methode: Auf diese Weise bekamen sie beim Abendessen Plätze dicht bei der Tür, so daß sie sich nach dem Essen am Wochenende rasch hinausstehlen und im Gemeinschaftsraum beim Fernsehen die bequemsten Sessel besetzen konnten. Sonntagnachmittags sahen sie sich alte Streifen an, und vor allem Diana soll eine besondere Vorliebe für romantische Filme gehabt haben. Darüber hinaus waren Diana und der Fernseher während des Wimbledon-Turniers unzertrennlich. Doch Diana durfte auch »live« mit dabei sein, denn stets besorgte ihre Mutter Karten für das erste Samstagspiel.

Die Sonntage verliefen in West Heath ähnlich wie in Riddlesworth. Der Gottesdienst fand in der St. Mary's Kirche in Kippington statt, anderthalb Meilen die Straße hinunter. Es wurden zwei Messen abgehalten, um 8.00 und um 11:00 Uhr, und bis Diana konfirmiert wurde, nahm sie stets an der späteren teil. Der eindeutige Vorteil des späteren Gottesdienstes bestand darin, daß die Mädchen ausschlafen konnten. Das Sonntagsfrühstück mit warmen Brötchen, gekochten Eiern und Kaffee wurde erst um 9.00 serviert, so daß auch die älteren Mädchen, die die Frühmesse besucht hatten, dabeisein konnten. Nach ihrer Konfirmation ging auch Diana in die Frühmesse und verbrachte den restlichen Vormittag damit, Zeitungen und Romane von Barbara Cartland zu lesen, nach Hause zu schreiben oder zu waschen.

Zu den Pflichtfächern in West Heath gehörten Sticken, Mathematik und Französisch. Es heißt, Diana sei in ersterem nie sehr gut gewesen und in den beiden anderen Fächern noch schlechter. Anders als viele der anderen Mädchen war Diana im Nachteil, was ihre Französischkenntnisse betraf. Sie verbrachte die Schulferien, egal ob im Winter oder Sommer, niemals im Ausland. Wann immer sie Ferien hatte, war sie entweder bei ihrem Vater und bei ihrer Mutter. Kurz nach dem Tod von Lady Spencer zogen Dianas Mutter und Stiefvater Hunderte Meilen fort an die Westküste Schottlands, so daß Diana sich an ein weiteres »Zuhause« gewöhnen mußte. Aber Diana liebte das Gut im windigen, regnerischen Schottland und lud in den Ferien des öfteren Schulfreundinnen dorthin ein. Sie verbrachte die Tage dort damit, über die Insel zu wandern, zusammen mit ihrem Stiefvater zu angeln oder ihn einfach so zu begleiten, oder sie half Mutter in deren Laden und mit den Shetlandponys. Hin und wieder wagte sie sogar ein Bad im eisigen Meer. Leider war Diana nie lange genug dort, um engere Freundschaften zu schließen.

Diana, die vor Prüfungen niemals extra lernte und auch nie unter Druck stand, weil sie Angst gehabt hätte, fiel im Sommer 1973 prompt in Englisch, Englischer Literatur, Kunst und Erdkunde durch. Während einige ihrer Freuninnen, die ebenfalls durchgefallen waren, Ende des Sommers von West Heath abgingen, um ihre Prüfung anderswo abzulegen, startete Diana im Herbst einen zweiten Versuch auf ihrer Schule. Sie fiel ein weiteres Mal durch und verließ West Heath dann zu Weihnachten.

Obgleich es ungewöhnlich war, daß jemand, der Weihnachten abging, Vertrauensschülerin wurde, machte man bei Diana eine Ausnahme. Das berechtigte sie dazu, vom Haupthaus in West Heath in den Schlafbereich der Prüflinge umzuziehen, der als »Kuhstall« bezeichnet wurde, was wenig verwundert, wenn man Penny Junors Beschreibung kennt: »Der Schlafbereich bestand aus einem langen Flur mit kleinen Kammern auf beiden Seiten, in denen jeweils ein Bett, ein Schreibtisch und eine Kommode standen. Aber an einem Ende gab es eine kleine Gemeinschaftsküche, und die Mädchen genossen eine gewisse Privatsphäre und Unabhängigkeit.« Während ihres letzten Semesters in West Heath erhielt Diana den Miss-Clark-Lawrence-Preis für besondere Verdienste an der Schule. Der Preis wurde nicht in jedem Schuljahr verliehen und war als Ehrung für außergewöhnliche Dienste und Hilfsbereitschaft gegenüber der Schule zu verstehen. Diana soll von dieser Anerkennung so kurz vor ihrem Ausscheiden ebenso überrascht wie erfreut gewesen sein.

Es scheint, als hätte Diana sich gut in das Schulleben eingefügt, und diese zehn Jahre mögen die glücklichste Zeit in ihrem Leben gewesen sein. Drei Jahre nach dem Tod Cynthia Spencers, starb am 9. Juni 1975 im Alter von dreiundachtzig Jahren auch ihr Großvater Spencer. Diana war schockiert, nicht nur vom Tod ihres Großvaters, sondern vor allem wegen der Art, wie man ihr die traurige Nachricht beibrachte. Eines Tages teilte ihre Cousine, Diana Wake-Walker, ihr nach dem Morgengebet mit, daß ihr Großvater gestorben sei. Diana war tief verletzt, daß ihr Vater sie nicht selbst informiert hatte.

Mit dem Tod des alten Earl veränderte sich Dianas Leben einschneidend. Ihr Vater wurde zum achten Earl und erbte Althorp; Diana und ihre Schwestern wurden Ladys, während Charles im Alter von elf Jahren den Titel Viscount Althorp bekam. Der Umzug von Park House nach Althorp war beschlossen. Als Diana Ende des Sommers 1975 von der Schule nach Hause kam, waren die Vorbereitungen dazu bereits in vollem Gang. Deprimiert und wütend rief Diana eine Freundin an, Alex Loyd, und sie verbrachten den Tag in der Strandhütte der Spencers in Brancaster. Es sollte Dianas letzter Aufenthalt dort sein.

Penny Junor schreibt: »Althorp war ein riesiges, imposantes Haus. Es war voller Geschichte und beherbergte eine der erlesensten Kunstsammlungen Europas.« Diana konnte sich nur vage an das Haus erinnern, da sie nur einige Male als Kind mit ihrer Mutter dort gewesen war. Nachdem ihre Mutter 1967 ausgezogen war, war Diana auch nicht mehr nach Althorp gefahren, da ihr Vater nur sehr selten einmal einen Fuß auf das alte Familienanwesen setzte.

Park House war trotz seiner Größe doch auch ein gemütliches Heim gewesen, Althorp hingegen war ein gewaltiges, repräsentatives Bauwerk mit hohen Stuckdekken, Lüstern, Marmorböden, offenen Kaminen, antikem Mobiliar, kostbaren Gemälden und vielem mehr. In diesem Haus war eine der kostbarsten privaten Kunstsammlungen Europas untergebracht, darunter Gegenstände, die einst dem ersten Herzog von Marlborough gehört hatten. Zu den unbezahlbaren Stücken gehörten auch römische Marmorstatuen, sowie Gemälde von Thomas Gainsborough und Sir Joshua Reynolds.

Althorp ist voller Schätze, die unter anderem die Dienste belegen, die die Familie Spencer ihrem Land im Laufe der Jahrhunderte geleistet hat. Einige der Einrichtungsgegenstände sollten den zukünftigen Spencer-Generationen besonders kostbar sein, wie beispielsweise die Gobelinbezüge vieler Sessel auf Althorp, die vom siebten Earl of Spencer gestickt wurden. Dianas Großvater väterlicherseits war ein sehr geschickter Polsterer und empfand Stikken angeblich als entspannend.

Diana hatte keine Freunde in Northampton, wo Althorp gelegen war, und wenngleich es einen Tennisplatz gab, war damals noch kein Schwimmbad vorhanden. Hinzu kam, daß Althorp weit vom Meer entfernt lag. Diana gelang es nicht, sich in Althorp richtig zu Hause zu fühlen, was allerdings auch mit anderen Ereignissen zu tun haben könnte, die zur gleichen Zeit in Dianas Leben eintraten.

Kurz vor dem Tod des alten Earl hatte Johnnie Raine, die Tochter der berühmten Autorin Barbara Cartland kennengelernt. Raine schrieb für den Greater London Council ein Buch mit dem Titel *What Is Our Heritage?*, und sie hatte Johnnie, der immer ein sehr guter Fotograf gewesen war, damit beauftragt, Aufnahmen für das Buch zu machen. Im Laufe der Zusammenarbeit an diesem Projekt verliebten sie sich ineinander. Raine, die mit dem Earl of Dartmouth verheiratet war und vier Kinder von ihm hatte, ließ sich scheiden – und verlor dadurch das Sorgerecht an allen vier Kindern.

Die Spencer-Kinder waren entsetzt – ebenso wie Raines Ehemann. »Raine, deren Mädchenname McCorquodale lautete, stand seit Jahren im Licht der Öffentlichkeit«, schreibt Penny Junor. »Sie war regelmäßig in den Klatschspalten zu finden. Als Lady Lewisham war sie engagiertes Mitglied des Westminster City Council, des London County Council und des Greater London Council gewesen und hatte jedes kontroverse Thema aufgegriffen, von der Müllbeseitigung über angeschlagene Tassen am Londoner Flughafen bis hin zu schmutzigen Filmen ... Aber sie war auch eine kluge Frau ... Das muß man ihr lassen ... Und daß das Anwesen heute ein gutgehender Betrieb ist, ist allein Raines Geschäftssinn zu verdanken.« Es gibt viele, die der Überzeugung sind, daß Althorp wohl schon vor vielen Jahren vom National Trust übernommen worden wäre, wenn Raine nicht hart und konsequent gehandelt und dringend den erforderlichen Realitätssinn eingebracht hätte. Nach dem Tod des siebten Earl waren gigantische Summen zu zahlen, und allgemein ist man sich darüber einig, daß Johnnie allein nicht gewußt hätte, wo er hätte anfangen sollen.

Johnnie heiratete Raine am 14. Juli 1976 in London, und während er ihr die sechzehn Jahre bis zu seinem unerwarteten Tod im April 1992 in unverbrüchlicher Neigung zugetan war, lehnten seine Kinder Raine kategorisch ab. Diana und ihre Geschwister nannten sie boshaft »Acid Raine.«*

Raine war eine dominierende und willensstarke Frau, die offenbar keinen Wert auf Nähe zwischen sich und ihren Stiefkindern legte. Bald zogen Sarah und Jane es vor, sich fortan von Althorp und ihrem Vater fernzuhalten. Es ärgerte sie, daß sie die Aufmerksamkeit ihres Vaters mit Raine teilen sollten, und sie wollten nicht akzeptieren, daß Raine nun die Autorität in Bereichen innehatte, die sie selbst bislang ganz selbstverständlich für sich in Anspruch genommen hatten. Sie konnten auch nicht mehr ungestört beim Abendessen mit ihrem Vater über ihre Probleme reden. Die allgegenwärtige Raine verhinderte jede Vertraulichkeit und war sämtlichen Spencer-Kindern, die sich nach acht Jahren ohne Mutter erst an Raine gewöhnen mußten, ein Dorn im Auge – wobei hinzukam, daß ihre neue Stiefmutter alles andere als mütterlich war.

* Dies ist ein Wortspiel, das nicht ins Deutsche übertragen werden kann. Der Name »Raine« wird genauso ausgesprochen wie das englische Wort »rain« – »Regen«; »acid rain« bedeutet »saurer Regen«.

In einem Artikel in *People Weekly* hieß es: »Die Spencer-Kinder haßten Raine voller Einmütigkeit von der Sekunde an, als sie in das Leben ihres Vaters trat ... Raine war alles, was ihre eigene Mutter nicht war. Sie war herrisch, prahlerisch, laut. Sie war kalkulierend und unsympathisch.«

Zu Raines Plänen, Althorp zu einem Haus zu machen, das sich selbst unterhielt, gehörte auch, es zahlendem Publikum zu öffnen. Die Stallungen wurden zu einem Café, einem Souvenirladen und einer Weinhandlung umgebaut. Das alte Personal wurde in Rente geschickt und neues eingestellt, jedoch nur in minimalem Umfang: ein Koch, ein Hausmädchen, ein Butler und eine Zofe. Nur der Westflügel sollte ausschließlich der privaten Nutzung vorbehalten bleiben. Der Rest des Hauses sollte einem neugierigen und vor allem zahlenden Publikum gezeigt werden. Darüber hinaus verbannte Raine sämtliche Haustiere der Spencers, die den Umzug von Park House mitgemacht hatten, von Althorp.

Auf der Suche nach etwas Geborgenheit hielt Diana sich oft in der Küche auf und unterhielt sich mit dem Personal und den Lieferanten; sie war froh über jeden, der überhaupt mit ihr redete. Anders als Raine, die sich stets mit großem Aufwand zurechtmachte, trug Diana Jeans, wusch und bügelte ihre eigene Wäsche und die ihres Bruders und verhielt sich niemals so, als erwarte sie von irgend jemandem, daß man sie als Lady behandelte. Sie war warmherzig, freundlich und redete gern, sie schminkte sich nie. Im Sommer ging sie tagsüber schwimmen, sie unternahm Spaziergänge im Park oder tanzte auf dem schwarz-weiß gefliesten Fußboden, der Eingangshalle von Althorp, bevor die ersten Besucher eintrafen.

Der Kontrast zwischen dem Lebensstil ihrer Stiefmutter und dem ihren hätte krasser nicht sein können. Raine hatte nicht viel für das Landleben übrig und zog es vor, sich in der Londoner Wohnung der Spencers oder in ihrer eigenen Wohnung in Brighton aufzuhalten. Wenn sie auf Althorp war, verbrachte sie die Vormittage im Bett und erledigte dort ihren Schreibkram, bis sie endlich geruhte, sich zu erheben und ihr Schlafzimmer zu verlassen, stets tadellos gekleidet, wie es ihrer Meinung nach ihrer Rolle als Countess entsprach.

Zum Abendessen trug sie stets lange Kleider, selbst wenn sie und ihr Mann allein waren. Sie erklärte Diana unmißverständlich, daß sie sich ebenfalls an diese Kleiderordnung zu halten hätte, obwohl sie zuließ, daß ihre Stieftochter sich tagsüber mehr oder weniger so kleidete, wie sie Lust hatte. Auffällig war, daß Diana, obwohl sie die Abneigung ihrer Geschwister gegen ihre Stiefmutter teilte, immer ausgesprochen nett zu Raines jüngeren Kindern war, wenn diese ihre Mutter besuchten. Charlotte, die ältere der beiden, war vierzehn, als Dianas Vater Raine heiratete, Henry war acht.

Mit sechzehn war Diana immer noch ein schüchternes, stilles junges Mädchen, aber mit zunehmender Unabhängigkeit entwickelte sie allmählich eine stärkere Persönlichkeit. Eine Beschreibung ihrer Nanny Mary Clarke, derzufolge Diana »durch und durch Schauspielerin (war), raffiniert und doch sympathisch, aufrichtig und sensibel«, scheint Dianas komplexe Persönlichkeit weitgehend zu umreißen.

Damals, als Diana gerade durch ihre erste Prüfung fiel, begann ihre ältere Schwester Sarah ihre Zukunft für sie zu planen. Sarah war Prinz Charles in Ascot begegnet, und die beiden waren gute Freunde geworden. Sofort wurde Sarah von der Presse als zukünftige Braut des Prinzen von

Wales gehandelt. Aufgrund seiner freundschaftlichen Beziehung zu Sarah verbrachte der Prinz eine Nacht auf Althorp, weil er am folgenden Tag dort jagen wollte. Bei dieser Gelegenheit machte Sarah Prinz Charles mit Diana bekannt. Soweit die Beteiligten sich erinnern, fand diese erste offizielle Begegnung in Nobottle Woods statt, mitten auf einem umgepflügten Acker. Diana war damals erst sechzehn und verbrachte ein Wochenende daheim. Niemand schenkte der Begegnung damals weitere Beachtung. Die wenigsten wußten, daß die Queen, Prinz Philip und Ruth Fermoy ihre eigenen Pläne bezüglich einer Heirat Prinz Charles' hatten. Da sie fürchteten, daß Charles bald jede in Frage kommende Möglichkeit ausgeschöpft haben würde, hatten die Königin und Lady Fermoy alles in ihrer Macht Stehende getan, um dafür zu sorgen, daß sich aus der Freundschaft zwischen Sarah Spencer und Prinz Charles etwas Ernstes entwickelte. Sarah hatte jedoch andere Vorstellungen und verkündete in typischer Spencer-Manier, daß sie nicht in Prinz Charles verliebt sei und nur aus Liebe heiraten werde.

Die Königin und Lady Fermoy ließen sich nicht entmutigen und planten nun, die Freundschaft zwischen Diana und Prinz Charles voranzutreiben, obgleich Diana damals erst sechzehn war, dreizehn Jahre jünger als der Prinz. Die Diskretion erforderte, daß weitere Pläne zurückgestellt wurden, zumindest bis zu Dianas Schulabschluß. Aber der Samen war gesät, und von jenem Tag an begann er ganz langsam zu keimen und Wurzeln zu schlagen.

Nachdem Diana das zweite Mal in West Heath durchgefallen war, wurde sie auf ein Schweizer Internat geschickt. Sie hatte das Pech, einige Zeit nach dem eigentlichen Beginn des Schuljahres, das von September bis Juli ging, dort anzufangen. Die anderen Mädchen kannten einander bereits, und obwohl Sarah dieselbe Schule besucht hatte, paßte Diana erwartungsgemäß nicht dorthin. Es war das erste Mal, daß sie dermaßen von ihren Freunden und ihrer Familie isoliert war; es war Dianas erster Flug und ihr erster Auslandsaufenthalt. So viel Neues auf einmal war einfach zuviel für sie. Erschwerend kam hinzu, daß von sechzig Schülerinnen nur neun Englisch sprachen und auf der Schule Französisch gesprochen werden mußte. Dianas Französisch war nie besonders gut gewesen, und so freundete sie sich rasch mit den englischsprechenden Mädchen an, vor allem mit Sophie Kimball, die eine enge Freundin bleiben sollte. Trotz der bestehenden Vorschrift sprach Diana fast ausschließlich Englisch.

Ihre Fächer waren Haushaltswissenschaften (vornehmlich Schneidern und Kochen), Betriebswirtschaft und Französisch. Anders ausgedrückt, sie belegte einen Pitman's Korrespondenz- und Schreibmaschinenkurs, sprach Französisch und lernte Skilaufen und sich geschmackvoll zu kleiden.

Diana litt entsetzlich unter Heimweh, und als sie nach sechs Wochen heimkam, weigerte sie sich, auf das Internat zurückzukehren. Ihre Mutter hatte Mitleid, und so bezog Diana eine große Drei-Zimmer-Wohnung in South Kensington und beschloß, ihr eigenes Geld zu verdienen. Von diesem neuen Zuhause aus machte sie die ersten Schritte in ihren Beruf.

Kapitel 3

Diana: Eine unabhängige junge Lady

Diana war schon immer ein Mädchen gewesen, das wußte, was es wollte, und stur genug, seinen Willen auch durchzusetzen; kurz, sie war nicht geneigt, sich mit einer Situation abzufinden, die ihr nicht behagte. Und gezwungen zu werden, Französisch zu sprechen, und darüber hinaus entsetzlich unter Heimweh zu leiden, war ganz entschieden nicht nach ihrem Geschmack. Also packte sie im Institut Alpin Videmanette, dem Schweizer Internat ihre Koffer und kehrte nach England zurück.

Als sie im März 1978 aus der Schweiz zurückkam, vier Monate vor ihrem siebzehnten Geburtstag, mußte Diana einige persönliche Entscheidungen treffen. Unsicher und ratlos fuhr sie nach London zu ihrer Mutter. Wie jede Mutter eines unentschlossenen Teenagers muß auch Frances Shand Kydd sich um ihre sonst so unbekümmerte Tochter gesorgt haben, die nun so depremiert nach England zurückgekehrt war und mit sich und der Welt haderte. Frances bot Diana eine Zuflucht in ihrem geräumigen, vierstöckigen Haus in Cadogan Place in London. Vor die Wahl gestellt, entweder bei ihrer Mutter in London zu bleiben oder zu ihrem Vater und Raine nach Althorp zurückzukehren, gab Diana Frances den Vorzug. Da ihre Mutter nur gelegentlich an den Wochenenden in London war, hatte Diana Cadogan House praktisch für sich allein, bis sie dem Rat ihrer Mutter folgte, die Wohnung mit

Freundinnen zu teilen, und Carolyn Grieg anbot, bei ihr einzuziehen.

Währenddessen bereitete die Familie Spencer Janes einundzwanzigsten Geburtstag und ihre Hochzeit vor. Jane, die zweitälteste Tochter der Familie, war Diana vom Temperament und Verhalten her am ähnlichsten, und die beiden Schwestern kamen entsprechend gut miteinader aus. Anders als Diana bestand jedoch Jane ihre Abschlußprüfung in West Heath und verbrachte im Anschluß daran sechs Monate in Florenz, um Kunst und Kunstgeschichte zu studieren. Danach belegte Jane einen Sekretärinnenkurs. Dank dieser Ausbildung und ihres gesellschaftlichen Hintergrunds fand sie eine Stelle als Redaktionsassistentin bei dem prestigeträchtigen Modemagazin *Vogue*. Die Kontakte, die sie dort knüpfte, sollten Diana noch von großem Nutzen sein, später, als sie sich von der braven Kindergärtnerin zum Mode-Superstar entwickelte.

Am 21. April 1978 heiratete Lady Jane Spencer Robert Fellowes. Fellowes war der Sohn von Sir William und Lady Fellowes of Flitcham House in Norfolk. Sir William Fellowes war königlicher Gutsverwalter auf Sandringham gewesen. Robert war fünfzehn Jahre älter als Jane, so daß sie keine Freunde aus Kindheitstagen waren. Ihre Familien waren miteinander bekannt, zumal sie ja praktisch Nachbarn gewesen waren, als die Spencers noch im Park House auf Sandringham lebten. Robert Fellowes steht immer noch im Dienste der Königin, derzeit als ihr Privatsekretär. Was seine Gefühle und Loyalitäten angesichts der heutigen Spannungen zwischen den Windsors und den Spencers anbelangt, hat Robert sich wie folgt geäußert: »Ich liebe meine Frau, aber ich diene meiner Königin.«

Lady Janes und Roberts Trauung fand an einem warmen und sonnigen Apriltag in der Guard Chapel der Wellington-Kaserne in London statt, und im Anschluß gab es einen prunkvollen Empfang im St.-James-Palast. Zu den Gästen gehörten auch die Königin, die Königinmutter und andere Mitglieder der weitverzweigten Königsfamilie. Diana war Brautjungfer. Die anderen Brautjungfern und die Pagen waren noch Kinder und trugen traditionelle ländliche Hochzeitskleidung: die Jungen Knickerbocker und die Mädchen Schürzen, die farblich auf die Kummerbunde der Jungen abgestimmt waren. Diana war ebenfalls entsprechend gekleidet. Ihr Kleid muß damals genau nach ihrem Geschmack gewesen sein. Die Königin, Roberts »Boss«, war sicher hochzufrieden mit Lady Janes Brautstrauß; sie hatte Maiglöckchen, Fresien und Stephanotis gewählt – alle Blumen in Weiß, der Farbe, die die Queen bei Blumen besonders liebte. Nach ihrer Rückkehr aus den Flitterwochen zogen die Fellowes in den Kensington-Palast, wo ihnen von der Queen mietfrei eine Wohnung zur Verfügung gestellt wurde.

Die Hoffnungen und ehrgeizigen Träume Englands richteten sich nun wieder auf eine noch prunkvollere Hochzeit – auch wenn es völlig ungewiß war, wann diese stattfinden könnte. Prinz Charles war 1978 dreißig geworden, und er selbst hatte einmal gesagt, daß Dreißig ein gutes Alter wäre, um zu heiraten. Die Nation wurde langsam nervös. Seit seinen Cambridge-Tagen war die Presse ihm stets dicht auf den Fersen, sobald sie von einer möglichen Romanze Wind bekommen hatte. Jede Romanze wurde als der erste Schritt zu einer möglichen Hochzeit betrachtet, jede Frau, mit der er sich traf, galt als potentielle Königin. Charles litt nicht nur unter dem Druck seitens der Presse und der Öffentlichkeit, sondern vor allem unter dem Druck, den seine eigene Familie auf ihn ausübte. Besonders Prinz Philip ließ nicht locker in seinem Bestreben, Charles zu verheiraten. Aber noch folgte Charles dem Rat Lord Mountbattens, »sich die Hörner abzustoßen und so viele Affären wie möglich auszukosten, bevor man sich endgültig bindet«, bevor man ein Mädchen auswählt, »das passend, attraktiv und liebenswert ist« und es heiratet, »bevor es sich in einen anderen verliebt ... Ich glaube, es ist schwer für erfahrene Frauen, nach der Hochzeit auf ein Podest gestellt zu werden.« Charles, der begehrteste Junggeselle der Welt, war Gegenstand der ehrgeizigen Pläne und der Zuneigung zahlreicher Frauen, ob sie nun bürgerlicher oder adliger Abstammung waren. Auch diesbezüglich hatte Lord Mountbatten seine eigenen Ansichten. Er hätte es gern gesehen, wenn seine Enkelin, Lady Amanda Knatchbull, das Band zwischen den Familien Windsor und Mountbatten gefestigt hätte. Das Problem war nur, daß Charles und Amanda, die sich öfters sahen und sogar zusammen mit ihren Eltern Urlaub auf den Bahamas machten, einander zu vertraut waren, um mehr zu empfinden als geschwisterliche Zuneigung. Außerdem hätte die Queen diese Verbindung mißbilligt.

Während Charles also sein Junggesellenleben genoß und das Unabwendbare weiter hinausschob, ließ seine Tante, Prinzessin Margaret, sich von ihrem Ehemann, Lord Snowdon, scheiden.

Früher hatte die Queen Geschiedene nicht einmal in ihrer Königsloge in Ascot toleriert, und nun gehörte ihre eigene Schwester dazu. Das Königshaus mußte sich damit abfinden, daß die Zeiten sich nun einmal änderten. Der Weg für die Scheidung der Snowdons war 1967 vom Earl of Harewood, einem Vetter der Königin, bereitet worden, der sich scheiden ließ, nachdem es einen Skandal gegeben hatte – er war mit seiner Sekretärin zusammengezogen, mit der er ein Kind hatte. Als der Earl dann wieder heiraten wollte, befand die Queen sich in einer unmöglichen Situation: Als Oberhaupt der anglikanischen Kirche konnte sie eine Scheidung nicht gutheißen und die zweite Ehe gestatten, obwohl diese nach dem Royal Marriages Act notwendig war. Dabei waren doch Scheidungen im ganzen Land bereits etwas Alltägliches. Aber wie sollte sie einerseits ihre Rolle als Hüterin der Tradition wahren und gleichzeitig mit den zeitgemäßen Entwicklungen mithalten? Der britische Premierminister Harold Wilson nahm sich des Problems an und erklärte es kurzerhand zu einer Frage, die vom Kabinett entschieden werden mußte statt von der anglikanischen Kirche. Hierdurch wurde es nur zu einem weiteren Unterhausbeschluß, dem die Königin zustimmte und der formal nicht das geringste mit der Kirche zu tun hatte. Als dann ihre eigene Schwester und Lord Snowdon sich scheiden ließen, wurde die ganze Angelegenheit sehr verständnisvoll und geschickt geregelt, und die Königin, die Lord Snowdon sehr gern hatte, bezog diesen weiterhin in familiäre Ereignisse mit ein. Das war ein Zeichen der Zeit, aber dieser Weg sollte Charles nicht offenstehen. Als zukünftiges Oberhaupt der Church of England wäre seine Scheidung ein Skandal und eine zweite Heirat unmöglich.

Unzählige Frauen waren schon mit Charles in Verbindung gebracht worden, aber nur eine Frau hatte sein Herz erobert: Camilla Shand. Sie waren einander Anfang der siebziger Jahre das erstemal begegnet und hatten vieles gemeinsam. Sie liebten beide Pferde, Polo, Aktivitäten im Freien und die Malerei. Camilla war witzig und lebhaft, mit einer starken Persönlichkeit und Autorität ausgestattet. Sie war ihm intellektuell ebenbürtig und eine emotionale Zuflucht. Camilla Shand war weder besonders attraktiv, noch besaß sie Stil, aber sie verfügte über eine gewisse natürliche Anziehung, die auf Fotos nicht zu erkennen ist, die man jedoch spürt, wenn man ihr gegenübersteht. Viele ihrer Freundinnen, darunter viele, die hübscher und sittsamer waren, wunderten sich über Camillas Wirkung auf die jungen Männer, denen sie begegnete. Zweifellos war auch Charles von ihr fasziniert, aber er reagierte nicht schnell genug, und kurz nach Beginn ihrer Romanze mußte er seinen Pflichten bei der Königlichen Marine folgen. Während Charles lange unterwegs war, verliebte Camilla sich in Andrew Parker-Bowles, und ehe Charles sich versah, hatte Camilla, die Liebe seines Lebens, einen anderen geheiratet. Sie blieben gute Freunde, auch nach seiner eigenen Hochzeit, eine Freundschaft, die sich, wie er später zugab, zu einer Liebesbeziehung vertiefte. Camillas Einfluß auf Charles war deutlich, sogar bei der Wahl seiner Ehefrau. Er beriet sich mit Camilla, die ihn vielleicht um sich ihren eigenen Platz in seinem Herzen weiterhin zu sichern, darin bestärkte, daß Diana eine gute Wahl wäre. Camilla muß gewußt haben, daß es Bedürfnisse gab, die nur sie allein befriedigen konnte, niemals aber Diana. Als sie Diana ins Spiel gebracht hat, muß Camilla gehofft haben, daß diese sich letztendlich als zu fade erweisen würde, so daß Charles ihre, Camillas Freundschaft und Unterstützung auch weiterhin brauchen würde. Ihre Ahnin, Alice Keppel, war die Mätresse eines anderen verheirateten Prinzen von Wales gewesen, des späteren Edward III., und Camilla muß sich über die Parallelen und den »Generationssprung« amüsiert haben. Zwischen den beiden bestand ein sehr enges Band: Charles war der Patenonkel ihres Sohnes Thomas (so wie er Patenonkel der Kinder vieler seiner ehemaligen Flammen ist), und Highgrove, das Haus, das er ein Jahr vor seiner Heirat kaufte, lag nur knapp 16 Kilometer von dem Parker-Bowles-Anwesen entfernt, was sich in den kommenden Jahren als sehr praktisch für die beiden erweisen sollte. Nun, nach Dianas Tod, ist die Zukunft von Charles und Camillas derzeitiger Beziehung Gegenstand zahlreicher Spekulationen. In absehbarer Zukunft wird eine Heirat wohl nicht möglich sein.

Was Diana betrifft, so hatte ihre sechs Jahre ältere Schwester einen sehr großen Einfluß auf die Entscheidungen, die sie in den folgenden, entscheidenden Jahren treffen sollte. Der Name Spencer war der Öffentlichkeit nicht unbekannt, als die Kameras das erstemal Diana ablichteten, da Jahre zuvor schon Sarah mit Prinz Charles in Verbindung gebracht und sogar als mögliche und wahrscheinliche Ehefrau gehandelt worden war. Als Charles Sarah kennengelernt hatte, war Camilla bereits seit vier Jahren verheiratet, und ihr Stern war im Sinken begriffen, während der der Spencers erst aufging. Sarah, die damals unter Magersucht litt, kämpfte den Großteil ihrer siebenmonatigen Beziehung zu Charles gegen diese Krankheit. Es heißt, daß Charles ihr geholfen habe, das Leiden zu überwinden. Welche Ironie, daß die Erfahrungen, die er bei Sarah gesammelt hatte, sich nicht auf die jüngere Schwester übertragen ließen, als diese ebenfalls unter Eßstörungen litt.

Sarah war eine geistreiche, eigensinnige junge Frau, die anderen gern Streiche spielte, es verstand, sich zu behaupten, und kein Blatt vor den Mund nahm. Sie war wegen zahlreicher Verstöße gegen die Schulordnung von jenem Internat verwiesen worden, das auch Lady Diana besucht hatte. Sarah legte viele Eigenschaften an den Tag, die typisch sind für erstgeborene Mädchen: Sie war unabhängig, intelligent, Anführerin und Macherin. Jane war konservativer, eher darauf bedacht, sich an die Regeln zu halten und das zu tun, was sich gehörte.

Sarah und Charles wurden vom Sommer 1977 bis zum Februar des folgenden Jahres immer wieder miteinander in Verbindung gebracht, bis Sarah von der ganzen Aufregung und den falschen Vermutungen über das, was doch nur ein harmloser Flirt und Freundschaft war, genug hatte und der Zeitschrift *Women's Own* unter anderem folgendes sagte: »Ich würde niemals jemanden heiraten, den ich nicht liebe, sei er Schornsteinfeger oder König von England. Würde er mir einen Antrag machen, würde ich ablehnen.«

In dieser Zeit machte Sarah Charles und Diana miteinander bekannt. Das war im November 1977, und Charles verbrachte ein Wochenende auf Althorp, um Fasanen zu jagen. Diana hatte am Vorabend an einem der legendären Althorp-Dinner teilgenommen. Wie für Diana typisch, ging sie zuerst in die Küche, um den Angestellten dort ihr Kleid zu zeigen. Es heißt, sie wären verblüfft gewesen von der Verwandlung des Mädchens in eine junge Lady. Vielleicht ging es Charles ja genauso. Bei ihrem Verlobungsinterview sagte Charles, er habe sie bei jener Begegnung für eine »fröhliche und attraktive Sechzehnjährige gehalten.« Was Diana betrifft, so interessierte sie sich angeblich mehr für Prinz Andrew als für seinen älteren Bruder. Rose Ellis, die Köchin auf Althorp, unterhielt sich eines Nachmittags mit Diana, als sie zum Einkaufen fuhren und gestand ihr, daß sie sämtliche Zeitungsartikel über Lady Sarah und Prinz Charles ausgeschnitten und aufbewahrt habe. Diana lachte und meinte, näher würden die beiden sich wohl auch nicht kommen. Als die Köchin Diana daraufhin neckte, weil sie noch keinen festen Freund hatte, hatte Diana erneut gelacht und gesagt: »Ich warte auf Prinz Andrew.« Es ist sicherlich nicht unmöglich, daß sie ihr Augenmerk tatsächlich auf Andrew gerichet hatte. Aber das bedeutete nicht, daß sie sich nicht eine harmlose Schwärmerei für Charles hätte erlauben dürfen. Offenbar war sie von jenem November an in ihn verschossen, und Gerüchten zufolge bewahrte sie ein Foto von ihm unter dem Kopfkissen auf.

Im Frühjahr 1978 begann Diana, sich ein Leben in London einzurichten. Sie wohnte in der Nähe des belebten Sloane Square mit seinen einzigartigen Geschäften, gemütlichen Pubs und teuren Häusern. Es war damals »in«, einen Range Rover zu fahren. Zwei Gesellschaftssatirikern, Ann Barr und Peter York, fiel auf, daß plötzlich auffällig viele Frauen eines bestimmten Typs – junge konventionelle Adelige, sich in dieser Gegend niederließen. Außerdem registrierten sie, daß die meisten Range Rover fuhren und sich teuer, aber altmodisch kleideten – kurz, das genaue Gegenteil der extremen »Punk«-Szene, die sich ebenfalls zu dieser Zeit entwickelte. Viele gingen sogar soweit, den königlichen Kopfputz nachzuäffen – Hermés-Tücher, die mit Pferden, Reitaccessoires oder Jagdszenen bedruckt waren. Barr und York schufen den Begriff »Sloane Ranger«, um diese politisch desinteressierten, nichtintellektuellen, konventionellen jungen Damen zu beschreiben. Es handelte sich vornehmlich um ehemalige Privatschülerinnen (Absolventinnen von Public Schools, wie man diese privaten Institute in England nennt), Töchter adeliger oder wohlhabender Eltern mit Landsitz und Wohnungen in London. Sie »liebten Scherze, verwendeten keine Schimpfwörter, waren sexuell unschuldig und betrachteten den Sloane Square als den Nabel der modernen Welt.« Jane Austens Protagonistin in *Emma* hätte diese jungen Frauen wunderbar verstanden, weil sie die gleichen Werte und Erwartungen hatten. Ihre Ziele im Leben waren ein weitgehend häusliches Dasein, ein wenig künstlerische Betätigung, die Standardtänze zu beherrschen, einigermaßen weitgereist zu sein (solange es keine zu exotischen Reiseziele betraf), und natürlich eine gute Partie zu machen. In Ralph Martin's Buch *Charles and Diana* listet er die im *The Official Handbook of the Sloane Ranger* aufgeführten Verhaltensregeln auf:

»Man darf nicht zu angestrengt nachdenken, weil das die Leute verwirren würde. Man muß Unterstatement praktizieren, um weder zu langweilen noch zu prahlen. Man muß auf die richtige Wortwahl und Tonart achten. Sloane Ranger lieben die Vergangenheit. Alles Gute gibt es schon seit Ewigkeiten. Das heißt: alte Häuser, alte Möbel, alte Kleider, alten Wein, alte Familien, altes Geld.«

Eine Sloane Ranger war jedoch nicht nur besessen davon, der richtigen Familie anzugehören, die richtige Adresse zu haben und die richtigen Kleider zu tragen: eine Sloane Ranger schätzte ihre Freunde, betrachtete ihre Mutter als eine ihrer besten Freundinnen und bewahrte sich ihre Jungfräulichkeit bis zur Ehe. Die Zeit zwischen Schule und Ehe war lediglich eine Wartezeit, in der man Kontakte knüpfte und dem einen oder anderen Job nachging, ohne jedoch ernsthaft daran zu denken, sich eine langfristige Karriere aufzubauen. Sie lebten in ihrer eigenen privilegierten, isolierten Welt, was ihnen die Verachtung der einen und den Neid der anderen einbrachte. Überall um sie herum kämpften Frauen darum, nicht mehr nur als Konsumenten, Ehefrau und Gebärmaschinen betrachtet zu werden, aber diese Sloane Ranger schienen die wirklich wichtigen Dinge, gesellschaftliche Probleme, politische Entwicklungen und wirtschaftlichen Realitäten um sich herum gar nicht wahrzunehmen. An der Oberfläche gab es in ihrem Leben nur wenig Anlaß zur Rebellion, und diese Mädchen schienen ohne viel Mühe, Umstände oder rebellische Phasen von der Kindheit ins Erwachsenendasein überzuwechseln. Diana wurde als »Supersloane« bezeichnet, weil sie fast perfekt in dieses Schema paßte.

Diana war in der Tat in den meisten Punkten ein Abziehbild ihrer Freundinnen: Sie hörten dieselbe Musik

(Sting, Duran Duran, Phil Collins), lasen dieselben Bücher (Liebesromane, vor allem von Barbara Cartland) und gingen zum selben Friseur, Kevin Shanley von Headlines, der auch den berühmten »Lady-Diana-Schnitt« erfand, den sie bei ihrer Verlobung trug.

In anderer Hinsicht bestand jedoch ein krasser Unterschied zwischen ihr und ihren Freundinnen. Nach außen hin schien es, als wäre alles in bester Ordnung. Aber inzwischen ist bekannt, daß Diana in Folge der Traumata aus ihrer Kindheit einen Hang zu selbstzerstörerischem Verhalten hatte. Sie folgte nicht der üblichen Teenagerentwicklung, die darin bestand, Lebensart und Werte der Eltern abzulehnen. Hätte sie das getan, hätte ihr das vielleicht geholfen, schneller ein stabiles erwachsenes Ich zu entwickeln. Sie war mit siebzehn ganz auf sich allein gestellt, und ihr standen alle erdenklichen Annehmlichkeiten und unglaublicher Luxus zur Verfügung, ohne daß ihr ein Erwachsener hineinredete. Auf den ersten Blick der Idealzustand – sie wechselte von einem Lebensabschnitt zum anderen, ohne die Gelegenheit zu nutzen, auf tieferliegende Probleme und Belange einzugehen, bis diese schließlich in ihrer Ehe aufbrachen und bei ihr zur Bulimie führten.

In ihrem Buch *Diana in Private* schreibt Lady Colin Campbell, daß Dr. Gloria Litman vom psychiatrischen Institut am Maudsley Hospital in London bestätigt hat, daß Kinder aus Aristokratenfamilien manchmal ins Schwimmen kommen, wenn die festen Grenzen der Kindheit plötzlich gelockert werden. In ihren Augen können »gutes Benehmen, Höflichkeit und das Erlangen und Wahren absoluter gesellschaftlicher Perfektion zu unterschwelliger Frustration und unterdrückter Wut führen, weil das ganze Leben für einen vorausgeplant wird, ohne Rücksicht auf persönliche Neigungen. Wenn diese Konflikte zwischen dem, was die Familie von einem erwartet, und dem, was man selbst tun möchte, nicht gelöst werden, kann das zu Alkoholabhängigkeit, Drogensucht, Depressionen und anderen emotionalen Schäden führen, darunter auch Eßstörungen.«

Aber in dieser Zeit war das Leben für Diana noch unbeschwert, und ihre zwei Mitbewohnerinnen und ihre Schwestern verhalfen ihr durch ihre Kontakte zu einem ausgefüllten und regen, wenn auch nicht ungewöhnlichem, gesellschaftlichen Leben.

Diana und ihre Freundinnen verbrachten viele Abende daheim, überlegten kichernd, welche Jungen als Ehekandidaten geeignet wären, klatschten den neuesten Filmtratsch aus oder aßen Spaghetti und sahen dabei fern. Dann wieder hingen sie in nicht so feinen Lokalen herum oder gingen ins Kino. Manchmal sahen sie sich auch ein Theaterstück oder ein Ballett an, immer noch eine Leidenschaft Dianas. Die Eintrittskarten für diese Veranstaltungen besorgte meist Lady Fermoy, die Diana oft besuchte, und zu der sie eine sehr enge Beziehung gehabt haben soll. Es heißt, Lady Fermoy wäre Diana eher eine Mutter gewesen und Frances in typlischer Sloane-Ranger-Manier mehr eine Freundin.

Zum engeren Kreis von Dianas Freundinnen gehörten jene Mädchen, die sie aus Norfolk und West Heath kannte: Alexandra Lloyd, Caroline Harbord-Hammond, Mary-Ann Stewart Richardson, Natalia Phillips und Theresa Mowbray. Die Jungen, zu denen sie Kontakt hatten, kamen aus befreundeten Familien; gewöhnlich waren es Absolventen von Eton, der prestigeträchtigsten Privatschule Englands, die inzwischen in die Army eingetreten waren, in familieneigenen Firmen arbeiteten; die wenigsten hatten einen richtigen Beruf ergriffen. Die auf Althorp organisierten Jagden boten ebenfalls Gelegenheiten, junge Herren kennenzulernen. Dauerhafte Freunde Dianas waren Humphrey Butler, Rory Scott, Simon Berry, James Boughey und Harry Herbert. Sie bildeten eine stabile, isolierte Gruppe. Sie verspürten weder das Bedürfnis noch den Wunsch, neue Freunde kennenzulernen und diese in ihren Kreis aufzunehmen; wenige gingen, noch weniger kamen hinzu.

Diana verbrachte die meisten Wochenenden auf dem Land. Sie ging auf Partys, besuchte Freunde oder fuhr gelegentlich nach Althorp zu ihrem Vater, wo sie aber selten im Haupthaus übernachtete. Ihre Schwester Jane und ihr Mann besaßen ein gemütliches kleines Haus auf dem Anwesen, und dort fühlte Diana sich wohler und willkommener.

Wenn sie mit ihren Freunden zusammen war, war Diana ausgesprochen lebhaft; es gefiel ihr, im Mittelpunkt zu stehen. Und die Jungen um sie herum schenkten ihr auch große Aufmerksamkeit. Der Butler der Familie, Ainsley Pendry, erzählte von einer Party: »Gegen Ende des Abends, als alle schon ein wenig beschwipst waren, schnappten einige der Jungen sich Diana und warfen sie in den Pool. Aber anstatt aus dem Wasser zu steigen, zog Diana ihre meisten Kleider aus und schwamm lachend umher. Die Jungen klatschten und waren begeistert. Lady Diana war ein hübsches Mädchen, und es war alles harmloser Spaß. Dann bat sie darum, daß man ihr einen Bikini brachte, den sie anzog, bevor sie aus dem Wasser kam.«

Fremden gegenüber war sie schüchtern, aber bei Leuten, die sie kannte, konnte Diana ausgelassen und sogar frech sein. Der Butler erinnerte sich noch an einen anderen Besuch Dianas auf Althorp: »Damals war auch ein älterer Herr auf Althorp anwesend. Diana hatte im Pool geschwommen. Sie zog gerade ihren Bademantel über, als der Gast ihr ein Kompliment über ihre Bräune machte. Lächelnd schlug sie den Bademantel auseinander und posierte in ihrem Bikini, bevor sie in aller Seelenruhe davonging. Der alte Mann seufzte nur: ›Wenn ich doch bloß fünfzig Jahre jünger wäre!‹«

Aber so sehr Diana es auch liebte, sich mit ihren Freunden zu amüsieren, so wichtig waren ihr auch ganz andere Dinge. Mit fast siebzehn Jahren trat Diana ihre erste bezahlte Stelle als Kindermädchen von Alexandra an, dem Töchterchen von Major Jeremy Whitaker und dessen Frau Phillipa. Diana lebte mit der Familie auf deren Anwesen »The Land of Nod« in Hampshire. Sie versorgte den Säugling und machte sich ganz allgemein nützlich, da sie zu jenen Menschen gehörte, die nicht nur registrieren, daß etwas zu tun war, sondern es auch gleich erledigen. Ihre Arbeitgeber schätzten ihre Gewissenhaftigkeit und ihren Arbeitseifer sehr. »Sie war auch im Haus eine große Hilfe«, sagte Mrs. Whitaker. »Wenn Erdbeeren gepflückt werden mußten, half sie mit. Ebenso beim Kochen. Es machte ihr nicht das geringste aus, zu arbeiten. Wenn etwas zu tun war, tat sie es.« Die Verbindungen, die Diana durch ihre Familie und ihre Freunde gewonnen hatte, hatten ihr auch zu dieser Stelle verholfen. Phillipas Brüder kannten Diana von einigen Jagden auf Althorp, und als die Whitakers dann eine Hilfe brauchten, empfohlen sie Diana. Sie verbrachte drei Monate bei ihnen und kehrte im Sommer 1978 in das Londoner Haus ihrer Mutter zurück, wo sie das nächste Jahr über blieb.

Wieder in London, ließ Diana sich bei Arbeitsvermittlungen registrieren, die auf Haushaltshilfen und Kinderbetreuerinnen spezialisiert waren. Viele ihre Freundinnen arbeiteten in Trend-Boutiquen oder Büros, aber ein solcher Job reizte Diana nicht. Sie liebte Kinder nicht nur, sondern besaß auch ein ganz besonderes Talent im Umgang mit ihnen, und das wollte sie nutzen. Die beiden Agenturen, bei denen sie sich registrieren ließ, waren Knightsbridge Nannies, die vorübergehende Babysitterjobs vermittelte, und Solve Your Problems, wo man ihr die verschiedensten Aufgaben vermittelte, von Einkaufen über Putzen bis hin zu Botengängen. Diana liebte diese Art von Arbeit.

Inzwischen hatte Diana Sophie Kimball gefragt, ob sie zu ihr und Laura Grieg in das Haus ihrer Mutter ziehen wollte. Sophie hatte seinerzeit Diana den Aufenthalt in der Schweiz halbwegs erträglich gemacht, da sie zu den wenigen gehört hatte, mit denen Diana sich auf englisch hatte unterhalten können. Außerdem teilten die Mädchen ihre Leidenschaft fürs Skilaufen. Über Sophie schloß Diana viele ihrer engsten Freundschaften. Laura nahm an einer speziellen Schule Unterricht im Kochen, und ihre Mitbewohnerinnen profitierten von dem, was sie lernte. Sophie war es auch, die Dianas Interesse am Kochen weckte und sie bewog, im September einen Kochkurs an der Elizabeth Russell's School in Wimbledon zu belegen.

Diana war schon immer gut im Kochen gewesen und hatte sich bereits einige Kenntnisse angeeignet. Nun wollte sie ihre Fähigkeiten professionell ausweiten, um bei ihrer beruflichen Einsatzmöglichkeiten davon zu profitieren. Sie fuhr täglich mit der U-Bahn vom Sloane Square nach Wimbledon, und am Ende des dreimonatigen Kurses fügte sie der Liste ihrer Fähigkeiten bei den Jobagenturen »Kochen« hinzu. Außerdem ließ sie sich auch bei Lumleys registrieren, einer Jobvermittlungsagentur, die sich auf den Bereich »Catering« spezialisiert hatte, Cocktailpartys ausrichtete und kleinere Gerichte herrichtete und servierte; ihre eigene Schwester Sarah gehörte bald zu ihren Kunden.

In jenem Herbst war das Leben für Diana einfach und befriedigend. Doch dann brach ein Unglück über die Familie herein.

Earl Spencer erlitt auf Althorp einen Schlaganfall. Er wurde bewußtlos ins örtliche Northampton General Hospital gebracht und von dort aus ins National Hospital in London. Der Earl lag sechs qualvolle Wochen lang im Koma, und die Ärzte waren eher pessimistisch, was seine Überlebenschancen betrafen. Die einzige, die fest an seine Genesung glaubte, war Raine. Der Rest der Familie hatte inzwischen alle Hoffnung verloren. Heute ist jeder überzeugt davon, daß er ohne Raines Willenskraft und ihre Rund-um-die-Uhr-Pflege gestorben wäre. Raine entwikkelte einen extremen Beschützerinstinkt ihm gegenüber, was soweit ging, daß sie nicht einmal seine Kinder zu ihm ließ. Berichten zufolge hat man öfter beobachtet, daß die Spencer-Kinder abends draußen vor dem Krankenhaus warteten, bis Raine ging, und sich dann in die Klinik schlichen, um ihren Vater zu besuchen.

In einem Interview mit dem *Daily Express* sagte Raine: »Ich bin eine Kämpfernatur, und das bekommen manche Leute unangenehm zu spüren. Mein Rückgrat ist aus purem Stahl. Niemand kann mir etwas anhaben, und nichts und niemand sollte Johnnie etwas anhaben können, solange ich in der Lage war, an seinem Bett zu sitzen – obwohl einige Familienmitglieder versuchten, mich davon abzuhalten – und meinen Lebenswillen an ihn weiterzugeben.« Raine hörte von einem neuen Medikament, das in Deutschland entwickelt worden war, aber in Großbritannien noch nicht verfügbar war – Aslocillin. Sie überredete ihren Freund Lord William Cavendish-Bentinck, den Vorsitzenden der britischen Niederlassung der Bayer AG, ihr dieses Medikament für Johnnie zu besorgen. Das Medikament schlug an. Es heißt, er wäre schließlich wieder zu sich gekommen, während Raine ihm an einem Nachmittag im November in seinem Zimmer auf einem Kassettenrecorder »Madame Butterfly« vorspielte. Er blieb bis Januar im Krankenhaus, und anschließend wohnten er und Raine noch bis Februar im Dorset House in London. Es heißt, die Kosten für seinen Genesungsaufenthalt im Dorset House hätten sich auf etwa 60000 Pfund (etwa 175000 DM) belaufen. Er erholte sich wieder fast vollständig, abgesehen von einer leichten Sprachstörung und dem Umstand, daß er ganz allgemein etwas langsamer reagierte. Auch gewöhnte er sich an, vieles zu wiederholen, was andere sagten, und er mußte viele seiner Aktivitäten auf dem Land aufgeben. Der Earl of Spencer dankte seiner Frau für ihre aufopfernde Pflege. In Ralph Martins Buch *Charles & Diana* heißt es: »Ohne Raine wäre ich nicht hier ... dann wäre ich längst tot. Raine hat mir durch schiere Willenskraft das Leben gerettet. Die Ärzte hatten mich schon achtmal auf die Todesliste gesetzt und ihr wiederholt nahegelegt, einen Sarg zu bestellen. Sie sagten, ein Wunder müsse geschehen, wenn ich überleben sollte. Raine war mein Wunder. Es ist ganz allein ihr – ihrer Liebe zu mir, ihrer Entschlossenheit, mich nicht gehen zu lassen – zu verdanken, daß es mich noch gibt. Ich konnte nicht mit ihr sprechen, abe ich wußte, daß sie da war, Stunde für Stunde, Woche für Woche, meine Hand hielt und mir von unseren Ferien und meiner Fotografiererei erzählte – Dinge, von denen sie wußte, daß sie mir viel bedeuteten.«

Die Königin, die über die schwierige Situation der Spencers unterrichtet war, lud Diana und Sarah im Januar zu einem Jagdwochenende nach Sandringham ein, um sie ein wenig aufzuheitern, denn der Streß durch die Erkrankung ihres Vaters war groß. Die beiden jungen Frauen gönnten sich eine wohlverdiente Erholungspause, als der Earl endlich wieder nach Hause durfte.

Charles und Diana sahen sich nach langer Zeit an diesem strahlenden Wochenende im Januar 1979 wieder. In dieser vertrauten und geliebten Umgebung waren sie beide entspannt, locker und wunderbar offen zueinander.

Diana war nur eine von zahlreichen Gästen, und Charles schenkte ihr nicht mehr Aufmerksamkeit als den anderen. Außerdem hätte sie damals trotz ihrer natürlichen und vitalen Attraktivität nicht mit den glamourösen Frauen rivalisieren können, mit denen er in der letzten Zeit zusammen gewesen war. Ihr Haar war schulterlang und mausbraun, hatte keinen besonderen Schnitt. Sie kleidete sich konservativ, aber teuer und zog immer noch Sachen an, die ihre Mutter für sie aussuchte: dezente Pullover zu knielangen Schottenröcken oder Kordhosen. Charles müssen also ihre inneren Qualitäten aufgefallen sein. Dianas Witz, ihr unbeschwertes Lachen und ihre unkomplizierte Art beeindruckte Charles, und offenbar genoß er ihre erfrischende Gesellschaft. Diana forderte nichts von ihm. Charles begann, sich des öfteren mit Diana zu treffen. So begleitete sie ihn als »Lückenbüßer« in die Oper oder zu anderen Anlässen. Aber sie war damals nicht seine Freundin, und es hatte auch nicht den Anschein, als würde sie es werden. Aber Diana war lustig; bei ihr konnte der Prinz sich entspannen.

Ende Januar machte Dianas Mutter, die sich immer noch sorgte, weil ihre Tochter so wenig Ehrgeiz in ihrem Beruf zeigte, den Vorschlag, Diana solle die beiden Dinge, die sie am meisten liebe – Kinder und Tanzen – verbinden und Ballettunterricht geben. Auf Anraten ihrer Mutter hin schrieb Diana an Betty Vacani, die seit fünfzig Jahren eine Ballettschule für Kinder der Oberschicht leitete. Zu Bettys ehemaligen Schülern gehörten auch Prinz Charles und Dianas Stiefmutter, Raine. Eine Vacani-Lehrerin hatte Diana in West Heath unterrichtet, und sie hatte einen Tanzwettbewerb der Schule gewonnen, bei dem Miss Vacani zur Jury gehört hatte. Betty Vacani konnte sich damals jedoch nicht an Diana entsinnen, erst dann wieder, als Diana sie daran erinnerte, daß sie während des Tanzwettbewerbs auf ihren Pekinesen aufgepaßt hatte. Vielleicht gab das neben ihrem Sieg beim Tanzwettbewerb und ihrer Liebe zum Ballett den Ausschlag. Jedenfalls erklärte Betty Vacani sich einverstanden, Diana gegen eine Jahresgebühr von 100 Pfund (ca. 290 DM) aufzunehmen, obgleich es ihr an der entsprechenden Qualifikation mangelte. Diana liebte das Ballett so sehr, daß sie als kleines Mädchen im strömenden Regen vor Covent Garden gewartet hatte, um ein Autogramm von Mikhail Bariyshnikov zu bekommen – eine Anekdote, mit der sie ihn bei einem offiziellen Dinner in Washington zwanzig Jahre später überraschte.

In der Vascani-Schule begann Diana mit ihrer Ausbildung zur anerkannten Ballettlehrerin nach der Cecchetti-Methode. Die Ausbildung sollte mindestens drei Jahre dauern. Sie begann damit, daß sie bei den Jüngsten half. Ihre Aufgabe bestand darin, die Kleinen auf den Hauptteil des Unterrichts vorzubereiten, indem sie Bewegungs- und Rhythmusspiele mit ihnen machte, wie »Ring Around the Roses« und »Hickory Dickory Dock.« Die Kinder brachten für das furiose Finale ihre eigenen Mäuse mit, die sie dann am Ende, passend zum Text, freiließen. Es war eine ausgelassene Angelegenheit, die die Kinder liebten, die Diana jedoch als sehr anstrengend empfand, nicht zuletzt, weil sie albern sein und den Clown spielen mußte. Sich so zu verhalten, war für ein schüchternes Mädchen schon schwer genug, aber hierbei auch noch mit Argusaugen von den Nannys und Müttern beobachtet zu werden, war eine Qual. Sicher mußte Diana jeden Morgen ihre Nerven stählen, wenn sie mit dem Fahrrad durch Kensington fuhr und sich auf einen weiteren anstrengenden Tag vorbereitete.

Sie arbeitete auch mit Gruppen älterer Kinder zusammen, wo die Anforderungen schon schwieriger waren; sie nahm als Schülerin am Unterricht für Fortgeschrittene teil, sowie an der Ballettgruppe für Mütter. Das Lernen machte ihr viel mehr Spaß als das Lehren, aber letztendlich stellte sich heraus, daß sie weder die Fähigkeiten für eine Profikarriere noch das Durchhaltevermögen als Lehrerin hatte. Diana tat, was sie schon immer getan hatte, wenn eine Situation unangenehm geworden war: Sie ging.

Ein weiterer wichtiger Grund dafür, daß sie die Ausbildung abbrach, war der, daß sie sich in Gegenwart der anderen Auszubildenden unbehaglich und linkisch fühlte. Diese Mädchen strebten alle danach, Erfolg auf der Bühne zu haben, und waren viel überlegener und weltgewandter waren als sie. Diana war im Herzen ein Mädchen vom Lande, das sich nicht schminkte und anzog, was seine Mutter ihm kaufte. Sie sollte sich unter Menschen außerhalb ihres sozialen Gefüges nie wohl fühlen, und so paßte Diana nicht auf die Ballettschule und versuchte auch gar nicht erst, sich dort einzufügen. Aber der Umstand, daß Diana lieber ging als zu versuchen, sich neuen Situationen anzupassen und sich dabei vielleicht lächerlich zu machen, kann auch als Zeichen von Charakterstärke gedeutet werden.

»Sie hat es ein Semester lang versucht, aber dann erkannt, daß es absolute Hingabe erfordert, und sie führte ein sehr reges gesellschaftliches Leben«, sagte Miss Vacani. »Dennoch war das Ballett gut für ihre Haltung.«

Diana behauptete, sie habe sich den Fuß verletzt, und ging einfach nicht mehr hin, wodurch sie sich aus einer unbequemen und in ihren Augen überflüssigen Situation befreite. Dianas Fußverletzung kann allerdings nicht sehr schwerwiegend gewesen sein, da sie sogleich zusammen mit mehr als einem Dutzend Freunden im März 1979 zum Skilaufen in die französischen Alpen fuhr.

Freunde, die bei dieser Urlaubsreise dabei waren, erzählten, sie wären überrascht gewesen von ihrer Häuslichkeit und ihrer guten Laune. Simon Berry verrät: »Eines Tages verletzte sie sich leicht und blieb zu Hause, während wir anderen Skilaufen gingen. Wir waren achtzehn Personen in dem Chalet, und da türmte sich das schmutzige Geschirr in der Spüle, überall lagen Kleidungsstücke herum. Diana machte den Abwasch, räumte auf und putzte, bis alles blitzblank war.«

Zu Dianas Attraktivität sagte er: »Diana hatte nichts Gekünsteltes an sich. Sie besaß diese wunderbare Gabe, mit jedem gut auszukommen. Wissen Sie, sie hat Dutzenden von jungen Männern das Herz gebrochen. Es kam regelmäßig vor, daß jemand sich auf den ersten Blick unsterblich in sie verliebte.« Vielleicht lag es an den blauen Augen, an ihrem herzlichen Lachen, dem Erröten oder ihrem lieben Wesen. Vielleicht war es einfach ihre Natürlichkeit und Lebenslust.

»Ich fuhr eine vereiste Piste hinunter«, erinnerte sich Berry, »und plötzlich hörte ich Miss Piggys schrille Stimme neben mir. Sie sagte: ›Du bewegst dich auf dünnem Eis, Frosch.‹ Gleich darauf schoß Diana mit einem breiten Grinsen an mir vorbei. Sie ist ein toller Stimmenimitator.«

Nach jener Reise nach Frankreich nahm Diana auch weiterhin zeitlich befristete Stellen als Haushaltshilfe, Köchin und Babysitter an. Sie arbeitete sogar für ihre Schwester, bei der sie einmal wöchentlich zwei Stunden putzte.

Im Juli 1979 gewann der Begriff Unabhängigkeit eine völlig neue Bedeutung für Diana. An ihrem achtzehnten Geburtstag bekam sie Zugang zu dem Geld, das ihre amerikanische Urgroßmutter Frances Work ihr hinterlassen hatte. Wie schon berichtet, war Frances Work die starrsinnige und eigenwillige Tochter eines New Yorker Börsenmaklers und Millionärs. Sie brachte ihren Vater, einen erklärten Ausländerfeind, zur Weißglut, als sie den dritten Baron Fermoy heiratete, damals noch James Roche. Frances, oder Fanny, wie sie allgemein genannt wurde, trennte sich einige Jahre später von ihrem Ehemann und kehrte zurück in die Staaten und zu Naddy. Bevor er sie wieder in sein Testament aufnahm, verbat Frank Work ihr, ihren Ehenamen und Titel zu benutzen, und sie erklärte sich einverstanden, nie wieder nach Europa zurückzukehren. Dieselben Bedingungen zwang er ihren Zwillingssöhnen Maurice (Dianas Großvater) und Francis auf. Sie sollten nur dann einen Anspruch auf sein Vermögen haben, wenn sie die amerikanische Staatsbürgerschaft annahmen und sich völlig von ihren britischen Verbindungen lossagten. Fanny und ihre Söhne hielten sich an diese Bedingungen, solange Frank lebte, doch nach seinem Tod fochten sie erfolgreich die Testamentsklauseln an und kehrten nach England zurück. Frances Ur-Enkel erbten nicht nur ihr beträchtliches Vermögen, sondern auch ihren Starrsinn.

Frances Shand Kydd beriet erneut ihre Tochter, und sie empfahl Diana, sich eine Eigentumswohnung zu kaufen, wie ihre Schwestern es getan hatten. Sarah hatte eine Wohnung in der Elm Park Lane erworben, und Jane eine am Warwick Square in Pimlico. Diana stürzte sich voller Elan in das Projekt und kaufte eine Wohnung am Coleherne Court 60 in Fulham für 50000 Pfund (ca. 150000 DM). Sarah hatte das Objekt über ihren Arbeitgeber Saville's gefunden, einen Immobilienmakler für gehobene Ansprüche am Berkeley Square, und Frances kümmerte sich um die Formalitäten.

Den Rest des Frühlings verwandte Diana darauf, die

Wohnung zu renovieren. Farbe, Tapeten, Möbel und Kunstgegenstände zu kaufen. Diana hatte schon immer eine Schwäche für schöne Dinge gehabt, und sie war ein ästhetisch ansprechendes Umfeld gewohnt. Zum erstenmal in ihrem Leben hatte sie völlig freie Hand und konnte ihr eigenes Nest ganz nach ihrem eigenen Geschmack einrichten, obwohl sie sich mit ihrer Mutter und ihren Mitbewohnerinnen beriet, bevor sie ihre Einkäufe perfekt machte. Sie kaufte Tapeten, Accessoires und bequeme moderne Möbel in Einrichtungshäusern der gehobenen Kategorie, um sich ein gemütliches neues Heim zu schaffen. Ihre neue Wohnung war geräumig, mit hohen Decken, Teppichboden und drei Schlafzimmern, in einem unauffälligen vierstöckigen Haus an der Ecke der Old Brompton Road. Das Viertel, in dem Diana nun lebte, grenzte an eine Gegend, in der es viel ungezwungener zuging, und sie liebte die große Vielfalt von Geschäften und Restaurants ganz in der Nähe. Außerdem hatte Coleherne Court den Vorteil, in der Nähe der Wohnungen ihrer beiden Schwestern zu liegen.

Sophie Kimball und Phillipa Coaker, eine Hauswirtschaftsschülerin wie Sophie, zogen bei Diana ein.

Da Frances keine Verwendung mehr für das große Haus am Cadogan Place hatte, übernahm sie Janes Wohnung am Warwick Square, die seit Janets Hochzeit im Jahr zuvor leerstand.

Diana verbrachte weniger Zeit auf Althorp; vielleicht hatte sie endgültig genug von Raines Regeln und Dominanz. Der Butler der Familie weiß zu berichten, daß »Lady Diana sehr wütend war, weil ihr verboten wurde, die Stereoanlage im Haus zu benutzen. Sie löste die Bodendielen im betreffenden Zimmer und zog sämtliche Kabel heraus, wodurch die Anlage für alle unbenutzbar wurde.«

Dianas Leben verlief weiterhin geordnet und unauffällig. Aber in dieser für sie so friedlichen Zeit ereignete sich eine Tragödie, die nicht sie persönlich, sondern die Royals betraf. So wie die Königsfamilie sich jedes Jahr für sechs entspannende, ungestörte Wochen nach Balmoral in Schottland zurückzog, begab sich auch Prinz Charles' Lieblingsonkel, Lord Louis Mountbatten, auf sein eigenes Refugium, sein Anwesen Classiebawn an der irischen Küste. Wegen der Unruhen in Nordirland und der IRA-Drohungen gegen sämtliche Mitglieder der Königsfamilie wußte Mountbatten, daß er sich bei jedem seiner Aufenthalte in Irland in Lebensgefahr begab. Aber für ihn waren ein paar Wochen inmitten der Familie und einiger enger Freunde auf seinem liebsten Fleckchen Erde dieses Risiko wert. Am 27. August 1979 waren Lord Mountbatten, sein Schwiegersohn Nicholas Knatchbull (Amandas Bruder) und ein irischer Junge aus dem Ort, Paul Maxwell, am späten Vormittag unterwegs, um die Hummerfallen zu überprüfen, als unmittelbar unter ihnen eine Fünfzig-Pfund-Bombe explodierte. Sie waren sofort tot. Knatchbulls Mutter starb tags darauf. Andere, die an Bord waren, wurden schwer verletzt. Im Bekennerschreiben der IRA hieß es: »Es handelt sich um eine notwendige Operation, um das englische Volk auf die andauernde Besatzung unseres Landes aufmerksam zu machen. Mountbattens Hinrichtung soll der englischen Herrscherklasse und ihren Sklaven der Arbeiterklasse verdeutlichen ... daß der Krieg ihrer Regierung gegen uns auch von ihnen einen hohen Preis fordern wird. Wir werden ihnen ihr sentimentales, imperialistisches Herz herausreißen.«

Prinz Charles war zutiefst erschüttert, als er vom Tod seines Onkels erfuhr, und die ganze Nation reagierte mit Entsetzen auf den grausamen Anschlag. Für seinen Trauergottesdienst, den Mountbatten schon vor Jahren selbst geplant hatte, hatte der Lord »I Vow My Country To Thee«

ausgewählt. Mit Mountbatten verlor Charles seinen stärksten Verbündeten und besten Freund. Zu denjenigen, die Charles in dieser Zeit zur Seite standen, als er regelrecht krank war vor Trauer und Einsamkeit, gehörte auch Camilla Parker-Bowles. In dieser Zeit nahmen Charles und Camilla ihre Beziehung wieder auf, und in jenem Herbst erwarb der Prinz von Wales Highgrove in Gloucestershire, ein Anwesen in der Nähe seiner Schwester, Prinzessin Anne und der Residenz der Parker-Bowles. Diana war damals zu ihrer Mutter nach Schottland gereist und von dort aus weiter nach Balmoral zu ihrer Schwester Jane. Robert Fellowes war aufgrund seiner Position als stellvertretender Privatsekretär der Queen gezwungen, diese auf ihren Reisen zu begleiten, und so kam es, daß auch die Fellowes auf Balmoral anzutreffen waren, wenn die Royals sich dort aufhielten. Charles hatte sich zusammen mit seinem Vetter Norton Knatchbull nach Balmoral zurückgezogen, um mit Mountbattens Tod fertigzuwerden und seine Trauer zu verarbeiten. Es ist unwahrscheinlich, daß er und Diana sich in dieser Zeit begegnet sind.

In jenem Herbst begann für Diana eins der wichtigsten Jahre in ihrem Leben, und es sollte für sie das letzte Mal sein, daß sie über einen längeren Zeitraum hinweg glücklich war. Ihr Leben verlief in festen Gleisen, seit sie eine Teilzeitstelle als Helferin im Young England Kindergarten am St. George's Square in Pimlico bekommen hatte. Wieder hatten ihre Schwestern ihrem Schicksal ein wenig auf die Sprünge geholfen. Der Kindergarten wurde von Victoria Wilson und Kay Seth-Smith geleitet, deren Schwester Janie zusammen mit Dianas Schwester Jane in West Heath gewesen war. Jane hatte sich nach Jobs für Diana umgesehen und auch Janie gefragt, ob sie nicht etwas wüßte. Wie sich herausstellte, war Diana mit ihrer Herkunft, ihrer Persönlichkeit und ihrer Kinderliebe genau das, was der

Kindergarten suchte. Diana fing mit der Betreuung der Nachmittags-Spielgruppe an, und sie war bald so beliebt und so geschickt im Schlichten von Streitigkeiten unter den Kindern, daß man ihr eine Vormittags- und schließlich eine Ganztagesstelle anbot. Ihre lockere Art und ihre Lebensfreude paßten wunderbar zur Einstellung der Leiterinnen des Kindergartens, denen Liebe über Disziplin ging. Aber Diana kam ihren Aufgaben nicht nur mit Zuneigung, sondern auch mit Strenge nach. Ein Junge, Alexander Stevens, erinnert sich daran, wie »Miss Diana« ihn und einen anderen Jungen einmal auf der Toilette erwischte. Sie hatten herumgealbert und ausprobiert, wer am weitesten pinkeln konnte. Als Diana plötzlich hereinkam, fuhren sie erschrocken herum und pieselten ihre Schienbeine an. Sie schimpfte sie für ihre Ungezogenheit aus und informierte dann die Eltern, daß die Angelegenheit geklärt und erledigt wäre. Sie war streng, liebte aber jede Art von Spaß – genau das, was die Kinder brauchten und deren Eltern zu schätzen wußten. Bei den Kindern handelte es sich um die Sprößlinge von Englands Crème de la Crème, darunter die Ur-urenkelin von Sir Winston Churchill und die Enkel und Kinder von Regierungsmitarbeitern und gesellschaftlich wichtigen Leuten. Endlich hatte Diana ihren Platz gefunden.

Während Diana in Betty Vacanis Ballettschule mit einer großen, bunt gemischten Gruppe von Kindern gearbeitet hatte, hatte Diana im Kindergarten nur kleine Gruppen von fünf Kindern zu betreuen, von denen keines älter war als fünf. Somit war sie in der Lage, sich jedem einzelnen ihrer Schützlinge ganz persönlich zu widmen und ihm ihre volle Aufmerksamkeit zu schenken, so wie sie es auch später tat, wenn sie Bedürftige und Kranke besuchte. Diana brauchte ihre Arbeit auch nicht mehr unter den kritischen Blicken der Kinderfrauen und Mütter zu verrichten. In dem Kindergarten wurden insgesamt fünfzig Kinder von zehn Erzieherinnen betreut. Dianas Hauptaufgabe bestand darin, mit den Kindern zu basteln. Sie suchte die Materialien zusammen, überwachte die oft etwas chaotische Entstehung der »Meisterwerke« und räumte hinterher auf. Diana liebte ihre Arbeit. Morgens, wenn sie zusammen frühstückten, oder abends, wenn sie ausgestreckt auf dem Sofa lag, erzählte sie ihren Mitbewohnerinnen häufig urkomische Anekdoten von den Kindern. Es war der Himmel auf Erden. Sie liebte ihre Arbeit und gewann Selbstvertrauen durch ihre Fähigkeit, die Bedürfnisse der Kinder nach Geborgenheit, Halt und Zuneigung erfüllten zu können.

Diana arbeitete nicht nur drei Tage die Woche im Young England Kindergarten: Knightsbridge Nannies vermittelte ihr zusätzlich noch einen Job, bei dem sie sich nach Bedarf um den einjährigen Patrick Robertson kümmern sollte, den Sohn des amerikanischen Direktors einer Erdölgesellschaft. Diana liebte Patrick und hütete ihn wie ihren Augapfel, unternahm lange Spaziergänge mit ihm bis zu ihrer Wohnung, spielte stundenlang mit ihm und kaufte bei Harrods ein, während er in seinem Kinderwagen schlief. Es war eine entspannte und befriedigende Situation. Ihre Arbeitgeber hatten sie als Diana Spencer engagiert und ahnten nichts von ihrem familiären Hintergrund.

Mrs. Robertson erzählt: »Dieses reizende Mädchen stellte sich vor, und sie war so kultiviert und guterzogen, daß wir gleich wußten, daß es sich um jemand ganz Besonderen handeln mußte. Ich kann nur sagen, daß Lady Diana wunderbar mit Kindern umgehen konnte.« Erst als die Fotografen Diana ein Jahr später vor dem Haus auflauerten, begriffen die Robertsons, wie recht sie mit der Einschätzung ihres Kindermädchens gehabt hatten.

Um sich zu beschäftigen und ihre tänzerischen Fähigkeiten weiterzuentwickeln, meldete Diana sich in einer anderen Ballettschule an, dem Dance Center in Covent Garden, wo sie in ihrer Freizeit Unterricht in Jazz- und Stepptanz nahm sowie einen Fitneßkurs belegte. Darüber hinaus arbeitete sie auch weiterhin für die zweite Arbeitsvermittlung und ging je nach Bedarf putzen oder babysitten. Diana gestattete sich außerdem, ihrer Leidenschaft für Shopping, vor allem bei Harrods und Harvey Nichols, nachzugehen. Mit wachsender Zufriedenheit und Selbstsicherheit begann sie, ihren eigenen Kleidungsstil zu entwickeln. Sie verließ sich nicht mehr blind auf den Geschmack ihrer Mutter, sondern orientierte sich mehr an ihren Freundinnen – und an ihren eigenen Vorstellungen. Die jungen Damen im Coleherne Court 60 hatten in etwa die gleiche Größe und waren von Natur aus nicht kleinlich; wenn eine von ihnen sich etwas zum Anziehen kaufte, teilte sie es ganz selbstverständlich mit den anderen. Diana sagte einmal zu einer Freundin, daß ihre Vorstellung vom Paradies wäre, bei Harrods einzukaufen; rückblickend kann man diese Aussage nur als Ironie empfinden.

Eine Wohnung mit zwei Mitbewohnern zu teilen, hatte seine Vorzüge, aber auch Schattenseiten. Berichten zufolge sah es in der Wohnung genauso aus, wie man es von einer Gruppe sorgloser junger Mädchen erwarten würde. Die Diele war mit Teilen von allen möglichen Sportausrüstungen und Fahrrädern zugestellt – sie konnten nicht riskieren, Räder draußen stehen zu lassen, weil sie ganz sicher gestohlen worden wären. Überall lagen Schminkutensilien, Zeitschriften und Kleidungsstücke verstreut, und ständig spielte Musik. Natürlich war Diana die erste, die sich daran machte, Ordnung zu machen, wenn das Chaos zu groß wurde.

Kurz nach Weihnachten 1979 gab es einige Veränderungen in der Wohnung; Virginia Coaker beschloß, auf Reisen zu gehen, und wurde durch ein anderes Mädchen ersetzt, Virginia Pitman, eine Freundin von Sophie aus Eggleston Hall, der Hauswirtschaftsschule. Kurz nach Virginias Einzug zog Sophie aus, und Carolyn Pride, eine Freundin Dianas aus West Heath, übernahm ihr Zimmer. Carolyn studierte Musik am Royal College of Music und brachte neben diversen Reittrophäen auch ihr Klavier mit. Eine vierte Mitbewohnerin kam hinzu, Ann Bolton, ebenfalls eine Freundin von Diana. Diana und Ann hatten sich im vergangenen Winter beim Wintersport in Frankreich kennegelernt. Ann, eine praktische und etwas bestimmende junge Frau, war außerdem eine Arbeitskollegin von Dianas Schwester Sarah. Die jungen Frauen zahlten Miete, teilten sich die Nebenkosten und Klamotten und führten ein fröhliches, sorgloses Leben. Allerdings gab es eine strikte Regel, Jungs betreffend: »Keine Techtelmechtel.«

Diana fuhr inzwischen ihren eigenen Wagen, und ihre Fahrkünste hatten sich deutlich verbessert seit der Zeit, als sie die Prüfung im zweiten Anlauf knapp bestanden hatte. Ihre Mutter hatte Diana ihr erstes Auto gekauft, einen Honda Civic, und auch das zweite, einen blauen VW Polo, den Diana prompt bei einem kleinen Unfall zu Schrott fuhr. Frances, die ihren Kindern gegenüber stets großzügig war (sie hatte auch Sarahs und Janes Hochzeiten ausgerichtet), ersetzte den Polo durch den berühmten roten Mini Metro.

Diana hatte weder beruflich noch privat Langeweile, obwohl Partys ihr keinen Spaß machten, wenn es sich nicht um Zusammenkünfte ihrer eigenen Clique handelte. Ganz besonders unwohl fühlte sie sich in Nachtclubs – durchgestylte, elegante Menschen verunsicherten sie. Zu den aufregendsten Ereignissen in ihrem Alltag gehörte es, wenn Prinz Charles anrief und Diana bat, ihn zu einer Party zu begleiten – in ihrer Wohnung besuchte er sie allerdings nie.

Innerhalb ihres eigenen Freundeskreises wurde Diana allgemein als gute Freundin und netter Kerl geschätzt. »Was ihre Freunde am meisten an ihr liebten«, erzählte Theresa Mowbray, die Diana von Kindesbeinen an kannte, »war ihr Sinn für Humor. Sie liebte Witze und hatte ein herzliches, ansteckendes Lachen.«

Sie wurde regelmäßig zu Partys eingeladen, aber sie hatte keinen festen Freund. Der königliche Stallmeister, Harry Herbert, meinte hierzu: »Diana hatte nie romantische Verabredungen; wenn sie ausging, dann ausschließlich in einer Gruppe.« Sie war eine Romantikerin und fest entschlossen, als Jungfrau in die Ehe zu gehen. Sie hatte mehrere Verehrer, aber wenn sie ausgingen, blieben die Mädchen gewöhnlich auf der einen Seite des Raumes und beobachteten aus sicherer Entfernung die Jungs, die wiederum die Mädchen nicht aus den Augen ließen. In diesem Jahr gab es einige kumpelhafte Beziehungen zu jungen Männern; vielleicht auch den einen oder anderen Flirt, aber ganz sicher nichts Leidenschaftliches.

Im Frühjahr fand eine weitere Hochzeit in der Familie statt. Am 17. Mai 1980 heiratete Dianas Schwester, Lady Sarah Spencer, Neil McCorquodale, Börsenmakler und einziger Sohn der Alastair McCorquodales von Little Ponton Hall in Grantham, Lincolnshire. Die Hochzeit war bei weitem nicht so prunkvoll wie die ihrer Schwester Jane. Das Paar wurde an einem warmen und sonnigen Tag in der örtlichen Kirche getraut – St. Mary's in Great Brington, Northampton. Die anschließende Feier fand auf Althorp statt. Obgleich zahlreiche wohlhabende und enge Freunde daran teilnahmen, waren keine hochgestellten Mitglieder der königlichen Familie unter den Gästen. Prominenteste Vertreterin des Königshauses war Lady Sarah Armstrong-Jones, die auch eine der Brautjungfern war. Obgleich Diana bei der Hochzeit ihrer Schwester keine offizielle Rolle übernommen hatte, muß sie Eindruck auf Sarah Armstrong-Jones gemacht haben, da Diana schon kurz nach der Hochzeit eine Reihe von Einladungen seitens des Königshauses erhielt. Aber der Tag war noch aus einem anderen Grund denkwürdig: Es heißt, der Geist des alten Earls hätte sich während des Empfangs still, aber lächelnd im Salon aufgehalten.

Der auf Charles lastende Druck, endlich zu heiraten, wurde immer größer, doch er verspürte auch selbst den Wunsch, eine Familie zu gründen. Er wußte, daß der Augenblick der Entscheidung unaufhaltsam näherrückte. Charles hatte in dieser Sache Verbündete, denen er vertrauen konnte – seine Großmutter und ihre Hofdame, Lady Fermoy. Seit der häßlichen Scheidung damals, als ihre Tochter Earl Spencer verlassen hatte, war Lady Fermoy darauf bedacht, den guten Ruf der Familie wiederherzustellen und passende Ehemänner für ihre Enkelinnen zu finden. Und wer sollte ein angemessenerer Bräutigam für Diana sein als der Enkel ihrer alten Freundin, der künftige englische König? Vielleicht war es ihrer diskreten Anregung zu verdanken, daß Diana von Sarah Armstrong-Jones, der Tochter von Prinzessin Margaret, für die Cowes-Woche im Juli 1980 zu einem Ausflug vor der Isle of Wight an Bord der königlichen Jacht eingeladen wurde.

Die Teilnahme an einigen von Charles' Partys im Laufe der vergangenen Monate sowie die wiederholten Einladungen seitens der Königsfamilie boten Diana die Gelegenheit, Charles zu zeigen, daß sie sich zu einer unabhängigen jungen Frau entwickelt hatte. Sie war nicht mehr nur die kleine Schwester einer alten Freundin; doch wegen ihres Alters und ihres familiären Hintergrunds verbarg er seine Gefühle, so daß sie sich unbemerkt von anderen, vor allem der Presse, entwickeln konnten – zumindest für eine gewisse Zeit.

Im Juni 1980 brachte Jane Fellowes eine Tochter, Laura, zur Welt, und die Fellowes schlossen sich der königlichen Familie an, als diese ihren Jahresurlaub auf Balmoral antrat. Diana besuchte ihre Schwester dort, angeblich, um ihr mit dem Baby zu helfen. Dieses Arrangement erwies sich als ausgesprochen vorteilhaft. Da auch Charles dort war, konnten er und Diana einander in einer entspannten und relativ ungestörten Atmosphäre näher kennenlernen. Die umliegenden abgeschiedenen Moore boten zahlreiche Möglichkeiten, den Freizeitbeschäftigungen nachzugeben, sie Charles liebte. Diana, die schon seit ihrer ersten Begegnung für Charles schwärmte, dürfte es genossen haben, den Prinzen ganz für sich allein zu haben, ohne daß andere, elegantere Frauen seine Aufmerksamkeit auf sich zogen. Als schließlich das erste Foto von ihnen geschossen wurde, auf dem Diana am Ufer des River Dee lag und Charles beim Lachsfischen zusah, hatten beide bereits begriffen, daß zwischen ihnen tatsächlich »etwas war«.

Dianas Rückkehr nach London wurde von der Schlagzeile »Er ist wieder verliebt« begleitet, und dies kündigte bereits den Weg an, den Diana von nun an beschreiten sollte, einen Weg, von dem es keine Umkehr gab.

Kapitel 4
Eine märchenhafte Romanze

Im Sommer 1980 tauchten Prinz Charles und Diana häufig auf den gleichen Festivitäten und Veranstaltungen auf. Im September jenes Jahres war Diana Hausgast auf Balmoral anläßlich einer der königlichen Partys. Dies schien ein Wendepunkt in ihrer Beziehung zu sein. In den Medien fing man gerade erst an, vorsichtige Spekulationen über die Natur ihrer Freundschaft anzustellen, und Prinz Charles' Kammerdiener zufolge begann damals auch das königliche Personal zu ahnen, daß etwas »im Busch« war.

Wie Diana selbst einmal sagte, hatte der Umstand, daß sie schließlich von Charles auserwählt wurde, viel damit zu tun, daß sie zur richtigen Zeit am richtigen Ort war. Damals wurde großer Druck auf Charles ausgeübt, endlich zu heiraten und einen Thronerben zu zeugen. Im Sommer 1980 nahm Charles diesen »Heiratsdruck« sehr ernst. Diana wies alle erforderlichen Eigenschaften auf, und sie war Britin. Ihr englisches Blut sollte zum Schlüsselelement ihrer Beliebtheit werden – immerhin war es gut 300 Jahre her, daß ein englischer Thronfolger eine Britin geheiratet hatte. Charles soll einmal gesagt haben, daß man eine Partnerschaft eingeht, die möglichst lange halten soll, wenn man heiratet. Darum, meinte Charles, würde er gern eine Frau heiraten, deren Interessen er teilen könne.

Prinz Charles' romantische Vergangenheit war reich gespickt mit Abenteuern. Die einzige Frau jedoch, die seinen

Ansprüchen an eine Ehefrau genügt hätte, war Anna Wallace, oder »Whiplash« (Peitschenschlag; Anm. des Übersetzers) wie sie später genannt wurde. James Whitaker schreibt in seinem Buch *Settling Down*, daß die Liste von Charles' Geliebten ziemlich lang gewesen sei. Whitaker war Charles offenbar jahrelang auf den Fersen, und ihm war es auch gelungen, zahlreiche Amouren des Prinzen umfangreich zu dokumentieren. Sein erstes offizielles Rendezvous hatte der Prinz im Alter von vierzehn Jahren mit seiner Cousine Marilyn Wills. Es heißt, sie hätten nicht einmal Händchen gehalten. Charles wurde ständig von einem Leibwächter begleitet, was sich zweifellos hinderlich auf romantische Gefühle auswirkte. Manche von Charles' ehemaligen Freundinnen haben erzählt, es wäre auch ohne Bodyguard schon einschüchternd genug gewesen, mit dem Thronerben auszugehen. Charles war offensichtlich ein sehr romantisch veranlagter Verehrer: Er schenkte seinen Auserwählten Blumen, hatte eine Schwäche für Kerzenlicht und hielt gern Händchen.

Charles' erste große Liebe war Lady Jane Wellesley, die Tochter des Herzogs von Wellington. Jane galt als ideale Frau für Charles. Whitaker schreibt, Jane sei hübsch, intelligent und mit der Hofetikette vertraut gewesen. Außerdem hatte sie die Billigung der Queen. Es war das Jahr 1973, und Whitaker ist der Überzeugung, daß aus ihrer Beziehung etwas hätte werden können, wären sie nur ein paar Jahre älter gewesen. Zum damaligen Zeitpunkt mußte Charles jedoch seiner militärischen Laufbahn Vorrang geben, und Jane wollte Journalismus studieren. Ihre Beziehung zerbrach schließlich unter dem Druck der Medien, und es heißt, Jane wäre nicht bereit gewesen, ihre Unabhängigkeit zu opfern, um eines Tages möglicherweise Charles zu heiraten. Doch obwohl ihre Liebe scheiterte, blieben sie gute Freunde.

Charles' Beziehung mit Anna Wallace war wild, sinnlich, dramatisch und stürmisch. Offenbar machte der Prinz Anna einen Antrag, den sie jedoch zurückwies. Möglicherweise fürchtete sie, niemals ganz akzeptiert zu werden, weil sie nicht den richtigen Charakter hatte, um in die königliche Familie einzuheiraten. Anna gab zu, daß Charles nicht ihr erster Liebhaber war und daß sie von Natur aus zu eigenwillig sei, um sich in die Königsfamilie einzufügen. Offenbar wußte sie auch, daß die Königin sie nicht sonderlich mochte, und in der Presse hatte man sie auch nicht in einem sehr positiven Licht dargestellt.

Whitaker behauptet, Anna wäre von Charles' Antrag verwirrt gewesen, weil sie gewußt habe, daß sie ihn unmöglich heiraten konnte. Hierauf beschloß Charles, mit ihr nach Balmoral zu fahren, um sie dazu zu bewegen, doch noch einzuwilligen. Whitaker spürte die beiden auf und sah, wie Charles neben Anna auf einer Decke lag. Das war ungewöhnlich für Charles, der bei solchen Ausflügen mit Freundinnen stets geangelt hatte. Aber der Aufenthalt auf Balmoral trug offenbar auch nicht dazu bei, Anna umzustimmen. Vielmehr wurde der Druck so groß, daß es Whitaker zufolge zu einer Explosion von Gefühlen kam.

Den ersten Riesenkrach gab es bei der Feier des achtzigsten Geburtstages der Königinmutter. Charles, der sich um die vielen Gäste kümmern mußte, war so beschäftigt, daß er Anna notgedrungen vernachlässigte, die hiervon jedoch ganz und gar nicht angetan war. Später wurde berichtet, Anna hätte sich laut und erbittert darüber beklagt, daß er sie ignoriert hätte. Außerdem warnte Anna Charles, so etwas ja nicht noch einmal zu tun. Der zweite Teil der explosiven Auseinandersetzung erfolgte auf Stowell Park. Charles tanzte mehrfach mit guten Freundinnen, während Anna vergessen zusah und immer wütender wurde. Erbost darüber, daß er sie schon wieder links liegen ließ, verließ Anna die Feier, und die beiden wechselten nie wieder ein zärtliches Wort. Viele Quellen sind sich darüber einig, daß das unschöne Ende dieser stürmischen Beziehung für Charles und Anna gleichermaßen traumatisch war. Ihre Beziehung hatte von November 1979 bis Juli 1980 gedauert. Kurze Zeit später kam Diana ins Spiel.

Charles zufolge heiratet eine Frau nicht nur einen Mann, sondern auch seine Arbeit und seine Art zu leben. Darum mußte die Frau, die ihn heiratete, unbedingt wissen, was mit einer Heirat auf sie zukam. Charles suchte also nach einer Frau, der das Parkett, auf dem die Royals sich bewegten, vertraut war. Des weiteren war er der Meinung, eine Ehe sollte wie eine sehr enge Freundschaft sein. Vor allem aber mußte Charles berücksichtigen, daß die Frau, die er heiratete, aller Wahrscheinlichkeit nach eines Tages zur Königin gekrönt werden würde.

Diana hatte ganz zweifellos den richtigen gesellschaftlichen Hintergrund. Ihre Schwester Sarah war eine Zeitlang mit dem Prinzen ausgegangen. Ihre andere Schwester hatte den Privatsekretär der Königin geheiratet. Zweifellos trugen diese Verbindungen dazu bei, eine gewisse Vertrautheit zwischen Charles und Diana herzustellen.

Auf Balmoral hatte Charles schließlich Gelegenheit, Diana besser kennenzulernen. Es heißt, sie hätte eine Stickarbeit und mehrere Liebesromane von Mills und Boon mitgebracht. Tagsüber blieben die Frauen allein im Haus, während die Männer zur Jagd gingen. Zur Mittagszeit marschierten die Frauen dann durch das Moor, um sich mit den Männern zu treffen und gemeinsam mit ihnen Tee zu trinken. An den Abenden wurde viel getanzt. Böse Zungen behaupten, Charles' Freundinnen wären alle dem »Craigowianischen Test« unterzogen worden, der darin bestand, den ganzen Tag im Haus herumzusitzen oder durch das Moor zu stapfen, um Charles aus der

Ferne bei der Ausübung seines Hobbys zuzusehen. Charles war wohl der Ansicht, daß seine Freundinnen gewillt sein müßten, zumindest als Zuschauerinnen an seinen Aktivitäten teilzuhaben, da diese ihm selbst ja so viel bedeuteten. Diana bestand den Test offenbar, da sie auch weiterhin eingeladen wurde. Charles war zweifellos nicht entgangen, daß Diana nicht mehr nur die amüsante, lebhafte Sechzehnjährige von damals war, sondern eine erwachsene Frau, mit der er Spaß haben konnte.

Diana wurde also nach Balmoral eingeladen, und zum ersten Mal zog man in der Presse ernsthaft in Betracht, daß Diana die neue Flamme des Prinzen sein könnte, als Whitaker die beiden zusammen auf dem Land beobachtete. Als Whitaker auftauchte, fischte Charles im River Dee Lachse, und Diana sah ihm vom Ufer aus zu. Sie entdeckte Whitaker und war so geistesgegenwärtig, sich einen kleinen Taschenspiegel vorzuhalten, so daß er und sein Fotograf ihr Gesicht nicht deutlich sehen konnten. Whitaker nahm sich die Freiheit heraus, die Frauen zu beurteilen, die Charles sich aussuchte, und in vielen Fällen hatte er sich sehr kritisch geäußert. Wie es scheint, war Diana Whitaker von Anfang an viel sympathischer als Charles' frühere Freundinnen. Für ein Mädchen, das alle als schlicht und unschuldig bezeichneten, hatte Diana einige raffinierte Tricks in petto, wie Whitaker bald feststellen mußte. Sie wickelte sich ein Kopftuch um das Haar und setzte eine Mütze auf – eine kurze Zeit blieb ihre Identität tatsächlich geheim.

Whitaker gestand, daß er sehr beeindruckt gewesen wäre, daß es Diana gelungen sei, ihn und seine Fotografen auszutricksen. Charles gab sich derweil völlig unbeteiligt. Erst als Diana den Hügel hinaufstieg, folgte er ihr zu seinem Wagen und drehte sich dann um, um durch sein Fernglas zu sehen und herauszufinden, wer sie beobachtete. Charles fuhr mit der geheimnisvollen Unbekannten davon. Das Rätsel um die Identität des Mädchens wurde jedoch rasch gelüftet. Einer von Whitakers Kollegen hatte von einer Kontaktperson ihren Namen und ihre Adresse erfahren, und eine Zeitlang war der *Daily Star* die einzige Zeitung in der Fleet Street, die ihre Anschrift kannte.

Der erste eindeutige Hinweis darauf, daß sich zwischen den beiden etwas entwickelte, war ein Rosenstrauß, der zusammen mit einer handgeschriebenen Karte des Prinzen bei Diana abgegeben wurde. Obgleich es zu diesem Zeitpunkt noch keinerlei weitere Anhaltspunkte oder Beweise für eine ernsthafte Romanze gab, waren die Medien überzeugt davon, daß sie »die Richtige« sei. Wie kamen die Presse und viele andere darauf, daß Diana die Auserwählte sein könnte?

Vieles sprach für sie. Zum einen war Charles im heiratswilligen Alter. Außerdem war Diana charmant, süß und unschuldig, gut erzogen und ein Mitglied der britischen Aristokratie. Auch wenn sie keine Prinzessin war, war sie die ideale Frau für den Thronfolger. Sie war nicht sonderlich ehrgeizig, wie einige von Charles' früheren Freundinnen, und ihre Arbeit mit Kindern ließ darauf schließen, daß sie mütterliche Gefühle hatte. Es heißt, daß es Dianas Lebensziel gewesen sei, zu heiraten und Kinder zu bekommen – und das paßte zweifellos hervorragend zu den Plänen des Prinzen.

Nachdem im Spätsommer 1980 erste zärtliche Gefühle aufgekeimt waren, mußte Charles sehr vorsichtig bei seiner Brautwerbung sein, er wollte Diana nicht ängstigen und in die Flucht jagen wie schon andere vor ihr. Sie war noch sehr jung und schüchtern, und schon allein deswegen mußte der Prinz behutsam vorgehen. Charles wußte, daß die Medien sich sehr bald für Diana interessieren würden, was zweifellos eine große Belastung für sie würde.

oben: Ein Foto aus dem Familienalbum: Diana Spencer in ihrem Kinderwagen auf Park House, Sandringham, in Norfolk 1962.

unten: Diana Spencer im Alter von sieben Jahren mit ihrem Bruder Charles Edward, Viscount Althorp, einstmaliger Ehrenpage der Königin.

links: Diana Spencer mit dreizehn Jahren auf der Isle of Uist auf den Western Isles, Schottland, 1974.

unten: Prinz Charles und Lady Diana Spencer vor dem Buckingham-Palast nach Bekanntgabe ihrer Verlobung am 24. Februar 1981.

oben: Prinz Charles und Prinzessin Diana auf dem Balkon des Buckingham-Palastes an ihrem Hochzeitstag, dem 29. Juli 1981. Schätzungsweise 750 Millionen Menschen weltweit sahen sich die Zeremonie im Fernsehen an.

unten: Das Wappen des Prinzen und der Prinzessin von Wales mit dem Schild des Prinzen (links) und dem Schild des House of Spencer.

oben: Dezember 1982: Prinzessin Diana und Prinz Charles beschäftigen ihren Sohn, Prinz William, während eines Fototermins im Kensington-Palast in London.

links: Ein Foto von Prinzessin Diana und ihren beiden Söhnen aus dem Jahr 1984.
Prinz William sitzt ganz brav da, während Diana seinen neugeborenen Bruder, Prinz Harry, auf dem Arm hält.

oben: Diana, Prinzessin von Wales, und ihre Söhne, Prinz Harry, damals sieben, und Prinz William, damals neun Jahre alt, auf einer Fahrt auf der Maid of Mist bei den Niagarafällen in Ontario im Oktober 1991. Obgleich der Terminkalender der Prinzessin voll war mit Staatsbesuchen und Kampagnen für die diversen Wohltätigkeitsorganisationen, die ihre Schirmherrschaft genossen, fand Diana stets Zeit für ihre Familie.

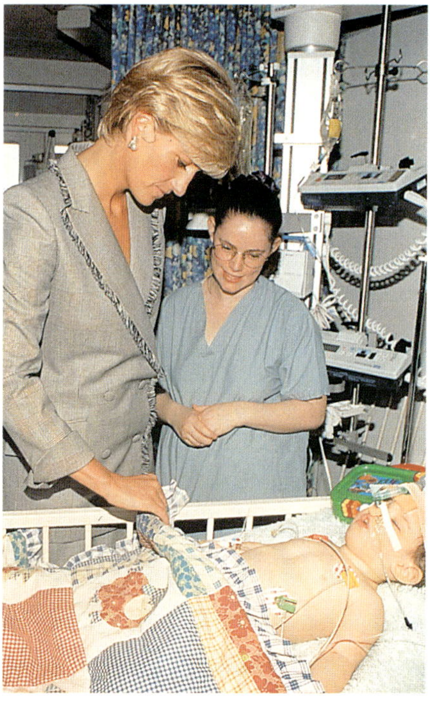

rechts: Dianas Bemühungen um Schwache und Hilfsbedürftige waren grenzenlos. Mehr als einmal besuchte sie Kinder auf der Intensivstation des St. Mary's-Krankenhauses.

oben: First Lady Hillary Clinton empfängt Prinzessin Diana am 18. Juni 1997 im Weißen Haus. Am Dienstagabend hatte die Prinzessin in Washington an einer Benefizveranstaltung des amerikanischen Roten Kreuzes teilgenommen. Der Erlös sollte den Landminenopfern auf der ganzen Welt zugute kommen.

links: Der südafrikanische Präsident Nelson Mandela schüttelt Prinzessin Diana am Montag, den 17. März 1997, in Kapstadt die Hand.

Voller Mitgefühl lauscht Diana den Sorgen und Nöten der kranken, kleinen Patienten auch im Brompton-Krankenhaus in London.

rechts: Eines der letzten Porträts der strahlend schönen Prinzessin von Wales. Am 28. 5. 1997 eröffnete Diana an der Universität von Laicester ein Begegnungszentrum von Kunst und Behinderten.

unten: Diana auf dem Weg zu dem Ballett »Schwanensee« in der Royal Albert Hall in London.

In der Anfangszeit ihrer Beziehung versuchte Diana den Medien möglichst wenig Beachtung zu schenken, und es gelang ihr sogar, Fragen zu ihrer Beziehung mit dem Prinzen auszuweichen. Gewöhnlich beantwortete sie Fragen dieser Art mit dem Hinweis, daß der Reporter sehr wohl wisse, daß es ihr nicht zustünde, sich über den Prinzen oder ihre Beziehung zu ihm zu äußern. Aber ihre ausweichende Haltung bestätigte nur, daß tatsächlich etwas zwischen ihnen war. Dennoch bemühte Diana sich, ihr Leben so normal wie möglich fortzuführen. Sie behielt ihre Stelle im Kindergarten und kaufte auch weiterhin im Supermarkt ein.

Im darauffolgenden Monat reiste Diana erneut nach Schottland, diesmal jedoch nach Birkhall, als Gast der Königinmutter. Birkhall liegt nur einen Katzensprung von Balmoral entfernt. Kurz nach diesem Besuch Ende Oktober fuhren Prinz Charles und Lady Diana nach Highgrove, seinem neuen Haus in Gloucestershire. Offenbar war Diana im Herbst 1980 dreimal in Highgrove, blieb jedoch nie über Nacht. Während Charles auf der Jagd war, schlenderte Diana durch die Gärten. Sie genossen es, allein und ungestört Tee zu trinken. Einem Hausdiener zufolge nahmen sie gewöhnlich eine einfache Abendmahlzeit zu sich. Am frühen Abend fuhr der Prinz Diana dann zurück nach London.

Charles befragte seine Mutter und auch Camilla Parker-Bowles zu Diana. Natürlich mußte er sehr vorsichtig bei der Wahl seiner Lebensgefährtin sein, aber die allgemeine Billigung erleichterte ihm wohl die Entscheidung. Es heißt, Diana sei die Favoritin Königin Elizabeth gewesen. Das war entscheidend, da laut dem Royal Marriages Act von 1772 der Prinz für seine Heirat die Zustimmung des Monarchen brauchte. Charles beriet sich auch mit der Königinmutter, die sich für das junge Paar einsetzte und den beiden wiederholt ermöglichte, zusammen zu sein.

Viele Quellen sind sich darin einig, daß die Königinmutter und auch Dianas Großmutter bei der Zusammenführung von Charles und Diana kräftig ihre Hände im Spiel hatten. Dianas Großmutter hatte sich immer gewünscht, daß ihre Enkelinnen gute Ehen eingingen, und die Königinmutter hatte natürlich besonderes Interesse an der Zukunft ihres Lieblingsenkels. Es ist nur wahrscheinlich, daß die beiden alten Damen im Laufe der Jahre immer wieder über die in Frage kommenden Partner für ihre Enkelkinder gesprochen hatten.

Zum ersten Mal zeigten sich Charles und Diana gemeinsam in der Öffentlichkeit, als Charles in Ludlow auf seinem Pferd Alibar an einem Rennen teilnahm. Diana hatte auf ihn gewettet. Während des Rennens saß sie bei Camilla und Judy Gaselee, der Frau des Trainers, und feuerte Charles übermütig an. Nach dem Rennen richteten die Medienvertreter ihr Interesse auf Diana, denn sie begannen zu begreifen, welche Bedeutung ihre Anwesenheit hatte. Unter den Fotografen brach das reinste Chaos aus, weil alle um jeden Preis ein Bild von Diana schießen wollten, die sich eine Zeitlang auf der Toilette versteckt hielt. Nach dem Rennen fuhren Charles und Diana in verschiedenen Wagen davon; ihr Ziel war das Haus der Parker-Bowles.

Camilla Parker-Bowles bekräftigte Charles offenbar in seiner Werbung um Diana. Diana und Camilla trafen sich eine Zeitlang immer wieder bei verschiedenen gesellschaftlichen Ereignissen. Dann wieder gingen Charles und Andrew Parker-Bowles in ihre Clubs, und Diana und Camilla blieben daheim. Am Wochenende nach dem Rennen kamen Charles und Diana erneut zu den Parker-Bowles. Camilla hatte in der Vergangenheit einige Freundinnen des Prinzen abgelehnt, aber Diana hatte ihren Segen. Später hieß es, Charles hätte in Camillas Gemüsegarten das erste Mal davon gesprochen, daß er Diana heiraten wollte.

Kurze Zeit nach dem Rennen in Ludlow zeigten Charles und Diana sich erneut zusammen in der Öffentlichkeit, diesmal im Hotel Ritz, wo Prinzessin Margarets fünfzigster Geburtstag gefeiert wurde. Nun wurde deutlich, daß sie tatsächlich ein Paar waren. Doch der Prinz ging seinen offiziellen Pflichten nach, während Diana weiter im Kindergarten in Pimlico arbeitete.

Prinz Charles' Diener wurde in dieser Zeit des Werbens zu einem unverzichtbaren Verbündeten. Charles und Diana wollten beide nicht, daß ihre Beziehung zu sehr im Licht der Öffentlichkeit stand. Die Beharrlichkeit der britischen Presse schuf eine Atmosphäre, die geheime Treffen zwischen prominenten Personen beinahe unmöglich machte; die beiden mußten also sehr vorsichtig sein. Ihre privaten Treffen zu organisieren war nicht leicht. Charles' persönlicher Diener wurde des öfteren beauftragt, Diana an den verschiedensten Orten abzuholen. In seinen Memoiren berichtete der Diener später davon, wie er Diana fortbrachte, unbemerkt von den Journalisten, die sie inzwischen auf Schritt und Tritt verfolgten. Es erforderte einiges Taktieren, sie abzuholen, ohne daß die Reporter etwas merkten. Offenbar rief der Prinz als erstes seinen Diener an, um ihn von Dianas baldigem Anruf zu unterrichten. Oft telefonierte sie vom Haus ihrer Großmutter oder einer ihrer Schwestern; dorthin war sie mit dem Taxi gelangt (sie schaffte es des öfteren, mit Hilfe dieses anonymen Transportmittels der Presse zu entwischen). Der Diener holte sie dann ab und brachte sie zu Charles.

Die Berichte des Dieners über diese »Fluchteinsätze« warfen ein sehr schmeichelhaftes Licht auf Diana. Er beschrieb sie als freundlich und erwähnte, daß sie eine Schwäche für Süßigkeiten habe. Wenn sie zu ihm in den

Wagen stieg, hatte sie oft eine Tüte Toffees oder Yorkie-Riegel bei sich und bot ihm stets davon an. Ihre Großzügigkeit erstreckte sich auch auf Charles, dem sie häufig Geschenke machte. Der Diener verriet Diana, daß Blau Charles' Lieblingsfarbe war, und in der Woche darauf brachte Diana prompt einen blauen Pullover für ihn mit. Es schien ihr große Freude zu bereiten, dem Prinz kleine Geschenke mitzubringen, und der Diener meinte, sie hätte nicht unerheblich dazu beigetragen, Charles' Garderobe zu erweitern.

Obgleich sie anfangs alles in allem eine sehr glückliche Zeit miteinander erlebten, begann damals auch eine sehr lästige Medienpräsenz. Diana war noch sehr unerfahren im Umgang mit den skrupellosen Fotografen. So gab sie beispielsweise am 18. September dem Drängen der Fotografen nach und ließ sich im Kindergarten von Pimlico ablichten. Offenbar bestand sie darauf, zusammen mit zwei von ihren Schützlingen fotografiert zu werden – vielleicht vermittelten die Kinder ihr ein Gefühl von Sicherheit. Die Namen der Kinder wurden in der Bildunterschrift nicht erwähnt, da die Erlaubnis der Eltern nicht eingeholt worden war – das Bild war ganz offensichtlich spontan entstanden. Sie verhandelte mit den Reportern, die versprachen, sie in Frieden zu lassen, wenn sie für einige Aufnahmen posierte. Die Bilder, die an jenem Tag aufgenommen wurden, sollten zu den berühmtesten Fotos von ihr gehören. Unglücklicherweise hatte sie bei den Aufnahmen das Licht im Rücken, so daß ihr Rock auf den Bildern sehr durchsichtig war. Die Konturen ihrer Beine waren deutlich auszumachen, und die standen in krassem Kontrast zu der unschuldigen Pose mit den beiden kleinen Kindern. Unnötig, darauf hinzuweisen, daß die Nachfrage nach dieser Aufnahme den Ehrgeiz der erbarmungslosen Fotografen, die der jungen und verwundbaren Frau nachstellten, noch anstachelte.

Es heißt, Diana sei diese Aufnahme sehr peinlich gewesen und sie habe dazu geäußert, sie wolle nicht, daß man sich nur deshalb an sie erinnere, weil sie an diesem Tag keinen Unterrock getragen habe. Charles soll belustigt reagiert haben. Einer Quelle zufolge sagte er: »Ich wußte ja, daß du schöne Beine hast, auch wenn ich nicht geahnt habe, daß sie so umwerfend sind. Aber mußtest du sie gleich der ganzen Welt zeigen?« Aber das Foto zeigte der Welt auch eine Diana, die Kinder liebte und mit ihnen umgehen konnte. Dies sollte ein Punkt zu ihren Gunsten bei der Wahl der künftigen Königin und Mutter des britischen Thronerben sein.

Damals begann auch die Belagerung von Dianas Wohnung in Coleherne Court. Von dem Augenblick, als Diana und Charles das erstemal zusammen gesehen wurden, bis hin zu ihrer Verlobung fünf Monate später, lungerten rund um die Uhr Reporter und Fotografen vor der Wohnung herum. Bis zu ihrer offiziellen Verlobung mußte Diana ganz allein mit der Presse fertig werden. Tagtäglich wurde in den Zeitungen über sie berichtet, und die Reporter versuchten selbst aus den kleinsten Kleinigkeiten noch einen Artikel zusammenzuschustern. Diana wurde dabei beobachtet, wie sie ihren Mini Metro abwürgte, und selbst das war eine Bemerkung wert. Am 26. November hieß es in einem Artikel der *Times*, Diana habe angeblich einen Journalisten, der im selben Wohnblock lebe, gegenüber geäußert, sie habe das Gefühl, daß die ganze Situation ein wenig außer Kontrolle geraten sei. Sie klagte, daß sie nicht mehr einkaufen, ins Restaurant oder sonstwo hingehen könne, ohne verfolgt und abgelichtet zu werden. Diana lehnte ganz offensichtlich die Dreistigkeit der Reporter ab, die sie interviewten, wo immer sie konnten – auf der Straße, in ihrem Wagen, sogar wenn sie auf einer Parkbank saß.

Trotz ihrer Frustration gelang es Diana, während dieser stressigen Zeit die Fassung zu bewahren, eine Fähigkeit, die dringend nötig war, wenn sie ihre Beziehung zu Charles fortsetzen wollte. Trotz ihrer Unerfahrenheit im Umgang mit der Presse gelang es ihr, sich als würdige Ehekandidatin zu präsentieren. Indem sie stets höflich blieb, ganz egal, wie anstrengend die Situation auch sein mochte, indem sie lächelte, und sogar den einen oder anderen Namen behielt, gelang es Diana, die Presse für sich zu gewinnen, so daß sie normalerweise positiv dargestellt wurde. Sie gab sich alle Mühe, gut mit den Journalisten auszukommen, und lockerte die Stimmung auch zuweilen durch einen Scherz auf. Die Presse konnte gar nicht anders, als ihrem Charme zu erliegen. Sie war der Beweis dafür, daß Märchen wahr werden konnten; kleine Mädchen überall sahen, daß es tatsächlich möglich war, daß ein Mädchen einen Prinzen kennenlernte, sich in ihn verliebte und mit ihm glücklich wurde bis an ihr Lebensende ... Diana wurde so oft fotografiert, daß ihr Gesicht bald jedem vertraut war. Frauen in ganz England versuchten, sie zu kopieren, und ihre Bekanntheit übte auf alle eine große Faszination aus. In Friseursalons in ganz England hingen Bilder von ihrem berühmten Haarschnitt, und überall im Lande wollten die Frauen so aussehen wie sie.

Die Medien hoben außerdem hervor, daß Diana eine ganz normale Frau war, die Sonderangebote nutzt, mit öffentlichen Verkehrsmitteln fuhr und sogar ihre Wäsche selbst wusch. Das alles mochte ja stimmen, wurde jedoch von den Medien übertrieben in ihrem Bestreben, sie als das nette Mädchen von nebenan zu präsentieren. Die Wahrheit ist, daß, auch wenn sie in der Tat ein nettes Mädchen war, das »Nebenan« eine außergewöhnlich feine Wohngegend war. Trotzdem war das bodenständige

Image, das die Presse schuf, nicht frei erfunden; Diana bemühte sich ja wirklich darum, ein möglichst normales Leben zu führen. Ironischerweise führte ihr Bild in der Presse, das sie bei allen so beliebt machte, auch dazu, daß sie mehr denn je belagert wurde – bis es ihr schließlich nicht mehr möglich war, auch nur ein halbwegs normales Leben zu führen. Normalität sollte für sie bald endgültig der Vergangenheit angehören.

Der Druck, der auf Diana lastete, war gewaltig, und manch einer fragte sich, wieviel das neunzehnjährige Mädchen noch würde verkraften können, vor allem, als jener Artikel im *Sunday Mirror* erschien. In diesem Artikel stand, daß Diana sich in den Nächten des 5. und 6. November in den Royal Train geschlichen habe, um mit Prinz Charles zusammen zu sein, und die beiden einige Zeit miteinander verbracht hätten, während der Zug stand. In dem Artikel hieß es, Diana sei mit ihrem Wagen von London gekommen, habe die Straßensperre der Polizei passiert und wäre in den Zug geleitet worden. Angeblich habe sie einige Zeit mit Prinz Charles verbracht, um hinterher wieder nach Hause zu fahren. Jeder, der zu diesen Behauptungen befragt wurde, erklärte, daß sie jeder Grundlage entbehrten, aber die schmutzigen Anspielungen in dem Artikel verärgerten Diana und ihre Familie sehr. Dianas Mutter empfand die Lügengeschichten als solchen Affront, daß sie persönlich einen Brief an die *Times* schrieb, in dem sie die Herausgeber der Fleet Street wegen der Belagerung und Verleumdung ihrer Tochter scharf kritisierte. Sie warf den Zeitungen vor, die Pressefreiheit zu ihrer erbarmungslosen Verfolgung Dianas schamlos auszunutzen. Dianas Mutter erklärte, Spekulationen, sofern nicht geschmacklos, seien tolerabel, Lügen jedoch unentschuldbar.

Charles ärgerte sich ebenfalls sehr über den Artikel. Er

sagte zu seinem Diener, das Ganze wäre frei erfunden und würde Diana nur in einem sehr schlechten Licht erscheinen lassen. Offenbar machte ihn der Artikel auch deshalb wütend, weil der Royal Train der britischen Öffentlichkeit gehörte und Charles es strikt ablehnte, öffentlichen Besitz für sein eigenes Vergnügen zu benutzen.

Lady Diana kochte vor Wut. Sie erlebte zum ersten Mal, welchen Schmerz die Presse zufügen konnte. Charles war in Indien, als der Skandal seinen Höhepunkt erreichte und Diana ganz allein mit der Situation fertig werden mußte. Sie ging in die Offensive und erklärte die Story öffentlich für falsch. Diana sagte nachdrücklich, daß sie den Royal Train noch nie zu Gesicht bekommen habe und noch nicht einmal wisse, wie er aussehe. Es war offensichtlich, daß sie sich von den Unterstellungen in besagtem Artikel distanzierte. Diana war nicht zuletzt auch deshalb so außer sich, weil sie wußte, daß die meisten Menschen alles glauben, was sie lesen.

Offenbar war auch die Königin wegen des Artikels verstimmt. Auf ihr Betreiben hin verlangte ihr privater Pressesprecher einen Widerruf von der Boulevardzeitung. Diese noch nie dagewesene Einmischung des Buckingham-Palastes wurde als eindeutiger Beweis dafür gewertet, daß Diana tatsächlich Charles' Auserwählte war. Die Bemühungen des Palastes, Dianas Ruf zu schützen, sowie das sehr energische Dementi leisteten den Gerüchten Vorschub, daß eine Verlobung bevorstehe. Die Presse hatte sich jedoch schon einmal täuschen lassen, als der Buckingham-Palast vehement eine bevorstehende Verlobung zwischen Mark Philips und Prinzessin Anne geleugnet hatte – zwei Wochen später war deren Verlobung dann offiziell bekanntgegeben worden.

Die Reaktionen der Presse auf die Kritik am *Sunday Mirror* war gemischt. Der Herausgeber des *Mirror* weigerte sich, den Artikel zu widerrufen. Andere Zeitungen nahmen eine selbstgerechte Haltung ein. Sie warfen dem *Mirror* vor, er habe den Ruf aller Journalisten geschädigt, und erklärten, diese Art der Berichterstattung brächte den ganzen Berufsstand in Verruf. Ein Herausgeber soll gesagt haben, daß sie vielleicht die liebenswerte Neunzehnjährige in Frieden lassen sollten, bis sich etwas Wichtigeres ereigne. John Witherow erklärte in der *Times* vom Mittwoch, den 26. November, daß man allgemein der Ansicht sei, daß Diana nun eine öffentliche Person sei und somit mit entsprechender Aufmerksamkeit zu rechnen habe, auch wenn man Verständnis für sie hätte. Im Anschluß an das ganze Aufhebens um jenen Artikel unterzeichneten sechzig Mitglieder des Unterhauses im House of Commons eine Erklärung, in der die Art, in der die Presse mit Lady Diana umspringe, scharf gerügt wurde. Außerdem wurde kritisiert, daß die Medien ihre Privatsphäre verletzten. Einige der Fleet-Street-Herausgeber trafen sich mit leitenden Mitgliedern des Presserates, um die Angelegenheit zu besprechen. Leider hatte dies – sofern überhaupt – nur wenig Einfluß auf das Verhalten der Presse, die Diana weiterhin rücksichtslos verfolgte.

Obgleich die königliche Familie es gewohnt war, im Licht der Öffentlichkeit zu stehen, war noch kein Mitglied Gegenstand eines solchen Medieninteresses gewesen wie Diana – so etwas hatte es noch nicht gegeben. Deshalb war es auch kein Wunder, daß sie manchmal die Nerven verlor und in Tränen ausbrach. Die Verwandlung von einer anonymen Person in jemanden, für den sich die ganze Welt interessierte, war zwangsläufig eine schwierige Erfahrung, aber Diana hatte sich alles in allem dennoch erstaunlich gut in der Gewalt.

Durch die Royal-Train-Affäre wurde wieder einmal bestätigt, wie seit Jahrhunderten in krasser Weise Männer und Frauen mit zweierlei Maß gemessen werden. Ganz allgemein fand man Charles' Vergangenheit als Frauenheld in Ordnung. Er war nach eigener Aussage ein unverbesserlicher Romantiker, der sich immer wieder neu verliebte. Die Empörung der königlichen Familie angesichts der Tatsache, daß Dianas Ruf in den Schmutz gezogen wurde, zeigte deutlich, daß von ihr erwartet wurde, daß sie jungfräulich war oder sich zumindest den Anschein gab. Das wiederum weist darauf hin, daß die Brautwerbung auch eine sehr wichtige PR-Dynamik beinhaltete. Es war unerläßlich, daß die Öffentlichkeit Diana als makellos betrachtete – immerhin war sie möglicherweise die zukünftige Königin. Niemand erwartete von einem künftigen König, daß er ohne sexuelle Erfahrung blieb, eine künftige Königin mußte unter allen Umständen eine unbefleckte Vergangenheit vorweisen können.

Obgleich Diana die Presse nicht davon abhalten konnte, Lügen über sie zu verbreiten, lernte sie mit der Zeit verschiedene Tricks, den Journalisten zu entkommen. Bei einer Gelegenheit flüchtete sie sogar durch den Notausgang eines Warenhauses, wobei sie über Mülltonnen hinwegsteigen mußte, um den Fotografen zu entgehen. Im Dezember 1980 packte Diana eine Tasche und ein Paar Gummistiefel in ihren Wagen, der draußen vor ihrer Wohnung stand; es sah aus, als wolle sie über das Wochenende verreisen. Dann schloß sie den Wagen ab und steuerte die nahegelegenen Geschäfte an. Die Reporter verzichteten darauf, ihr zu folgen, da sie ja sicher gleich zu ihrem Wagen zurückkehren würde. Diana war bereits nach Schottland unterwegs, ehe den Reportern aufging, daß sie hereingelegt worden waren. Diana war auf dem Weg nach Birkhall, wo sie das Wochenende mit Charles verbringen wollte.

Abgesehen von den gelegentlichen heimlichen Fahrten

nach Schottland traf Diana Charles bei Polospielen und anderen gesellschaftlichen Ereignissen, bei denen sie sehr genau beobachtet wurden.

Obwohl die Gerüchte sich hartnäckig hielten, wurde immer noch keine Verlobung bekanntgegeben. Der Prinz stand unter großem Druck, sich eine Ehefrau auszusuchen, ehe ihm die in Frage kommenden Kandidatinnen ausgingen. Offenbar fragte sich auch das königliche Personal, worauf der Prinz noch wartete. Die fanden Diana hübsch und charmant, sie hatte einen tadellosen Ruf, und es gab keine früheren Liebhaber in ihrem Leben – zweifellos war sie die ideale Frau für den Prinzen und Thronfolger.

In einem Artikel im *Guardian* am 29. November 1980 beantwortete Diana spekulative Fragen nur sehr ausweichend. Auf die Frage, ob sie im nächsten Jahr um diese Zeit verheiratet sein würde, erwiderte sie nur: »Wer weiß?«

Aber ihr absichtliches Ausweichen trug auch nicht dazu bei, die Reporter in ihrem Hochzeitsfieber zu bremsen. So wurde sie beispielsweise auch wie folgt zitiert: »Ich würde gern bald heiraten. Welche Frau würde nicht irgendwann heiraten? Ich denke nicht, daß 19 zu jung ist – das hängt ganz von der Person ab.« Das wurde als eindeutiger Hinweis dafür interpretiert, daß Charles ihr bald einen Heiratsantrag machen würde. Charles und Diana schienen beide bereit, die Ehe einzugehen.

Am 14. November feierte Charles seinen zweiunddreißigsten Geburtstag. Auf der Wood Farm in Norfolk wurde eine kleine Familienfeier abgehalten. Die Königin, Prinz Philip, Prinz Charles und Lady Diana waren dort. Die Presse rechnete damit, daß dieser Tag eine entscheidende Wende bringen würde. Prinz Charles' Diener zufolge hatte die Familie ursprünglich ein verlängertes Wochenende geplant, was jedoch an den Horden von Reportern scheiterte, die das Anwesen umlagerten. Jede Hoffnung auf ein bißchen Privatsphäre war vergebens, und nicht einmal ein einfacher Spaziergang war möglich. Der Herzog von Edinburgh war wütend, weil er nicht auf die Jagd gehen konnte. Daraufhin wurde beschlossen, daß Lady Diana früher als vorgesehen nach London zurückkehren sollte. Der Diener beschrieb seine Rolle als die eines Lockvogels. Während er die Auffahrt hinunter fuhr und einem Feldweg folgte, reisten Charles und Diana in einem anderen Fahrzeug ab. Das Täuschungsmanöver war erfolgreich, und Diana wurde nicht mehr gesehen, bis sie schließlich in ihrer Wohnung in London wieder auftauchte. Der Diener meinte, die Prinzessin sei sichtlich traurig gewesen angesichts der unglücklichen Entwicklung; das Wochenende sei ihnen gründlich verdorben worden.

Die Presse hatte damit gerechnet, daß an Charles' Geburtstag auch die Verlobung bekanntgegeben werden würde, aber das war nicht der Fall, vielleicht aufgrund der massiven Störung durch die Medien an jenem Wochenende. Im *Guardian* vom 15. November 1980 schrieb Paul Keel, daß die Mitteilung des Buckingham-Palastes eine Riesenenttäuschung gewesen wäre, weil sie keinen Hinweis auf eine Verlobung enthalten habe. Tags zuvor hatte der *Daily Express* verkündet, Diana sei »fit für die Königinnenrolle«. Die Medien wußten nicht recht, was sie vom Ausbleiben der Verlobung halten sollten, da niemand leugnen konnte, daß Charles und Diana tatsächlich ein Paar waren.

Gemeinhin war man der Ansicht, Diana sei romantisch veranlagt. Ihre Stiefgroßmutter, Barbara Cartland, war eine weltberühmte Romanschriftstellerin, und Diana hatte die meisten ihrer Geschichten gelesen. Charles' und

Dianas Beziehung war mit den märchenhaften Romanzen in Barbara Cartlands Romanen verglichen worden. Man konnte sich Lady Diana leicht als perfekte Cartland-Heldin vorstellen: Schön, rein und schüchtern und doch auch selbstsicher. Charles seinerseits, reich, weltgewandt und attraktiv, erfüllte ebenfalls alle Voraussetzungen für einen Romanhelden im Cartland-Stil. Der größte Unterschied zwischen Charles' und Dianas romantischer Beziehung und jener der Paare in Barbara Cartlands Büchern war der, daß fiktive Charaktere nicht permanent auf unerträgliche Art und Weise von den Medien und somit von aller Welt beobachtet wurden. Seit Charles' Geburt war darüber spekuliert worden, wer eines Tages seine Königin sein würde.

Weihnachten 1980 verlief für die Klatschpresse ereignislos. Lady Diana und Prinz Charles verbrachten die Feiertage bei ihren jeweiligen Familien: Diana auf Althorp, Charles auf Windsor und Sandringham. Zu diesem Zeitpunkt kam die königliche Familie plötzlich selbst in den »Genuß« jener Behandlung seitens der Presse, die Diana schon den ganzen Herbst über sich hatte ergehen lassen müssen. Es heißt, die Queen persönlich habe einige Reporter auf wenig königliche Art aufgefordert, zu verschwinden. Offenbar feuerte jemand aus zwanzig Metern Entfernung ein Gewehr über den Kopf eines Reporters hinweg ab. An diesem Punkt sprach Charles die später noch vielzitierten Worte aus: »Ich möchte die Gelegenheit nutzen, Ihnen allen ein glückliches und Ihren Herausgebern ein besonders schlechtes neues Jahr zu wünschen.«

Erst im Januar nahmen die Journalisten die Fährte wieder auf. Die Königsfamilie hielt sich auf Sandringham auf, und Lady Diana war über das Wochenende ihr Gast. Daß man zu Sandringham leicht Zugang hatte, hatte zur Folge, daß die Royals erneut einem gewaltigen Presserummel ausgesetzt waren. Hierdurch war Diana in ihrer Bewegungsfreiheit stark eingeschränkt. Bei ihrem Aufenthalt lernte sie noch weitere Bedienstete kennen, während sie im Haus darauf wartete, daß Charles von der Jagd zurückkehrte. In seinem Buch behauptete der Diener, daß der Prinz sich frustriert darüber geäußert hätte, wie sehr die Presse ihn in seinem Privatleben und seiner Bewegungsfreiheit einschränkte. Er fand es schlimm, daß die Reporter mit ihrer Besessenheit auch allen anderen Anwesenden den Urlaub verdarben. Er entschied, daß er und Diana sich nicht mehr auf Sandringham treffen konnten. Statt dessen würden sie nach Highgrove gehen, obwohl die Renovierungsarbeiten noch nicht abgeschlossen waren. Das war ein deutliches Zeichen dafür, daß der Druck langsam unerträglich wurde: das Paar hielt sich lieber auf einer Baustelle auf als die Anwesenheit der lästigen Presse ertragen zu müssen.

Damit sie auf Highgrove etwas Ruhe hatten, dachte der Prinz sich ein Täuschungsmanöver aus. Er organisierte eine Jagd in Leicester und sorgte für eine geheime Rückkehr zum Haus. Er verließ die Jagdgesellschaft und traf sich mit Diana auf Highgrove. Der Plan funktionierte. Die Handwerker waren nicht da, und so hatte das Paar endlich etwas Zeit für sich – inmitten eines heillosen Durcheinanders, aber geschützt vor grellem Scheinwerferlicht. Der Frieden hielt bis zum folgenden Morgengrauen. Diana war zu den Berkshire Downs gefahren, um Charles beim Training mit seinem Pferd zuzusehen, aber Whitaker hatte sich wieder einmal an ihre Fersen geheftet. Die Tatsache, daß sie sich solche Umstände machten, um einander zu sehen, war in seinen Augen ein Beweis dafür, wie sehr die beiden einander zugetan waren. Sonst hätten sie wohl kaum versucht, dem immensen Druck standzuhalten, der auf sie ausgeübt wurde. Es muß unsagbar schwierig gewesen sein, unter den neugierigen Blicken der Reporter und somit der ganzen Welt eine Beziehung aufzubauen. Wenn man bei jeder passenden und unpassenden Gelegenheit danach gefragt wurde, welche Absichten man wirklich hätte, hatte man keine Chance, daß sich die Beziehung normal entwickeln konnte. Bislang hatten Charles und Diana die Prüfung bestanden, zu jeder Zeit wie unter dem Mikroskop beobachtet zu werden. Manche Quellen meinen, daß das, was Diana durchmachen mußte, eben genau das war – eine Prüfung. Aus dem Umstand, daß der Palast sich erst nach dem Royal-Train-Zwischenfall einmischte und Diana sich ansonsten ganz allein mit der Presse herumschlagen mußte, schließen viele, daß die Royals sehen wollten, wie sie mit dem Streß umgehen würde. Verfügte Diana über die Kraft und die Charakterstärke, dem grellen Schein der allgegenwärtigen Blitzlichter standzuhalten? Die Antwort lautete: Ja.

Allen Berichten zufolge war Diana eindeutig verliebt in Charles. Sie war stets da, wenn er anrief, und sie richtete sich immer nach seinen Plänen. Charles' Diener meint hierzu, daß Diana es sichtlich genoß, mit dem Prinzen zusammen zu sein. Im Januar 1981 setzte der Prinz angeblich ein Memo an sein Büro auf und wies seine Mitarbeiter an, Diana ständig über seinen jeweiligen Aufenthaltsort zu unterrichten. Eine solche Weisung hatte es seitens des Prinzen noch nie gegeben. Harry Herbert wurde dahingehend zitiert, daß Diana seiner Meinung nach ganz zweifellos bis über beide Ohren verliebt wäre. Herbert fuhr fort und erklärte, warum Diana seiner Ansicht nach die ideale Frau für Charles wäre. Vor ihrer Beziehung mit Charles war sie offenbar immer nur mit einer ganzen Clique ausgegangen – nie mit einem jungen Mann allein. Herberts Vater leitete die Stallungen der Königin, und so hatte Harry einige Zeit mit Diana und ihren Freunden verbracht, als sie alle noch Teenager waren. Herbert zufolge war Prinz Charles der erste Mann in Dianas Leben.

Manche behaupteten, Diana hätte vorher keine Romanzen gehabt, weil sie sich schon mit sechzehn in den Prinzen von Wales verliebt habe. Penny Junor zufolge verfolgte Diana aus der Ferne, wie schöne und temperamentvolle Frauen in seinem Leben kamen und gingen. Zweifellos zahlte ihre Geduld sich aus, und als sie schließlich alt genug war, hatte der Druck zu heiraten, der auf Charles lastete, seinen Höhepunkt erreicht. Er begann, Diana Aufmerksamkeit zu schenken. Aus dieser Perspektive scheint es, als hätte ihre Beziehung sich völlig natürlich und positiv entwickelt – sie wuchsen in ihre Romanze hinein. Der zweite positive Punkt in ihrer Beziehung war der, daß Diana keinerlei Erfahrungen mit dem anderen Geschlecht hatte – Charles war ihre erste Liebe, und sie empfand diese Liebe mit großer Intensität und so schwärmte sie und verklärte ihn, wie es für ein Mädchen in ihrem Alter typisch war. Immerhin war sie erst neunzehn. Hinzu kommt, daß ihre Gefühle für ihn sehr tief gehen mußten, falls sie wirklich drei Jahre auf ihren Prinzen gewartet hatte.

Diana soll einmal gesagt haben, daß sie nicht damit gerechnet habe, Charles aufzufallen, da sie erst neunzehn wäre und er schon zweiunddreißig. Damals hatte er bereits geäußert, daß er ihre Gesellschaft genieße. Junor behauptet, der Prinz habe Diana clever, geistreich und umgänglich gefunden. Diana lachte stets über seine Witze, und er fühlte sich wohl in ihrer Nähe.

Bevor sie Highgrove an jenem schicksalhaften Wochenende verließen, organisierten der Diener und das Paar einen sogenannten »Ausfall bei Morgengrauen«. Der Diener erinnerte sich, daß Diana an jenem Morgen besonders guter Laune war. Er vermutete, daß der Prinz ihr am Vorabend einen Antrag gemacht hatte. Der offiziellen Version zufolge hat Charles bei einem Tête à Tête im Buckingham-Palast um Dianas Hand angehalten. Der Diener ist jedoch der Ansicht, daß das Wochenende auf Highgrove der wahrscheinlichere Zeitpunkt war, da sie hiervon abgesehen kaum einmal Zeit für sich allein gehabt hatten. Der Diener vermochte nicht zu sagen, ob sie sofort ja gesagt hatte, war sich jedoch ziemlich sicher, daß der Prinz ihr geraten hatte, sie solle darüber nachdenken. Offenbar riet der Prinz jedem, der vor einer wichtigen Entscheidung stand, erst einmal »darüber nachzudenken.« Offiziell heißt es, Charles hätte Diana seinen Antrag bei einer Flasche Champagner gemacht. Diana habe angeblich keinerlei Zweifel gehegt und ohne Zögern ja sagen wollen, aber Charles meinte, sie solle während ihrer Australienreise in Ruhe darüber nachdenken.

Am Morgen des »Ausfalls bei Morgengrauen« erzählte Diana dem Diener, daß sie eine dreiwöchige Australienreise mit ihrer Mutter plane. Obgleich die Verlobung nicht offiziell war, genügte Frances ein Blick in Dianas Gesicht, um zu wissen, was los war. Diana sah überglücklich aus. Die nicht informierte Presse spekulierte, daß die Australienreise Charles und Diana den nötigen Abstand verschaffen sollte, zu entscheiden, ob sie dauerhaft zusammenbleiben wollten.

Während dieser Trennungszeit telefonierten sie regelmäßig. In Australien waren Diana und ihre Mutter unzertrennlich. Junor zufolge begann der Buckingham-Palast bereits während Dianas Australienaufenthalt mit den Vorbereitungen für die noch unangekündigte Hochzeit. Das Ereignis forderte ein gewaltiges Maß an Vorbereitungen. Junor behauptet außerdem, daß Diana sich bereits entschieden hatte und ihre Meinung auch während des

Urlaubs in Australien nicht änderte; sie war fest entschlossen, Charles zu heiraten. Sie war vor dem gewarnt worden, was mit einer Heirat in die Königsfamilie einhergehen würde, und sie wollte sich dieser Herausforderung stellen. In der Presse wurde allgemein spekuliert, daß Diana Charles' Antrag bereits angenommen haben mußte, da sie ihre Urlaubsreise vorzeitig abbrach und eine Woche früher als geplant heim kam.

Als Diana wieder zu Hause war, schickte Charles ihr einen riesigen Blumenstrauß. Er betraute einen königlichen Berater mit der Aufgabe, und diesem gelang es auch, einen Floristen dazu zu bewegen, die Blumen bei Diana abzuliefern. Leider konnte er sie beim ersten Versuch nicht übergeben, da ihm auf sein Klingeln hin niemand öffnete. Der Florist meldete sich beim königlichen Berater, der wiederum beschloß, Diana anzurufen. Es heißt, sie wäre sehr zuvorkommend gewesen und habe sofort veranlaßt, daß der Hausmeister die Haustür aufsperrte. Die Überraschung war somit verpatzt, aber der Willkommensstrauß war dennoch überwältigend.

Charles versuchte auch, vor der offiziellen Bekanntgabe der Verlobung ein privates gemeinsames Wochenende auf Highgrove zu arrangieren. Es sollte Dianas letztes Wochenende als Privatbürgerin ohne offizielle Beziehung zum Königshaus sein. Bevor die Verlobung öffentlich bekannt gemacht wurde, vertraute Charles seinem Diener an, daß Diana tatsächlich ja gesagt habe. An dem Wochenende, als Diana aus Australien zurückgekehrt war, war Charles in Highgrove auf der Jagd gewesen. Als er und sein Diener in den Buckingham-Palast zurückkehrten, rief Charles den Diener in sein Arbeitszimmer und teilte ihm die gute Nachricht mit. Der Diener meinte später, der Prinz sei außergewöhnlich guter Laune gewesen. Als er den Prinzen scherzhaft fragte, ob er sich bei seinem Antrag halb oder ganz hingekniet habe, entgegnete dieser lachend: »Weder noch.«

Kurze Zeit später fuhr das Paar zu Nick Gaselees Gestüt auf dem Land. Der Prinz wollte unbedingt sein Lieblingspferd reiten, Alibar. Charles ritt flotte sieben Meilen (elf Kilometer) und kehrte dann zu Diana zurück. Schon auf dem Weg zu ihr merkte er, daß mit dem Pferd etwas nicht stimmte, und kurz nachdem er aus dem Sattel gestiegen war, brach das Tier zusammen und starb an einem Herzinfarkt. Diana brach in Tränen aus und versuchte den sich ungerührt gebenden, dennoch tief betroffenen Charles zu trösten. Der Prinz mußte zu einem wichtigen Termin im West Country, legte jedoch vor seiner Abreise dem Personal nahe, sich während seiner Abwesenheit um Diana zu kümmern.

Lady Diana aß an jenem Samstag mit der Königin zu Abend, und bei dieser Gelegenheit wählte sie den Ring aus. Diana erzählte Charles' Diener, daß man ihr ein ganzes Tablett voller Ringe der verschiedenen Hofjuweliere gezeigt habe und der Queen fast die Augen aus dem Kopf gefallen wären, als sie, Diana, den größten ausgesucht habe: einen mit Diamanten eingefaßten Saphir. Diana hatte sich auf den ersten Blick in den Ring verliebt, ahnte allerdings nichts von der Aufregung, die ihre Wahl auslöste. Tatsächlich erfuhr die Queen erst, nachdem sie den Ring bewilligt hatte, daß es sich nicht wie angenommen um eine Sonderanfertigung handelte, sondern um ein gewöhnliches Modell von Hofjuwelier Garrard, von jedem zu erwerben, der über 25000 Pfund (ca. 70000 DM) verfügte. Es heißt, der Goldschmied von Garrard, ein gewisser Mr. Summers, sei in den Palast beordert und von Prinz Charles' Privatsekretär Edward Adeane gerügt worden, der damit den Zorn der Königin weitergab. Sie hätte es vorgezogen, Diana einen ihrer antiken Ringe zu überlassen, aber dafür war es nun zu spät: Diana brauchte einen Ring, den sie bei der offiziellen Bekanntgabe tragen konnte, und an jenem Tag steckte an ihrem Finger der Ring, in den sie sich verliebt hatte. Diana erfuhr nie etwas von dem Fauxpas des Juweliers.

Am darauffolgenden Tag, dem 23. Februar, einen Tag vor der offiziellen Verlobung, fuhr Diana mit ihrer Schwester Jane zum Palast. An diesem Abend sollte die Verlobungsfeier stattfinden, und Lord und Lady Spencer waren eingeladen worden. Es war eine ziemlich einfache Feier, und alle Gäste gingen schon relativ früh heim. Der nächste Tag allerdings verlief um einiges aufregender. Am 24. Februar sollte die Verlobung des Prinzen offiziell bekanntgegeben werden, und die Atmosphäre im Palast schien elektrisch geladen. Die Neuigkeit verbreitete sich in Windeseile unter den Bediensteten. Es war bereits kistenweise Champagner kühlgestellt worden. Noch am Morgen wurde das Personal zusammengerufen, und der Prinz stellte Diana als seine künftige Ehefrau vor.

Als Diana älter war, sagte sie in einem BBC-Interview, daß man mit neunzehn Jahren »glaubt, daß man reif genug ist, mit allem fertig zu werden« aber wir wissen, daß eine sehr schwierige Zukunft vor ihr lag. Und doch, so erklärte Diana, würde man sich, wenn man aus einer zerrissenen Familie stamme wie sie selbst, »um so mehr Mühe geben«. Aber am wichtigsten war wohl, daß Diana, wie sie bestätigte, Charles über alles liebte. Denn ihre Liebe mußte in den kommenden Jahren noch reichlich Druck standhalten.

Kapitel 5
Die Hochzeit des Jahrhunderts

»Es ist Ihrer Majestät, der Königin, und dem Herzog von Edinburgh eine große Freude, die Verlobung ihres geliebten Sohnes, des Prinzen von Wales, mit Lady Diana, Tochter von Earl Spencer und der Ehrenwerten Mrs. Shand Kydd, bekanntzugeben.«

Die offizielle Bekanntgabe der bevorstehenden Hochzeit erfolgte mit einigem Pomp punkt 11:00 Uhr am Morgen des 24. Februar. Sie wurde von Haushofmeister Lord MacLean verlesen.

Am Nachmittag aßen der Prinz und Lady Diana mit der Queen zu Mittag. Inzwischen hatte bereits eine Flut von Blumengrüßen aus der ganzen Welt eingesetzt, die so zahlreich waren, daß man kaum wußte, wohin mit den vielen Sträußen. Außerdem trafen massenweise Telegramme ein. Derweil posierten Lady Diana und Charles draußen für die Fotografen und befriedigten endlich die Neugier der Medien. Diana zeigte strahlend ihren traumhaften Verlobungsring und lächelte, während ein Foto nach dem anderen geschossen wurde, und mit ihrer Art bezauberte sie alle. Dianas Leben hatte sich durch die Verlobung radikal verändert. Vorher hätte sie beim Verlassen des Palastes allein mit den Horden von Reportern fertigwerden müssen, aber nun, da die Verlobung offiziell war, wurde sie von zwei Polizeibeamten in Zivil begleitet. Ab jetzt würde man ihr mehr Schutz angedeihen lassen.

Später an diesem Tag meinte Charles: »Ich bin entzückt und ehrlich verblüfft, daß Diana mich wirklich haben will.« Auf die Frage, was es für ein Gefühl sei, verlobt zu sein, entgegnete Diana, sie sei »selig, überwältigt und aufgeregt.«

Draußen vor dem Palast spielte die Kapelle der Codestream Guards »Congratulations«. In Highgrove, wo das Paar seinen ersten Wohnsitz haben sollte, wurde die dort vorhandene Telefonzelle mit rotem Tepppich ausgelegt.

Das einzige, was der eine oder andere vielleicht an dieser Verbindung zu bemängeln hatte, war der Altersunterschied. Ein Unterschied von dreizehn Jahren war schon beträchtlich. Auf die Frage, wie er dazu stehe, entgegnete der Prinz: »Man ist so alt, wie man zu sein glaubt – und Diana wird dazu beitragen, mich jung zu halten.« Er scherzte auch, daß er vielleicht zuweilen Mühe haben werde, mit ihr Schritt zu halten. Diana ihrerseits erklärte, daß das Alter auch eine Frage der Persönlichkeit sei, und sie hatte ihre Reife in den vergangenen Monaten ja bereits unter Beweis gestellt.

Die Neuigkeit wurde von der ganzen Nation »mit großer Freude« aufgenommen, wie es Premierministerin Margaret Thatcher formulierte. Die Presse jubelte, ebenso wie die Briten und all jene auf der ganzen Welt, die vom Hochzeitsfieber befallen wurden. Die Menschen auf der ganzen Welt freuten sich über die Neuigkeit. Viele, vor allem in Großbritannien, waren glücklich, daß der Prinz endlich eine Braut gefunden hatte, die dazu noch Engländerin war und die Würde und Schönheit besaß, wie man sie für eine künftige Königin erwartete. Man betrachtete sie als perfekte Ergänzung zu Charles: Er war extrovertiert, sie war schüchtern; er war steif und förmlich, sie war warmherzig und lachte gern. Vom ersten Tag an machten sich alle an die Vorbereitungen für die bevorstehende Hochzeit, von der Queen bis hin zu den Straßenverkäufern.

Das bevorstehende Ereignis schuf mit all den Merchandising-Waren und Souvenirs eine völlig eigenständige Industrie. Die Hochzeit lieferte Fabrikanten aller Sparten, von Kugelschreiber- bis hin zu Porzellanproduzenten, reichlich Gelegenheit, den einen oder anderen Artikel mit den Konterfeis von Charles und Diana zu schmücken. Die Königliche Münzanstalt brachte eine Sondermünze in der Form einer Krone mit den Profilen des Paares heraus. Straßenhändler boten alles nur Erdenkliche feil: Küchenhandtücher, Fähnchen, Fotos, Vasen, Tassen, unzählige Bücher, Pamphlete und Souvenirführer, Löffel, Teller, Postkarten. Wenn es möglich war, ihr Bild auf einem Gegenstand anzubringen, tat man es. Auf offiziellerer Ebene äußerte der Boom sich daran, daß in über siebzig Ländern, darunter auch etliche Mitgliedstaaten des Commonwealth, Briefmarken mit verschiedenen Aufnahmen des Paares herausgebracht wurden. Von allen Seiten lächelte einem das königliche Brautpaar entgegen, ob sie Abendgarderobe trugen oder T-Shirt.

Ein weiterer großer Markt für Hochzeitssouvenirs war Porzellan. Aynsley China Ltd. reagierte sehr schnell auf die Verlobung und produzierte eine Reihe von Einzelteilen oder Sets in limitierter Ausgabe, darunter einen Hochzeitsbecher mit dem Abbild von Carernarvon Castle und Wandfliesen, auf denen die St. Paul's Cathedral abgebildet war, wo die spektakuläre Trauung stattfinden sollte. Andere Unternehmen, wie die Royal Worcester Porcelain Company, waren ebenfalls stolz auf ihre Erzeugnisse, darunter Gedenktassen und -teller.

Aber nicht alle Waren entsprachen dem königlichen Standard »guten Geschmacks«. Irgendwie gelangten

T-Shirts und sogar BHs und Slips mit dem königlichen Wappen in die Geschäfte. Schätzungsweise neunzig Prozent der dem Prüfkomitee des Design Centers vorgelegten Artikel wurden abgelehnt.

Sogar die Getränkeindustrie stieg mit ein. Sekt, Wein und Bier – darunter eines mit dem Namen »Dianamite« – mit entsprechenden Etiketten wurden im ganzen Land auf der Straße und in Geschäften zum Kauf angeboten.

Kurz nach der offiziellen Bekanntmachung wurde die königliche PR-Maschine auf Touren gebracht. Die heißbegehrten Einladungen wurden an Freunde, Verwandte, Politiker und Würdenträger auf der ganzen Welt verschickt.

Daß die Hochzeit in der St. Pauls Kathedrale stattfinden sollte, war für viele eine Überraschung. Das stellte einen krassen Traditionsbruch dar, da alle anderen königlichen Trauungen in der Westminster Abbey abgehalten worden waren. Während viele über die wahren Hintergründe dieser Entscheidungen spekulierten, sagte man sich letztlich, daß einfach praktische Überlegungen dahintersteckten, da die Kathedrale schlicht über eine größere Zahl von Sitzplätzen verfügte.

Unmittelbar nach der Bekanntgabe ihrer Verlobung zog Diana ins Clarence House, der Residenz der Königinmutter. Dort sollte Diana vor den Medien geschützt und in Benehmens-, Kleidungs- und Protokollfragen unterwiesen werden. Das war nur der Anfang ihres neuen Lebens, und sie sollte auf traditionelle Art darauf vorbereitet werden. Und das wurde sie, wenn auch in Kurzfassung und nur in oberflächlichem Sinne.

An ihrem ersten Abend im Clarence House wurde Diana ihr Zimmer zugewiesen. Auf ihrem Bett lag eine Nachricht von Camilla Parker-Bowles – eine Einladung zum Mittagessen. Offenbar hatte Camilla ein paar Fragen Charles' und Dianas Umzugspläne nach Highgrove betreffend. Diana ahnte damals noch nicht, warum Camilla solches Interesse daran zeigte.

Doch schon zwei Tage später zog Diana in den Buckingham-Palast um. Für den Umzug in die Residenz der Königin war eine offizielle Einladung erforderlich. Es war nicht nur überraschend, daß die Queen hierzu ihren Segen gab, sondern ebenfalls verwunderlich, daß Dianas Zimmer (oder besser ihre Gemächer – Schlafzimmer, Wohnzimmer und Badezimmer) nicht nur in demselben Stockwerk lag wie Charles', sondern zwischen seiner Suite und der von Prinzessin Anne. Diana war damit ihrem Märchenprinzen so nah wie möglich gekommen.

Es erstaunt bis heute, daß die Medien nie herausbekommen haben, wo die künftige Prinzessin von Wales sich aufhielt. Abgesehen vom Personal und der Familie gingen alle davon aus, daß Diana weiterhin im Clarence House wohnte. Nachdem sie jedoch in aller Heimlichkeit in den Palast übergesiedelt war, konnte sie damit beginnen, sich auf ihre neuen Pflichten vorzubereiten und darüber hinaus hin und wieder ihre Mutter besuchen, die ganz in der Nähe wohnte. Diana war sehr komfortabel untergebracht und konnte mit Charles zusammen sein, wenn dieser nicht gerade offiziellen Verpflichtungen nachkam. Sie las viel, sah sich im Fernsehen *Coronation Street* an, die Lieblingsseifenoper der Queen, und unternahm immer wieder Erkundungstouren durch den Palast und den umliegenden Park.

Charles' und Dianas erster offizieller Auftritt als verlobtes Paar bestand darin, daß sie an einer Galavorstellung in der Goldsmiths' Hall in London zugunsten des Royal Opera House Development Appeal teilnahmen. Es war ein ganz besonderer Abend voller Musik und Poesie, und unter den Gästen waren auch Fürstin Gracia von Monaco und zahlreiche Stars.

Diana trug ein umwerfendes schulterfreies schwarzes Taftkleid von David und Elizabeth Emanuel. Manche fanden das Kleid schockierend für ein künftiges Mitglied der Königsfamilie, vor allem Charles, der diesbezüglich später noch ein ernstes Wörtchen mit Diana redete. Eine treue Fangemeinde hatte sich trotz des anhaltenden Londoner Regens eingefunden, um sie zu empfangen. Sie bekam eine einzelne rosa Rose überreicht, die sie Prinz Charles ins Knopfloch steckte. Das war das erste von unzähligen Blumengeschenken, die ihr während ihrer offizieller Auftritte noch überreicht werden sollten.

Die jubelnde Menge, die geduldig im Regen ausharrte, bis Diana sich wieder zeigte, wurde nicht enttäuscht. Als das Paar das Theater verließ, lächelten beide und winkten den Menschen erneut zu.

Am nächsten Tag wurde bekanntgegeben, daß Diana beschlossen hatte, David und Elizabeth Emanuel mit dem Entwurf ihres Hochzeitskleides zu beauftragen.

Diana wurde rasch in das öffentliche Leben miteinbezogen, das ihr bald schon nur zu vertraut sein sollte. In der Woche nach der Galavorstellung nahm sie an mehreren Banketten der Queen teil und verbrachte anschließend eine Woche auf Balmoral, wo sie und Charles ausgedehnte Spaziergänge auf dem Anwesen unternahmen.

Alles, was Diana betraf, war einen Zeitungsartikel wert. Als erste Prinzessin von Wales in über sechzig Jahren und als neunte insgesamt, war sie so beliebt wie kein anderes Mitglied des Königshauses. Bei jedem öffentlichen Auftritt, sei es beim Pferderennen in Ascot mit Charles oder bei anderen Gelegenheiten, bei denen sie ohne den Prinzen in Erscheinung trat – überall standen Massen jubelnder, sie anbetender Bewunderer Schlange, um sie zu sehen. Gegen Ende März flogen Charles und Diana in einem von Charles gesteuerten Hubschrauber zu einem offiziellen Besuch nach Cheltenham. Diana sah zu, wie Charles sein Pferd Good Prospect ritt, und als es dann an der Zeit war, sich zu verabschieden, hatte sich eine große Menschenmenge eingefunden, um den Prinzen und seine Verlobte zu grüßen. Diana war ein voller Erfolg. Ein besonders mutiger junger Mann, Nicholas Hardy, schenkte Diana eine Osterglocke und bat um die Erlaubnis, der künftigen Königin die Hand küssen zu dürfen. Die Aufnahme von dem Kuß – und von Diana, wie sie ihn empfing – ging um die Welt.

Ebenfalls Ende März berief die Queen im Buckingham Palace ein Treffen des Kronrates ein, damit der Rat offiziell seine Zustimmung zu der bevorstehenden Heirat aussprechen konnte, wie es der Royal Marriages Act aus dem Jahr 1772 verlangte.

Zwei Tage später brach Charles zu einer schon lange geplanten fünfwöchigen Rundreise nach Neuseeland, Australien, Venezuela und Amerika auf. Während dieser Zeit sollte Diana nur telefonisch oder schriftlich mit ihm Kontakt haben – oder indem sie sich die Fernsehberichte ansah.

Inzwischen gab der Palast weitere Einzelheiten über die Hochzeit bekannt. Dr. Robert Runcie, der Erzbischof von Canterbury, sollte die Trauung vornehmen – seine erste königliche Trauung –, die Bibellesung sollte der Sprecher des Unterhauses, der Ehrenwerte George Thomas, halten.

Diana sollten fünf Brautjungfern und Blumenmädchen zur Seite stehen, darunter Lady Sarah Armstrong-Jones, die Tochter von Prinzessin Margaret, und India Hicks, Tochter von David und Lady Pamela Hicks und Enkelin des verstorbenen Lord Mountbatten. Außerdem Sarah Jane Gaselee, die elfjährige Tochter von Charles' Pferdetrainer, Catherine Cameron, Tochter von Donald Cameron von Lochiel und Lady Cecil Cameron, und Clementine Hambro, fünfjährige Urenkelin von Sir Winston

Churchill, die den Young England Kindergarten in Pimlico besuchte, in dem Diana gearbeitet hatte.

Prinz Charles würde der königlichen Tradition folgend auf einen »Bestman« verzichten und sich auf die Unterstützung seiner Brüder Andrew und Edward beschränken. Lord Nicholas Windsor, der elfjährige Sohn des Herzogs und der Herzogin von Kent, sowie Edward van Cutsem, der neunjährige Sohn von Mr. und Mrs. Hugh Cutsem, würden bei der Zeremonie als Pagen fungieren.

Diana fand sich zu Anproben bei ihren Schneidern und Modisten ein und erledigte die vielen Kleinigkeiten, die ihr niemand abnehmen konnte. Gemeinsam mit ihrer Mutter stellte sie bei Harrods und Harvey Nichols ihre Aussteuer zusammen. Bei Harrods kaufte Diana auch das blaue Seidenkostüm, das sie auf frühen Aufnahmen mit Charles trug.

Ende März wünschte Diana, die inzwischen seit einem Monat im Palast wohnte, das Personal kennenzulernen. Ihr wurde jeder einzelne Bedienstete des Hauses vorgestellt, damit sie sich in ihrem neuen, einschüchternden Zuhause heimischer fühlte. Inzwischen begann Charles den Umzug in den Kensington-Palast zu planen, auch KP genannt, oder »Coronet Street«, nach der berühmten Seifenoper.

In den folgenden Monaten füllten noch zahlreiche weitere Verlobungsaktivitäten und Hochzeitsvorbereitungen Dianas Terminplan. Sie fing an, sich an ihr Leben im Licht der Öffentlichkeit zu gewöhnen, und legte langsam ihr »Shy Di«-Image ab.

Charles kehrte Anfang Mai von seiner Rundreise zurück. Eine ebenso erleichterte wie glückliche Lady Diana erwartete ihn, als er vom RAF-Flughafen Lossiemouth, wo er gelandet war, nach Balmoral fuhr. Das Paar gönnte sich einen kurzen Urlaub in den Highlands, und Diana lernte ein wenig darüber, wie man mit künstlichen Fliegen angelte. Sie informierten sich über den Stand der Hochzeitsvorbereitungen und andere Neuigkeite, darunter die wachsende Zahl von Briefen und Präsenten, die täglich eintrafen. Natürlich war die Presse nie weit, und Charles und Diana erübrigten während ihrer Ferien auch etwas Zeit, um sich den Fotografen zu stellen.

Kurze Zeit später unternahmen sie eine Fahrt in die Broadlands, die Heimat Lord Mountbattens in Hampshire, um dort die Mountbatten-Ausstellung zu eröffnen. Diana scherzte und lachte viel und schien sich rundum wohl zu fühlen; für Charles war es eine nostalgische Rückkehr an den Ort, an dem er einst so viel Zeit verbracht hatte. Der Rest des Monats war angefüllt mit öffentlichen Pflichten und Auftritten, und unter Anleitung des Haushofmeisters wurden weitere Einzelheiten der Hochzeit ausgearbeitet.

Es wurde ernsthaft mit den Proben begonnen, und die Musik für die Trauungszeremonie wurde ausgewählt. Nachdem Diana in St. George's in Windsor an einem Gottesdienst des Garter Service of Thanksgiving teilgenommen hatte, eröffneten sie und Charles die Royal-Ascot-Rennwoche. Außerdem nahmen sie an der offiziellen Geburtstagsfeier der Königin teil.

Dianas Geburtstag am 1. Juli wurde in aller Stille gefeiert, nur mit Charles, einigen engen Freunden und ihrer Familie. Im Leben des Paares hatte die bevorstehende Trauung absoluten Vorrang. Kurz darauf wurde das erste offizielle Porträt der künftigen Prinzessin von Wales in der National Portrait Gallery aufgehängt. Das Gemälde von Bryan Organ galt von Anfang an bei den Besuchern als Höhepunkt der Ausstellung. Sie war in einer sehr entspannten Pose gemalt worden, wie sie im Buckingham-Palast seitlich auf einem Sessel saß. Leider wurde das Porträt mutwillig beschädigt, und nachdem es wieder instandgesetzt worden war, wurde es neben dem von Prinz Charles aufgehängt.

Während Diana sich an ihre neue Rolle gewöhnte und sich auf die Zukunft vorbereitete, entging den Menschen in ihrer nächsten Umgebung nicht, wie nervös sie war. In den Monaten vor dem großen Ereignis ließen sie ein paarmal die Nerven im Stich. Diesen Krisen waren verständlich, wenn man bedenkt, daß Diana zu begreifen begann, was alles noch auf sie zukam.

Bei einem Polospiel kurz vor der Hochzeit verlor Diana die Fassung, als Fotografen sich auf sie stürzten. Die künftige Prinzessin von Wales stand überall im Mittelpunkt der Aufmerksamkeit, und während sie nervös mit einigen Blumen spielte, die ihr überreicht worden waren, begann sie zu weinen. Charles eilte sofort an ihre Seite, um sie zu trösten, und begleitete sie durch die dichte Menschenmenge zu einem Wagen. Später gestand Diana ihrer älteren Schwester Sarah, daß es nicht nur Nervosität wegen der bevorstehenden Hochzeit wäre – die Millionen von Menschen live im Fernsehen verfolgen würden –, sondern daß es außerdem daran läge, daß sie sich verzweifelt bemühe, abzunehmen. Wie sich herausstellte, hatte sie in den vergangenen sechs Monaten fast fünfzehn Pfund verloren.

Am Abend des 23. Juli gab das Paar der BBC ein Interview, das am Abend vor der Hochzeit ausgestrahlt wurde. Angela Rippon und Andrew Gardner führten das Interview im Buckingham-Palast im Auftrag von BBC und ITV. Diana wirkte entspannt und glücklich, als sie sagte, wie dankbar sie all jenen wäre, die Briefe und Geschenke geschickt hätten, vor allem den Kindern, die sich so viel Mühe mit ihren Glückwunschkarten und -briefen gegeben hätten. Charles dankte ebenfalls allen für die Glückwünsche und zeigte sich bereit, sich offen zu seinen Gefühlen bezüglich der Verlobung und Hochzeit zu äußern. Das Paar sprach über den Druck, unter dem es seit der Ankündigung der bevorstehenden Hochzeit stünde, und gestand, daß die Medien sie sehr nervös gemacht hätten. In schriftlichen Antworten auf Anfragen seitens der britischen Presse meinte Diana: »Es hat einige Zeit gedauert, bis ich mich an die Kameras gewöhnt habe, aber es ist wunderbar, die begeisterten Reaktionen der Leute zu sehen. Das ist sehr motivierend und gibt mir großen Auftrieb« (Leonard Downie, Washington Post Foreign Service, 29. Juli, 1981: B01).

Schon bald nach dem Interview wurde der Streß aufgrund der bevorstehenden Zeremonie zur schweren Last für Diana. Nur zwei Tage später, am 25. Juli, verließ sie in Tränen aufgelöst ein Polospiel, entnervt von der ständigen Präsenz der Reporter und der Fotografen. Später am selben Tag, bei einem anderen Polospiel, an dem Charles teilnahm, wirkte Diana immer noch bedrückt. Immer wieder zog sie sich in die königliche Loge zurück. Inzwischen wurde bereits allgemein vermutet, daß Diana Pferde nicht sonderlich mochte und auch für Polo nicht viel übrig hatte. Das stimmte natürlich nicht, aber die Presse hatte das Gerücht überall verbreitet.

Und obwohl sie zwischendurch immer noch reichlich bedrückt wirkte, begann Diana, sich nach und nach in ihrer neuen Rolle immer wohler zu fühlen. Den Menschen, die ihr nahestanden, fiel auf, daß sie eine neue Gelassenheit ausstrahlte, und sie spürten, daß Partys und andere öffentliche Auftritte sie bei weitem nicht mehr so nervös machten. Auf der Feier zu Prinz Andrews einundzwanzigstem Geburtstag auf Windsor Castle war sie bester Laune und scherzte mit dem jungen Prinzen. Niemand ahnte, welche Qualen sie in den vergangenen Tagen durchgemacht hatte.

Als in Charles' Büro im Buckingham-Palast, das sie sich mit seinem persönlichen Assistenten Michael Colbourne teilte, ein Päckchen eintraf, hatte Diana darauf bestanden, es persönlich zu öffnen. Schockiert stellte sie fest, daß es sich um ein Armband mit den Initialen F und G handelte, die für »Fred« und »Gladys« standen, den Spitznamen, mit denen Charles und Camilla einander anredeten. Es war nicht das erste Mal, daß diese Vertraulichkeit sie aufregte, sie hatte sich bereits schrecklich darüber geärgert, als sie erfahren hatte, daß Charles eben diese Spitznamen verwendet hatte, als er der kranken Camilla Blumen schickte.

Am 29. Juli 1981, der zum nationalen Feiertag erklärt worden war, schien es, als wollte der Himmel mit feiern. Die Sonne schien strahlend und tauchte die Straßen in leuchtende Farben. Die ganze Stadt hatte sich auf die prunkvolle Feier vorbereitet. Auf den Straßen drängten sich Zehntausende von Menschen, von denen die meisten schon Tage hier kampiert hatten, um entlang des Hochzeitsweges einen guten Platz zu ergattern. Tatsächlich konnten sich die Zuschauer an jenem Tag schon bei Morgengrauen im Umkreis von mindestens hundert Metern um die Kathedrale herum kaum noch rühren. Um neun Uhr, als die ersten geladenen Gäste eintrafen, drängten sich über eine Million Menschen auf den Bürgersteigen entlang der Strecke, der der Hochzeitskorso folgen sollte.

Diana wachte schon früh auf, nachdem sie in dieser Nacht nur wenig geschlafen hatte. Sie war am Vorabend ins Clarence House zurückgekehrt und stand um 6.30 Uhr auf, um ein langes, entspannendes Bad zu nehmen. Während sie sich auf den vor ihr liegenden Tag vorbereitete, warf sie hin und wieder durch die Vorhänge ihres Schlafzimmers einen staunenden Blick auf die Menschenmassen auf den Straßen. Das alles für sie! An diesem Tag schauten auf der ganzen Welt Millionen von Menschen auf sie. Beim Frühstück sah sie sich einige Fernsehberichte über die bevorstehende Hochzeit an.

Allerlei Leute fanden sich ein, um die letzten Vorbereitungen zu treffen und Diana dabei zu helfen, sich für den großen Tag zurechtzumachen. Ihr Visagist und ihr Friseur trafen ein und machten sich sofort an die Arbeit. Sie wurde allerdings nicht übermäßig gestylt, da Charles nicht viel für Make-up übrig hatte und Dianas natürliche Schönheit kaum betont zu werden brauchte. Als sie fertig waren, sahen ihre Gehilfen und Brautjungfern sich zusammen mit ihr die Menschenmenge an. Diana war glücklich und wollte sich weiter ankleiden.

Als sie jedoch ihr traumhaftes Kleid anzog und sich in dem großen Spiegel sah, begann sie, unkontrolliert zu schluchzen. Plötzlich machte es ihr angst, daß sie sich einem Millionenpublikum stellen mußte, und sie war nicht sicher, ob sie dem gewachsen sein würde. Sie wollte nur in aller Stille Charles heiraten und seine Frau werden. Das Interesse der ganzen Welt belastete die junge Braut. Dianas Schwestern trösteten sie, und es gelang ihr, ihre Gefühle wieder in den Griff zu bekommen und ihre Fassung wiederzuerlangen.

Als Diana schließlich fertig angekleidet war, machten die Designer noch einen letzten traditionellen Stich; dann begab sich die künftige Prinzessin nervös nach unten. Allen, die sie sahen, erschien sie wie eine zum Leben erweckte Märchenprinzessin, innerlich zitterte sie jedoch wie Espenlaub.

Charles war ebenfalls früh aufgestanden – lange bevor jemand kam, ihn Punkt 7.00 Uhr zu wecken. Auch er hörte sich Radiosendungen an, während er sich fertig machte, und frühstückte in aller Ruhe, ehe er sich ankleidete, wobei er über das bislang größte Ereignis in seinem Leben nachdachte. Er zog die vollständige Galauniform eines Kapitäns der Königlichen Marine an, mit einer blauen Schärpe, die ihn als Ritter des Hosenbandordens auszeichnete. Minuten später trat er in der Eingangshalle des Palastes vor das versammelte Personal, das nicht an der Trauung in der St. Paul's Cathedral teilnehmen würde. Er dankte jedem knapp und ging dann zu seiner Kutsche, um zusammen mit seinem Bruder Andrew die Fahrt zur Kathedrale anzutreten.

Die Fahrt der Königsfamilie zur Kirche wurde von den unzähligen Fans begeistert verfolgt, die die Mall säumten, sich auf dem Trafalgar Square drängten und die Bürgersteige der Strand, der Fleet Street und von Ludgate Hill bis hinauf zur Kathedrale belagerten. 2800 Polizisten und über eintausend Soldaten der Brigade of Guards, der Royal Navy und der Royal Air Force waren im Einsatz, um für Ordnung zu sorgen. Sieben Landauer brachten die Familienmitglieder zur Kirche, und als sie die Stufen der Kathedrale hinaufstiegen, winkten die Queen und der Herzog von Edinburgh würdevoll der jubelnden Menge zu. In der letzten Kutsche saßen Prinz Charles und Prinz Andrew. Eskortiert von zwei Admirälen, betraten sie die St. Paul's Kathedrale, um ihre Plätze einzunehmen und zu versuchen, sich bis zur Ankunft der Braut ein wenig zu entspannen.

Die Gäste waren bereits vor der königlichen Familie eingetroffen, unter ihnen gekrönte Häupter aus aller Welt, Regierungsvertreter und Berühmtheiten, wie beispielsweise Nancy Reagan, der englische Entertainer Spike Milligan, Mitglieder der Königsfamilien Schwedens, Norwegens, Japans und der Niederlande, Mrs. Ghandi sowie Fürstin Gracia von Monaco und ihr Sohn, Prinz Albert. Auf einem Stuhl, der extra angefertigt worden war, um seiner massigen Gestalt gerecht zu werden, thronte der König von Tonga.

Dianas Fahrt zur St. Paul's Cathedral begann am Clarence House. Sie und ihr Vater fuhren in einer wunderschönen gläsernen Kutsche, die im Jahre 1919 gebaut und von König George V. anläßlich seiner eigenen Krönung erworben worden war. Von zwei braunen Pferden gezogen und von berittenen Polizisten eskortiert, folgte die Kutsche der gleichen Route, die auch die königliche Familie zuvor schon genommen hatte, begleitet von den Seufzern der Menge. Alle reckten den Hals, um einen Blick auf die verschleierte Prinzessin zu erhaschen.

Bei der Hochzeit des Jahrhunderts trug Diana das Kleid des Jahrhunderts. Einzelheiten über das Kleid waren von Anfang an streng geheim gehalten worden. Die Designer, David und Elizabeth Emanuel, hatten sich erst vier Jahre zuvor etabliert und einige Berühmtheit erlangt, nachdem Bianca Jagger auf ihrer Geburtstagsparty ein Modell von ihnen getragen hatte. Diana hatte die Designer kennengelernt, als sie bei ihnen eine pinkfarbene Chiffonbluse aussuchte, in der sie sich von Lord Snowdon fotografieren lassen wollte.

Nur sehr wenige Details wurden bekannt; es sollte aus Seide sein und in der grellen Beleuchtung schimmern, es sollte weit sein und der Braut gestatten, sich frei zu bewegen. Als Diana schließlich mit Hilfe der Ersten Brautjungfer, Lady Sarah Armstrong-Jones, aus der gläsernen Kutsche stieg und die Robe zu sehen war, verschlug es der Welt den Atem. Diana stieg die Steinstufen der Kathedrale hinauf, und die über sieben Meter lange Schleppe breitete sich in ihrer ganzen Pracht hinter ihr aus. Sie bedeckte die Treppe vollständig, und der lange, aber sehr feine Schleier bauschte sich leicht, während die Schleppe über die Stufen und den Kirchengang hinunter glitt.

Die Emanuels warteten im Inneren der Kathedrale, um unmittelbar vor Beginn der Trauungszeremonie noch einige kleine Änderungen vorzunehmen. Um das 200 Meter lange Mittelschiff hinunter zu gehen – begleitet von den Klängen von »Trumpet Voluntary« –, würde Diana über drei Minuten brauchen. Sie blieb verschleiert, eine Tradition aus der Zeit Königin Victorias, die bislang lediglich von Prinzessin Anne 1973 gebrochen worden war.

Das atemberaubende Kleid war perfekt für sie. Es vereinte Elemente des Tudor-, des viktorianischen und des edwardianischen Stils und war schlichtweg ein Traum. Die Krinoline aus elfenbeinfarbenem Seidentaft schimmerte im Sonnenlicht, als sie die Kathedrale betrat. Die mit feinster Spitze besetzten Ärmel waren mittels Schleifen gerafft, und das Kleid war mit zehntausend Perlmuttpailletten und Perlen bestickt. Ein eingenähtes, diamantbesetztes Hufeisen sollte ihr Glück bringen. Der V-Ausschnitt war tief, aber Rüschen milderten das gewagte Dekolleté, so daß auch jene zufriedengestellt wurden, die ein züchtiges Auftreten bei der Braut des künftigen Königs von England für angebracht hielten.

Ihr Schleier wurde vom Spencer-Diadem gehalten, und die Diamantohrringe, die sie trug, gehörten ihrer Mutter. Die Spitzenbesätze an ihrem Kleid waren aus antiker Carrick-Spitze und ein Geschenk der Royal School of Needlework an Königin Mary. Dianas Schuhe waren aus elfenbeinfarbener Seide mit schmalem Absatz, vorn spitz zulaufend und mit einer herzförmigen Dekoration. Die Sohlen waren aus einem speziellen Wildleder, das ein Ausrutschen verhindern sollte.

Dianas Brautstrauß war von Longmans und bestand aus Mountbatten-Rosen, Maiglöckchen, Stephanotis, weißen Fresien, weißen Orchideen und langen Efeuranken. Der Tradition folgend enthielt der Strauß auch Mistel-

und Veronikazweige von Sträuchern, die aus Setzlingen des Brautstraußes von Königin Victoria gewachsen waren. Einer weiteren Tradition entsprechend wurde der Strauß anschließend auf das Grab des unbekannten Soldaten in der Westminster Abbey niedergelegt, eine Tradition, die die Königinmutter nach ihrer Trauung im Jahre 1923 begründet hatte.

Die Brautjungfern trugen Kleider, deren Stil mit dem des Brautkleides harmonierte, ohne ihn zu kopieren. Die Saumlängen variierten, aber sie waren in Farbe und Form ähnlich. Sie trugen Kopfschmuck oder Krönchen aus frischen Blumen. Die kleineren Kinder hielten Körbe mit Wiesenblumen in den Händen, die älteren kleine Sträußchen. Abgerundet wurde das Bild von den kleinen Pagen in historischen Marinekadettenuniformen aus dem Jahre 1863.

Alle Anwesenden wandten sich zum Eingang um, als die atemberaubend schöne Braut eintraf. Als Diana vor dem Altar angelangte, wo der Bräutigam wartete, schenkte Charles ihr ein beruhigendes Lächeln. Die versammelte Kirchengemeinde sang die Eröffnungshymne, dann senkte sich feierliche Stille herab. Die Zeremonie begann.

»Dies ist der Stoff, aus dem Märchen sind«, verkündete Erzbischof Runcie und fügte gleich darauf hinzu, daß jene, die auf ewig ein glückliches Leben führen möchten, sich erst bemühen müssen, eine bessere Welt zu schaffen. Diese Erwartungen würden ganz besonders für »diese Ehe (gelten), in die so große Hoffnung gesetzt wird«.

Das Paar war verständlicherweise nervös. Die ganze Welt sah zu: Weltweit verfolgten etwa 750 Millionen Fernsehzuschauer das historische Ereignis, obgleich das für viele bedeutete, daß sie – je nachdem, die ganze Nacht aufbleiben oder sehr früh aufstehen mußten, um live dabei zu sein. Ihr beider Jawort war kaum zu hören, und sie leisteten sich beide einen Fauxpas: Charles vergaß die Erwähnung der »weltlichen« Güter, während Diana Charles' erste zwei Vornamen verwechselte, so daß sie Philip Charles Arthur George heiratete statt Charles Philip Arthur George. Es heißt, Charles habe später scherzhaft gemeint, Diana hätte nicht ihn, sondern seinen Vater geheiratet. Dennoch jubelten die Menschen draußen vor der Kathedrale, als sie über Lautsprecher das Ehegelübde hörten. Dann wurde das Paar gesegnet.

Der Ring, der aus demselben 22karätigen Klumpen walisischen Goldes gefertigt war wie die Eheringe der Königin und der Königinmutter und die ein nervöser Prinz Andrew bei sich hatte, wurde an den Finger der Braut gesteckt. Dann hörte das Paar sich die Lesung an, eine Reihe von Hymnen und die Ansprache des Erzbischofs, bevor es zum Gebet vor den Altar trat. Alle stimmten in die letzte Hymne mit ein, und nachdem das Brautpaar erneut gesegnet worden war, wurde die Nationalhymne gespielt. Hierauf führte Erzbischof Runcie den Prinz und die Prinzessin, der die Erste Brautjungfer folgte, durch das Sanktuarium.

Nachdem die Königin und Prinz Philip sowie verschiedene andere Mitglieder beider Familien das Kirchenregister unterzeichnet hatten, nahmen sie ihre Plätze wieder ein, und die Hoftrompeter verkündeten die Rückkehr der Braut und des Bräutigams. Es war für alle Anwesenden ein ebenso aufregender wie zauberhafter Moment, als endlich der Schleier zurückgeschlagen wurde und sie Dianas strahlendes Gesicht sehen konnten.

Nachdem er sich vor seiner Mutter verneigt hatte, führte Charles Diana zu den Klängen von Elgars »Pomp and Circumstances« den Kirchengang hinunter zur Tür.

Es war eine unvergeßliche Zeremonie, und als das Paar

über den roten Teppich die Treppe zu dem bereitstehenden Landauer hinunterschritt, brandete ohrenbetäubender Jubel aus der Menge auf. An der Kutsche des Brautpaares hatte man extra ein goldenes Hufeisen angebracht.

Die Kirchenglocken läuteten, als der Prinz und seine frischangetraute Prinzessin durch die Straßen Londons fuhren. Earl Spencer geleitete die Königin zu ihrer Kutsche, während der Herzog von Edinburgh Mrs. Shand Kydd zu ihrem Fahrzeug brachte. Aber aller Augen waren auf das frischvermählte Paar gerichtet, das lächelte und den jubelnden Menschen zuwinkte.

Nachdem sie den verhältnismäßig ruhigen Buckingham-Palast erreicht hatten, verlangte die Menge in Sprechchören »Wir wollen den Prinzen und die Prinzessin« und »Wir wollen Charles und Diana.« Die Sprechchöre wurden immer lauter, bis das Paar schließlich durch die Glastüren auf den Balkon hinaustrat. Familienmitglieder gesellten sich zu ihnen, und endlich gab das Paar seinem Publikum das, was es sehen wollte. Charles küßte Diana galant die Hand, und dann folgte jener unvergeßliche Moment, der von allen Medien festgehalten wurde, der Kuß vor aller Welt. Sie winkten und lächelten und zogen sich dann zum Bedauern der Menschen in den Palast zurück, um unter sich zu sein.

Nachdem sich alle im Palast eingefunden hatten, konnte das Paar sich beim Hochzeitsfrühstück, das im Speisesaal des Ball Rooms abgehalten wurde, ganz ihren etwa 120 Verwandten, Freunden und Gästen widmen.

Die fünfstöckige Hochzeitstorte war ein Meisterwerk. Der Senior Service der Royal Navy war dazu auserwählt worden, sie herzustellen, womit eine weitere Tradition gebrochen wurde. Der oberste Maat David Avery RN überwachte Entwurf und Zubereitung. Der Kuchen wurde im Naval Technical Drassing Department entworfen und in der Royal Naval Cookery School HMS Pembroke in Chatham hergestellt, was eine ganz besondere Ehre war.

Der Kuchen wurde im März gebacken, um den Aromen Zeit zu lassen, sich richtig zu entfalten. Vier Wochen lang wurde er tiefgekühlt. Bei der gesamten Herstellung wurde größte Sorgfalt angewandt. Rosinen wurden handverlesen, die Eier eins nach dem anderen aufgeschlagen, und obgleich das Rezept geheimgehalten wurde, heißt es, es wäre auch traditioneller Marine-Rum unter den Zutaten gewesen.

Die fünf Etagen wurden mit pastellfarbenen Platten verziert, die Orte darstellten, die in irgendeinem Bezug zu dem Paar standen, und die Torte wurde rechtzeitig fertig und an den Palast geliefert. Charles schnitt den Kuchen mit seinem zeremoniellen Säbel an, und die Hochzeitsgesellschaft trank auf den bedeutungsvollen Tag und feierte in entspannter Atmosphäre.

Gegen vier Uhr am Nachmittag verbreitete sich die Nachricht, daß das Brautpaar gleich in die Flitterwochen aufbrechen werde. Die Menschenmenge vor dem Palast wartete ungeduldig, daß das Paar sich erneut blicken ließ, und als Charles und Diana dann den Palast verließen, brandete Jubel auf und hallte durch die Straßen. Ihre Kutsche, die auf der Rückseite mit dem »Just Married«-Schild versehen war, wie es sich gehört, bahnte sich einen Weg durch die Straßen bis zur Waterloo Station. Dort war ein roter Teppich ausgerollt worden, über den das königliche Brautpaar den drei Waggons umfassenden Zug besteigen konnte, der sie zum ersten Abschnitt ihrer Hochzeitsreise bringen sollte: Broadlands. Die kurze Achtzig-Meilen-Fahrt (128 Kilometer) verlief ereignislos, und das Paar wurde in Romsey von fähnchen-schwenkenden Fans begeistert willkommen geheißen. Von dort aus fuhren Charles und Diana in einer königlichen Limousine zu dem königlichen Anwesen in Broadlands, wobei die Fahrt jedoch aufgrund der zahlreichen Gratulanten und Schaulustigen länger dauerte als gewöhnlich. Sie verbrachten zwei Tage in völliger Zurückgezogenheit auf dem Zweitausendfünfhundert-Hektar-Anwesen, um hiernach erneut vom Jubel der Massen begleitet, nach Gibraltar aufzubrechen. Es heißt, daß an Bord der Yacht unglücklicherweise Fotos von Camilla aus Charles' Tagebuch fielen, was die Flitterwochen für die junge Braut ein wenig überschattete.

Die Menschen in der englischen Kolonie empfingen den Prinzen und die Prinzessin mit Tausenden von Flaggen, zahllose Schaulustige säumten die Straßen. Es war nur eine kurze Fahrt bis zum Anleger der königlichen Yacht *Britannia*. Nach einem Ausflug zum Felsen von Gibraltar wurden die Segel gesetzt, und das Schiff glitt hinaus aufs sonnige Mittelmeer. Das endgültige Reiseziel und die Route waren streng geheim, aber viele vermuteten, daß das Paar an der afrikanischen Küste anlegte und einige Zeit auf den Griechischen Inseln verbrachte. Auch hier soll es einen unangenehmen Zwischenfall gegeben haben. Angeblich hatten die Manschettenknöpfe, die Charles trug, die Form zweier Cs.

Als die Yacht in Port Said anlegte, wurden sie von Anwar Sadat, dem ägyptischen Präsidenten empfangen. Das sonnengebräunte Paar, der lächelnde Charles und eine strahlende Prinzessin in einem rosafarbenen Kleid, plauderte mit dem Präsidenten und seiner Frau, nachdem Charles die Parade bei der Ehrengarde abgenommen hatte.

Tags darauf segelten Charles und Diana durch den Suez-Kanal und gingen im Roten Meer vor Anker, um noch einmal zu schwimmen, bevor sie nach Schottland zurückflogen. Im Gegensatz zur sengenden Hitze Ägyptens war es in Schottland ungemütlich kalt. Diana trug einen langen Kaschmirmantel, als sie in Lossiemouth aus dem Flugzeug stieg. Nach einigen Wochen der Erholung und Entspannung auf Balmoral mußten sie sich dann wieder offiziellen Pflichten zuwenden.

Aber es gab auch noch einige hochzeitsgebundene Arbeiten zu erledigen. Unter den Hochzeitsgeschenken, von denen viele bereits nach Bekanntmachung der Verlobung eingetroffen waren, waren auch persönliche Präsente und Briefe von Kindern, Schmuck, sowie tragbare und praktische Geschenke. Außerdem wurden dem Paar auch größere Geschenke übergeben wie beispielsweise ein Mahagonitisch mit vierzehn Stühlen vom Bürgermeister, den Ratsherrn und den Unterhausabgeordneten der Stadt London sowie drei Pianos. Darüber hinaus bekamen sie Landkarten, Bücher, Musikinstrumente, Spielsachen und handgefertigte Präsente. Trotz einiger unglücklicher kleiner Zwischenfälle war die Hochzeit wunderschön gewesen und die Hochzeitsreise ein Erfolg. Das sonnengebräunte, gutgelaunte und entspannte Paar war bereit, sein neues gemeinsames Leben anzugehen.

Kapitel 6

Ehefrau, Mutter und Superstar

Während Großbritannien und seine Bürger sich auf einen weiteren naßkalten, trüben Winter vorbereiteten, gab es einen neuen Lichtschimmer, einen neuen Quelle der Freude, der erheblich dazu beitragen sollte, die Stimmung zu heben. Am 5. November 1981 gab Diana, strahlend schön in weißem Chiffon mit Satinkorsage neben ihrem Gatten sitzend, ihr Debüt im Unterhaus. Schon zu diesem frühen Zeitpunkt ihres öffentlichen Lebens schenkten Presse und Öffentlichkeit Diana größte Aufmerksamkeit. Aber die Aufregung bei der Eröffnung des Unterhauses, bereichert durch die Anwesenheit einer strahlenden neuen Prinzessin, war nichts im Vergleich zu dem Freudentaumel, der losbrach, als der Buckingham-Palast England und der ganzen Welt das verkündete, worauf alle gehofft hatten: daß Prinzessin Diana ihr erstes Kind erwarte.

Dianas öffentliches Leben war bereits in vollem Gang. Im Oktober verbrachte sie auf ihrer ersten offiziellen Rundreise drei Tage in Wales. In Anbetracht der Tatsache, daß sie zur Prinzessin dieser speziellen Region des Königreiches geworden war, schien dies der geeignetste Rahmen für ihren ersten offiziellen Auftritt als Gattin des Prinzen von Wales zu sein.

Diana wurde in Wales freundlich empfangen; ihre Beliebtheit schien bei jedem öffentlichen Auftritt noch zu wachsen. Charles wurde auf dieser Rundreise weitgehend ignoriert, und wenn die Menge nach Diana verlangte, scherzte er: »Tut mir leid, ich habe nur eine Frau, und die ist gerade drüben auf der anderen Straßenseite. Sie werden sich wohl mit mir zufriedengeben müssen« (Wade, 1987, 60). Für den stolzen Prinzen muß das eine bittere Pille gewesen sein, und es sollte noch bitterer und schwieriger werden, in dem Maße, da die Liebe der Öffentlichkeit zu der hübschen und warmherzigen Diana wuchs. Obwohl die Öffentlichkeit die Nachricht von Dianas Schwangerschaft freudig aufnahm, äußerte auch manch einer Kritik, weil sie so kurz nach der Hochzeit bereits schwanger war. Einige unverbesserliche Nörgler meinten, das könnte ein schlechtes Beispiel sein für junge Frauen im ganzen Land, die sich nun gleich in die Mutterrolle stürzen würden, ohne sich erst Zeit zu nehmen, sich in das Eheleben einzufinden. Diese Ansicht wurde jedoch nur von einer kleinen Minderheit vertreten und drang ganz sicher nicht zu Diana durch, die überglücklich war. Immer wieder war auch zu hören, Diana könnte Zwillinge bekommen, da es in ihrer Familie schon des öfteren Zwillingsgeburten gegeben hatte. Wie soll die Thronfolge bestimmt werden, wenn die Prinzessin Zwillinge bekommt, fragten sich die Leute. Der Palast reagierte entsprechend und teilte mit, daß auch bei Zwillingsgeburten die Bestimmung des Thronfolgers kein Problem darstelle: Das erstgeborene Kind werde Thronfolger – es sei denn, es wäre ein Mädchen und das zweitgeborene ein Junge. Nachbarn unterhielten sich in Hauseingängen, redeten über das Baby oder die Babys, die die Prinzessin erwartete, und fragten sich, welche Namen der Prinz und die Prinzessin wohl auswählen würden.

Die Schwangerschaft war keine leichte Zeit für Diana. Sie litt in den ersten Wochen stark unter Morgenübelkeit und sagte eine Reihe von Terminen ab, darunter eine

Reise nach Bristol. Tatsächlich fühlte sie sich den ganzen November über so elend, daß auch eine früher angesetzte Reise nach Dartmoor verschoben werden mußte. Bei den zahlreichen gesellschaftlichen Verpflichtungen, denen sie nachkommen mußte, war eine Schwangerschaft eine schwierige Zeit, und neben den organisatorischen Veränderungen in ihrem Leben machten der Prinzessin auch die körperlichen Veränderungen zu schaffen. Ihre Freude über die Schwangerschaft war ungebrochen, aber sie litt unter der Morgenübelkeit und dem Verlust ihrer makellosen Figur.

Dianas Anpassung an ihre königlichen Pflichten, die physischen Veränderungen und der Streß, den jeder in der ersten Zeit nach der Hochzeit erlebt, begannen, sich bemerkbar zu machen. Sie war immer noch sehr jung, erst zwanzig, und ihr Leben hatte sich im vergangenen Jahr radikal verändert. Diana brauchte Unterstützung und Liebe, aber ihr Mann, der einem völlig anderen familiären Hintergrund entstammte und ihr nicht nur an Jahren, sondern auch an Erfahrung voraus war, tat sich schwer, Verständnis für ihre emotionalen Bedürfnisse aufzubringen und diesen zu entsprechen. Diana, die sich in dieser schweren Zeit Unterstützung und Gesellschaft wünschte, fühlte sich manchmal von Charles im Stich gelassen.

Eines Tages, sechs Monate nach ihrer Hochzeit, bekam Diana einen Wutanfall, als Charles zum Mittagessen mit der Jagdgesellschaft der Königin fuhr. Sie wollte, daß er bei ihr war, brauchte ihn an ihrer Seite, während sie sich bemühte, sich an ihr neues Leben, die Veränderungen in ihrem Körper und ihren neuen Partner zu gewöhnen. Aber Charles war ständig unterwegs, vor allem auf Anordnung seiner Mutter, der Königin. So blieben Diana auch an diesem Tag der Trost und die Anwesenheit ihres Mannes versagt, obwohl sie in ihrem Wagen hinter ihm herjagte und ihn am Straßenrand stoppte. Obgleich Diana in dieser Zeit ihrer Ehe nicht nur unglücklich war und sie noch große Hoffnung für ihre Zukunft mit Charles hegte, mußte sie erkennen, daß sie einige ihrer Illusionen begraben mußte.

Gegen Ende Februar wurde Diana eine Pause von ihren königlichen Pflichten gewährt, was den Druck von ihr nahm, der auf ihr lastete. Sie und Charles verbrachten einen verdienten Urlaub auf den Bahamas. Hier konnte sie endlich allein sein mit ihrem Mann, fern von Pflichten und königlichem Protokoll. Diana liebte die Sonne, und nach dem winterlichen, verregneten England war sie um so dankbarer für den klaren blauen Himmel und das warme, goldene Sonnenlicht. Den Gedanken, mit ihrem Mann zusammen zu sein, fort von den neugierigen Blikken der Öffentlichkeit, sich auf das Leben konzentrieren zu können, das in ihr heranwuchs, und sich eine gesunde Bräune zu holen, fand Diana himmlisch.

Leider sollte diese Idylle dem jungen Paar nicht vergönnt sein. Die Öffentlichkeit war von Diana fasziniert, und dies veranlaßte Fotografen, dem Prinzenpaar zu folgen, ihm in den Ferien aufzulauern und mit starken Teleobjektiven Fotos zu schießen. Bilder der im sechsten Monate schwangeren Prinzessin im Bikini erschienen in der Presse, und der Anblick dieser Fotos erzürnte nicht nur die Queen, sondern auch die Öffentlichkeit. Diana fühlte sich massiv in ihrer Privatsphäre gestört.

Im selben Monat, dem Februar, gab der Buckingham-Palast bekannt, daß Diana einen Monat zuvor auf Sandringham einige Treppenstufen hinabgestürzt wäre. Nach dem leichten Sturz hatte Diana sich sofort hingelegt, aus Sorge um ihr Baby. Diesmal war Charles zur Stelle, um ihr beizustehen. Diesmal handelte es sich um ein konkretes Problem, um etwas Greifbares, das er erkennen und worauf er reagieren konnte. Er hielt sie und tröstete sie. Diana schöpfte Kraft und Zuversicht aus seiner Anwesenheit und seiner liebevollen Fürsorge. Der Prinz rief Ärzte herbei, die der besorgten Prinzessin versicherten, daß mit dem Baby alles in Ordnung sei. Die Öffentlichkeit wartete mit angehaltenem Atem auf eine komplikationslose Geburt und einen gesunden Thronfolger.

Als Diana sich erholte und langsam sich selbst und ihrem Zustand gegenüber größere Sicherheit entwickelte, füllte sich auch ihr Terminkalender. Sie besuchte Newcastle upon Tyne, und während ihres Aufenthaltes dort trugen ihr natürliches Interesse und ihre Liebe zu Kindern dazu bei, eine Katastrophe zu verhindern. Die Prinzessin entdeckte inmitten der großen Menschenmenge einen Jungen, der gegen die Absperrung gedrückt wurde. Diana und Charles eilten dem Kleinen zu Hilfe und befreiten ihn aus seiner mißlichen Lage. Dianas Liebe zu Kindern verlieh ihr eine Sensibilität, die niemals nachließ, ganz egal, wie beschäftigt sie war, egal, mit welchen Schwierigkeiten sie selbst zu kämpfen hatte.

So ist es nicht überraschend, daß in Anbetracht von Diana Kinderliebe und ihrer freudigen Erwartung auf das eigene Baby der Wahl der Kinderfrau große Bedeutung beigemessen wurde. Gemeinsam wählten Diana und Charles eine erfahrene Nanny aus, die 39jährige Barbara Barnes, die in den 14 Jahren davor sowohl Kinder in Frankreich und der Schweiz und in England betreut hatte. Miss Barnes konnte zwar keine entsprechende schulische Ausbildung nachweisen, hatte sich jedoch reichlich praktische Erfahrung im Umgang mit Kindern erworben. Diana, deren Erfahrungen als Kindermädchen noch nicht allzu weit zurücklagen, wußte diese bodenständige Einstellung zu schätzen. Und noch wichtiger war wohl, daß Barness sich nicht im mindesten an Dianas offenkundigem Wunsch störte, eine sehr aktive Mutter zu sein. Sie schien dies sogar gutzuheißen und meinte, eine Nanny sei kein Ersatz für die leibliche Mutter. Diana hatte nicht vor zuzulassen, daß irgend jemand sie im Herzen ihres Kindes ersetzte, und wie die ganze Welt später noch sehen würde, sollte das auch nie der Fall sein.

Nun, da eine Nanny gefunden war, brauchte das Paar nur noch einen kleinen Prinzen oder eine kleine Prinzessin, damit aus dem königlichen Ehepaar eine königliche Familie wurde. Am 21. Juni 1982 um fünf Uhr früh wurde Diana im Lindo-Flügel des St. Mary's Hospitals in London untergebracht. Dieser Teil des Krankenhauses wurde 1939 erbaut und danach von der Königinmutter eingeweiht. Der Flügel ist innen ein wenig düster, mit graubraunem Anstrich und viel dunklem Holz, und das Krankenhaus befindet sich in einem nicht sehr edlen Viertel. Und doch ist es hervorragend ausgestattet und verfügt über die modernste medizinische Ausrüstung. Eine Tafel der Madonna mit Kind schmückt die Halle.

Mehrere Ärzte unter Leitung von George Pinker, der bereits sieben königliche Geburten betreut hatte und als Facharzt für Gynäkologie auch die Königin zu seinen Patientinnen zählte, kümmerten sich um Diana. Nach sechzehn Stunden, in denen ihr Mann stets an ihrer Seite blieb, brachte Diana um 9:30 Uhr einen kleinen Jungen zur Welt. Das Baby war vollkommen gesund, und sah sich in seiner Überzeugung bestätigt, daß man der Natur nicht ins Handwerk pfuschen sollte, obgleich Dianas Wehen länger dauerten als gemeinhin als ideal betrachtet wird. Der neugeborene Prinz wog gut 3500 g und stieß bei seinem Eintritt in die Welt einen kräftigen Schrei aus. Dianas Baby hatte blondes Haar, und sein Vater (wie die Weltöffentlichkeit) sollte höchst erfreut feststellen, daß es große Ähnlichkeit mit der schönen Diana aufwies.

Diana hatte gewußt, daß es ein Junge werden würde, und dieses Wissen war ihr eine große Erleichterung gewesen. Ihr Kind hatte mehr britisches Blut in den Adern als jeder andere Thronanwärter seit König James I. Da sie aus einer sehr traditionsbewußten britischen Familie stammte, hatte Diana es ihrem Ehemann und seiner Familie, aber auch der Öffentlichkeit gegenüber als ihre Pflicht angesehen, England einen Prinzen zu schenken. Es wurde ein Thronerbe gewünscht, und natürlich war sie dem Druck dieser Erwartung ausgesetzt gewesen. Tatsächlich hatte Diana sich vor ihrer Trauung mit Prinz Charles von einem Gynäkologen daraufhin untersuchen lassen müssen, daß sie Kinder bekommen konnte. Obgleich Diana diese Untersuchung nicht behagt hatte, hatte sie eingesehen, daß es wichtig war, und sie mußte auch Erleichterung verspürt haben, da sie selbst ja auch unbedingt Kinder haben wollte und sie nun wußte, daß dem von ihrer Seite nichts im Wege stand. Was die Geburt des Babys betraf, so war es nicht nur ein großes persönliches Glück für sie, sie freute sich auch, daß sie dem Land dieses Geschenk machen konnte. Sie spürte die Liebe und Unterstützung des britischen Volkes. Später sagte sie, daß sie gefühlt habe, wie die ganze Nation ihr den Rücken stärkte, als sie den Kopf neigte und sich ihrer schweren Aufgabe stellte.

Charles und Diana waren beide entzückt von ihrem kleinen Sohn. Allerdings blieb noch zu klären, wie der kleine Engel in ihren Armen nun heißen sollte. Diana bevorzugte Namen wie Rupert und Oliver, während Charles mehr zu Namen wie George tendierte (Wade, 1987, 85). Schließlich gelangten sie zu einem Kompromiß, und ihr Sohn erhielt die stolzen Namen William Arthur Philip Louis. Er sollte Prinz William von Wales gerufen werden – oder Wombat, wie sein Vater ihn zärtlich nannte –, und offiziell durfte sein Name in keiner Weise abgekürzt werden.

Für Diana begann nun eine sehr schwierige Phase in ihrem Leben. Die Frau, die so abrupt ins Licht der Öffentlichkeit geraten war, die einen Prinzen geheiratet, ein neues Heim bezogen und ihre öffentlichen Pflichten aufgenommen hatte – diese junge Frau war nun darüber hinaus noch Mutter. Sie liebte ihren Sohn abgöttisch, aber die Anstrengung und der Streß des vergangenen Jahres holten sie ein. Diana litt unter postnatalen Depressionen. Dieser Gemütszustand kann jede Frau nach der Geburt befallen; es spielt keine Rolle, ob es das erste Kind ist oder nicht, und es hat auch nichts damit zu tun, ob die Mutter vor der Geburt geistig und emotional gefestigt war oder nicht. Diese Art von Depression ist eine körperliche Reaktion, die zuweilen nach einer Geburt auftritt. Unglücklicherweise mußte auch Diana eine solche Phase durchmachen, und es fiel ihr ausgesprochen schwer, auch nur aus dem Bett zu steigen oder die geringste Kleinigkeit zu erledigen. Da sie bis dahin noch nie unter Depressionen gelitten hatte, wußte sie nicht, was mit ihr los war. Sie liebte ihren Sohn über alles. Sie war glücklich, ihn zu haben. Und so fragte sie sich, warum sie sich dann so elend fühlte. Weder Charles noch der Rest der Königsfamilie konnte Diana in dieser Zeit helfen. Die Windsors waren keine sehr gefühlsbetonte Familie, und wenn sie mit Tränen oder Trauer konfrontiert wurden, reagierten sie völlig hilflos. Natürlich sorgten sie dafür, daß die Prinzessin ärztlich betreut wurde, aber statt dessen hätte Diana viel eher Geduld, Verständnis und Luft zum Atmen gebraucht.

Diana hatte nun mehr denn je das Gefühl, andere im Stich zu lassen. Die Gefühle, die in ihrem Inneren tobten, brauchten ein Ventil, und unglücklicherweise richtete Diana diese Emotionen gegen sich selbst. Sie fügte sich

Verletzungen an Armen und Beinen zu, in dem verzweifelten Versuch, ihren unerträglichen inneren Schmerz mitzuteilen. Charles war hiervon verständlicherweise erschüttert. Er war betroffen und tief besorgt. Etwas Derartiges hatte es in der Welt der Royals bislang nicht gegeben. Diana war eine sehr gefühlsbetonte Frau, und ihre Gefühle ließen sich nun einmal nicht einfach wegsperren und ignorieren. Für Charles und seine Familie war Diana gestört und geistig labil. Man durfte sie nicht ernst nehmen, da sich in ihren Augen kein normaler Mensch je so aufführen würde. Diana, die um Verständnis flehte, stieß auf taube Ohren. Da sie daheim weder Trost noch Unterstützung fand, wandte Diana sich der Öffentlichkeit zu und stürzte sich in ihre königlichen Pflichten. In der Öffentlichkeit fand sie Linderung, und schließlich besiegte sie die Depression durch die Liebe, die die Menschen ihr entgegenbrachten.

Inmitten dieser Zeit fand jedoch auch ein freudiges Ereignis statt. Am 4. August 1982 wurde Prinz William getauft. An diesem warmen und sonnigen Tag (zu Ehren des 82. Geburtstages der Königinmutter ausgewählt), fanden sich Familie, Gäste und Chor für diese Zeremonie im Musikzimmer des Buckingham-Palastes ein. Sechs Personen waren zu Paten bestimmt worden: Der ehemalige griechische König Konstantin, Lord Romsey, Sir Laurens van der Post, Prinzessin Alexandra, die Herzogin von Westminster und Lady Susan Hussey.

Diana hielt den kleinen William Arthur Philip Louis im Arm und beruhigte ihn, indem sie ihn an einem ihrer Finger saugen ließ. Der kleine Prinz protestierte lauthals, als der Erzbischof von Canterbury Wasser über sein Köpfchen goß. Williams Taufe entsprach nicht in allen Punkten der Tradition; sie beinhaltete auch einige moderne Elemente. Diana ließ bereits erkennen, daß sie dem Neuen den Vorzug gab und nicht blindlings dem Erprobten und Bekannten vertraute. Im Anschluß an die Taufzeremonie gab es Champagner und ein Mittagessen, dazu den Taufkuchen, bei dem es sich traditionsgemäß um die oberste Etage der Hochzeitstorte handelte. Stücke des Kuchens wurden an die Männer der Welsh Guard ausgegeben und an die Soldaten des Fallschirmspringerregiments, die im Krieg auf den Falklandinseln verwundet worden waren. Diana sah trotz ihrer inneren Qualen wunderschön aus, und Hoffnung lag in ihren klaren blauen Augen, als sie der Taufe ihres Sohnes und seiner Aufnahme in die anglikanische Kirche beiwohnte.

Diana wurde immer schmaler, während sie weiterhin darum kämpfte, ihren inneren Frieden zurückzugewinnen. Es dauerte nicht lange, und den Menschen, die sie immer mehr in ihr Herz schlossen, fiel auf, daß ihre attraktive, blonde, großgewachsene Prinzessin dürr und erschöpft aussah. Es ging das Gerücht um, daß Diana an nervöser Anorexie leide. Der Buckingham-Palast dementierte diese Gerüchte, wenngleich man zugab, daß eine von Dianas Schwestern seinerzeit an »Magersucht« gelitten habe. Diana, hieß es, sei jedoch bei bester Gesundheit. Dennoch ließ sich nicht leugnen, daß sie ausgemergelt wirkte. Zur Remembrance-Day-Zeremonie in der Albert Hall erschien Charles allein und erklärte, die Prinzessin fühle sich nicht wohl. Als Diana später doch noch eintraf, war sie bleich und sah erschöpft aus.

Die abgöttische Liebe der Öffentlichkeit für die Prinzessin wuchs mit jedem ihrer öffentlichen Auftritte. Die Menschen machten sich ernsthaft Sorgen um Gesundheit und Wohlergehen der Prinzessin, und über jede Geste und Laune Dianas wurde berichtet und debattiert. Im Januar 1983 erschien ein vielsagender Artikel in der *Sunday Times*. Der Artikel mit der Überschrift »Diana, die Gejagte«

handelte von dem Freiheitsverlust, mit dem die hübsche Diana nun fertig werden mußte. Wo sie auch hinging, hefteten sich die Fotografen an ihre Fersen, egal ob auf Skiern, im Hubschrauber oder hinter Büschen verborgen. Diana war ein ständiges Ziel – sie galt inzwischen als öffentlicher Besitz.

Natürlich genoß Diana anfangs die viele Aufmerksamkeit. Welche Frau auf der Welt hörte nicht gern, daß sie schön war? Aber die Presse hatte nie genug, und die Folgen machten sich nun bemerkbar. Suzanne Lowry schrieb im Januar 1983 in der *Sunday Times:* »Man braucht sich nur anzusehen, wie das einstmals hübsch gerundete Gesicht des Sloane Rangers sich innerhalb kürzester Zeit in eine vornehm-knochige Schönheit verwandelt hat, mit Augen, die derart glühen, daß sie beinahe gequält wirken, und man wird sich unwillkürlich fragen, was wir (Presse und Öffentlichkeit) ihr angetan haben.« Mit der Ehe, der Schönheit, der Verantwortung ging zweifellos auch der Verlust der Privatsphäre, der Verlust des Ichs einher. Diana begann, dies alles nur zu deutlich zu erkennen, aber das machte es der jungen, früher so lebenslustigen Prinzessin auch nicht leichter.

Als sie in Australien eintrafen, ging gerade sintflutartiger Regen auf das Land nieder. Die junge königliche Familie besuchte Canberra, Sydney, Tasmanien, Adelaide, Perth, Melbourne und Brisbane. Außerdem verbrachten sie zwei Wochen in Neuseeland. Die Menschen waren ganz verrückt nach der blonden, schönen Diana, und sogar die sonst so distanzierten Bewohner Sydneys waren hingerissen von der großgewachsenen, eleganten Prinzessin. Freundlichkeit strahlte aus ihren Augen, und ihre offenkundige Liebe zu ihrem Sohn machte sie nur noch beliebter. Die sensible Diana hatte Mitleid mit Charles. Sie wußte, daß er ein guter und lieber Mensch mit zahlreichen

Interessensgebieten war, dem aufrichtig etwas an den Menschen lag. Und doch wurde Charles aufgrund seiner Zurückhaltung oft und ungerechter Weise als überheblich betrachtet. Dianas überwältigende Beliebtheit schmerzte Charles, nicht etwa, weil er sie ihr mißgönnt hätte, sondern weil er fand, daß man seine eigenen Vorzüge und Talente unfair übersah. Diana, die von Natur aus ein fairer und gerechter Mensch war, spürte seine Enttäuschung und wies immer wieder darauf hin, daß es ihrem Mann gegenüber ungerecht wäre, daß die Aufmerksamkeit sich so einseitig auf sie konzentrierte. Schließlich schlugen die Besessenheit der Medien und die Ergebenheit der Öffentlichkeit gegenüber Diana einen Keil zwischen die Eheleute, und es entstand ein Abgrund zwischen ihnen, den Diana trotz allen Verständnisses und Mitgefühl nicht zu überbrücken vermochte.

Diana betrachtete diese Australienreise als einen Wendepunkt in ihrem Leben. Hier wurde ihr die öffentliche Rolle, die sie zu spielen hatte, sehr deutlich vor Augen geführt. Sie erkannte, in welchem Umfang die Menschen sich für sie interessierten und wie anstrengend ihr Leben fortan sein würde, während sie sich mit demütigem Pflichtbewußtsein und Verantwortungsgefühl nach Kräften bemühte, den Erwartungen zu genügen.

Dieses neue Bewußtsein für ihr Leben und ihre Pflichten ging mit einem neuen Stil der modebewußten Diana einher. In der Vergangenheit war sie verschiedentlich wegen extravaganter Einkaufsrechnungen gerügt worden, und die Presse hatte gar behauptet, sie gebe wöchentlich mehrere tausend Dollar für Kleider aus. Obgleich der Buckingham-Palast dementiert hatte, hielt sich dieses Gerücht sehr hartnäckig. In Australien befragten sie die Reporter dann auch zu ihren Ausgaben für Garderobe. Die zurückhaltende Diana lächelte nur und meinte, da sie sich an einem Tag mit mehreren Terminen mehrmals umziehen müsse, bräuchte sie auch eine größere Anzahl verschiedener Outfits. Bis dahin hatte ihr Kleidergeschmack weitgehend dem Märchenprinzessinnen-Image entsprochen. Sie hatte lange, mädchenhafte Kleider bevorzugt, deren Stil an den ihres traumhaften Hochzeitskleides von vor zwei Jahren angelehnt gewesen war. Am Ende der Australienrundreise hatte Diana sich jedoch sehr verändert, vor allem was ihren persönlichen Stil betraf. Die große, schlanke Prinzessin reifte zu einer selbstsicheren Frau heran, die mit Eleganz und Anmut und ohne jede Spur von Verlegenheit figurbetonendes Crêpe de Chine trug. Der Welt, die hingerissen war von ihrer Schönheit, verschlug es den Atem.

Mit ihrer neugewonnenen Selbstsicherheit im Gepäck kehrte die Prinzessin nach England zurück, um der Öffentlichkeit die neue Diana vorzustellen: eine eigenständige Frau und nicht länger ein Mädchen, das sich an den Arm des Prinzen klammerte. Daheim in England sah Diana sich die Premiere von *Octopussy* an, sie traf sich mit Superstars des Showbusiness, staunend, daß sie selbst jetzt zu diesen Leuten gehörte. Diana, blond, schön, warmherzig und großzügig, war nun selbst ein Superstar.

Die nächste offizielle Reise führte den Prinzen und die Prinzessin nach Kanada. Diana brach es das Herz, weil sie William nicht mitnehmen konnte und sie darüber hinaus seinen ersten Geburtstag versäumen würde. In Kanada grübelte sie über den Umstand nach, daß jetzt andere über ihr Leben, ihre Zeit und ihre Aktivitäten entschieden. Ihr ging auf, daß sie vor ihrer Hochzeit des öfteren nicht gewußt hatte, was sie am nächsten Tag tun wollte, während sie inzwischen achtzehn Monate im voraus ausgebucht war. Diese Art der Planung, auf die die Prinzessin nur am Rande irgendwelchen Einfluß hatte, war dafür verantwortlich, daß sie den ersten Geburtstag ihres Sohnes verpaßte. Sie hinterließ im Kinderzimmer des Kensington Palace einige kleine Präsente, die ihr Sohn an seinem Geburtstag öffnen sollte, aber das eigentliche Geschenk sollte warten, bis sie und Charles aus Kanada zurück waren. Diana konnte es nicht ertragen, Williams Geburtstag vollständig zu versäumen, und so hielt sie etwas in Reserve, um bei ihrer Rückkehr die Freude über ihr Geschenk auf seinem Gesicht sehen zu können.

Als sie an Bord der königlichen Yacht *Britannia* in Halifax, Nova Scotia, eintrafen, gaben Charles und Diana einen kleinen Empfang. Diana, stets offen und ehrlich, äußerte sich zu den Journalisten und Fotografen, die sie in England verfolgten. Die Prinzessin sagte, daß sie, wenn die Presse verletzende und abscheuliche Dinge über sie schreibe, einen körperlichen Schmerz in der Brust fühle und sich am liebsten verkriechen würde. In Dianas Augen waren Journalisten dieser Art wie ein Wolfsrudel, das sie zu seiner Beute erkoren hatte. Als Dianas Äußerungen Schlagzeilen machten, gab es einen großen Aufschrei. Die Presse verübelte Diana diese Bemerkungen, die man für zu kritisch hielt. Aber noch viel ärgerlicher war, daß Diana die Worte, die sehr bald in den Zeitungen auftauchten, rein privat geäußert hatte. Ihre nun in der Presse breitgetretenen Kommentare waren eigentlich vertraulich gewesen.

Trotz dieser Probleme mit den Medien, die sie auf Schritt und Tritt zu verfolgen schienen, wurde Diana überall in ganz Kanada begeistert empfangen. Siebzigtausend Menschen warteten auf Diana und ihren Prinzen in St. John, New Brunswick. In Shelburne, Nova Scotia, durchbrachen Hunderte von Menschen Absperrungen, um hinter dem königlichen Paar herzujagen. In Edmonton, Alberta, trotzten über tausend Menschen dem Regen, um Diana und Charles auf ihrem Weg zu einem Bankett zur Feier ihres 22. Geburtstages zuzuwinken. Als Diana sich später am Abend auf einem Balkon zeigte, sangen 300 Personen, die trotz des schlechten Wetters stundenlang ausgeharrt hatten, spontan »Happy Birthday«. Bei der Besichtigung der Sportlerunterkünfte der World University Games gestand Diana dem kanadischen Schwimmerteam strahlend, daß sie Charles beim Wettschwimmen daheim immer schlage. Es machte Diana stolz, daß sie ihren Prinzen in einer Sportart schlug, die sie seit Jahren mit Freude und Eifer betrieb.

Diana und Charles paßten sich bei ihrem Besuch in Edmonton der allgemeinen Ausgelassenheit an. Bei den alljährlichen Klondike Days zogen sich alle an wie es 1890 üblich gewesen war, und feierten die Erinnerung an den damaligen Geldrausch. So bekam das königliche Paar Gelegenheit, sich zu verkleiden und unter die Leute zu mischen. Diana sah bezaubernd aus in ihrem Kleid aus jener Zeit und bewies allen, daß sie in jedem Zeitalter als schön gegolten hätte. Allerdings wurde bemerkt, daß die Prinzessin überschlank erschien. Doch sie wies alle besorgten Bemerkungen zurück, indem sie erklärte, der Alltagsstreß sei für ihren Gewichtsverlust verantwortlich.

Dianas neuer, eleganter Stil und ihr glamouröser Look ließen sie jedoch wichtigere Dinge nicht vergessen. Sie war stets empfänglich für die Sorgen anderer, und einen ganz besonderen Winkel in ihrem Herzen behielt Diana für die Kleinsten vor. Trotz ihrer zahlreichen Termine und der wenigen Zeit, die ihr blieb, vergaß sie die Kinder nie. Obwohl sie sich die Freude gönnte und in London Konzerte von Duran Duran und den Dire Straits besuchte, fühlte sie sich am wohlsten bei den Jüngsten und jenen, die ihre Liebe und Hilfe brauchten. Diana fand trotz ihrer dichtgedrängten Termine immer Zeit für Aufgaben, die ihr wichtig waren, wie beispielsweise eine Wohltätigkeitsveranstaltung zugunsten des Royal National Institute for the Blind, wo sie den Kindern dankte, die geholfen hatten, ein Buch mit Gutenachtgeschichten für Prinz William zusammenzustellen. Sie versicherte ihnen, wie sehr sie sich darüber gefreut hätte. Das Buch *Stories for a Prince* wurde veröffentlicht, um Gelder für den RNIB aufzubringen.

Dadurch, daß sie selbst Mutter war, zeigte Diana ein ganz anderes Verständnis für die Probleme vieler Frauen. Sie konnte nun noch besser nachfühlen, welchen Schmerz und welche Furcht man um einen geliebten Menschen empfinden konnte, vor allem, wenn es sich um das eigene Kind handelte. In England brach eine Rötelepidemie aus, und die Ansteckung barg große Risiken für schwangere Frauen, da die Krankheit dazu führen konnte, daß ein Baby taub, blind, hirngeschädigt oder mit einem Herzfehler zur Welt kam. Diana war entsetzt und verärgert, daß eine Krankheit, die man durch eine einfache Impfung verhindern konnte, in England immer noch ein sehr reales Risiko für Frauen darstellte. Diana erkundigte sich persönlich, was sie tun könne, um dazu beizutragen, dieser schrecklichen Krankheit Einhalt zu gebieten. Sie wollte aktiv Anteil daran haben, die Menschen über Röteln und ihre Gefahren aufzuklären. Schließlich schrieb sie einen Brief, der der National Rubeola Association bei ihren Bemühungen helfen sollte, die Öffentlichkeit über diese tragische, unnötige Krankheit zu informieren. Ihr Brief, der in einem mitteilsamen und nicht belehrenden Stil verfaßt war, wurde landesweit in dem Bestreben verschickt, wirklich die ganze Bevölkerung zu erreichen.

Während die Prinzessin sich der Wohltätigkeitsarbeit widmete, wurde sie überall mit Spekulationen verfolgt, ob sie ein weiteres Mal schwanger wäre. Diana wünschte sich unbedingt ein zweites Kind. Als sie dann erfuhr, daß sie tatsächlich schwanger war, war sie überglücklich, wenngleich die Vorfreude ein wenig getrübt worden sein mag von der Furcht, daß es ihr wieder so schlecht gehen könnte. Die Spekulationen um ihren Zustand hatten ihren Höhepunkt erreicht, als Diana im Sommer 1983 von Balmoral aus zu Mr. George Pinker flog, der William auf die Welt geholt hatte. Aber welche Hoffnungen die Prinzessin und die Öffentlichkeit sich auch gemacht haben mochten, es war noch nicht soweit. Jedenfalls nicht zu diesem Zeitpunkt, doch später in diesem Jahr wurde Diana wieder schwanger. Der Buckingham-Palast schob die Bekanntgabe der freudigen Nachricht bis zum 13. Februar hinaus und lieferte so den Zeitungen die perfekte Story für ihre Ausgabe am Valentinstag. Diana freute sich unbändig auf ihr zweites Baby. Charles hätte nicht glücklicher sein können. Die Königsfamilie war entzückt, ebenso wie die Spencers, und die britische Öffentlichkeit verfiel in einen Freudentaumel, als die Neuigkeit bekannt wurde. Schätzungen zufolge sollte das zweite Baby zwei Jahre und drei Monate nach Prinz William geboren werden, ein Abstand, der aus medizinischer Sicht allgemein als ideal betrachtet wird. Angesichts des perfekten Timings verstummten die Gerüchte, daß Diana Empfängnisschwierigkeiten hätte, sehr rasch wieder.

Diana war, obwohl extrem dünn, bei guter Gesundheit, und als die Nachricht von ihrer erneuten Schwangerschaft bekanntgegeben wurde, verbrachte sie kostbare Zeit mit ihrem Ehemann. Ein fünfzehntägiger Italienbesuch wurde abgesagt, weil man die Prinzessin in den ersten Schwangerschaftsmonaten nicht übermäßig belasten wollte, aber daheim in England kam Diana all ihren Verpflichtungen nach, und sie beabsichtigte auch, während der ganzen neun Monate aktiv zu bleiben. Trotzdem wurden nach Ende Mai nur noch zwei offizielle Auftritte eingeplant. Charles seinerseits änderte seinen Terminkalender, der drei Auslandsreisen vorsah, in keiner Weise. Das bedeutete, daß Diana erneut einsame Zeiten durchstehen mußte, was in ihrem Zustand sicher nicht leicht war. Da Dianas Baby im September erwartet wurde, waren für die letzte Phase der Schwangerschaft ohnehin nicht mehr viele öffentliche Auftritte vorgesehen, weil die königliche Familie traditionell in den letzten Sommerwochen ihren Urlaub auf Balmoral verbrachte. Hierdurch würde Diana eine Pause von dem Streß der königlichen Pflichten vergönnt sein, in der sie die letzten Schwangerschaftstage genießen und sich in der friedlichen Stille des ländlichen Schottland auf die Geburt ihres zweiten Kindes vorbereiten konnte.

Wenn jemand so sehr wie Diana im Licht der Öffentlichkeit steht, läßt es sich gar nicht vermeiden, daß manchmal die dümmsten Gerüchte aufkommen. Eben solche gab es auch trotz der allgemeinen Freude über ihre Schwangerschaft. So behauptete man, daß Diana sich nach der Geburt ihres zweiten Kindes einer Sterilisation unterziehen müsse, um einen landesweiten Babyboom zu verhindern. Es wurde spekuliert, daß junge Frauen der schillernden Prinzessin, die so oft in den Nachrichten zu sehen war, würden nacheifern wollen und übereilte Entscheidungen bezüglich der eigenen Familienplanung trafen. Der Buckingham-Palast dementierte diese Gerüchte sofort, aber die Aufregung darum machte deutlich, wie ernsthaft die Menschen um Diana und ihr Wohlergehen besorgt waren. Jeder, der Diana kannte, wußte zwar, daß sie niemals irgend jemandem gestattet hätte, sie in ihrer Freiheit zu beschneiden, so viele Kinder zu bekommen, wie sie selbst für richtig erachtete.

Gegen Ende ihrer Schwangerschaft erlitt die Prinzessin, die in ihrem Zustand besonders verwundbar war, einen

Schock. Ihr 45jähriger Onkel, Lord Fermoy, nahm sich auf Eddington House in Hungerford, Berkshire, das Leben. Er hatte seit einiger Zeit an Depressionen gelitten, und der Leichnam wurde von einem Angestellten gefunden. Er hatte seinem Leben mit einem Gewehr ein Ende gesetzt und hinterließ eine Frau und drei Kinder, zwei Söhne und eine Tochter. Diana war tief betroffen, als sie von dem Selbstmord erfuhr. Der Gedanke, daß ihre Vettern und ihre Cousine den Vater verloren hatten, zerriß der Prinzessin, die es nicht ertragen konnte, Kinder leiden zu sehen, das Herz. Diana erfuhr während des Familienurlaubs auf Balmoral von der Tragödie, und trotz ihrer fortgeschrittenen Schwangerschaft reiste sie sofort ab, um an der Beerdigung teilzunehmen. Sie mußte die Presse anflehen, ihr in dieser schweren Zeit der Trauer etwas Privatsphäre zu gewähren.

Familie war Diana sehr wichtig. Ihr Wunsch, wegen dieser Tragödie bei ihrer Familie zu sein, zeigte deutlich, daß Diana ihren Verwandten einen höheren Stellenwert beimaß als ihrem Prinzessinnenstatus. Ebenso entschieden war die Prinzessin bezüglich der Rolle, die die Spencers im Leben ihres Sohnes und ihres zweitgeborenen Kindes spielen sollten. Obwohl die Königsfamilie dazu neigte, Menschen, die Teil ihres Kreises wurden, völlig zu vereinnahmen, ließ Diana nicht zu, daß ihre eigene Familie aus dem Leben ihrer Kinder verdrängt wurde. Ihr eigener Vater sagte einmal, daß Diana fest entschlossen war, den Spencers einen festen Platz im Leben ihrer Kinder einzuräumen. Earl Spencer sagte außerdem, daß Diana immer ihren Willen durchsetzte, wenn sie etwas für wichtig erachtete. Und Diana war nichts wichtiger als ihre Kinder und ihre Familie. Ihre Söhne sollten einmal ebenso stolz auf den Familienzweig und die Familiengeschichte der Spencers sein wie auf die Königsfamilie.

Diana hatte kaum Zeit gehabt, ihre erste Trauer zu überwinden, als sie am 15. September 1984 von Windsor Castle zum St. Mary's Hospital gebracht wurde, wo sie um 7.30 Uhr früh eintraf. Sie kam auf dasselbe Zimmer, in dem sie schon William zur Welt gebracht hatte, ein spartanischer Raum im vierten Stock des Lindo-Flügels. Die Prinzessin lag neun Stunden in den Wehen und wurde schließlich um 4.20 Uhr am Nachmittag von einem knapp 3400 g schweren Jungen entbunden. Das Baby hatte blaue Augen und dunkelbraunes Haar. Die öffentlichen Ausrufer von Mayfair standen draußen vor dem Krankenhaus und verkündeten den 300 Menschen, die sich dort eingefunden hatten, sowie allen zufälligen Passanten, die Geburt eines weiteren Prinzen. Charles teilte der Königin die frohe Nachricht telefonisch mit und rief dann Earl Spencer an. Der Earl war überzeugt, daß William in diesem neuen kleinen Prinzen einen lieben Spielgefährten finden würde, brachte jedoch auch seine Hoffnung zum Ausdruck, daß der Junge sich mehr für Krickett interessieren würde als für Polo. Nachdem Earl Spencer die frohe Nachricht erhalten hatte, hißte er prompt das Familienbanner auf dem Familienanwesen Althorp und verkündete von einem Balkon aus den verdatterten Touristen die Geburt von Dianas zweitem Sohn.

Das neue Baby wurde von seinen Eltern schon einen Tag nach der Geburt nach Hause gebracht. Eine Menschenmenge, die vor dem Krankenhaus ausharrte, seit die Geburt des kleinen Prinzen bekanntgegeben woden war, jubelten dem Neugeborenen zu, als es zum Kensington-Palast gebracht wurde. Seine erste Autofahrt unternahm der kleine Prinz in einem blauen Daimler, und sie dauerte ganze sechs Minuten. Dianas zweiter Sohn bekam die Namen Henry Charles Albert David, aber Diana bestand darauf, daß er Harry genannt wurde. Die Prinzessin war der Ansicht, daß diese Version des Namens weniger steif und förmlich war, zugänglicher und freundlicher.

Das ganze Land feierte die Nachricht von Harrys Geburt und Dianas komplikationsloser Entbindung. Am Sonntag, den 16. September, ließ die St. Mary's Parish Church in Tetbury in der Nähe von Charles' und Dianas Landhaus Highgrove House drei Stunden lang die Glokken läuten zur Feier der Geburt des Prinzen. Die Kirche jener Gemeinde, in der Diana – auf dem königlichen Anwesen Sandringham – geboren war, läutete ebenfalls zu Ehren des kleinen Prinzen die Glocken. Das ganze Land jubelte und feierte die Geburt von Dianas zweitem Sohn.

Kurz nach Weihnachten wurde der junge Prinz Harry offiziell getauft und in die anglikanische Kirche aufgenommen. Trotz des düsteren Himmels und des tristen Wetters fühlte Diana sich glücklich mit ihrem kleinen Sohn auf dem Arm – Diana hat ihre Kinder als ein kostbares Geschenk betrachtet, für das sie stets dankbar war. Die Taufe wurde im Buckingham-Palast vollzogen, und die Paten waren Lady Sarah Armstrong-Jones, Lady Vestey, Mrs. William Bartholomew, Bryan Organ, Gerald Ward und Prinz Andrew.

Prinz Harry stand schon bald im Schatten seines großen Bruders, dem man inzwischen den Spitznamen Wild William verliehen hatte. Während der Weihnachtsansprache der Königin in jenem Jahr hatte William die Aufmerksamkeit aller auf sich gezogen, weil er während der feierlichen Rede umhergelaufen war. Die Königin hatte versucht, den jungen Prinzen zur Ordnung zu rufen, jedoch vergeblich. Charles begann, sich zu sorgen, daß sein ältester Sohn zu einer verwöhnten und verhätschelten Nervensäge heranwachsen könnte. Bei Prinz Harrys Taufe rannte William, alle Versuche, ihn zur Räson bringen zu wollen, ignorierend, durch den Palast und rammte dabei mehrere ältere

Damen. Diana verlor nie die Geduld, und während Charles meinte, daß eine strengere Erziehung vonnöten wäre, blieb die Prinzessin eine liebevolle Mutter, stets voll des Lobes für ihre Kinder und bemüht, jedes barsche Wort ihnen gegenüber zu vermeiden. Sie war der Überzeugung, daß wenn man ein Kind liebte und das Beste von ihm erwartete, es einen auch nicht enttäuschen würde.

William stellte allerdings eine ernste erzieherische Herausforderung dar. Im Alter von zwei Jahren verwüstete er das Speisezimmer der Königinmutter und sorgte für eine Panik unter den Sicherheitsbeauftragten, als er in seinem Kinderzimmer einen Knopf drückte und die Alarmanlage auslöste, so daß Polizisten und Spezialagenten aus dem ganzen umliegenden County herbeieilten. Aber seine Streiche beschränkten sich nicht auf Personal und Fremde. Einmal stibitzte William Prinz Charles' handgefertigte Lobb-Schuhe und spülte sie sehr zum Ärger seines Vaters in der Toilette hinunter. Sogar Diana mußte zugeben, daß William sich aufführte wie ein »Minitornado«.

Im Juli 1986 führte die Hochzeit von Sarah Ferguson und Prinz Andrew die Familie erneut zu einem glücklichen Ereignis zusammen, und William erhielt eine weitere Gelegenheit, den kleinen Teufel herauszukehren. William sollte als Page an dieser königlichen Trauung teilnehmen und trug eine Seemannsuniform im Stil des neunzehnten Jahrhunderts, inklusive Mütze. Diana fürchtete, daß William sich während der Trauung nicht benehmen würde, und war schon Tage im voraus schrecklich nervös. Glücklicherweise hielt sich der Schaden, den William anrichtete, in Grenzen. Abgesehen davon, daß er herumzappelte, mit seiner Mütze spielte und einer Brautjungfer die Zunge herausstreckte, benahm der kleine Prinz sich ganz anständig, wenn die Königin auch persönlich William daran hindern mußte, hinter dem frischvermählten Paar herzulaufen, als es in der Brautkutsche davonfuhr. Diana nahm ihn auf die Arme und trug ihn zurück in den Palast, ehe er sich aus ihren Armen winden konnte.

Sogar Diana stieß bei der Erziehung dieses kleinen Teufels von einem Prinzen an ihre Grenzen. Einmal sah die Prinzessin ganz allein mit William – ohne Nanny zur Unterstützung – Prinz Charles beim Polospielen zu. In der königlichen Loge sitzend und im Fadenkreuz der Kameras mußte Diana den jungen Prinzen William am Hosenboden festhalten, als er versuchte, von seinem Platz zu klettern und davonzulaufen. Während Diana sich bemühte, dieses Energiebündel zu bändigen, bombardierte er sie mit Fragen und wollte wissen, wo die Pferde seien, wann er ein Eis bekommen werde und was er sonst noch haben könne. Diana gab sich schließlich geschlagen und brachte ihren eigenwilligen Prinzen nach Hause.

Aber gleich, wie viel Ärger Prinz William auch machte, Diana hielt an ihren Vorstellungen von Erziehung fest; sie wollte, daß ihre Kinder möglichst normal aufwuchsen. In ihren Augen war Williams »Aus-der-Reihe-Tanzen« völlig natürlich für einen intelligenten kleinen Jungen. Ihr war ein eigensinniger Sohn lieber als ein Kind, das von normalen Aktivitäten und einem normalen Leben abgeschnitten aufwuchs. Da sie selbst mit zwei älteren Schwestern und einem jüngeren Bruder aufgewachsen war, wußte die Prinzessin sehr gut, daß Schalk einfach dazugehörte – und ihr war bewußt, daß William seine prinzliche Bürde noch früh genug auf sich nehmen würde. Auch zeigte Diana ihre Zuneigung zu ihren Kindern stets ganz offen; zwischen Mutter und Söhnen sollte es kein förmliches Händeschütteln und keine steifen Wortwechsel geben. Diana umarmte und küßte ihre Söhne und scherte sich nicht um Traditionen, die ihr vorschreiben wollten, ihre Liebe zu ihren Kindern nicht zu zeigen.

Dianas unkomplizierte Art im Umgang mit ihren Kindern war bei vielen Gelegenheiten deutlich. Einmal, als die Familie auf Sandringham einen Feueralarm probte, sprach Prinz William mit den Feuerwehrleuten und kletterte auf einen Spritzenwagen. Einer der Feuerwehrmänner war so nett, den kleinen Prinzen seinen Helm aufsetzen zu lassen, aber hinterher weigerte sich William, die Leihgabe wieder herauszurücken. Diana nahm ihren Sohn ins Gebet, aber er weigerte sich immer noch, den Helm loszulassen, und lief schließlich sogar damit fort. Die Prinzessin blickte ihm lachend hinterher und zuckte mit den Schultern. Sie versicherte dem verdutzten Feuerwehrmann, daß der Helm, sobald William ihn aus der Hand legte, sichergestellt und unverzüglich an ihn zurückgeschickt werde. Obgleich sie bestrebt war, jeden Ärger zu vermeiden, war Diana eine so sanfte Mutter, daß sie nicht gewillt war, ihre Kinder zu etwas zu zwingen und sie ihren eigenen Wünschen und Erwartungen gemäß zu formen.

Dianas Porträt mit Baby Harry und William, aufgenommen von Lord Snowdon, sorgte für eine Sensation. Ein Visagist und ein Friseur waren beauftragt worden, die Prinzessin verführerisch zurechtzumachen. Die Presse sprach von nichts anderem mehr als von »Dynasty Di« mit ihrem wunderschönen Gesicht und den umwerfenden Kleidern. Diana ihrerseits hatte langsam genug von der ganzen Aufmerksamkeit, die man ihrem Image und ihrer Garderobe schenkte, ebenso wie von der Kritik an ihren Ausgaben. Gleich zu Beginn ihres Prinzessinnendaseins hatte sie beschlossen, nur Kleider von englischen Designern zu tragen, um die britische Modeindustrie zu unterstützen und für sie zu werben, aber nun schränkte sie ihre Ausgaben ein und zeigte sich wieder und wieder in derselben Aufmachung. Diana hatte genug von dem Etikett »schönes Dummchen« und war fest entschlossen, dieses Bild zu ändern. Die Welt sollte die wahre Diana kennenlernen, die hart arbeitende junge Mutter, der andere wirklich etwas bedeuteten und die ernsthaft etwas in der Welt verändern wollte. Die Presse kritisierte ihre alten Kleider und ihren Mangel an stilvoller Designergarderobe, aber das kümmerte Diana nicht. Die Prinzessin wußte, daß sie mehr war als nur ein hübsches Mädchen in schönen Kleidern, und das sollte auch der Rest der Welt begreifen.

Die Reporter folgten ihr jedoch überallhin, und dies wurde zu einer persönlichen Prüfung für Diana und zu einer großen Belastung für ihre Ehe. Nicht nur, daß Charles sich übergangen fühlte, wenn die Presse sich allein auf die Prinzessin konzentrierte; hinzu kam, daß ihre Beziehung andauernd in aller Öffentlichkeit analysiert und diskutiert wurde. Oft schien es, als hätten sie nie einen Augenblick für sich allein. Einmal, beim Besuch einer Kunstgalerie, meinte Charles, daß es wunderbar wäre, eines Tages wiederzukommen und die Galerie ganz privat und in aller Ruhe genießen zu können. Diana erinnerte ihn daran, daß sie nie allein waren, und es bestand wenig Hoffnung, daß sich hieran je etwas ändern würde.

Im August des folgenden Sommers brach Diana ihren Familienurlaub in Balmoral ab, um ihre hochschwangere Schwester zu besuchen. Sie begleitete sie ins Krankenhaus und stand der neuen Mutter zur Seite. Diana freute sich, wieder Tante geworden zu sein, und sie freute sich für ihre Schwester, aber es frustrierte sie, daß die Presse sie auf Schritt und Tritt verfolgte und ihr Name sogar in Zusammenhang mit einem so privaten familiären Ereignis Schlagzeilen machte. Es belastete Diana, daß alles, was sie tat, wie banal es auch sein mochte, als druckwürdig erachtet wurde, während auf der Welt doch so viele wirklich wichtige Dinge geschahen.

Dianas Wunsch, wirklich etwas in der Welt zu verändern, begann, sich nach der entsetzlichen Flugzeugtragödie in Manchester zu verwirklichen. Nach Dianas Rückkehr nach Balmoral erfuhr die Königsfamilie, daß auf dem Ringway Airport in Manchester ein Flugzeug in Brand geraten war und das Feuer zu einer Katastrophe geführt hatte. Als sie die schreckliche Nachricht hörten, brachen Charles und Diana sofort auf und besuchten die sieben Überlebenden im Withington Hospital. Eine der Überlebenden, ein dreizehnjähriges Mädchen namens Lindsay Elliott, war schwer verletzt und hatte bei dem Unglück ihre Mutter, ihre Tante und ihren Onkel verloren. Nachdem es drei Tage künstlich beatmet worden war, erfuhr das Mädchen vom Tod seiner Verwandten, schloß die Augen und weigerte sich fortan, sie wieder zu öffnen oder zu sprechen. Nicht einmal der Vater vermochte die Mauer zu durchbrechen, die das Mädchen aus Trauer um sich herum errichtet hatte. Charles und Diana wachten abwechselnd an ihrem Bett, und schließlich, als sie die aufrichtige Liebe und Sorge um sie spürte, fand Lindsay die Kraft, die Augen aufzuschlagen und sich dem Schmerz zu stellen.

Nachdem sie in Manchester ihr Möglichstes getan hatten, wandten der Prinz und die Prinzessin sich persönlicheren Angelegenheiten zu. Als die Tage frischer wurden, entschied Diana, daß es an der Zeit war für den drei Jahre alten William, die Welt außerhalb der Palastmauern kennenzulernen. Auf ihren ausdrücklichen Wunsch hin besuchte William einen privaten Kindergarten, der nur fünf Minuten vom Kensington-Palast entfernt war und von der Tochter eines anglikanischen Bischofs geleitet wurde. Die Kinder wurden in drei Gruppen eingeteilt: Es gab Schwäne, Jungschwäne und Schwanenküken. William kam zu den Schwanenküken. Die Kinder bastelten, sangen und tollten herum. Wenn ein Kind das Programm als Schwan abgeschlossen hatte, wurde von ihm erwartet, daß es malen und singen konnte. Die Presse wurde zu Williams erstem Kindergartentag eingeladen, aber Charles und Diana baten hiernach schriftlich darum, William bitte in Frieden zu lassen. Der Kindergarten wurde mit kugelsicheren Fensterscheiben ausgestattet, und unter anderem wurde auch ein Leibwächter abgestellt, der für die Sicherheit des jungen Prinzen verantwortlich war. Diana war ganz aufgeregt und sehr stolz, daß ihr Sohn einen Schritt in die Unabhängigkeit machte, als er die kleine Papiermaus schwenkte, die er an seinem ersten »Schultag« gebastelt hatte.

Aber William war immer noch schwierig. Er begann so viele Pausenschlägereien, daß die Eltern der anderen Kinder ihm bald den Spitznamen »Billy the Basher« (Billy der Schläger) gaben. Die Sorge wegen Williams Verhalten bewog Diana und Charles, den Einfluß der Kinderfrau auf ihren jungen Sohn zu überdenken. Auch gab es Gerüchte, denen zufolge Barbara Barnes Harry weinen ließ, um seinen Bruder William mit Aufmerksamkeit zu überhäufen. Außerdem ließ sie ihm alles durchgehen und schalt ihn nie. Harrys Traurigkeit und Williams unkontrollierbares Benehmen beunruhigten Diana sehr. Gleichzeitig hieß es, daß die Nanny der Prinzen sich plötzlich sehr hoheitsvoll aufführte, die Schuhe der Kinder von einem Lakaien putzen ließ, anstatt sich selbst darum zu kümmern, und ganz allgemein die andere Dienerschaft herumkommandierte.

Als am 15. Januar 1987 Prinz Williams erster Tag an der Weatherby School anstand, erklärte Barbara Barnes zur allgemeinen Erleichterung, daß sie ihre Stelle als Kinderfrau der beiden Prinzen kündigen wolle. Diana hatte nicht diejenige sein wollen, die Miss Barnes entließ, aber sie hatte ihre Enttäuschung der Nanny gegenüber nicht verhehlen können. Als Miss Barnes merkte, wie unzufrieden die Prinzessin mit ihren Diensten war, besaß sie die Größe, ihren Posten als königliche Kinderfrau aufzugeben.

An ihrer Stelle wurde Ruth Wallace als neue Nanny eingestellt. Sie war eine strengere Person, die in der Vergangenheit auch als Kinderkrankenschwester gearbeitet hatte. Ihre Persönlichkeit und ihre Art, mit Kindern umzugehen, machten sich fast sofort bei beiden Prinzen bemerkbar. Williams Benehmen besserte sich, und Harry machte einen viel fröhlicheren Eindruck. Diese neue Kinderfrau hatte keine Allüren, und sie erzog die Jungen zu ganz normalen Kindern, die anderen mit Respekt begegneten. Charles und Diana waren beide hochzufrieden mit Ruths Einfluß auf ihre Söhne.

Diana war es immer sehr wichtig, mit ihren Kindern zu sprechen, ganz egal, wo sie sich gerade aufhielt. Natürlich ließ sich nicht vermeiden, daß sie ohne ihre Söhne verreisen mußte, aber sie führte die Regel ein, sie täglich um 19.00 Uhr Greenwicher Zeit anzurufen. Es stimmte Diana traurig, ihre Kinder daheim lassen zu müssen, wenn sie unterwegs war, aber sie wünschte sich vor allem, daß sie ein normales Leben führten. Die Jungen auf Reisen mitzunehmen hätte ihren Tagesablauf und ihren Schulalltag so entscheidend gestört, daß es sich zweifellos negativ auf ihre Entwicklung ausgewirkt hätte.

Wenn Diana zu Hause war, bekam sie ihre Söhne selten vor dem Frühstück zu Gesicht. Sie wurden von ihrer Nanny geweckt, gefüttert, gewaschen und angekleidet, ehe sie zu ihrer Mutter durften, sofern diese nicht bereits zu einem frühen Termin aufgebrochen war. Diana tat jedoch ihr Möglichstes, ihre Kinder regelmäßig mit dem Auto von der Schule abzuholen und mit ihnen zum Schwimmunterricht zum Buckingham-Palast zu fahren.

Oft trank sie Punkt 16.00 Uhr in ihrem privaten Salon mit ihnen Tee, und sie aßen gemeinsam Gurkensandwiches und Sahnetorte. Den Kindern war ein Minimum an Fernsehen erlaubt, aber Charles und Diana schaukelten auch gern mit den beiden oder legten mit ihnen Puzzles.

Die Wochenenden versuchte die Familie auf Highgrove House zu verbringen, wo die Kinder viel Zeit im Freien verbrachten und die Namen von Pflanzen und Blumen lernten. Lange Spaziergänge und Ausritte auf ihren Ponys sorgten dafür, daß die Jungen zur Schlafenszeit um 19.30 entsprechend müde waren. Die jungen Prinzen bekamen viele Spielsachen und Stofftiere geschenkt, von denen sie die meisten aber gar nicht zu Gesicht bekamen, da sie an wohltätige Einrichtungen und Krankenhäuser weitergeleitet wurden. Diana und Charles wollten beide nicht, daß ihre Kinder übermäßig verwöhnt wurden, und so begrenzten sie die Zahl der Geschenke, die den Prinzen gestattet waren.

Diana arrangierte ihren vollen Terminkalender um den ihrer Kinder herum, und sie setzte sich für zahlreiche gute Zwecke ein. Gewöhnlich konzentrierte sie sich auf Kinder oder das Wohlergehen von Kranken oder Menschen, die in irgendeiner Weise ausgegrenzt wurden. Im Oktober 1985 besuchte Diana eine Drogenentzugseinrichtung im Südwesten Londons und war tief betroffen vom Leid dieser Leute, das sie noch tagelang verfolgte. Die Prinzessin dehnte ihren Aufenthalt auf über eine Stunde aus, wobei sie sich die meiste Zeit mit einer 36jährigen Heroinsüchtigen unterhielt, deren Geschichte Diana tief bewegte.

Diana sorgte sich auch wegen der vielen Berichte über Drogen in den Medien und deren Auswirkungen auf ihre zwei Söhne. Sie fand, daß die Informationen, die das Fernsehen den Kindern vermittelte, potentiell gefährlich seien. Die Prinzessin war zudem tief erschüttert und schockiert, als sie erfuhr, daß es Kinder aus zerrütteten Familien gab, die nachts durch die Straßen zogen. Die Vorstellung, daß manche Kinder ohne liebevolles Zuhause oder zärtliche Eltern aufwachsen mußten, quälte Diana. Als Folge ihres Besuchs in der Suchtklinik unterstützte Diana von ganzem Herzen die Antidrogenkampagne der BBC. Sie entwickelte sich mit großen Schritten hin zu einer Frau mit wichtigen Anliegen, die sich für humanitäre Zwecke einsetzte.

In dem Maße, da Dianas Rolle als sozial engagierte und mitfühlende Frau wuchs, nahmen auch die Gerüchte zu, daß ihre Ehe einsam und leer sei. In den Medien hieß es, daß sie und ihr Mann nichts mehr gemeinsam hätten und ihre Ehe eine Farce sei. Charles und Diana wandten sich in einem Fernsehinterview an die Öffentlichkeit und dementierten die wilden Gerüchte, die über sie in Umlauf waren. Diana beklagte sich, daß man tagtäglich über sie berichte, obwohl es doch so viele wichtigere Dinge auf der Welt gäbe. Behauptungen, denen zufolge sie dominant und herrschsüchtig wäre, verletzten sie tief, und wenn sie wieder einmal solche Vorwürfe in der Zeitung gelesen hatte, mußte sie sich zwingen, sich in der Öffentlichkeit zu zeigen. Diana gab lachend zu, daß sie einige Krawatten aus dem Kleiderschrank ihres Mannes entfernt habe sowie mehrere Paar spießige Schuhe. Charles seinerseits mußte dementieren, daß er Okkultist sei und fragwürdige Heilmethoden propagiere. Das Interview beantwortete einige Fragen, aber der Zustand ihrer Ehe blieb ein Geheimnis.

Diana und Charles teilten sehr wohl zahlreiche Interessen. Beide waren engagierte Eltern, die einander bei der Erziehung ergänzten; Diana brachte Zärtlichkeit und Spaß ein, während Charles rauher mit den Jungen umsprang und darauf bestand, daß sie eine gewisse Disziplin lernten. Sie waren beide leidenschaftliche Skiläufer, und Diana perfektionierte ihr Können bei ihrem alljährlichen

Aufenthalt in Klosters. Das Image der naiven Diana, die sich nur für Seifenopern und Kleider interessierte, war ein Mythos, der aus selbstkritischen Bemerkungen entstand, die sie gegenüber nervösen Erwachsenen und Kindern gemacht hatte, um ihnen die Scheu zu nehmen. Tatsächlich genoß Diana die Abende mit Charles und seinen gebildeten Freunden und überraschte die Leute häufig mit ihrer Belesenheit und der Bandbreite ihrer Interessen. Auch teilte das königliche Paar die Liebe zur Musik. Trotz ihres Rufs als Popmusik-Fan war Diana eine hochbegabte Klavierspielerin. Bei den seltenen Gelegenheiten, da sie Zeit füreinander hatten, begleitete Charles sie manchmal auf dem Cello. Wenn Diana flog, las sie oft Biographien von den Menschen, die sie auf ihrer Reise kennenlernen würde, oder sie blätterte in Büchern, die diese geschrieben hatten. Diana war viel kultivierter und gebildeter, als die Presse sie darstellte, und obgleich die königliche Ehe nicht frei von Problemen war und das penetrante Interesse der Medien die Beziehung zusätzlich belastet haben muß, gab es zwischen Charles und Diana sehr wohl gemeinsame Interessensbereiche und glückliche Momente.

Das Fernsehinterview von Charles und Diana vermochte die Gerüchte über angebliche Eheprobleme jedoch nicht zu zerstreuen, und Diana mußte mit Einsamkeit und einem Gefühl der Isolation fertig werden. Wenngleich sie und ihr Mann nicht so gegensätzlich waren, wie die Presse behauptete, hatte Charles nur selten Zeit für sie und schien einfach nicht in der Lage, ihre Bedürfnisse zu begreifen und ihnen zu entsprechen. Ihr Superstar-Status in den Medien isolierte sie zusätzlich von normalen Beziehungen und der wirklichen Welt. Diana, nach außen hin so schön und souverän, weinte innerlich und stürzte sich in ihre Wohltätigkeitsarbeit, um dem Schmerz in ihrem Privatleben zu entfliehen.

Die Prinzessin verbrachte ihre Zeit damit, alten Leuten zu helfen und verschiedene Einrichtungen und Organisationen bei ihren Bemühungen um diese Menschen zu unterstützen. Sie besuchte Kinder in Krankenhäusern, berührte sie, umarmte sie, tröstete sie, und sie ließ jenen Menschen, die sich nach Kräften bemühten, etwas im Leben der jungen Patienten zu bewirken, ihre Unterstützung und ihre königliche Anerkennung zuteil werden. Als sie ein Schwangerschaftsforschungszentrum eröffnete, hatte sie die Erinnerung an ihre Schwangerschaften und die Geburten ihrer Söhne noch lebhaft im Gedächtnis. Die meiste Zeit widmete sie jetzt Kindern und jungen Müttern, und sie erfuhr immer mehr über Menschen in verzweifelten Situationen.

Später in ihrem Leben erzählte Diana von dieser Zeit. Sie erwähnte, daß sie sich langsam, nach und nach, immer mehr für Menschen eingesetzt hat, die von der Gesellschaft aus dem einen oder anderen Grund verstoßen worden waren. Die Einsamkeit, die sie empfand, die Zurückweisung, die sie selbst erfahren hatte, all das vertiefte ihr Mitgefühl und Verständnis. Obwohl sie so vieles hatte, worum andere sie beneideten, wußte die Prinzessin sehr wohl, daß Einsamkeit und Leid jeden treffen konnten, völlig unabhängig von Schönheit oder Reichtum. Indem Diana sich um leidende Menschen kümmerte und ihnen zu helfen versuchte, gewann sie neue Kraft für sich selbst. Diese Menschen hatten nichts mit den verstaubten Regeln zu tun, die das Leben im Palast und als Mitglied der Königsfamilie beherrschten, aber Diana schenkte ihnen Respekt und eine Würde, die sie bis dahin selten erfahren hatten, und sie selbst fühlte sich durch sie wiedergeboren.

Das Auge der Kamera folgte Diana überallhin. Jede Hand, die sie hielt, jedes Kind, das sie tröstete, wurde von Horden von Fotografen mit klickenden Kameras eingefangen. Angesichts dieses ständigen Beobachtet-Werdens war Dianas Bestreben, attraktiv zu wirken, im Laufe der Jahre immer mehr Teil ihres Lebens geworden. Sie achtete sehr genau auf ihr Gewicht, denn ihr graute davor, daß sie solchen Attacken ausgesetzt sein könnte, wie sie die Herzogin von York erdulden mußte. Die Presse machte sich einen Spaß daraus, Sarah zu quälen, bezeichnete sie als Duchess of Pork und machte sich über ihre Figur lustig. Aber Diana, die so eifrig und erfolgreich andere tröstete, vermochte sich selbst in ihrer Einsamkeit keinen Trost zu spenden. In dieser Zeit wurde Essen zu einem Liebesersatz, und die Prinzessin erkrankte an Bulimie, was ihrer Gesundheit sehr schadete. Die Krankheit erzeugte zusätzlichen körperlichen und seelischen Streß, mit dem die verletzliche Diana ganz allein fertig werden mußte.

Im Mai 1986 besuchten Diana und Charles die Expo '86 in Vancouver. Diese Reise war besonders anstrengend, da sie innerhalb kurzer Zeit extrem viele Termine wahrnehmen mußten. Während ihres Aufenthaltes in Vancouver begannen sie einen Tag mit einem Besuch in Burnaby, einem Vorort von Vancouver, wo sie einen neuen Park einweihten, und aßen dann mit Vertretern der 54 Expo-Aussteller zu Mittag. Es war ein sehr heißer und sonniger Tag, und das Expo-Gelände mit seinem vielen Beton und Asphalt war erstickend. Das königliche Paar sollte fünf Stände auf dem riesigen Gelände besuchen, und als sie die US-Ausstellung verließen, um sich dem Kalifornien-Pavillon zuzuwenden, hob Diana eine Hand an die Stirn, schwankte und stürzte. Die Prinzessin wurde von ihrem Leibarzt aufgefangen und brauchte fast zehn Minuten, um sich zu erholen und den Rundgang fortsetzen zu können.

Streß und Druck im öffentlichen, aber auch im Privatleben der Prinzessin machten sich nun bemerkbar. Die junge und schöne Frau stand seit über sechs Jahren im Rampenlicht, und sie hatte vor den Augen der Welt heranreifen und ihren eigenen Weg finden müssen, mit nur wenig Unterstützung seitens ihres Ehemannes und seiner Familie. Die Königsfamilie hatte wenig Toleranz gezeigt gegenüber den Fehlern einer jungen Frau, die ihre Rolle und Pflichten erst noch lernen mußte. Verständnis und Unterstützung waren noch seltener gewesen. Und neben ihrer schwindenden Selbstachtung, ihrem Selbstbildnis, das sich an dem orientierte, was die Presse über sie berichtete, und ihren Mutterpflichten mußte sie sich auch noch zunehmenden Eheproblemen stellen. Ihre Eßstörung war ein Zeichen gravierender Probleme im Leben dieser hübschen und einsamen jungen Frau, die zur Märchenprinzessin geworden war und jetzt feststellen mußte, daß es das Märchen nie gegeben hatte.

Kapitel 7

Getrennte Wege

Es ist schwierig, den exakten Augenblick festzulegen, da Dianas Ehe scheiterte, obwohl Zyniker meinen, sie wäre von vorneherein zum Scheitern verurteilt gewesen. Die zehn Jahre von 1986 bis 1996 haben zweifelsohne für die Prinzessin mit Problemen begonnen, aber niemand hätte die unheilvolle Entwicklung voraussehen können, die der Prinzessin von Wales das Leben derart zur Hölle machen sollte.

Obwohl sie erst medizinische Hilfe suchte, als eine ehemalige Mitbewohnerin ihrer alten Wohnung 1988 drohte, sich an die Öffentlichkeit zu wenden, hatte Dianas Eßstörung eine lange Vorgeschichte und wurde im Laufe der achtziger Jahre schließlich immer kritischer. Ihre Schwester Sarah hatte in ihrer Jugend unter nervöser Anorexie gelitten, eine Situation, die für einige Peinlichkeit gesorgt hatte in der Zeit, als Charles Diana den Hof gemacht hatte. Diana war in ihrer Jugend als ein Mädchen beschrieben worden, das gerne aß und dazu neigte, zuzunehmen, jedoch aktiv genug war, ihr Gewicht unter Kontrolle zu halten. Jegliches Selbstvertrauen in ihr Aussehen wurde jedoch zunichte gemacht, als ihre Verlobungsfotos veröffentlicht wurden, die Diana gelinde gesagt als unschmeichelhaft empfand. Fest entschlossen, bei ihrer Hochzeit dünn und schön zu sein, nahm Diana einige sehr ungesunde Gewohnheiten an und aß immer weniger. Ihre Nervosität in Folge mangelhafter Ernährung wurde als voreheliches Lampenfieber abgetan, und als die ganze Welt von der wunderschönen Braut schwärmte, die in die St. Paul's Cathedral schwebte, faßte Diana den Entschluß, für immer dünn zu bleiben, koste es, was es wolle.

Obwohl ihre eigene Gesundheit sie nicht kümmerte, änderte Diana ihre Einstellung, als sie kurz nach ihrer Hochzeit schwanger wurde. Vielleicht war es ein Glück, daß die Schwangerschaft so bald eintrat (wenn auch manche behaupteten, zu bald), da ihre Bulimie sich in diesem Stadium noch nicht auf ihre Fruchtbarkeit ausgewirkt hatte. Fortan führte sie ein fast fanatisch gesundes Leben, zu dem auch eine vernünftige Ernährung und viel Bewegung gehörten, und sie und die Welt wurden mit einem gesunden William belohnt, einem Prinzen von Wales und Erben seines Vaters, des amtierenden Thronfolgers. Unglücklicherweise litt Diana an postnatalen Depressionen, etwas, worüber man Anfang der achtziger Jahre noch nicht offen sprach und wofür die sehr zurückhaltende Königsfamilie auch nur herzlich wenig Verständnis aufbrachte. Man verpaßte der Prinzessin ein neues Etikett: »Diana, die geistig Unausgeglichene und emotional Labile.« Vielleicht war es ein Glück, daß sie nicht viel Zeit hatte, in ihre schlechten alten Gewohnheiten zurückzuverfallen, da sie schon bald wieder schwanger wurde. Während alle Welt und vor allem die Royals begeistert waren, als im September 1984 Prinz Harry zur Welt kam und Diana somit ihre mütterliche Pflicht erfüllt hatte, einen »Ersatzthronfolger« zu liefern, stürzte die Prinzessin erneut in eine Krise. Es war wieder eine unangenehme Schwangerschaft gewesen, und auch diesmal verfiel sie nach der Geburt in Depressionen. Diana vertraute sich niemandem an, weigerte sich sogar, sich selbst einzugestehen, daß sie ein Problem hatte. Nach und nach erlangte sie das Gewicht zurück, das sie vor der Geburt gehabt hatte, nahm dann jedoch immer noch weiter ab. Es sollte keine dritte Schwangerschaft geben, die ihrem Körper eine Pause verschafft hätte, und vor den Augen der ganzen Welt magerte Diana immer mehr ab und wurde immer gefühlsbetonter, nicht länger die »Shy Di« der vergangenen Jahre.

Obgleich ihr fortschreitender Gewichtsverlust in der Presse seit Jahren diskutiert wurde, spitzte sich die Lage zu, als Diana 1986 auf der Expo '86 in Vancouver vor dem kalifornischen Pavillon ohnmächtig wurde. Berichten zufolge machte Charles seiner Frau Vorwürfe wegen dieser Szene und fragte, warum sie mit dem Ohnmächtigwerden nicht habe warten können, bis sie allein waren. Trotz seiner beißenden Kritik hielt Diana an diesem Abend auf einer Dinnerparty eine Rede und wirkte ausgeruht und gesund. Die *Times* schrieb, daß die Prinzessin nicht nur in Topform sei, sondern außerdem ihren Teller vollständig geleert habe, womit man möglicherweise der Öffentlichkeit glaubhaft machen wollte, daß es sich bei dem Schwächeanfall am Nachmittag nur um ein vorübergehendes Unwohlsein gehandelt habe. Und es zeigt auch, daß die Presse Dianas Bulimie offenbar mit der Anorexie ihrer Schwester durcheinander gebracht hat: Wie viele Bulimiekranke aß Diana regelmäßig, sogar reichlich, um sich jedoch später heimlich zu erbrechen.

Leider sorgte nicht dies allein für Streß in ihrem Leben, denn in dieser Zeit erneuerte Charles auch die engen Bande zu seiner alten Flamme Camilla Parker-Bowles. Viele bezweifeln, daß Charles und Camilla ihre Beziezung jemals abgebrochen haben, zumal Diana ein Päckchen auspackte, das sie für ein Hochzeitsgeschenk hielt, bei dem es sich jedoch statt dessen um ein Präsent von Charles für Camilla handelte. Zum Zeitpunkt der Kanadareise hatte Diana längst erkannt, daß ihr Mann sich in dem Maße zurückzog, in dem sie versuchte, ihn dazu zu bringen, ihr mehr Zeit zu widmen. Und sie wußte sehr genau, wohin er sich zurückzog.

1987 verbrachten der Prinz und die Prinzessin immer weniger Zeit miteinander, eine Tatsache, die der Presse nicht verborgen blieb. Dies sorgte für nicht enden wollende Debatten, und ein gemeinsamer öffentlicher Auftritt wurde mit der gleichen Überraschung aufgenommen wie eine UFO-Sichtung. Im April jenes Jahres verbrachte Charles viel Zeit auf einer Safari in Afrika und unternahm gleich im Anschluß eine »Malreise« nach Italien. Wie gewöhnlich war Diana auch in dieser Zeit für die jungen Prinzen da, die sich, wie die Presse spekulierte, offenbar mehr zu ihren Leibwächtern hingezogen fühlten als zu ihrem leiblichen Vater. Es waren ihre Söhne, die Dianas einsame Tage ausfüllten, und sie war fest entschlossen, William und Harry immer eine liebevolle Mutter zu sein, etwas, worauf sie selbst nach der Scheidung ihrer Eltern hatte verzichten müssen.

Im November brodelte es erneut in der Gerüchteküche, als Diana der Hochzeit Amanda Knatchbulls fernblieb, einer Mountbatten-Verwandten, die einst in Charles' Junggesellentagen mit ihm liiert gewesen war. Es wurde von mehr als einer Seite festgehalten, daß das Paar sich 40 Tage nicht mehr gesehen hatte, bis es zusammen die Flutopfer in Wales besuchte, um hinterher gleich wieder getrennte Wege zu gehen.

Während der folgenden Monate verfolgten Öffentlichkeit und Presse ängstlich, daß das Prinzenpaar nur sehr selten gemeinsam auftrat, wenngleich der Palast erklärte, dies wäre allein auf ausgefüllte Terminkalender bei beiden zurückzuführen. Charles und Diana, so wurde allein versichert, seien nach wie vor sehr verliebt ineinander.

Trotz vehementer Dementis begann sich die Kluft, die sich gebildet hatte, noch auszuweiten, nachdem es am 10. März 1988 während eines Winterurlaubs in Klosters in der Schweiz zu einem tragischen Unfall gekommen war. Die Herzogin von York, Major Hugh Lindsay, Charles und Patti Palmer-Tomkinson und der erfahrene Bergführer Bruno Sprecher schlossen sich Charles und Diana an, und alle amüsierten sich prächtig, ebenso auf den Pisten, wie abseits davon. Während Diana und die Herzogin von York beschlossen, zu ihrem Chalet zurückzukehren (die Herzogin war im dritten Monat schwanger), wollten Charles und der Rest der Gruppe weiter Ski laufen. Sie wollten trotz Lawinenwarnung die markierten Pisten verlassen und über den tiefen Pulverschnee einer gesperrten Strecke fahren. Allgemein ging man davon aus, daß das Skilaufen dort spannender sein würde, eine Vorstellung, die dem risikofreudigen Prinzen sofort zusagte. Der Übermut verwandelte sich jedoch schon bald in Entsetzen, als eine Lawine Hugh und Patti in die Tiefe riß und die anderen zwang, hastig den Rückzug anzutreten und sich vor den Schneemassen in Sicherheit zu bringen. Gleich darauf raste Charles die Piste hinunter und half, Patti aus der Eislawine zu befreien und sie wiederzubeleben. Unglücklicherweise kam für Major Lindsay der ganz in der Nähe lag, jede Hilfe zu spät. Er war auf der Stelle von der Wucht des Aufpralls getötet worden. Eine Rettungsmannschaft brachte Patti ins Krankenhaus, da sie an beiden Beinen schwere Quetschungen davongetragen hatte. Dutzende von Platten und Nägeln sollten notwendig werden, um ihr zumindest ein gewisses Maß an Beweglichkeit zurückzugeben.

Charles gab sich allein die Schuld an dem Unfall, da sich alle, auch Führer Sprecher, auf sein Urteil verlassen hatten. Der Prinz hatte schon immer einen Hang zur

Abenteuerlust gehabt (er war der erste Royal, der während seiner Dienstzeit in der Navy je Fallschirm gesprungen war), aber bislang war durch seine Aktionen noch nie jemand zu Schaden gekommen. Als er das Chalet betrat, eilte Diana zu ihm, um ihn zu trösten, aber Berichten zufolge stieß er sie fort. Er mußte allein mit seiner Trauer und seinem Zorn auf sich selbst fertig werden – dachte Diana.

Verwirrt und verletzt von Charles' Reaktion spendete Diana statt dessen Pattis erschüttertem Ehemann Charles Trost und arrangierte die Rückreise der gesamten Gruppe. Major Lindsays Leichnam sollte in derselben Maschine heimgeflogen werden. Während ihr Mann sich allein mit seinem Schmerz auseinandersetzte, erkannte Diana mit einem Mal, daß seine Unfähigkeit, sich in Krisenzeiten von ihr helfen zu lassen, weniger etwas mit ihr persönlich zu tun hatte als mit seiner Erziehung. Für den Prinzen, der in einer Atmosphäre aufgewachsen war, die Beherrschung in jeder Lebenslage predigte, waren Gefühle ein Zeichen von Schwäche. Diana konnte den Schmerz ihres Mannes nur aus der Ferne beobachten, und sie fühlte sich dabei nutzlos und ungeliebt.

Als Major Lindsay verunglückte, erwartete seine Ehefrau Sarah gerade ihr erstes Kind, weshalb sie ihren Mann auch nicht in die Schweiz begleitet hatte. Sie war erschüttert von Hughs Tod, und Diana besuchte sie regelmäßig und half ihr, wo sie nur konnte. Nach der Geburt von Alice Rose Lindsay versuchte Diana alles, um Sarah aus ihrem Tief herauszuhelfen, da sie nur zu gut wußte, wie ernst postnatale Depressionen waren. Sie drängte die frischgebackene Mutter, sich an ihrem Baby zu erfreuen, ermutigte sie jedoch auch, sobald als möglich wieder arbeiten zu gehen.

Charles' fortdauernde Gleichgültigkeit seiner Frau gegenüber war der Öffentlichkeit ein Rätsel, und so meinte 1990 ein Insider, daß Charles vermutlich der einzige Mann in ganz London sei, der nicht in Diana verliebt wäre. Unleugbar entfremdete sich das Prinzenpaar immer mehr, aber noch ahnte die Öffentlichkeit nicht, wie schlimm es tatsächlich um ihre Ehe stand.

Im Frühjahr 1991 statteten der Prinz und die Prinzessin von Wales der Tschechoslowakei einen offiziellen Besuch ab, und die Presse stürzte sich sogleich auf die Tatsache, daß das Paar im Prager Schloß separate Schlafzimmer bewohnte. Obgleich sie gemeinsam an manchen Anlässen teilnahmen, hatten Diana und Charles unterschiedliche Termine wahrzunehmen, was die Presse als sicheren Beweis dafür deutete, daß zwischen den Eheleuten ein subtiler Machtkampf im Gang war. An dem Tag, als Charles eine wichtige Rede über das Erziehungswesen hielt, sprach Diana bei einer anderen Veranstaltung über Aids. Natürlich mußten die Journalisten sich aufteilen und über beide Veranstaltungen berichten, aber Dianas Auftritt lockte mehr Journalisten an als der ihres Mannes. Die Spekulationen bezüglich Charles' angeblicher Eifersucht auf die Beliebtheit seiner Frau nahmen weiter zu, als berichtet wurde, daß Diana bewußt alles tue, um ihren Mann in den Schatten zu stellen.

Im Juni jenes Jahres weitete sich das Pech, das Dianas Ehe anhaftete, weiter aus und griff schließlich auch auf ihre geliebten Söhne über. Während einer Golfpartie mit einigen Schulkameraden wurde Prinz William unbeabsichtigt mit einem Golfschläger am Kopf verletzt und trug eine stark blutende Platzwunde an der Stirn davon. Diana machte sich sofort vom Kensington-Palast aus auf den Weg, und es heißt, sie habe auf der Fahrt geweint. Charles kam aus Highgrove. Im örtlichen Krankenhaus übernahm Diana das Kommando und setzte sich gegen Charles durch, der wollte, daß William in die Klinik verlegt wurde, in der nach einem Polounfall sein gebrochener Arm behandelt worden war. Statt dessen wurde der junge Prinz mit Billigung des Arztes ins Kinderkrankenhaus Great Ormond Street verlegt, wohin seine Mutter ihn im Krankenwagen begleitete. Charles fuhr hinterher, und man hätte annehmen können, daß die Wales' ihre Differenzen begraben und ihrem Sohn absolute Priorität eingeräumt hätten.

Aber nicht einmal ihrem Sohn zuliebe vermochten sie ihren Streit vergessen. Charles verließ das Krankenhaus noch vor Ende der Operation seines Sohnes und begab sich in die Oper. Anschließend fuhr er über Nacht nach Yorkshire, um dort termingerecht eine Rede zu halten. Er sollte erst 24 Stunden später an Williams Krankenkbett zurückkehren, womit er sich den anhaltenden Zorn seiner Frau (und des ganzen Landes) zuzog.

Außer sich vor Sorge um ihren Ältesten, blieb Diana 72 Stunden lang an Williams Seite – sie verließ die Klinik nur kurz, um zu duschen und sich umzuziehen, sowie für einen Besuch in einer Einrichtung für geistig Behinderte, die eine Verschiebung des Termins nicht verstanden hätten. Die restliche Zeit war sie bei Wills und schlief sogar im Nebenzimmer.

Die ganze Welt wußte von Dianas überwältigender Liebe zu ihren Söhnen, aber ihre mütterliche Art ging auch so zu Herzen. Als wollten sie ihr ermöglichen, sich ganz auf Williams Genesung zu konzentrieren, übernahmen es Öffentlichkeit und Presse, sich den Prinzen von Wales vorzunehmen, und sie waren nicht zimperlich in ihren Äußerungen.

»Was bist du für ein Vater?« klagte eine Schlagzeile an, und Herausgeber und Leser brachten gleichermaßen ihre vernichtende Meinung darüber zu Papier, welche Prioritäten Charles setzte. Obgleich sein Pflichtbewußtsein nahezu legendär war und gewöhnlich von seinem Land auch geschätzt wurde, hätte an dieser Stelle ganz klar die Familie Vorrang haben müssen, und niemand scheute sich, diese Ansicht zu äußern. Wochenlang wurde der Palast mit einer Flut von Briefen bombardiert, die den Prinzen für sein hartherziges Verhalten tadelten. Sofern Charles sich seines Fauxpas bewußt war, ließ er sich nichts anmerken, fühlte sich scheinbar sicher in Ausübung seiner Pflicht, etwas, worauf er von frühester Kindheit an gedrillt worden war.

Für Diana war die Gleichgültigkeit ihres Mannes vielleicht weniger überraschend als für den Rest der Welt. Drei Jahre zuvor war Prinz Harry wegen eines Hodenbruchs operiert worden. Obgleich Charles unverzüglich informiert worden war, hatte er es nicht für nötig befunden, seinen Italienurlaub abzubrechen, und es Diana überlassen, allein mit der Situation fertigzuwerden und einem kranken Dreijährigen die Abwesenheit seines Vaters zu erklären.

Anfang Juli berichtete die Presse, daß Diana ihren dreißigsten Geburtstag allein gefeiert habe. Die Presse verurteilte Charles dafür, daß er seine Frau derart ignorierte, worauf »zornige, nicht namentlich genannte« Freunde des Prinzen den Medien mitteilten, daß Charles sich erboten habe, eine Party für Diana zu geben, was diese jedoch abgelehnt habe. Dieselben Quellen erklärten, daß Charles es leid wäre, immer als der Böse dargestellt zu werden. Der Tumult traf Charles ebenso wie Diana, aber während die Presse sich darauf konzentrierte, mehr Einzelheiten von »Freunden« beider Seiten in Erfahrung zu bringen, schien es Mitte der Woche, als hätte das Paar einen Waffenstillstand beschlossen. Der Prinz und die Prinzessin wurden mehrfach zusammen in der Öffentlichkeit gesehen, und beide schienen gewillt, sich einen Ruck zu geben. Auch wurde zu dieser Zeit bekanntgegeben, daß der zehnte Hochzeitstag des Paares in gegenseitigem Einvernehmen nicht groß gefeiert werden würde.

Unglücklicherweise für Diana schien die Presse der Ansicht zu sein, daß der 10. Hochzeitstag des Prinzen und der Prinzessin von Wales ein wenig umfangreicher gefeiert werden sollte als allein mit den üblichen Fähnchen. Wieder hagelte es Vorwürfe gegen Charles, gefolgt von neuen Spekulationen zur Ernsthaftigkeit der Eheprobleme des Paares. Auf Drängen der Queen begannen Charles und Diana, sich wieder gemeinsam in der Öffentlichkeit zu zeigen, aber das Ganze war zu offensichtlich nur ein Versuch des Palastes, den Schein zu wahren. Obgleich manche Zeitungen das Paar (vielleicht aus Wunschdenken heraus) als starkes Team bezeichneten, das eine Erholungspause von den allgegenwärtigen Medien brauchen könnte, blieben die Boulevardblätter unerbittlich am Ball. Den Rest des Jahres gab es unzählige Artikel, die sich über den brüchigen Zustand der Ehe ausließen (die ständig kurz vor dem Aus stand), sowie Fotos, wahllose Fotos, von Charles und Diana, vorzugsweise in Begleitung eines Vertreters des jeweils anderen Geschlechts.

Am 11. Februar 1992 besichtigte Diana im Rahmen einer Indienreise mit ihrem Mann allein das Tadsch Mahal, während Charles in Delhi blieb, um eine Rede zu halten. Die Fotos der Prinzessin vor diesem imposanten Monument der verlorenen Liebe schienen Bände zu sprechen, was den Zustand ihrer Ehe betraf. Trotz der Gerüchte, die diese Fotos in der Presse aufwarfen, waren die ersten Monate des Jahres 1992 für Diana vergleichsweise erträglich.

Der Druck der Presse auf Diana und ihren Mann ließ ein klein wenig nach, als sich in jenem Jahr, das sich als »annus horribilis« entpuppen sollte, weitere königliche Krisen ereigneten. Obgleich sie immer noch möglichst getrennte Wege gingen, schien sich die Lage zwischen Charles und Diana entspannt zu haben, sei es auch nur zum Wohle ihrer Söhne. Diana und ihre Familie genossen ihren Skiurlaub in Lech (Skilaufen war ein Hobby, dem sie alle vier leidenschaftlich gern nachgingen), aber dieses friedliche Zwischenspiel fand schon bald ein jähes Ende, in einer Art und Weise, die Diana unwiderruflich verändern sollte.

Am 28. März wollte Diana, die den ganzen Tag mit ihren Söhnen im Schnee herumgetollt war, gerade schwimmen gehen, als das Telefon klingelte. Es war ihr Schwager, Sir Robert Fellowes, der Privatsekretär der Königin. Bedrückt und möglichst schonend teilte er Diana mit, daß ihr Vater, Earl Spencer, plötzlich und unerwartet einem Herzinfarkt erlegen war. Diana war am Boden zerstört. Sie hatte ihren Vater erst wenige Tage zuvor im Krankenhaus besucht, wo er sich von einer Lungenentzündung erholte. Der Earl und die Ärzte hatten Diana versichert, daß er über den Berg sei und bald wieder nach Hause könne, und so hatte die Prinzessin ihren Urlaub wie geplant angetreten. Der plötzliche Verfall des Earls kam für alle völlig überraschend, so daß, wie Dianas Bruder, Viscount Althorp, grimmig bemerkte, »niemand bei ihm war, als er starb«.

Diana und ihr Vater hatten sich nach seiner Heirat mit Raine Cartland ein wenig entfremdet, aber der Earl hatte trotz allem immer einen ganz besonderen Platz in Dianas Herzen eingenommen und war stets unbändig stolz auf seine Tochter gewesen. Diana dachte an den Mann, der sich solche Mühe gegeben hatte, sich von seinem Schlaganfall zu erholen, um sie bei ihrer kirchlichen Trauung zum Altar führen zu können. Er hatte sogar »Probeläufe« arrangiert, um ganz sicher zu gehen, daß er die Distanz auch schaffte. Und er war immer für sie da gewesen. Von Schuldgefühlen übermannt, beklagte Diana, daß sie in seiner letzten Stunde nicht für ihn dagewesen war und dieses Versäumnis nie mehr würde wiedergutmachen können.

Den Tränen nahe trat sie auf den Balkon, um ihren Mann zu rufen und ihm die Nachricht mitzuteilen. Charles eilte zu ihr, um sie zu trösten, und veranlaßte ihre sofortige Abreise. Die Jungen und ihre Leibwächter sollten kurze Zeit später folgen. So schrecklich diese Situation auch war, es schien, als würde Charles seiner Familie in dieser Zeit der Trauer beistehen. Aber leider sollte es auch diesmal nicht sein: Anstatt bei seiner trauernden Frau zu bleiben, brach Charles schon bald auf, um mit dem Sultan von Brunei Tee zu trinken. Die Spencer-Geschwister trösteten sich gegenseitig, und Diana empfing viel Trost von ihren Söhnen, die sie stets dazu ermutigt hatte, Earl Spencer mit »Großvater« anzureden.

Bei einem Staatsbesuch in Ägypten im Mai wurde Diana wieder allein fotografiert, diesmal vor den Pyramiden, Symbolen der Beständigkeit und Ewigkeit. Wie die Bilder vor dem Tadsch Mahal waren auch diese Fotos stumme Eingeständnisse von Dianas Gefühl der Isolation und Einsamkeit. Dianas Feinde begannen, Gerüchte zu verbreiten, denen zufolge sie beide Fotoserien selbst arrangiert habe, um Charles zu demütigen, Unterstellungen, die Diana tief verletzten.

Für manche wurden diese Gerüchte untermauert, als die *Sunday Times* am 7. Juni 1992 mit einer fünfwöchigen Serie mit Auszügen aus Andrew Mortons Biographie von Diana begann, wobei man sich selbstverständlich auf die sensationsträchtigsten Stellen konzentrierte, die beispielsweise Dianas Bulimie behandelten, ihre angeblichen Selbstmordversuche und den hoffnungslosen Zustand ihrer Ehe. In dem Buch wurde herbe Kritik an den Mitgliedern der königlichen Familie geübt – einschließlich der Königin –, denen Morton mangelnden Einsatz für den Erhalt der Ehe von Charles und Diana vorwarf. Die Öffentlichkeit war völlig verblüfft von den krassen Enthüllungen, die zumeist aus namentlich genannten Quellen stammten, die den Wahrheitsgehalt ihrer Behauptungen auf Nachfrage unterstrichen. Anders als den Sensationsberichten der Vergangenheit haftete diesem Buch unzweifelhaft ein Hauch von Autorität an. Mehr als einmal wurde die Vermutung geäußert, Diana habe aktiv an der Entstehung des Buches mitgewirkt, was nicht der Fall war, sich jedoch als hartnäckiges Gerücht in der Presse hielt und Anlaß zu zahlreichen Spekulationen über das Ausmaß von Dianas Perfidie gab.

Am selben Tag wurde Camilla Parker-Bowles von der Königin persönlich auf Windsor empfangen, ein weiteres Beispiel der Verachtung, die die königliche Familie Diana entgegenbrachte, und vielleicht gar eine stillschweigende Billigung von Camillas Beziehung zu Charles. Aufgrund der Stellung ihres Mannes innerhalb des Palastes hatte die Anwesenheit Camillas an sich nichts Anstößiges, aber die Art, in der die Königin Camilla empfing und damit hervorhob, sprach für sich. Jedenfalls war es eine verletzende und sehr öffentliche Geste gegenüber der Prinzessin, und Diana sollte schon bald die Mißbilligung der gesamten königlichen Familie zu spüren bekommen.

Zu ihrer Beteiligung an Mortons Biographie befragt (bei deren Entstehung sie nicht direkt mitwirkte, obgleich sie ihren Freunden ausdrücklich erlaubt hatte, mit ihm zu sprechen), räumte Diana ein, daß ihre zweifellos wohlmeinenden Freunde vielleicht ein wenig zu weit gegangen waren – oder Morton selbst hier und da etwas übertrieben hatte. In Folge der Veröffentlichung der Biographie sah

Diana sich gezwungen, immer wieder sehr private Fragen zu beantworten. Hatte sie tatsächlich versucht, sich das Leben zu nehmen, indem sie sich eine Treppe hinunterstürzte, obwohl sie damals schon mehrere Monate mit William schwanger war? Der Druck war gewaltig. Auch Dianas Ausdauer und Kraft hatten ihre Grenzen, aber die überwältigende Unterstützung, die Diana anläßlich einer Ansprache von einer großen Menge Menschen erhielt, entschied das Tauziehen endgültig zugunsten Dianas. Am 12. Juli besuchte sie ein Hospiz in Southport, und der Leiter der Einrichtung hieß Diana herzlich willkommen und schloß mit den Worten: »Hoffentlich bleiben Sie so, wie Sie sind.« Diese völlig unerwartete Sympathiebekundung, die von der jubelnden Menge lautstark aufgegriffen wurde, war zuviel für die Prinzessin, die unverhohlen weinte, als ihr Wagen davonfuhr.

Aber das Schicksal hielt noch grausamere Überraschungen für Diana bereit. Am 24. August wurden Abschriften einer Unterhaltung zwischen der Prinzessin und ihrem engen Freund James Gilbey in der *Sun* veröffentlicht – ein Festtag für die Presse. Das 23minütige Telefonat, das illegal abgehört und aufgezeichnet worden war, bestand größtenteils aus banalen Bemerkungen über Kleider, gemeinsame Freunde und Astrologie, durchsetzt mit Liebeserklärungen Gilbeys, der Diana mit Squidge oder Squidgy ansprach. Es heißt, die Bänder seien der Presse bereits 1990 angeboten worden (das Gespräch hatte 1989 stattgefunden), aber offenbar hatte man damals noch zu große ethische Bedenken, die Abschriften zu veröffentlichen. Der Umstand, daß die Veröffentlichung während eines Pressekrieges stattfand, sei ein reiner Zufall, behauptete die *Sun*.

Die Öffentlichkeit, die sich weitgehend aus vernünftigen Menschen zusammensetzt, betrachtete das Band als das, was es war, so daß es Dianas Beliebtheit keinen Abbruch tat. Die Bänder waren eher peinlich als schädigend, da die Liebe absolut einseitig zu sein schien. Auf Gilbeys leidenschaftliche Erklärung: »O Squidgy, ich liebe dich, liebe dich, liebe dich«, entgegnete Diana diplomatisch: »Du bist der liebste Mensch auf der Welt.« Liebe Menschen gab es zum damaligen Zeitpunkt in Dianas Leben nur wenige, und die Öffentlichkeit schien eher belustigt als schockiert von dem Schulmädchengeplauder, das nur dazu beitrug, ihr Image als reale, normale Person inmitten der Windsor-Roboter zu untermauern.

Die einzigen ihr möglicherweise schädlichen Stellen der Unterhaltung bestanden aus vereinzelten Bemerkungen über ihre Ehe und ihre angeheiratete Familie. Als sie Gilby von ihrem Tag berichtete, gestand Diana, daß sie schlechter Laune gewesen sei und schließlich gedacht habe: »Verdammt noch mal, und das, nach allem, was ich für diese Sch . . .Familie getan habe.« Einmal abgesehen von dem Erstaunen darüber, daß eine Prinzessin einen solchen Ausdruck benutzte, ließ sich der öffentlichen Meinung nach nicht leugnen, daß der Vorwurf gerechtfertigt war. Vom ersten Tag an hatte Diana das Image der königlichen Familie zunehmend verbessert, ganz zu schweigen davon, daß sie die Mutter des Kindes war, das den Fortbestand des Hauses Windsor sichern würde.

Ihre Kritik an Charles' Großmutter verübelte man ihr jedoch, da die Königinmutter sich allgemein großer Beliebtheit erfreute, ganz gleich, welche Krisen ihre Familie auch durchmachte. Und doch ließ sich Dianas Bemerkung, daß die Königinmutter sie immer mit einem so sonderbaren Blick mustere, nicht von der Hand zu weisen. »Es ist kein Haß, sondern vielmehr eine Mischung aus Interesse und Mitleid«, sagte sie – und genau diese Mischung zeigte sich auch in der Haltung fast aller ihr gegenüber.

Obgleich das Gespräch schon drei Jahre zurücklag, war klar, daß in der Ehe seit längerem ein eisiger Wind wehte, und Diana nahm kein Blatt vor den Mund und sagte: »Ich werde losziehen und mein Bestes geben, und er wird dabei auf der Strecke bleiben. So sehe ich es kommen.« Charles, fuhr sie fort »macht mein Leben zu einer einzigen Folter«.

Als das Schadensbegrenzungsteam des Palastes wieder einmal eingriff, trafen sich Ende Oktober Vertreter des Buckingham-Palastes mit Vertretern verschiedener Londoner Zeitungen, und schon kurz darauf erschienen Artikel, denen zufolge die Ehekrise weitgehend überwunden sei. Sichere Quellen ließen verlauten, daß die Königin persönlich dem Prinzenpaar befohlen habe, sich zumindest in der Öffentlichkeit zusammenzureißen. Ein bevorstehender Staatsbesuch in Korea galt als perfekter Hintergrund für einen Neuanfang des Paares. Charles, der ursprünglich dagegen gewesen war, daß Diana ihn begleitete, beugte sich dem Willen seiner Mutter, und so traten sie die Reise gemeinsam an.

In Anbetracht der bevorstehenden Veröffentlichung der aktualisierten Neuausgabe von Andrew Mortons sensationeller Biographie verfolgte die Presse jeden Schritt des Paares während des königlichen Besuches in Südkorea sehr genau. Die Medien gönnten den beiden, die sich im Rahmen der vom Buckingham-Palast als »Togetherness Tour« bezeichneten Reise angeblich bemühten, ihre Differenzen zu beseitigen, keine Schonfrist. Aber die einzige »Togetherness« (Zusammengehörigkeit), die das Paar bekundete, bestand darin, sich hin und wieder am gleichen Ort aufzuhalten: Diana war sichtlich unglücklich, während Charles sich alle Mühe gab, seine Frau zu ignorieren, was dazu führte, daß die Presse sie mit dem Spitznamen »The Glums« bedachte. Der *Daily Mirror* schrieb gehässig

»wenn sie es nicht einmal in der Öffentlichkeit schaffen, eine bessere Show abzuliefern, können sie es gleich vergessen«. Die Presse, die erneut ihre verschiedenen Termine als sicheres Zeichen der bevorstehenden offiziellen Trennung deuteten, berichtete nur am Rande vom Erfolg dieser jeweiligen Bemühungen, die so gut auf die jeweiligen Parteien zugeschnitten waren. Charles setzte sich für britische Exporte ein und festigte die britisch-koreanischen Handelsbeziehungen (die für sein Land immer wichtiger geworden waren), während Diana ganz in ihrem Element war bei ihrem Einsatz für wohltätige Zwecke, die Heilsarmee besuchte und die Öffentlichkeit mit ihrem Charme bezauberte.

Wenn auch nicht unbedingt ein glückliches Ehepaar, schienen Charles und Diana eine Übereinkunft getroffen zu haben, im Rahmen derer sie ihre Kräfte vereinten. Als PR-Team für Großbritannien übernahm jeder seine eigenen Aufgaben und Pflichten, wodurch beide nicht gezwungen waren, viel Zeit miteinander zu verbringen, und darüber hinaus jeder von ihnen das tun konnte, was ihm Spaß machte. Charles war schon immer ein unermüdlicher Fürsprecher alles Britischen gewesen und fühlte sich wohl in einem Saal voller Geschäftsleute. Diana hingegen fühlte sich bei Auftritten in der Öffentlichkeit wohler und wenn sie sich für humanitäre Belange einsetzte. Beide stimmten diesem Arrangement zu, nicht nur, weil es ihnen selbst einiges erleichterte, sondern auch, um nach außen hin Solidarität für die Monarchie zu bekunden, an der nicht nur sie selbst als Prinz und Prinzessin, sondern auch ihre geliebten Söhne ein unmittelbares Interesse hatten.

Die Presse stürzte sich jedoch auf den Umstand, daß die Royals getrennt offenbar glücklicher waren als vereint. Warum, fragte sie, sollte das Paar eine offensichtlich lieblose Ehe fortführen? Und das kam von derselben Presse, die in reißerischen Artikeln die Gefahren für den Fortbestand der Monarchie und das britische Volk im Falle einer Trennung beschwor.

Drei Tage später, nachdem Diana allein heimgekehrt war (während Charles nach Hong Kong weitergereist war), zitierte die *Sunday Times* Diana, die zugab, daß ihre Ehe in der Krise steckte. Mit diesen Bemerkungen und einer ähnlich privaten Äußerung von Charles' stellvertretendem Privatsekretär bewaffnet, ging die Presse auf die Barrikaden und schrie von den Dächern, daß der Buckingham-Palast versuche, der ahnungslosen britischen Öffentlichkeit Sand in die Augen zu streuen. Der Waffenstillstand war zur Farce verkommen, und es sollte noch schlimmer kommen.

In der folgenden Woche brachte die *Sun* Ausschnitte aus Mortons aktualisierter Biographie, die nun auch von den »zweiten Flitterwochen« erzählte und von Dianas Entdeckung von Charles' Telefonaten mit Camilla. Das Buch berichtete außerdem von einem zornigen Briefwechsel zwischen Prinz Philip und Diana, bei dem der Ehemann der Königin Diana für die erste Morton-Biographie verantwortlich machte und ihr darüber hinaus zu verstehen gab, daß die königliche Familie sehr gut auf sie verzichten könne.

Presse und Öffentlichkeit begannen, ihren Zorn gegen den Buckingham-Palast zu richten, der das Paar so lange Zeit gezwungen hatte, zusammenzubleiben. Sogar einige der respektableren Vertreter der Presse äußerten sich dahingehend, daß die königliche Familie sich den Tatsachen stellen und eine vernünftige Trennung akzeptieren müsse.

Schließlich wurde zu niemandes Überraschung, aber zum Kummer vieler, am 9. Dezember 1992 vom Buckingham-Palast sowie von Premierminister John Mayor im

Unterhaus die Trennung des Prinzen und der Prinzessin von Wales offiziell bekanntgegeben. Es war eine bemerkenswert knappe Zusammenfassung elf langer, kummervoller Jahre, aber sie kündete von der Qual, zu der Dianas Leben geworden war:

»Der Buckingham-Palast gibt hiermit zu seinem Bedauern bekannt, daß der Prinz und die Prinzessin von Wales beschlossen haben, sich zu trennen. Ihre Königlichen Hoheiten beabsichtigen nicht, sich scheiden zu lassen, und ihre verfassungsmäßige Stellung bleibt hiervon unberührt. Diese Entscheidung wurde in gegenseitigem Einvernehmen getroffen, und beide Ehegatten werden auch weiterhin gemeinsam an der Erziehung ihrer Kinder teilhaben.

Ihre Königlichen Hoheiten werden auch weiterhin in vollem Umfang ihren öffentlichen Repräsentationspflichten nachkommen und von Zeit zu Zeit gemeinsam an Familienfeiern und nationalen Ereignissen teilnehmen.

Die Königin und der Herzog von Edinburgh bedauern diesen Schritt, halten ihn jedoch aufgrund der vorangegangenen Schwierigkeiten für unumgänglich. Ihre Majestät und Seine Königliche Hoheit hoffen insbesonders, daß die Verstöße gegen die Privatsphäre des Prinzen und der Prinzessin nun ein Ende haben werden. Sie sind der Ansicht, daß ein gewisses Maß an Intimsphäre und Verständnis unabdingbar ist, wenn Ihre Königlichen Hoheiten in der Lage sein sollen, ihren Kindern eine glückliche und unbeschwerte Kindheit zu ermöglichen und ihren öffentlichen Pflichten auch weiterhin mit vollem Einsatz nachzukommen.« (*Times*, 10. Dezember 1992: 1)

Im Unterhaus war es ungewöhnlich still nach der Verlesung dieser Bekanntmachung, und einer der Abgeordneten erhob sich, um zu erklären, daß er hierzu nichts zu sagen habe, und setzte sich wieder. Sogar der Erzbischof von Canterbury äußerte sich in einer Nachricht, die vom Erzbischof von York verlesen wurde, dahingehend, daß eine Trennung wohl »das kleinere von zwei Übeln« sei.

Premierminister Majors Ansprache zur Trennung sorgte für Unruhe, als er behauptete, die Trennung habe keinerlei verfassungsmäßige Konsequenzen und stünde einer (eventuellen) Krönung Dianas zur Königin nicht im Wege. Wenngleich formal korrekt, versicherten Politiker jeder Couleur ihren Wählern hastig, daß das Volk in diesem Punkt mittels seiner gewählten Vertreter ein Wörtchen mitzureden habe.

Die Boulevardblätter wetteiferten in den folgenden Monaten mit Anti-Diana-Artikeln, nannten sie »Devious Diana« und bezeichneten sie als geldgieriges Biest, das sich zu seinen Bedingungen von Charles getrennt habe, auf Kosten der Monarchie und der britischen Öffentlichkeit. Sogar den Zeitpunkt der Bekanntmachung lastete man ihr an. Das Datum war von allen Parteien einhellig festgelegt worden, damit William und Harry vor Ende des Schuljahres informiert werden konnten, aber manche Pressevertreter sahen hierin einen letzten Seitenhieb Dianas gegen die Royals, da die Bekanntgabe die Hochzeit von Prinzessin Anne am darauffolgenden Wochenende überschattete.

Diana ertrug diese Geschichten mit bemerkenswertem Gleichmut, wenngleich sie Tränen hilfloser Wut und Frustration vergoß über Artikel, in denen gefragt wurde, ob sie wirklich eine gute Mutter wäre. Was die Situation noch verschlimmerte, war, daß Charles sich förmlich auf Highgrove verschanzt hatte, das seit längerem sein Hauptwohnsitz war (Diana lebte weiterhin im Kensington-Palast). Hinter den hohen Mauern des Anwesens war er weitgehend geschützt vor dem Medienansturm.

Wie um das gräßliche Jahr 1992 zu übertrumpfen, begann 1993 für Diana mit einem höchst demütigenden Zwischenfall, der nicht nur sie selbst zutiefst schockierte, sondern die ganze Welt. Am 12. Januar 1993 veröffentlichte die *Sun* die Abschrift eines Telefonates zwischen Prinz Charles und seiner alten Freundin Camilla Parker-Bowles, das im Dezember 1989 stattgefunden haben sollte.

Anders als die letztendlich harmlosen »Squidgygate«-Bänder im Vorjahr war dieses Gespräch extrem vulgär und ließ keinen Zweifel daran bestehen, daß die Gesprächspartner tatsächlich einen sehr intimen Umgang pflegten. Großbritannien war entsetzt über den Thronerben, der scherzhaft davon sprach, er wolle als Unterwäsche seiner Geliebten wiedergeboren werden oder sogar als Tampon, um immer bei ihr sein zu können. Das ganze Gespräch war eine einzige endlose Kette sexueller Ein- und Zweideutigkeiten, die sich anscheinend so gar nicht mit dem Charakter des Prinzen vereinbaren ließen, so daß viele sofort eine Fälschung vermuteten. Unglücklicherweise ließ sich kein Beweis darauf finden, daß das Band tatsächlich gefälscht war.

Natürlich waren die Bänder schon allein dadurch, daß sie bestätigten, was Diana schon immer gewußt hatte, sehr verletzend, aber vor allem die Nähe, die sich in diesem Gespräch verriet, war wie ein Schlag ins Gesicht. Warum hatte Charles eine solche Nähe zwischen ihnen nie zugelassen? Jahre hatte sie versucht, ihn dazu zu bringen, um dann letztlich zu dem Schluß zu kommen, daß er zu einer Nähe schlicht nicht fähig war. Und nun führte man ihr den Beweis vor Augen, daß sie sich geirrt hatte.

Die »Camillagate«-Bänder sorgten für Zündstoff in der Boulevardpresse, zumal Charles und Camilla seit seiner offiziellen Trennung von Diana immer häufiger zusammen gesehen worden waren. Camilla war immer noch mit Andrew verheiratet, der inzwischen zum Brigadekommandeur befördert worden war. Seine Gleichgültigkeit gegenüber der Beziehung wurde von einem Palastinformanten zusammengefaßt, der es folgendermaßen ausdrückte: Werden einem Mann von einem Rivalen Hörner aufgesetzt, greift er zur Waffe, werden einem Mann von einem Mitglied des Königshauses Hörner aufgesetzt, greift er zum Champagner. Jedenfalls hatte die Affäre der Karriere des einstmaligen Majors nicht geschadet.

Aus Sicherheitsgründen war Diana auch nach der Trennung im Kensington-Palast wohnen geblieben, obwohl sie sich nach einem eigenen Zuhause sehnte. Die eigentliche Trennungsphase würde erst beginnen, wenn offiziell eine räumliche Trennung vollzogen war, aber es schien unmöglich zu sein, etwas zu finden, das auch von den Sicherheitsleuten gutgeheißen wurde, die immer noch für den Schutz Dianas und ihrer Söhne verantwortlich waren. »Camillagate« bestärkte Diana erst recht in ihrem Wunsch, das Haus zu verlassen, das zum Heim eines glücklichen Prinzenpaares bestimmt gewesen war. Die perfekte Lösung ergab sich im April, als Dianas Bruder ihr Garden House anbot, ein kleineres Haus auf seinem Anwesen Althorp. Diana war begeistert und fuhr sofort mit ihren Söhnen und einem Innenarchitekten hin, um sich das Haus anzusehen, das exakt dem entsprach, was die Prinzessin gesucht hatte.

Aber aus dem wunderbaren neuen Leben auf Althorp sollte nichts werden. Drei Wochen später zog der Earl sein Angebot zurück und erklärte, daß die erforderlichen Sicherheitsmaßnahmen zum Schutz des Hauses mit dem Betrieb des Anwesens (das der Öffentlichkeit zur Besichtigung offenstand) nicht vereinbar wären. Somit würde das Haus Diana nicht die Freiheit geben, die sie sich wünschte. Ihr Bruder ließ sich nicht erweichen, und obgleich Diana seine Bedenken durchaus verstand, war sie tief enttäuscht, als ihr Traum so plötzlich zerplatzte. Diana sollte bis auf weiteres Gefangene der Windsors auf Kensington sein. Der Streß, den dieses Arrangement für Diana mit sich brachte, die sich in Kensington nicht mehr wohl fühlte, begann sich bemerkbar zu machen. Und doch konnte Diana sich wegen der ständig lauernden Presse nicht aus dem Haus wagen, es sei denn, sie wollte sich den Reportern und Fotografen stellen.

Die erste Novemberwoche war eine schlimme Zeit für Diana. Die Boulevardzeitungen berichteten, ihre Bulimie wäre erneut ausgebrochen (was nicht der Fall war, trotz ihrer stressigen Lage). Diana beschloß, in die Offensive zu gehen und spielte bei einer Wohltätigkeitsveranstaltung am 4. November die ständigen Berichte über ihren angeblich labilen körperlichen und emotionalen Zustand herunter. »Ladys und Gentlemen, ich glaube, Sie können sich glücklich schätzen, Ihre Schirmherrin heute hier zu haben. Eigentlich müßte ich ja fast den ganzen Tag den Kopf ins Klos stecken. Und eigentlich sollte ich ja, sobald ich von hier fortgehe, von Männern in weißen Kitteln fortgeschafft werden. (Aber) ich habe mir gedacht, Sie hätten sicher nichts dagegen, wenn ich meinen Nervenzusammenbruch noch ein wenig hinausschiebe« (»The Outsider«, *People*, 6. Dezember 1993). Eigentlich war bei dieser Gelegenheit gar keine Ansprache Dianas vorgesehen, und die spontane Rede überraschte viele. Die Zuschauer, die ihre schwierige Lage kannten und ihre Fähigkeit schätzten, darüber scherzen zu können, waren auf ihrer Seite. Andere jedoch sahen hierin nur ein weiteres Beispiel dafür, wie labil Diana inzwischen geworden war. Die Boulevardzeitungen spekulierten, daß es nur noch eine Frage der Zeit war, bis sie zusammenbrach. Ihre postnatalen Depressionen wurden wieder hervorgekramt, und die Presse versuchte, ein Muster irrationaler Emotionalität für die Frau zu erstellen, die sie einst als mental ausgeglichen bezeichnet hatte.

Aber wenn jemand an jenem Tag Grund hatte, emotional zu reagieren, dann die Prinzessin: Nur wenige wußten, daß an diesem Tag ihr Chauffeur, Simon Solari, gekündigt hatte. Der Umstand, daß sie mit ihm einen weiteren Freund verlor, war schon hart genug, aber Simon hatte darüber hinaus erklärt, künftig für Charles arbeiten zu wollen, da, wie er es vorsichtig ausdrückte, Dianas Situation im Gegensatz zu der des Prinzen ungewiß sei. Obgleich sie Verständnis dafür hatte, daß ihr Chauffeur an die Zukunft seiner Familie dachte, war Diana tief verletzt von Simons Kündigung.

Und Simon war nicht der einzige ihrer Angestellten, der ging. Erst am Vortag war Ken Wharfe, ihr Lieblingsleibwächter, zum Schutz irgendwelcher Würdenträger abberufen worden. Sein Werdegang war nicht nur für Diana ein harter Schlag, sondern auch für ihre Söhne, die Ken ebenfalls sehr gern gehabt hatten. Gerüchten zufolge war der Bodyguard abgezogen worden, weil man der Ansicht war, daß er eine zu enge Bindung zu seinen Schützlingen entwickle, und ein besonders bösartiges Gerücht unterstellte, daß Diana selbst Wharfes Versetzung verlangt habe, weil die Prinzen angeblich zuweilen Kens Gesellschaft der ihren vorgezogen hätten.

Auf diese häuslichen Schwierigkeiten folgte am 7. November die Veröffentlichung der skandalösen »Trainings«-Fotos, die im L. A. Fitneß aufgenommen worden waren, einem Londoner Fitneßstudio, in dem Diana hin und wieder trainierte. Als ob dieser Vertrauensbruch und die Demütigung nicht genug gewesen wären, kursierte bald darauf das Gerücht, Diana habe von den wenig schmeichelhaften Bildern gewußt und sogar an ihrer Entstehung mitgewirkt. Hintergrund dieser Behauptung war, daß die Aufnahmen angeblich zu scharf waren, gestellt wirkten und Diana (das galt als ultimativer Beweis) offensichtlich gar nicht schwitzte. Diana bewies dieser Zwischenfall, daß sie nirgends sicher war und niemandem trauen konnte außer ihren Söhnen, die sich rasch zu ihrem einzigen Halt entwickelten. Sie wußte, daß sie sie niemals verraten würden.

Während Diana in jenem Jahr von der Presse in die Mangel genommen wurde, wurde über Charles mehrfach sehr positiv berichtet. Obgleich seine Stärken auf anderem Gebiet lagen, machte er es Diana nach und wurde mehrfach bei Anlässen mit eher gesellschaftlichem als wirtschaftlichem Hintergrund gesehen. Dianas heimliche Besuche in Krankenhäusern und Heimen kopierend, schaute er ganz beiläufig vorbei, um mit einem verblüfften ehemaligen Fallschirmjäger zu plaudern, der bei einem Bombenattentat der IRA beide Beine verloren hatte. Während einige Pressevertreter dies als bloßen Versuch interpretierten, den Schaden wiedergutzumachen, den die »Camillagate«-Bänder angerichtet hatten, gab es auch erste beifällige Artikel über den Prinzen. Mit der geballten Kraft der palasteigenen PR-Maschinerie im Rücken besserte sich Charles' Image in der zweiten Hälfte des Jahres 1993 zusehends.

Aber die Sympathien, die Charles für sich eingeheimst hatte, büßte er gleich wieder ein, als Jonathan Dimblebys neues Buch erschien (an dem der Prinz mitgearbeitet hatte). Die Buchveröffentlichung fiel mit dem Fernsehinterview des Prinzen zusammen. Völlig verdattert hörten die britischen Fernsehzuschauer, wie der Thronerbe zugab, seiner Frau untreu gewesen zu sein. Während Charles offenbar erwartet hatte, für seine Ehrlichkeit Beifall zu ernten, legte man ihm unverhohlen nahe, daß es vielleicht für alle Beteiligten das Beste wäre, wenn er zurücktrete und zu gegebener Zeit William den Thron besteige. Gleichzeitig überdachte die Öffentlichkeit ihre Meinung von Charles' Eltern, die in dem Buch als distanziert und kalt dargestellt wurden, was ihrem Sohn eine sehr einsame Kindheit beschert hatte.

Diana fühlte sich verständlicherweise durch das Eingeständnis ihres Mannes bestätigt, wenngleich sie Berichten zufolge wütend war, weil er behauptete, sie erst nach dem Scheitern ihrer Ehe betrogen zu haben. Wie viele andere wußte auch Diana, daß Charles' »Freundschaft« mit Camilla schon vor der Hochzeit bestanden hatte und nie abgebrochen war. Die Kritik an der Königin und an Prinz Philip war überraschend, und Diana erfuhr zum erstenmal Einzelheiten aus Charles' Kindheit. Warum, soll sie verbittert gefragt haben, hat er mir das nie erzählt?

Im Sommer 1994 verbrachten Charles und Diana nur wenig Zeit miteinander, und die Boulevardpresse wurde ihnen gegenüber immer aggressiver. Zu Dianas Erstaunen tauchten überall Fotos von Charles und Camilla auf. Aber die Prinzessin hatte Pech – die Affäre ihres Mannes war schon bald Schnee von gestern, während eine Leiche in ihrem eigenen Keller sich zu rühren begann.

Diana hatte schon seit einiger Zeit gewußt, daß ihre lange heimgehaltene Affäre mit dem Leibgardisten James Hewitt ans Licht zu kommen drohte, aber sie konnte nicht ahnen, mit welcher schonungslosen Grausamkeit die Enthüllung erfolgen sollte. Es ging das Gerücht um, Hewitt habe selbst geplaudert. Er rief Diana jedoch persönlich an, um ihr mitzuteilen, daß er ein Buch geschrieben habe, sie sich jedoch keine Sorgen bezüglich des Inhalts zu machen brauche. Naiv (oder dumm, wie sie selbst später meinte) glaubte Diana ihm. Zehn Tage später, am 3. Oktober, wurde eine ahnungslose Nation mit *Princess in Love* konfrontiert.

Das Buch von Anna Pasternak (der Großnichte des Dr. Schiwago-Autors Boris Pasternak), das auf Interviews mit Hewitt gründete und im Stil eines Liebesromans verfaßt war, wurde vom Buckingham-Palast (und den meisten Zeitungen) als »geschmacklos, schmutzig und wertlos« bezeichnet. Aber sogar in einem Land, das ausreichend mit königlichen Skandalen versorgt war, erwies sich das Buch als Sensation, trotz (oder wegen) seiner offenkundigen literarischen Mängel. Es wurde sogar in der *Financial Times* erwähnt. Das Buch, von dem Hewitt Diana versichert hatte, es wäre harmlos, bewirkte eine ernsthafte Krise für die Monarchie. Mit Hewitts Buch und Charles' Eingeständnissen konfrontiert, konnte die Öffentlichkeit nur zu einem Schluß kommen: Der Prinz und die Prinzessin waren beide Ehebrecher. Diese Erkenntnis schockierte die Nation. Die Presse bewertete Dianas Fehltritt als viel verwerflicher als Charles', da Charles zumindest den Anstand besessen habe, die Öffentlichkeit persönlich von seiner Untreue in Kenntnis zu setzen, während Diana zugelassen hatte, daß ihr Ex-Liebhaber seine Story meistbietend verkaufte.

Das Buch, in seiner Indiskretion nicht zu überbieten, berichtete in allen Einzelheiten von einer jahrelang währenden Beziehung und gab Diana wieder einmal der Lächerlichkeit preis. Schlagzeilen ließen die ganze königliche Familie lächerlich erscheinen. Indem er darauf hinwies, daß es Landesverrat wäre, dem Prinzen von Wales Hörner aufzusetzen, meinte ein Zeitzeuge gar, Hewitt gehöre hingerichtet. Diana ihrerseits hätte Hewitt sicher liebend gern höchst persönlich den Kopf abgeschlagen, doch sie hatte ganz andere Probleme. Während Hewitt allgemein für seine Indiskretion verurteilt und von seinen Mitoffizieren verstoßen wurde (die Boulevardpresse bezeichnete ihn als »Liebesverräter«), machte Diana sich vor allem Sorgen um ihre Söhne.

Diana fuhr umgehend zur Schule und erklärte den beiden die Situation, so gut sie konnte, und bemühte sich, die Fragen ihrer Söhne ehrlich zu beantworten. Es zerriß ihr fast das Herz, als William ihr einige Schokoladendrops gab und tröstend meinte: »Mami, ich glaube, man hat dir wehgetan. Die sind für dich. Damit du wieder lächelst.« Wieder zeigte er die gleiche Sensibilität gegenüber den Gefühlen seiner Mutter wie vor Jahren, als er Diana Taschentücher unter der Badezimmertür hindurchschob, nachdem sie sich mit Charles gestritten hatte.

Nachdem sie sichergestellt hatte, daß ihre Söhne gewappnet waren, und sie dem Schuldirektor zusätzlich das Versprechen abgenommen hatte, daß sie keine Zeitung zu sehen bekommen würden, kehrte Diana nach London zurück, um sich den Anklagen zu stellen. Wie sie bereits befürchtet hatte, wurde in zahlreichen Artikeln ihre Befähigung als Mutter in Frage gestellt, vor allem als Mutter des künftigen Königs von England. Die Gerüchte um Charles und Camilla verblaßten neben Hewitts Prahlerei, und mehrere Monate lang hatte Diana das gleißende Scheinwerferlicht für sich ganz allein. Die königliche Familie schwieg eisern und war »not amused«.

Das neue Jahr gönnte Diana auch keine Ruhepause, da die Boulevardpresse sie weiterhin gnadenlos verfolgte. Jeder Mann, mit dem sie sich zeigte, wurde von der Presse gejagt und zum Gegenstand wenig schmeichelhafter öffentlicher Debatten gemacht. Jedes Anzeichen von Verärgerung gegenüber der Presse wurde als Beweis für ihre geistige Unausgeglichenheit gewertet, und jedes Lächeln wurde auf Anzeichen von Sarkasmus oder Falschheit analysiert. Die Kameras erfaßten sie, sobald sie einen Fuß vor die Tür setzte, und ließen erst von ihr ab, wenn sie erschöpft und gehetzt zurückkehrte.

Am 3. März 1995 wurden Camilla Parker-Bowles und ihr Mann geschieden. Sofort begannen die Medien, Spekulationen darüber anzustellen, ob Charles sie wohl heiraten würde, und es wurde zur Jagd auf die königliche Scheidung geblasen. Es war der Situation auch nicht eben förderlich, daß Camilla ein Haus bewohnte, das nur wenige Meilen von Highgrove entfernt war. Die Pros und Kontras eines wiederverheirateten Monarchen gegenüber einem getrennt lebenden wurden hitzig diskutiert. Seltsamerweise wurde die Frage des Sorgerechts für William und Harry weitgehend übergangen. Die Möglichkeit, daß Camilla die Rolle der Stiefmutter der Jungen bekleidetete, war offenbar kein Thema, während die Vorstellung, daß Diana noch einmal heiraten könnte, die Presse schier entsetzte. Camilla erschien der Presse als akzeptable Wahl, aber der Gedanke, daß ein anderer Mann, egal wer, den künftigen Monarchen großziehen könnte, war unvorstellbar.

Die Paranoia der Presse erreichte ihren Höhepunkt im August, als Diana eine Affäre mit Will Carling, dem verheirateten Kapitän der englischen Rugby-Nationalmannschaft, nachgesagt wurde. Die Beziehung war eine reine Erfindung, aber der Umstand, daß Carling und seine Frau sich Ende September trennten, verlieh der Fiktion in den Augen der Boulevardpresse eine gewisse Glaubwürdigkeit. Eifrig druckten sie die Behauptungen der Ex-Frau, die Prinzessin von Wales habe ihre Ehe kaputt gemacht. Diana, die Zerstörerin glücklicher Familien, wurde zur neuesten Erfindung der Presse, und wie all die anderen Lügen über sie, hielt sie sich in Anbetracht ihrer mangelnden Substanz viel zu lange.

Als sich 1995 dem Ende näherte, ging auch Dianas Geduld zur Neige. Eigentlich hätte die Trennung ihr etwas Luft verschaffen sollen, aber statt dessen hatte der Druck noch zugenommen, und inzwischen gab es auch keine moralischen Richtlinien mehr, die die skrupellosen Elemente in Pressekreisen in Schach gehalten hätten. Seit sie offiziell nicht mehr Mitglied der königlichen Familie war, hatte der Polizeischutz stark nachgelassen, so daß die Fotografen ihr die Objektive direkt vor das Gesicht hielten. Nicht nur von ihrer eigenen Situation frustriert, sondern auch besorgt wegen der Auswirkungen des Drucks auf ihre Söhne, befand Diana, daß es an der Zeit sei, die Angelegenheit selbst in die Hand zu nehmen. Am 20. November 1995 brachte die Nachrichtensendung der BBC »*Panorama*« ein Fernsehinterview mit der Prinzessin von Wales.

Eine scheinbar gefaßte und selbstsichere Diana sprach davon, wie naiv sie in ihren ersten Ehejahren gewesen sei. Sie erzählte, wie die allgegenwärtige Presse die Ehegatten zu Rivalen gemacht hatte. Ohne jede Spur von Verlegenheit beantwortete sie Fragen zu ihrer Bulimie und ihren postnatalen Depressionen. Sie äußerte sich bewundernd über den Mut ihres Mannes, seine Untreue öffentlich einzugestehen, aber obwohl sie Camilla, der Geliebten ihres Mannes, nicht direkt die Schuld an ihrer Trennung von Charles gab, meinte sie doch sarkastisch: »Wir waren in unserer Ehe zu dritt, und dadurch ging es etwas beengt zu.«

Diana übernahm ihren Teil der Verantwortung für das Scheitern ihrer Ehe, gab ihren eigenen Ehebruch mit James Hewitt zu und gestand, daß sein Vertrauensbruch sie tief getroffen habe, zumal er gewußt hätte, wie sehr sie ihn geliebt habe. Sie erklärte, daß ihr durchaus bewußt sei, daß sie im Rahmen der Monarchie noch eine Aufgabe zu erfüllen habe, und brachte ihre Hoffnung zum Ausdruck, eine Art Botschafterin für England zu werden, ein Amt, das sie seit Jahren inoffiziell inne hatte. Sie denke schon lange nicht mehr daran, Königin von England zu werden, hoffe aber statt dessen, eine »Königin der Herzen« zu werden. Was ihre Ambitionen auf den Thron anginge, so seien sie allein auf Wiliam beschränkt. Charles, so meinte sie, müsse mit sich selbst ins Reine kommen, damit der Druck der Regentschaft ihn nicht vernichte. Auch äußerte sie sich sehr vehement zu jenen, die ihr vorgeworfen hatten, gezielt die Monarchie zu sabotieren. Eine solche Unterstellung sei lächerlich, da die Monarchie Zukunft und Bestimmung ihres Sohnes sei und sie sich lieber selbst schadete als zuzulassen, daß ihren Kindern Schaden zugefügt werde.

Das Interview war ohne das Wissen des Palastes und sogar ihrer eigenen Angestellten aufgezeichnet worden, und ihr Pressesprecher kündigte am darauffolgenden Tag in Folge dessen, was ein Reporter als die größte Krise seit der Abdankung bezeichnete. Möglich, daß das Interview in manchen Kreisen für Krisenstimmung sorgte, aber gleich nach der Ausstrahlung riefen unzählige Zuschauer bei der BBC an, um ihre Unterstützung Dianas zum Ausdruck zu bringen und ihren Mut und ihre Selbstbeherrschung zu loben. Viele wiesen darauf hin, daß ihre Affäre erst nach Jahren einer lieblosen Ehe begonnen habe, während Charles schon mit Camilla zusammen gewesen sei, als Diana praktisch noch ein Kind war und er womöglich seine Beziehung zu Camilla trotz der Hochzeit mit Diana nie aufgegeben hatte.

Entweder in Unkenntnis des Interviews oder aber in einer Schadensbegrenzungsmaßnahme, verkündete der Buckingham-Palast am 24. November, daß Diana Weihnachten zusammen mit der königlichen Familie auf Sandringham feiern werde. Der Palast sah sich jedoch gezwungen, diese Ankündigung zurückzunehmen, als Diana beschloß, die Ferien anderswo zu verbringen, wobei es jedoch dabei blieb, daß William und Harry nach Sandringham kommen sollten. Diana zögerte nicht zu bestätigen, daß ihre Jungen Teil der »Firma« waren, und es lag ihr fern, sie aufgrund ihrer Eheprobleme von ihren Verwandten fernzuhalten. Andererseits konnte nur der Buckingham-Palast einen Nutzen aus Dianas Teilnahme an der Weihnachtsfeier ziehen, und Diana war nicht gewillt, sich für den Palast einspannen zu lassen. Das Fernsehinterview war ihre Unabhängigkeitserklärung gewesen, und sie wußte, daß es kein Zurück gab.

Am 20. Dezember beugte sich Queen Elizabeth – vielleicht das Wohl ihrer Enkel vor Augen – dem Unabwendbaren und drängte Charles und Diana, sich scheiden zu lassen. Trotz ihres Schwurs, ihre Familie intakt zu halten und sich niemals scheiden zu lassen, erkannte Diana, daß ein Festhalten an der Ehe, die ohnehin nur noch auf dem Papier bestand, ihr selbst und ihren Söhnen mehr schaden würde als eine Scheidung. Die Verhandlungen begannen im Geheimen, aber die Presse bekam schon bald Wind davon, und schon wurde wieder über den Fortbestand der Monarchie diskutiert, wobei diesmal wilde Spekulationen bezüglich der Scheidungsmodalitäten hinzukamen. In mehr als einem Artikel wurde behauptet, daß Diana gedroht habe, mit ihren Söhnen ins Ausland zu ziehen, was jeder Grundlage entbehrte. Die Höhe der Geldsummen, die genannt wurden, war ebenso fiktiv.

In höheren Kreisen begannen ernsthaftere Diskussionen. Niemand hatte sich je mit einer geschiedenen Prinzessin von Wales befassen müssen, und es wurde heftig darüber debattiert, welchen Status sie innerhalb der Monarchie innehaben sollte. Wieder einmal sahen einige Antimonarchisten hierin die geeignete Gelegenheit, die Monarchie ganz abzuschaffen, die in ihren Augen auf bemerkenswerte Art und Weise ihre eigene Überflüssigkeit demonstriere. Es wurde spekuliert, daß durchaus die Möglichkeit bestand, daß Königin Elizabeth II. die letzte britische Monarchin war. Die Augen der Welt richteten sich in diesen schmerzlichen Wochen auf England und Diana.

Schließlich, am 28. Februar 1996, verkündete die Presse, daß Diana, die Prinzessin von Wales, einer Scheidung zugestimmt habe. Das war der Beginn eines völlig neuen Kapitels in der Rechtsgeschichte Großbritanniens. Und hoffentlich auch der Beginn eines glücklicheren Kapitels für das scheidungswillige Paar.

Kapitel 8

Der Austritt

Während die Neuigkeit von Charles' und Dianas Trennung im Dezember 1992 weltweit für Enttäuschung gesorgt hatte, weil die Geschichte, die als Märchen begonnen hatte – mit einer wunderschönen Braut und einem ansehnlichen Bräutigam, die sich vor aller Welt küßten –, ein so häßliches Ende nehmen mußte, erwies Diana sich schon bald als unabhängige Frau der Neunziger und beeindruckte die Welt mit ihrem Pflichtbewußtsein, ihrer Wohltätigkeit und ihrer echten Sorge um die Ausgestoßenen und Vergessenen. Diana legte ein Mitgefühl an den Tag, das nicht vor der gesellschaftlichen und körperlichen Situation der Betroffenen halt machte. Sie wurde nicht zur Ikone der Bedürftigen, sondern Vorbild einer ganzen Generation von Frauen, die darum kämpften, ihr Leben in den Griff zu kriegen. Diana erschien einer feministischen Generation als eine Frau, die wußte, was sie wollte und was sie tun mußte, um es zu bekommen, während sie gleichzeitig die perfekte Mutter verkörperte. In den Augen der Öffentlichkeit wurde Diana immer stärker eine Überlebende unvorstellbarer Umstände – einschließlich einer in aller Öffentlichkeit gescheiterten Ehe.

Die unvermeidliche Trennung wurde Ende der achtziger Jahre zum erstenmal deutlich, als Diana begann, sich eigenständig mit Pflichten zu beschäftigen, die sie ausfüllten. Sie überließ der Öffentlichkeit, sich zu fragen, warum sie und Charles nur noch so selten gemeinsam auftraten. Ursprünglich versuchte Diana noch, das Offensichtliche zu entschuldigen, und meinte, daß es ihnen in Anbetracht von buchstäblich Tausenden von Einladungen zu den verschiedensten Orten auf der ganzen Welt gar nicht möglich sei, alle Termine gemeinsam wahrzunehmen. Sie erklärte, daß sie und Charles übereingekommen wären, so viele Einladungen wie möglich anzunehmen, indem sie sich die Termine teilten.

Während Diana ihre Streitigkeiten mit Charles nach außen hin tapfer dementierte, war sie privat am Ende. Manche glauben, der Wendepunkt wäre im März 1988 während jenes Winterurlaubs in Klosters eingetreten. Ihre Charakterstärke zeigte sich endlich wieder, als Prinz Charles' Pressesprecher Philip Mackie das Chalet betrat, in dem Diana und Sarah während der Ferien wohnten. Diana hörte, wie Mackie etwas von einem Unfall sagte, und obgleich er versuchte abzuwiegeln, ließ Diana sich, vielleicht zum erstenmal, nicht von einem königlichen Bediensteten abwimmeln. Sie bestand darauf, daß Mackie ihr alles erzählte, und so erfuhr sie, daß ein Mann durch eine Lawine ums Leben gekommen war. Dem Biographen Andrew Morton zufolge wollte Charles den Urlaub fortsetzen, aber Diana hielt ihn davon ab und überredete ihn, den Leichnam von Major Hugh Lindsay (dem ehemaligen Stallmeister der Königin) nach England zu begleiten, wo Diana es sich nicht nehmen ließ, Hughs Witwe, die im sechsten Monat schwanger war, Trost zu spenden. Diese Situation, meint Morton, überzeugte Diana davon, daß sie durchaus in der Lage war, auch schwierige Situationen zu regeln und auch gegen ihren Mann Entscheidungen durchzusetzen.

Kurze Zeit später begab Diana sich auf Drängen ihrer Freundin, Carolyn Bartholomew, wegen ihrer Depressionen und der Bulimie in ärztliche Behandlung. Als wäre sie entschlossen, sich von allen Dämonen zu befreien, die sie terrorisierten, stellte Diana auf einer Geburtstagsparty im Mai 1989 Camilla Parker-Bowles zur Rede. Diana unterbrach ein Gespräch zwischen Camilla und Charles, schickte alle anderen aus dem Zimmer, und erklärte Camilla, daß sie sie verdächtige, Charles' Geliebte zu sein. Bei dieser Konfrontation ließ sie ihrem ganzen Zorn, ihrer Eifersucht und ihrer Frustration wegen Camillas Einmischung in ihre Ehe freien Lauf. Dieser Ausbruch bewirkte eine merkliche Veränderung in Dianas Haltung und führte zu einer Kette von Ereignissen, die dem Ansehen der britischen Monarchie unwiderruflich schaden sollten.

In jener Zeit erwachte auch Dianas Interesse an spirituellen Dingen. Sie ließ sich von einem Astrologen die Zukunft weissagen und begann mit einem Selbstfindungsprozeß, der dazu führen sollte, daß sie größeres Selbstbewußtsein entwickelte. Sie nahm eine Reihe fester Gewohnheiten an, darunter tägliches Fitneßtraining, Schwimmen und Tai Chi Chuan, und experimentierte mit verschiedenen Methoden wie Aromatherapie und Hypnotherapie, wobei sie Berichten zufolge in einem Jahr ganze 12000 Pfund (ca. 35000 DM) allein für Therapien und Massagen ausgab.

Die Prinzessin machte in ihrer isolierten Position gute Miene zum bösen Spiel und arbeitete daran, sich das Image einer starken Persönlichkeit zuzulegen. Wenn jedoch Depressionen, Langeweile oder Einsamkeit sie übermannten, versuchte Diana, sich mit Einkäufen zu helfen. Beobachtern des Königshauses zufolge ging Diana für ihre Leben gern einkaufen, vorzugsweise in trendigen Läden wie The Grap, wo sie ihre Jeans kaufte. Ihre feinere Garderobe stammte von bekannten Designern wie beispielsweise Catherine Walker, Victor Edelstein, Thomasz

Starzewski und später Versace. Diana gab allerdings nicht nur Geld für sich aus, sondern beschenkte auch gern ihre engsten Freunde, ihre Kinder und die Männer in ihrem Leben.

Bei ihren Einkaufstouren aß Diana häufig in einem ihrer Lieblingsrestaurants zu Abend, dem San Lorenzo (wo sie auch des öfteren mit ihren Söhnen William und Harry war), dem Mimmo D'Ischia (wo sie mit Oliver Hoare speiste) und Daphne's (wo ein bestimmter Ecktisch für die Prinzessin reserviert war). Mit ihren Freunden besuchte sie Restaurants im Westend: Mortons, das Caviar Kaspia und das Le Caprice (wo sie mit dem britischen Fernsehstar Clive James gesehen wurde). Die meiste Zeit aß Diana jedoch allein im Kensington-Palast, wo sie ihren Pflichten nachging und sich für offizielle Besuche oder den Empfang von Vertretern der verschiedenen Wohltätigkeitsorganisationen vorbereitete. An den Abenden unternahm die Prinzessin gern private Besuche, geschützt vor neugierigen Blicken.

Königin Elizabeth beschrieb das Jahr 1992 als ihr »annus horribilis«, und im Juni jenes Jahres wurde die Biographie *Diana, Her True Story* von dem Boulevardpresse-Reporter Andrew Morton veröffentlicht. Obgleich Diana Morton nie persönlich getroffen hatte, hatte sie an der Entstehung des Buches insofern mitgewirkt, als sie ihren Freunden erlaubt hatte, mit Morton zu sprechen. Diana wußte nicht mehr weiter und wollte der Öffentlichkeit klarmachen, daß sie weder dumm noch verrückt war. Immerhin hatte man sie in der Vergangenheit als geistig unausgeglichen, bulimiekrank und depressiv bezeichnet. In Mortons Buch heißt es, Diana sei in einer lieblosen Ehe gefangen gewesen, in der sie mittels Suizidversuchen die Aufmerksamkeit ihres gleichgültigen Ehemannes auf sich habe lenken wollen. Diana erklärte die Gründe für ihre

Billigung des Buches später damit, daß sie hoffe, »die Menschen würden meine Situation besser verstehen«. Diana meinte, daß ihre persönlichen Erfahrungen möglicherweise anderen Frauen helfen könnten, die, wenn auch unter anderen Umständen, ebenso litten wie sie selbst.

Mortons Buch führte dazu, daß der Druck auf Charles und Diana, sich entweder zu versöhnen oder aber endgültig zu trennen, immer größer wurde. Wenngleich Diana als Scheidungskind sicher nicht begeistert von dieser Vorstellung war, schien ihre Ehe doch unaufhaltsam auf eine Scheidung zuzusteuern, denn das Paar schien einfach nicht mehr in der Lage zu sein, die Probleme zu lösen, die nun auch noch öffentlich bekannt gemacht worden waren. Während Charles und Diana ihren öffentlichen Repräsentationspflichten weiter gemeinsam nachkamen, war ihr Privatleben ein einziger Scherbenhaufen. Unfähig, ihre zerbrochene Ehe zu kitten, suchten Charles und Diana Rat bei Anwälten, und schon bald war von einer offiziellen Trennung die Rede. Diana beschrieb ihre Gefühle in dieser Zeit als »sehr, sehr tiefe Traurigkeit«, obgleich sie auch zugab, daß sich in dieses Gefühl auch Erleichterung mischte, daß sie und ihr Mann sich endlich zu einem Entschluß durchgerungen hatten.

Dann, am 25. August 1992, wurde Öl ins Feuer gegossen, als die Zeitungen Ausschnitte aus einem 1989 aufgezeichneten Telefonat zwischen Diana und ihrem Freund James Gilbey veröffentlichten, dem Erben einer Brennerei, der sie Squidgy nannte und ihr seine Liebe gestand. Obwohl das Gespräch darauf hinzudeuten schien, daß ihre Freundschaft sich vertieft und zum Ehebruch geführt hatte, leugnete Diana dies energisch. Einige Boulevardzeitungen widersprachen ihrem Dementi jedoch und behaupteten, Diana wäre dabei gesehen worden, wie sie spätabends Gilbeys Londoner Wohnung verließ. Diana brachte ihre Sorge zum Ausdruck, daß Gilbeys Leben allein aufgrund seiner Freundschaft mit ihr ruiniert werden könnte. Sie war der festen Überzeugung, daß das Band der Presse gezielt zugespielt worden war, um ihren Ruf zu schädigen. Damals erfuhr Diana auch, was es hieß, als Außenseiter behandelt zu werden anstatt als Mitglied der königlichen Familie.

Im Oktober jenes Jahres versuchten Hofbeamte der Öffentlichkeit weiszumachen, daß in der Ehe des Kronprinzen eine Wende zum Besseren eingetreten wäre. Eine Überschrift in der *Daily Mail* lautete prompt »Kehrt der Zauber in Dianas Ehe zurück?« Die Zeitung berichtete, daß Diana einen neuen Glanz in den Augen habe, und verkündete, daß sie und Charles es noch einmal miteinander versuchen wollten. Aber mit allen Hoffnungen war es im November 1992 endgültig vorbei, als Charles und Diana ihren letzten gemeinsamen offiziellen Auftritt hatten und Südkorea bereisten: Die Bilder, wie sie sich voneinander abwandten, gingen um die Welt. Die säuerlichen Mienen des Paares, hieß es, würden sogar ihre Bemühungen als Botschafter Englands zunichte machen. Allerdings war nicht unbedingt alles so, wie es den Anschein hatte, da die Boulevardpresse den Gesichtsausdruck des Paares bewußt falsch deutete. Ein Foto beispielsweise, auf dem das Paar mit versteinerten Zügen vor sich hin blickt, jeder scheinbar kreuzunglücklich in der Gegenwart des anderen, wurde bei einer Kranzniederlegungszeremonie am Denkmal von im Korea-Krieg gefallenen Soldaten aufgenommen. Hierbei waren ernste Mienen durchaus angemessen, aber die Zeitungen verkündeten sogleich, daß die Ehe nicht mehr zu retten wäre.

Im Gegensatz zu ihrer traurigen Miene an Charles' Seite in Korea, zeigte sich Diana strahlend bei einem Aufenthalt in Paris. Sie war allein, da Charles daheimgeblieben war, um seinen 44. Geburtstag zu feiern. Die Prinzessin traf in Paris ein, wo sie von Präsident Mitterrand empfangen wurde. Mit dem französischen Präsidenten und seiner Familie besprach Diana soziale und humanitäre Themen. Ihr Selbstvertrauen war in den vergangenen Jahren gewachsen, so daß sie inzwischen keine Angst mehr hatte, sie selbst zu sein, ein vielversprechendes Zeichen dafür, daß sie den Schock überstehen würde, wenn ihre Trennung offiziell bekanntgegeben wurde. Penny Junor zufolge zögerte die Prinzessin nicht, bei diesem Parisaufenthalt ihre dürftigen Französischkenntnisse zu benutzen, ohne sich davon einschüchtern zu lassen, daß andere die Sprache fließend beherrschten. Diese lockere Haltung sowie ihre direkte Art dem Leben und den Menschen gegenüber brachten ihr weltweit Sympathien ein. Diana war von dem scheuen Teenager, den der englische Thronfolger geheiratet hatte, zu einer selbstbewßten Persönlichkeit herangereift, die völlig selbstverständlich mit Staatsoberhäuptern und Monarchen verkehrte. Sie empfand es nicht als einen Widerspruch zu ihrer Rolle als Prinzessin, daß sie ein offener und warmherziger Mensch geblieben war.

Kurze Zeit später, am 9. Dezember, wurde ihre Trennung offiziell bekanntgegeben. Diana war gerade unterwegs und hörte die Bekanntmachung im Radio. Eine Woche zuvor hatte Diana ihre Söhne in der Schule besucht und ihnen mitgeteilt, daß ihre Eltern sich trennen würden. Fast sofort änderte sich Dianas Status in der Öffentlichkeit. Diana war jetzt die getrennt lebende Frau des künftigen Königs von England. Die Königsfamilie betrachtete sie als Last, und schon bald wurde sie von den Anhängern ihres Mannes angefeindet.

Unmittelbar nach Bekanntwerden der Trennung Ende 1992 war unklar, ob Diana, rechtlich betrachtet, Mitglied der königlichen Familie bleiben würde, obgleich sie deutlich gemacht hatte, daß sie beabsichtige, ihrer eigenen Wege zu gehen. Als die Trennung verkündet wurde, hatte Diana längst die Wohltätigkeitsarbeit als ihre königliche Pflicht angenommen; dieser Aufgabenbereich war ihr keineswegs bei ihrer Eheschließung zugeteilt worden – sie hatte ihn sich frei gewählt.

Beobachter des Königshauses vertreten den Standpunkt, daß Diana diesen Weg eingeschlagen habe, als Charles sich 1990 den Arm brach. Immer, wenn sie ihn im Krankenhaus besuchte, verbrachte sie auch ein wenig Zeit mit anderen Patienten. Andrew Morton beschreibt in diesem Buch einen besonders denkwürdigen Krankenhausbesuch, bei dem Diana die Hausfrau Freda Hickling auf der Intensivstation besuchte. Sie war an lebenserhaltende Maschinen angeschlossen und lag im Koma, während ihr Mann an ihrem Bett saß und ihre Hand hielt. Morton zufolge betrat Diana das Zimmer mit Mr. Hicklings ausdrücklicher Erlaubnis und verbrachte zwei Stunden dort, während derer sie seine Hand und die seiner Frau hielt, bis Mrs. Hickling schließlich für tot erklärt wurde. Ihr Mitgefühl für einen völlig fremden Menschen blieb nicht unbeachtet.

Im Laufe der Zeit wurde Diana zu einer leidenschaftlichen Förderin und Fürsprecherin zahlreicher karitativer Organisationen. Ganz besonders lagen ihr unterprivilegierte Kinder am Herzen, vor allem solche, die an Aids, Krebs und anderen Krankheiten oder Behinderungen litten, doch ihr Herz öffnete sie Kindern wie Erwachsenen gleichermaßen. Als Diana anfing, sich für Aids-Organisationen einzusetzen, rieten ihr Vertreter des Palastes ab, aber Diana ignorierte sie und setzte ihren Willen durch. Damit trug Diana nicht unerheblich dazu bei, die Furcht vor einer Krankheit einzudämmen, die die Kranken damals noch zu Aussätzigen machte.

Ende 1993 spürte Diana den Druck, der durch die Trennung auf ihr lastete, sehr deutlich. Obwohl sie ihre Wohltätigkeitsarbeit auch weiterhin aktiv betreiben wollte, brauchte die Prinzessin dringend eine Erholungspause. Sie selbst beschrieb ihren Zustand so, daß sie ständig müde gewesen sei und ihre Pflichten nicht mehr mit der nötigen Aufmerksamkeit habe erfüllen können. Diana hielt eine Ansprache und zog sich für einige Zeit aus der Öffentlichkeit zurück. Etwa vier Monate lang ließ sie sich kaum blicken, auch um der anhaltenden negativen Publicity zu entkommen, mit der man sie seit ihrer Trennung von Prinz Charles verfolgte.

Nachdem sie ihren Anhängern versichert hatte, daß es kein Abschied für immer sei, erklärte Diana in ihrem späteren BBC-Interview, daß sie nie wirklich aufgehört habe zu arbeiten, sondern sich lediglich aus dem Scheinwerferlicht zurückgezogen hätte. In dieser Zeit hatte sie sich weiterhin für zahlreiche Organisationen eingesetzt, die sich obdachloser Kinder annahmen. Drogensüchtiger und Aidskranker. Aber ihr Rückzug überraschte den »Feind«, wie sie ihre Kritiker nannte, und ihre Verwirrungstaktik war insofern erfolgreich, als sie den Druck, der auf ihr lastete, ein wenig verminderte.

Unterstützt von ihrem Schwager Sir Robert Fellowes, dem Privatsekretär der Königin, übernahm Diana nach und nach wieder verstärkt öffentliche Aufgaben. Im Februar 1994 unternahm sie eine viertägige Japanreise, wo sie von Fans belagert wurde, die riefen »Diana-san, Diana-san«. Die Dianamanie war offensichtlich noch nicht vorbei. In Japan hinterließ Diana einen besonders guten Eindruck und eroberte die Herzen ihrer Gastgeber dadurch, daß sie ihre Rundreise mit einer kurzen Ansprache auf japanisch begann. Mit nur 34 Worten bewies Diana, daß sie ihr Selbstbewußtsein wiedergefunden hatte.

Im Juni reiste sie nach Venedig und Moskau, gefolgt von einem Aufenthalt in Paris im September. Im November sollte Diana nach Argentinien reisen und anschließend an einer Wohltätigkeitsgala in Manhattan teilnehmen. Die Beobachter des Königshauses stellten einen krassen Wandel bei ihr fest. Noch vor kurzem hatte Diana viel weniger zielstrebig gewirkt. Ihre zahlreichen Reisen in die Vereinigten Staaten hatten Gerüchte aufkommen lassen, denen zufolge sie sich mit dem Gedanken trage, Großbritannien endgültig zu verlassen.

Aber ihre neue Zielstrebigkeit sollte mit weiteren erschütternden Enthüllungen einhergehen. Im Juli 1994 gab Charles öffentlich zu, seine Frau mit seiner Langzeitgeliebten Camilla Parker-Bowles betrogen zu haben. Nun war die königliche Seifenoper perfekt, und es ließ sich nicht mehr leugnen, was das Ende der Märchenehe herbeigeführt hatte. Obgleich Diana von seinem öffentlichen Eingeständnis tief getroffen war, gab sie zu, daß ihr auch imponiere, daß er den Mut besitze, die Affäre zuzugeben, die ihm schon lange unterstellt wurde. Im November jenes Jahres bezeichnete Diana Charles in ihrem BBC-Interview als mutig. Sie sagte: »Es erfordert schon einiges, so etwas zu tun . . . in seiner Position so ehrlich zu sein bezüglich einer Beziehung mit einer anderen Frau – das ist schon etwas.«

Aber auch nach Charles' Geständnis nahmen die Attakken auf Diana kein Ende. Man beschuldigte sie, ihren Freund, den Kunsthändler Oliver Hoare, mit Anrufen terrorisiert zu haben. Obgleich sie leugnete, die Urheberin der angeblich 300 anonymen Anrufe zu sein, schoß die Presse sich auf sie ein, bis Diana schließlich glaubte, daß eine gezielte Kampagne gegen sie im Gang wäre, weil man fürchtete, sie könne die Oberhand behalten. Diana war sehr wohl bewußt, daß jeder ihrer Schritte von der

Presse kommentiert wurde, während Charles von den Medien weitgehend ignoriert wurde – und an dieser Situation änderte sich auch nach ihrer Trennung nichts.

Diana konzentrierte sich weiterhin auf die Zukunft. Während Gerüchte eine baldige Scheidung betreffend kursierten, traf Diana sich mit dem Privatsekretär der Königin, weil sie auch offiziell die Ehrenbotschafterin Englands werden wollte. Im Oktober 1994 wurde der königlichen Ehe dann endgültig der Todesstoß versetzt. *A Princess in Love* wurde veröffentlicht, jener Roman, in dem James Hewitt über sein Verhältnis mit Diana berichtete. Hewitt, ein Armeehauptmann, war der Mann, mit dem sich die einsame, bulimiekranke und dem Selbstmitleid verfallene Diana einst getröstet hatte.

Diana bestätigte seine Behauptungen in ihrem Fernsehinterview mit der BBC und sagte, er wäre ihr in einer äußerst schwierigen Zeit in ihrem Leben ein guter Freund gewesen. Selbstverständlich war sie zutiefst erschüttert, als er ihr Vertrauen brach und alles ausplauderte. Obwohl Diana zugab, daß Hewitts Buch einige Fakten enthielte, erklärte sie, daß das meiste seiner Phantasie entsprungen sei. Ihr Ex-Liebhaber, dem sie blind vertraut hatte, hatte sie verraten – des Geldes wegen.

Als Folge davon wurde Hewitt zur persona non grata unter seinen Mitoffizieren. Es heißt, der private Cavalry and Guards Club in London hätte ihn hinausgeworfen, und der South Devon Hunt Club habe die Annahme seiner Beitragszahlungen verweigert. Ein Mitglied des Hunt Clubs erklärte vor Zeugen, daß Hewitt, ließe er sich bei einer Fuchsjagd blicken, selbst zum Gejagten werden würde und der Fuchs ungeschoren davonkäme. Auch vor den Frauen in seinem Leben verlor Hewitt das Gesicht: Seine Verlobte trennte sich von ihm, als er offen mit seiner Beziehung zu Diana prahlte.

Nachdem er 1993 aus der Armee ausgetreten war, kaufte Hewitt angeblich von den Tantiemen am Verkauf seines Buches 1994 ein Anwesen außerhalb des Dorfes Bratton Clovelly. Anna Pasternak zufolge fühlte Hewitt sich ungerecht behandelt und war der Ansicht, sein einziges Verbrechen habe darin bestanden, Diana die Liebe zu geben, nach der sie sich so verzweifelt gesehnt habe. Allerdings spekulierte man darauf, daß Hewitt (dem nachgesagt wurde, daß er über seine Verhältnisse lebte) seinen Vertrauensbruch fortsetzen und in Betracht ziehen werde, die in seinem Buch erwähnten 46 Briefe zu veröffentlichen, die Diana ihm während seines Einsatzes am Persischen Golf 1991 geschrieben hatte. Aber obgleich Ausschnitte, die aus den Originalbriefen stammten, in der Presse landeten, waren Beobachter des Königshauses der Überzeugung, daß die echten Briefe sich noch in Hewitts Besitz befanden. Angeblich soll Hewitt Zeitungsangebote in Höhe von 500 000 Dollar (ca. 800 000 DM) für die Briefe abgelehnt haben. Es heißt, daß seine Offizierskollegen ihm wegen dieses letzten Vertrauensbruchs das Leben zur Hölle gemacht hätten, wenn er das Angebot angenommen hätte.

In einem zweiten Buch, *The Prince of Wales* von Jonathan Dimbleby, das ebenfalls im Oktober 1994 erschien, wurde Diana als hysterische Ehefrau porträtiert und Charles als bedauernswertes Opfer.

Als die Frage nach einer Scheidung aufkam, wälzte Diana die Verantwortung auf Charles ab, indem sie erklärte, daß sie zwar keine Scheidung wolle, jedoch gewillt sei, sich seinem Wunsch zu beugen. Und sie ließ keinen Zweifel daran aufkommen, daß es keine einfache Angelegenheit werden würde, falls es zur Scheidung kam. Sie ließ durchblicken, daß sie sich nicht still und heimlich zurückziehen, sondern vielmehr bis zuletzt kämpfen werde, da sie eine Aufgabe zu erfüllen und zwei Kinder großzuziehen habe.

Der Palast reagierte zunächst versöhnlich auf Dianas entschiedenen Wunsch, auch weiterhin eine öffentliche Funktion zu bekleiden, und ihr wurde als Mitglied der königlichen Familie entsprechende Unterstützung zugesagt. Später sollte sie jedoch ihren Titel »Königliche Hoheit« abgeben, wodurch sie formell nicht mehr der königlichen Familie angehörte. Aber Diana wußte, daß so oder so, mit oder ohne Unterstützung des Königshauses, die Herzen der Menschen bei ihr waren. Ihr Wunsch, sich als Ehrenbotschafterin ihres Landes weiterhin für karitative Zwecke einzusetzen, war sehr ausgeprägt. Diana machte deutlich, daß sie fest entschlossen sei, ihren Status als Prinzessin beizubehalten. Sie war immer noch die Mutter des künftigen Königs. Aber darüber hinaus ließ sich schwer voraussagen, wie Dianas Zukunft aussehen würde. Es gab keinen historischen Präzedenzfall, der vorgab, welche Rolle die ehemals depressive und bulimiekranke Ex-Frau eines Prinzen von Wales zu spielen hatte. Aber wie auch immer diese Rolle aussehen mochte, Diana hatte endlich die Chance, sie selbst zu sein.

Diana war zu dem Schluß gekommen, daß nicht ihr Mann, sondern Arbeit ihr die größte Chance auf emotionale Erfüllung bot. Vor allem lag ihr daran, sich weiter für jene karitativen Zwecke einzusetzen, die ihr am meisten am Herzen lagen: Organisationen für Obdachlose und Aidskranke. Ohne ihren Status als vollwertiges Mitglied der Königsfamilie konnte Diana sich ausschließlich und nach ihren eigenen Vorstellungen ihren humanitären Aufgaben widmen.

Dianas Kritiker stimmten zu, daß sie sich um so effektiver für ihre Ziele einsetzen konnte, je besser ihr Bild in der Öffentlichkeit war, und dies würde eine sorgfältige Planung ihrer öffentlichen und privaten Aktivitäten erfordern. Man riet ihr jedoch, daß sie am besten daran täte, sich auf nichtkontroverse Bereiche zu beschränken, wie ihre Arbeit für Kinderkrankenhäuser und Aids-Organisationen. Diese Kritiker behaupteten auch, daß ihr erfolgreicher Einsatz für die Benachteiligten im eigenen Land dazu führen könnte, daß die Leute glauben könnten, sie wäre selbstgefällig geworden – was sich zum Beispiel in weiteren öffentlichen Attacken gegen die Königsfamilie äußern könne. Und dies, so hieß es, könnte durchaus ihren Untergang herbeiführen.

Und doch schien es, als hätte Diana ausgerechnet bei einem sehr öffentlichen Angriff auf Charles in jenem Fernsehinterview der BBC besonders viele Sympathien geerntet. Während der Bericht von ihrem Kampf gegen die Bulimie und ihre Depressionen, die sogar in Suizidversuchen gipfelten, sie anderen Frauen nahebrachte, die an den gleichen psychischen Störungen litten, sicherte sie sich gleichzeitig mit ihrem Kommentar über die anhaltende Affäre zwischen ihrem Mann und Camilla Parker-Bowles das Mitgefühl der ganzen Welt. Nachdem sie und Charles sich unwiderruflich getrennt hatten, erklärte Diana, was der Grund für die Entfremdung gewesen war: eine Ehe zu dritt, in der kein Platz für sie gewesen war.

Sogar Camillas ehemaliger Schwager, Richard Parker-Bowles, machte Camilla später Vorwürfe und meinte, sie habe Charles gedrängt, Diana zu heiraten, weil sie geglaubt habe, Diana wäre keine Bedrohung für sie und würde sich leicht manipulieren lassen. Er beschuldigte Camilla, die Ehe des Prinzenpaares zerstört zu haben.

Sir Ivan Lawrence, ein konservativer Jurist, äußerte jedoch, Diana habe sich in ihrem BBC-Interview gehen lassen. Obgleich das Interview »großartiges Fernsehen« gewesen sei und ihr zweifellos wohlwollende Aufmerksamkeit eingebracht habe, wären ihre öffentlichen Geständnisse höchst bedauerlich für ihre Kinder. Wenn Diana weiterhin Einzelheiten aus ihrem Liebesleben ausplauderte, würde sie damit ihren einwandfreien Ruf als Mutter gefährden und ihren Kindern nicht wiedergutzumachenden Schaden zufügen. Im Gegenzug ergab eine Umfrage, daß eine große Mehrheit der Bevölkerung den Standpunkt vertrat, daß Diana das Recht habe, sich im Fernsehen zu offenbaren.

Ironischerweise behauptete Diana, während sie vor laufenden Kameras ihre Seele bloßlegte, daß sie das Interesse der Presse an ihrer Person immer noch als beängstigend empfinde. Sie ging sogar so weit – vor einem Millionenpublikum – zu behaupten, daß sie es hasse, im Mittelpunkt zu stehen. Obgleich Diana in der Vergangenheit ein gutes Verhältnis zur Presse gehabt hatte, war dieses inzwischen zu einer wahren Hetzjagd eskaliert, die Diana oft frustrierte und richtiggehend erschreckte. In einer seltenen Unmutsäußerung hatte Diana einmal ihre Verachtung für die britische Presse ausgesprochen und gemeint, wenn ihre beiden Söhne nicht wären, hätte sie England schon längst den Rücken gekehrt. Sie bezeichnete die Presse als skrupellos, unversöhnlich und fehlerorientiert. Und tatsächlich hatte die Presse sie seit ihrer Hochzeit mit Charles unerbittlich verfolgt.

Der vielleicht gemeinste Versuch, die Prinzessin zu diffamieren, erfolgte 1996, als ein Videoband auftauchte, auf dem angeblich Prinzessin Diana zu sehen war, wie sie sich entkleidete und mit ihrem einstmaligen Reitlehrer James Hewitt herumalberte. Die Frau in dem Video sah Diana ähnlich, doch die Frau und der Mann, der Hewitt darstellen sollte, waren bezahlte Schauspieler.

Berichten zufolge war das original Farbvideoband ursprünglich dem *Mirror* zugespielt worden – dem größten

Konkurrenten der *Sun* – jedoch dort als Fälschung betrachtet und abgelehnt worden. Weiter heißt es, daß das Band hiernach bei einem Treffen in Westlondon der *Sun* angeboten worden sei, von einem Mann, den die *Sun* als amerikanischen Anwalt beschrieb, der angeblich eine Gruppe von Soldaten oder Leibwächtern vertrat, die wiederum von einem Mann angeführt wurden, der als Sergeant bezeichnet wurde. Die Zeitung behauptete, der nicht identifizierte Amerikaner habe erzählt, daß das Band gegen die Prinzessin verwendet werden sollte, für den Fall, daß sie bei den Scheidungsverhandlungen Schwierigkeiten machte.

Aufgrund dieser Information widmete die Zeitung dem Video, das eine herumalbernde »Diana« zeigte, gleich mehrere Seiten. Unabhängige Fernsehsender sendeten das ursprüngliche Farbvideo, das inzwischen für die *Sun* zu einer Schwarzweiß-Version verfälscht worden war, um vorzutäuschen, daß die Aufnahmen aus einiger Entfernung gemacht worden waren. *Sun*-Herausgeber Stuart Higgins behauptete stur, gute Gründe gehabt zu haben, die Bilder zu drucken. Er rechtfertigte sein Handeln, indem er darauf hinweis, daß das Video als Beweis für die mangelnde Privatsphäre gelten könne, über die Diana sich immer wieder beklagt habe.

Dem Palast zufolge entlarvte die Prinzessin das Band sofort als Fälschung, so daß die Affäre nur den Medien peinlich sein mußte. Obgleich die Zeitungsherausgeber anfangs behaupteten, die Veröffentlichung der sensationellen Bilder einer angeblichen Diana, die einem ebenso falschen Hewitt einen BH vor der Nase herumschwenkte, wären von öffentlichem Interesse gewesen, weil sie die Problematik des Rechts auf Privatsphäre hervorhoben, machten sie noch am Abend einen Rückzieher und bezeichneten sich als Opfer der Ente des Jahrzehnts.

Beschämt klagte die *Sun*, daß das Blatt getäuscht worden sei und arglos den Behauptungen geglaubt habe, der qualitativ minderwertige Film zeigte die Prinzessin von Wales und ihren einstigen Geliebten James Hewitt. Als die »Nachricht gebracht worden war, war die Qualität des Videos jedoch nicht in Frage gestellt worden. Statt dessen hatte die Zeitung es benutzt, um Dianas Behauptungen zu widerlegen, Charles' Freunde versuchten sie zu vernichten.

Der *Mirror* soll angeblich hocherfreut gewesen sein, und der Herausgeber, Piers Morgan, war offenkundig erleichtert, daß sein Blatt das Band als Fälschung erkannt hatte – und das aus gutem Grund. Ein Jahr zuvor, als er noch für eine andere Zeitungsgruppe gearbeitet hatte, war Morgan von Dianas Bruder Charles, dem Earl of Spencer, hereingelegt worden, der einen Freund aufgefordert hatte, der Zeitung zu »stecken«, daß er sich von seiner Frau trennen wolle. Morgan hatte die Story gebracht, die Spencer sofort als Ente dementiert hatte. Offenbar war das Spencers Art gewesen, Morgan für seine ständige Negativpresse eins auszuwischen. Ein paar Wochen später hatte Morgan dann seinen Wechsel zum *Mirror* angekündigt.

Einige von Dianas Begegnungen mit der Presse waren bis zur Unerträglichkeit eskaliert. Einmal kam es sogar zu einem Handgemenge mit einem Fotografen, der Diana vor ihrem Fitneßstudio aufgelauert hatte. Als sie einen Passanten bat, dem Fotografen den Film wegzunehmen, lieferten die hierauf folgenden Handgreiflichkeiten nur noch bessere Bilder. Das Verhalten einiger Fotografen hatte längst nichts mehr mit der Informationspflicht der Presse zu tun und konnte durchaus als Nötigung betrachtet werden.

Trotz der ständigen Kritiken und Kontroversen, die

Diana weiterhin Kummer machten, wankte sie nicht in ihrer Verantwortung gegenüber der Öffentlichkeit als Königin der Herzen. Im Laufe der Jahre, die sie nun schon als öffentliche Person behandelt wurde, hatte sie gelernt, solche Attacken zu ignorieren. Einmal sagte sie sogar, daß sie glaube, der ständige Kampf hätte auch zur Folge gehabt, daß sie eine Kraft entwickelt hatte, von der sie gar nicht wußte, daß sie sie besaß.

Aber nicht alle ihre Kontakte mit Medienvertretern waren schlecht. Clive James von British Television behauptet, er habe dafür gesorgt, daß mindestens einer von Dianas Kommentaren nicht in der Presse erschienen wäre. James schreibt, er habe während der Trennungsphase von Charles des öfteren mit Diana zu Mittag gegessen und sie recht gut kennengelernt. Er bezeichnete sich selbst in einem von ihm selbst 1997 verfaßten Artikel im *New Yorker* als »Komplizen« der Prinzessin, der ihre Geheimnisse für sich behalten habe, während er ihr seine eigenen anvertraute.

In Clives Artikel heißt es, er habe den »Menschen« Diana bei den Filmfestspielen Cannes kennengelernt. Nachdem sie ihm ein Kompliment zu seiner Fernsehshow gemacht hatte, habe sie ihn gleich darauf ungeniert angesprochen, was sie von einem Reporter hielt, der ebenfalls anwesend war. James behauptete, Diana hätte ein Gesicht gemacht, als hätte sie in eine Zitrone gebissen, und gesagt: »Da drüben ist dieser abscheuliche Mann vom Maxwell's (von *Maxwell's Mirror*). Dem will ich nie wieder begegne. Pfui Teufel.«

Clive James schreibt, daß sie sich kaum länger als eine Minute kannten, mit dem Ausdruck »Pfui Teufel« bereits Stoff für eine Story geliefert hätte, die sehr unangenehm für sie und die königliche Familie hätte werden können.

Obgleich, wie er meint, ein Anruf genügt hätte, um einigen Wirbel zu verursachen, beschloß er, die Bemerkung der Prinzessin für sich zu behalten – und zu Dianas »Komplizen« zu werden.

In den Monaten nach ihrem BBC-Interview erklärte Diana immer wieder, daß sie ihren Fernsehauftritt nicht bereue. Während die Königin angeblich wütend auf sie war, ließen Palastangestellte durchblicken, daß für Diana eine eigene Position geschaffen werden würde. Ihre Repräsentationspflichten würden minimal sein, um nicht den Eindruck zu erwecken, sie würde mit dem Hof konkurrieren, aber sie sollte ihre Arbeit für karitative Zwecke fortsetzen dürfen.

Später in jenem Jahr, am 20. Dezember 1995, wurde vom Palast bestätigt, daß die Königin Charles und Diana schriftlich aufgefordert habe, sich scheiden zu lassen. Zehn Tage darauf versicherte Premierminister Major Diana, daß ihre Rolle in der Öffentlichkeit trotz der Scheidung nicht angetastet würde. Auf seine Zusicherungen vertrauend, willigte Diana im Februar 1996 in die Scheidung ein, und sie bezeichnete diesen Tag als den traurigsten in ihrem Leben.

Aber der Zwist zwischen der Königsfamilie und Diana war noch nicht beigelegt. Sie gab nicht nur bekannt, daß sie in die Scheidung eingewilligt hätte, sondern teilte auch mit, daß man sich auf die Modalitäten geeinigt hätte. Der Palast war von keiner »Einigung« unterrichtet worden, und zwischen beiden Lagern brach erneut ein erbitterter Kampf aus.

In den einsamen Jahren zwischen ihrer Trennung von Charles und der Scheidung sollen sich auch Dianas Beziehungen zu wichtigen Mitgliedern ihrer Familie verändert haben. Es hieß, Diana hätte sich ihren Schwestern Sarah und Jane ebenso wie ihrem Bruder Charles entfremdet. Andere Abschiede fanden statt. Patrick Jephson, ihr langjähriger Privatsekretär, kündigte ebenso wie ihr Chauffeur. Zu dem Zeitpunkt, als sie ihre Einwilligung in die Scheidung bekanntgab, wurde Diana offiziell von einer PR-Agentur vertreten.

Während die Berichte über Dianas Beziehung zu Sarah Ferguson schwankten, schienen die beiden Frauen einander weiterhin nahezustehen, obwohl ihre Beziehung recht kompliziert geworden war. Es ist anzunehmen, daß sie sich gegenseitig ihr Leid geklagt haben.

Aber Dianas schwierigste Rolle blieb die der Mutter, und das hatte nichts damit zu tun, daß ihre Ehe zerrüttet war. Denn die Jungen näherten sich mit Riesenschritten dem Teenageralter, und Diana würde sich früher oder später damit abfinden müssen, daß sie ihrer eigenen Wege gingen.

Trotz der erbitterten Scheidungsverhandlungen, die monatelang Schlagzeilen machten, versuchte Diana weiterhin, in der Öffentlichkeit ihr Image als Frau, die sich stets für die Schwachen und Ausgestoßenen einsetzt, zu festigen. Und trotz aller Skandale in ihrem Leben wird dies stets das Bild von Diana sein, das die Menschen in ihrer Erinnerung tragen. Ihr persönlicher Stil bezauberte alle, und ihre Hingabe an ihre Pflichten stellte sie unter Beweis, indem sie weiterhin Schirmherrin zahlreicher Wohltätigkeitsorganisationen blieb und sich durch ihren Einsatz den Respekt der Öffentlichkeit erwarb, so wie zuvor schon ihre Schwägerin Prinzessin Anne wegen ihrer Kampagnen. Manche bezeichneten Diana wegen ihrer Aufklärungsarbeit in Sachen Aids und wegen ihres unermüdlichen Einsatzes für Obdachlose, Kranke und Sterbende als »Saint Di«. Diana sah sich selbst als Antwort auf das, was das britische Volk ihrer Meinung nach wollte, eine Person des öffentlichen Lebens, die den Menschen Zuneigung, Selbstwertgefühl, Unterstützung und Hoffnung gab.

Diana schien wie geschaffen für diese Arbeit, die sie

von Herzen liebte. Sie fühlte sich den Menschen nahe, egal, wer sie waren, und bewegte sich ebenso natürlich in der Gesellschaft von Königen und Präsidenten wie unter Aids- und Leprakranken. Und vielleicht brachte sie genau damit bestimmte Kreise gegen sich auf. Sie schien viel bereitwilliger auf einfache, unterprivilegierte Menschen einzugehen, als auf jene, die einen Sonnenplatz im Leben hatten. Einmal äußerte sie ihre Enttäuschung darüber, daß jene Leute, die ganz oben stünden, ihr ihre aufrichtige Zuneigung zu einfachen Menschen übel nahmen. Ihr Vater hatte sie gelehrt, alle Menschen gleich zu behandeln, und ihre größte Hoffnung war die, daß ihre Söhne William und Harry sich diesem Beispiel ebenfalls anschließen würden. Diana war bewußt, welch große Verantwortung der Ruhm mit sich brachte, und sie erfüllte diese Pflicht auf bemerkenswerte Art und Weise.

Natürlich war Diana keine Heilige, und sie scheint auch kein spezielles Talent besessen zu haben. Was sie auszeichnete, war ihr Mitgefühl für andere, ihre Bereitschaft zuzuhören, Eigenschaften, die in unserer selbstsüchtigen Zeit nicht mehr weit verbreitet sind. Diana glaubte daran, daß es ihre Aufgabe sei, die Menschen auf Mißstände aufmerksam zu machen, sie für Ungerechtigkeiten zu sensibilisieren. Ähnlich wie Mutter Teresa war Diana am glücklichsten, wenn sie denjenigen helfen konnte, die die Schwächsten in unserer Gesellschaft waren. Es kam nicht selten vor, daß Diana jemandem zur Seite eilte, der krank war oder im Sterben lag und einen verständnisvollen Zuhörer brauchte.

June Callwood, Schriftstellerin und Gründerin von Casey House, einem Aids-Hospiz in Toronto, erinnert sich noch gut an Dianas Besuch im Jahr 1991. Man hatte den Medien den Zutritt verwehrt, weil das Hospiz sehr darauf bedacht war, die Privatsphäre seiner Insassen zu schützen, doch ein Mann, der an Aids im Endstadium litt, erklärte sich bereit, Diana vor laufenden Kameras zu empfangen. Callwood schrieb 1997 in einem Artikel für das Maclean's Magazin, daß man den Stuhl für Diana in einem gewissen Abstand aufgestellt hatte, doch sie rückte den Stuhl näher an den Kranken heran und nahm seine Hand. Mit dieser simplen Geste, die nicht nur Dianas Mitgefühl verriet, sondern auch zeigte, was sie von dem Unsinn hielt, daß Aids schon durch eine Berührung übertragen werden könnte, hatte sie alle Zweifel zerstreut, die jene bezüglich Dianas Besuch gehabt haben mochten.

Doch Diana überraschte bei diesem Besuch noch durch etwas anderes, als sich ihr eine Frau näherte, deren Sohn vor einiger Zeit in dem Hospiz gestorben war. Diese Frau konnte sich nur durch Gebärdensprache ausdrücken, und noch bevor eine Krankenschwester übersetzen konnte, hatte Diana schon selbst in Zeichensprache geantwortet. Callwood berichtete, die Frau und Diana hätten sich eine Weile angeregt unterhalten und sogar über irgend etwas gelacht, und das ohne Hilfe anderer.

Aber nicht alle guten Absichten Dianas waren von Erfolg gekrönt. Diana beging einige schwerwiegende Fehler bei ihren Soloauftritten auf internationalem Parkett. Daß sie sich nicht immer vom Außenministerium beraten ließ, führte zuweilen zu unangenehmen Situationen. Im Februar 1996, eine Woche vor der Bekanntgabe ihrer Einwilligung in die Scheidung, reiste Diana nach Pakistan, wo sie zwei Tage als Gast des Krickettspielers Imran Khan und seiner Frau Jemima Goldsmith, einer britischen Erbin, verbrachte. Dieser Besuch paßte der pakistanischen Premierministerin Benazir Bhutto ganz und gar nicht, da ihr Khans politische Ambitionen ein Dorn im Auge waren.

Ein anderes Mal gab es Ärger, als sich Bewohner der Karibikinsel Barbuda darüber beschwerten, daß das Militär der Insel einen öffentlichen Strand gesperrt hatte, um Dianas Privatsphäre zu schützen. Die Inselbewohner waren nicht nur zornig, weil ihnen der Zugang zu einem Strand verwehrt worden war, der gewöhnlich jedem offen stand, sondern vor allem auch deshalb, weil Diana zuvor eine Einladung abgelehnt hatte, bei der sie Einheimische auszeichnen sollte, die sich durch außergewöhnlichen persönlichen Einsatz hervorgetan hatten, nachdem der Hurrikan Luis die Insel verwüstet hatte.

Sicherlich war Diana nicht überall in der Öffentlichkeit beliebt, doch es ist ihr zweifellos gelungen, die Liebe und Unterstützung einer großen Mehrheit zu erringen. Sie galt weithin als eine engagierte Frau, und ihr persönliches Engagement war es auch, das die Reichen und Berühmten dieser Welt dazu veranlaßte, jene karitativen Zwecke zu unterstützen, für die sie sich einsetzte. Am 31. Oktober 1996 zahlte die Crème de la Crème von Sydney 790 Dollar (ca. 1200 DM) pro Person für ein Abendessen mit der Prinzessin von Wales im Sydney Entertainment Center. Der Erlös der Gala sollte später dem kardiologischen Forschungszentrum des verstorbenen Victor Chang zufließen, dem 1991 ermordeten Pionier auf dem Gebiet der Herzchirurgie. Diana trug zu diesem Anlaß ein blaues Kleid von Versace, und in ihrer Rede bezeichnete sie Chang als einen Visionär. An diesem Abend konnte sie seinem Institut eine Spende von 790000 Dollar (knapp 1,3 Millionen DM) überreichen, und diese Summe wurde später von einem der Gäste, Kerry Packer, einem australischen Medientycoon, um 2,4 Millionen Dollar (ca. 3,8 Millionen DM) aufgestockt.

Die allgegenwärtige Presse schenkte jedoch dem Privatleben der Prinzessin immer noch größere Beachtung, und man verstieg sich dazu zu behaupten, der verheiratete Popstar Sting, der bei der obengenannten Gala auftrat, sei ein geeigneter Verehrer für sie. Gleichzeitig wurde jedoch auch der 35jährige, in London lebende pakistanische Kardiologe Hasnat Khan als ihr Verehrer ins Spiel gebracht.

In einer von den Medien vielbeachteten Aktion bot Diana, die sich stets eine beneidenswerte Garderobe hatte leisten können, eine Auswahl ihrer getragenen und berühmten Kleider zum Verkauf an. Am 25. Juni 1997 wurden bei einer abendlichen Auktion bei Christie's in Manhattan etliche Cocktail- und Abendkleider Prinzessin Dianas versteigert und brachten einen Erlös von schätzungsweise 3,26 Millionen Dollar (ca. 5 Millionen DM) für verschiedene Krebs- und Aids-Organisationen ein. Die Wohltätigkeitsvereinigungen, denen der Verkauf der Kleider zugute kam, sollen folgende gewesen sein: in Großbritannien der Royal Marsden Hospital Cancer Fund und der AIDS Crisis Trust; in den USA das Evelyn H. Lauder Breast Center of Memorial Sloan Kettering, das Harvard AIDS Institute und das AIDS Care Center des New York Hospital Cornell Medical Center.

Bei der Auktion erwarb auch *Harper's Bazaar*, angeblich gegen ein Gebot von 25 300 Dollar (ca. 40 000 DM), ein Seidenchiffonkleid von Diana. Die Prinzessin hatte das Kleid bei einem Staatsbesuch in Nigeria getragen. Liz Tilberis, die Chefredakteurin von *Harper's Bazaar* und eine gute Bekannte von Diana, soll ganz aus dem Häuschen gewesen sein, daß ihr Magazin den Zuschlag bekam. Harper's Bazaar wollte das Kleid in einer späteren Ausgabe präsentieren.

1991, als Liz Tilberis noch Chefredakteurin der britischen *Vogue* gewesen war, hatte Diane ihr Einverständis zu Modeaufnahmen gegeben; damals kam sie zum ersten Mal auf die Titelseite einer Modezeitschrift. 1995 folgte in der Dezemberausgabe von *Harper's Bazaar* eine exklusive Titelgeschichte samt Modefotos.

Der Stil der Prinzessin war noch mehr bewundert worden, nachdem sie begonnen hatte, ihren eigenen Weg zu gehen. Sogar ihre Frisuren kündeten von ihrer neugewonnenen Unabhängigkeit und Freiheit. Sie hatte sich von einem schüchternen, konservativ gekleideten Mädchen in eine hinreißende Prinzessin verwandelt, deren Glamour und Eleganz von Frauen auf der ganzen Welt imitiert wurde. Die Wahl der Kleider – mit tiefen Dekolletés und kürzeren Röcken – zeugten von ihrer neuen Selbstsicherheit. Ihr modernerer, flotterer Kurzhaarschnitt unterstrich ihr Image als praktische, sportliche, bodenständige Frau. Es war eine Frisur, die immer paßte: bei gesellschaftlichen Veranstaltungen, aber auch dann, wenn sie sich aufmachte, um den Menschen das Schreckliche Leid vor Augen zu führen, das die unschuldigen Opfer von Landminen getroffen hatte. Die Frisur, über die man wohl am heftigsten diskutierte, war jener Wet-Look bei einer Preisverleihung in New York – hatte man nicht schon immer behauptet, sie sei die rebellische der Royals? Es war wohl eine günstige Gelegenheit, ihren neuen Look zu präsentieren, da sie bei dieser Veranstaltung, der vierzehnten jährlichen Gala des Council of the American Fashion Designers, Liz Tilberis einen Preis überreichte. Aber ganz gleich, wie Diana sich kleidete oder wie sie ihr Haar trug, sie verkörperte stets das Idealbild einer modernen Frau der neunziger Jahre – weltgewandt und sehr weiblich. Dieses Image und ihre Fähigkeit, für gute Zwecke zu werben, werden jene, die sie schätzten, am schmerzlichsten vermissen.

Das Drama, in dem sich das Leben der Prinzessin entwickelte, gründete offenbar vor allem in ihrer Suche nach Liebe. Diana wollte um ihrer selbst willen geliebt werden, nicht wegen ihrer Stellung oder ihres Vermögens. Viele fragten sich jedoch nicht zu unrecht, ob eine solche Liebe überhaupt möglich war für jemanden, der unablässig im Licht der Öffentlichkeit stand. Wem konnte sie vertrauen?

Während sie ihre Bemühungen fortsetzte, bei anderen Mitgefühl zu wecken, gab es immer wieder Gerüchte um angebliche Liebhaber. Nach der Veröffentlichung der »Squidgy«-Bänder und des Enthüllungsromans von James Hewitt war Diana offensichtlich in Herzensangelegenheiten vorsichtiger geworden, dennoch wurden ihr – zu recht oder zu unrecht – Affären mit zahlreichen Männern nachgesagt. Zu jenen, über die die Medien am meisten berichteten, gehörten James Hewitt, James Gilbey, Will Carling, Christopher Whalley, Hasnat Khan und schließlich Dodi Al Fayed.

Es war James Hewitt gelungen, für eine gewisse Zeit Dianas Herz zu erobern, doch die Veröffentlichung von *The Princess in Love* zerstörte die Zuneigung, die sie einmal für ihn empfunden hatte.

James Gilbey, Erbe einer Brennerei, wird der Öffentlichkeit wohl immer in Erinnerung bleiben wegen des inzwischen berühmten Kosenamens, mit dem er die Prinzessin in ihrem Telefongespräch ansprach: Squidgy. Während Diana ihre Affäre mit Hewitt eingestanden hat, hat sie eine engere Beziehung zu Gilbey stets geleugnet.

Im September 1995 beschuldigte die Boulevardpresse Diana, die erst 14 Monate währende Ehe Will Carlings, des Kapitäns der britischen Rugby-Nationalmannschaft, zerstört zu haben. Diana dementierte, der Grund für die Trennung des Paares gewesen zu sein.

Dianas Image als engagierte Fürsprecherin von Menschen in Not litt darunter, daß man sie immer wieder der Beziehungen zu verheirateten Männern verdächtigte. Sie wurde als berechnend hingestellt, als jemand, der anderer

Leute Ehen zerstörte. Am Scheitern ihrer eigenen Ehe gab man jedoch weiterhin Charles wegen seiner Affäre mit Camilla die Schuld.

Der nächste, der wegen Diana ins Rampenlicht geriet, war Dr. Hasnat Khan, ein 35jähriger Pakistani und Londoner Kardiologe. Es erregte viel Aufsehen, als er Diana gestattete, bei einer Operation am offenen Herzen zuzusehen. Etwa um die gleiche Zeit wurde der Prinzessin nachgesagt, sie hätte sich in den vierzigjährigen Londoner Bauunternehmer Christopher Whalley verguckt, den sie angeblich mitten in der Nacht in ihre Wohnung im Kensington-Palast mitnahm. In anderen Berichten hieß es wiederum, Diana hoffe auf einen Antrag von Dr. Khan ... bis dieser sich zurückzog, als ihm die ganze Aufmerksamkeit zuviel wurde.

Die meisten Beobachter des Königshauses waren der Ansicht, Diana solle auf der Hut sein. Sie brauchte keinen reichen Ehemann, und wenn sie sich mit dem Falschen einließ, konnte sie das die Sympathie der Öffentlichkeit kosten. Eine Wiederheirat hätte zwar ganz sicher ihre offizielle Stellung beeinträchtigt, aber wie wir wisen, hat Diana sich nach nichts so sehr gesehnt wie nach Liebe.

Andrew Morton zufolge, hätte Diana am liebsten einen Ausländer geheiratet oder zumindest jemanden ausländischer Herkunft. Er schrieb, daß Diana Rat und Unterstützung bei Astrologen gesucht habe, die angeblich wiederholt behaupteten, sie fände ihre nächste Liebe und eine neue Heimat in Frankreich, woraufhin sie Französischstunden nahm und öfters nach Paris reiste.

Diana schien bereit zu sein, ihren Status aufs Spiel zu setzen, und stellte die öffentliche Meinung erneut auf die Probe, als sie im Juli 1997 eine Romanze mit Dodi Al Fayed begann. Al Fayed, Sohn des Ägypters Mohamed Al Fayed, Inhaber des Kaufhauses Harrod in London, hatte einen zweifelhaften Ruf und wurde von den Medien als Playboy dargestellt, der seine Rechnungen nicht bezahlte. Aber allem Anschein nach war die Prinzessin in ihn verliebt.

Während sie sich in der Vergangenheit alle Mühe gegeben hatte, ihre männlichen Begleiter aus den Medien herauszuhalten, schien es ihr nichts auszumachen, sich mit Al Fayed in aller Öffentlichkeit zu zeigen und sich mit ihm sogar den Teleobjektiven der Paparazzi zu präsentieren. Kurz vor Dianas Tod erschienen Fotos des Paares, das an Bord von Al Fayeds Yacht im italienischen Portofino Urlaub machte.

Schon zu Beginn der aufblühenden Romanze zwischen Diana und Al Fayed war von einem Ring die Rede, den Dodi ihr angeblich geschenkt hatte, was als Hinweis auf eine baldige Verlobung gedeutet wurde. Es war offensichtlich, daß Diana Al Fayeds Zuneigung genoß, doch Rose Moncton berichtete im *London Telegraph*, daß Dodi Al Fayeds Großzügigkeit der Prinzessin von Wales unangenehm sei. In ihrem Artikel hieß es, daß Diana wütend reagiert habe, als Dodi sie mit Geschenken überhäufte, und daß sie geäußert habe, dies sei nicht das, was sie wolle. Moncton zufolge hätte Diana gesagt, daß sie sich nicht kaufen ließe und alles habe, was sie brauche; sie wünschte sich nur jemanden, der für sie da war und ihr Sicherheit und Geborgenheit schenken konnte.

Vielleicht haben ja gerade ihre romantischen Beziehungen und ihr Selbstfindungsprozeß sie bei einer ganzen Generation von Frauen so beliebt gemacht. Auch wenn es nur wenige Frauen auf der ganzen Welt gibt, die ähnlich privilegiert sind, wie Diana es war, konnten die meisten doch sehr wohl nachvollziehen, was in Diana vorging, wenn sie gegen Schmerz, Verrat und Demütigungen ankämpfte. Wie viele andere Frauen wachte auch die Prinzessin nach ihrem Hochzeitstag in einer kalten und harten Realität auf. Und obwohl natürlich nicht jede Ehe mit einer Scheidung endet, wissen die meisten Frauen, daß der Stoff, aus dem Mädchenträume sind, der Wirklichkeit nicht lange standhält. Die Frauen konnten Dianas Enttäuschung nachempfinden, sie bewunderten sie dafür, daß sie dem Sturm trotzte, sich ihm tapfer stellte und sich selbst neu definierte, nachdem das Leben ihr einen unerwarteten Richtungswechsel aufgezwungen hatte. Diese starke und zähe Diana war für sie womöglich noch bewunderungswürdiger als die Märchenprinzessin, als die sie damals der Welt erschienen war.

Die Erinnerung an Diana wird zu Recht hochgehalten von jenen, die sie persönlich gekannt haben. Diana kümmerte sich stets um ihre Freunde, und nie hat sie ihre Freundschaft deutlicher gezeigt als auf der Beerdigung von Gianni Versace 1997, bei der sie den zutiefst erschütterten Elton John tröstete. Am 15. Juli wurde Gianni Versace, ein Designer der Weltklasse, dessen Modelle Diana getragen hat, vor seinem Haus in Miami erschossen. Diana nahm an seiner Beerdigung teil, und bei dieser Gelegenheit sollte sie auch ihren Freund Elton John das letzte Mal sehen, der ein großerer Bewunderer jenes Mannes gewesen war, der seine Bühnenkostüme entworfen hatte. Wie Diana und Elton John hatte auch Versace Aids-Vereinigungen auf der ganzen Welt unterstützt. Diana hatte John getröstet, als er während Giannis Trauergottesdienst in Tränen ausgebrochen war, ohne zu ahnen, daß ihr eigener tragischer Tod bevorstand und Elton John ihr den Freundschaftsdienst vergelten und bei ihrer eigenen Beerdigung für sie singen würde.

Elton Johns überarbeitete Version seines berühmten Songs »Candle in The Wind«, ein gefühlvoller Tribut an »Englands Rose«, hilft dabei, daß Dianas Arbeit von anderen fortgeführt werden kann: Sämtliche Gewinne aus dem Verkauf des Songs fließen in den Diana, Princess of Wales Memorial Fund, der jene wohltätigen Organisationen unterstützen wird, die Diana besonders am Herzen lagen.

Doch Diana wird nicht nur jenen in Erinnerung bleiben, um die sie sich in deren Not so liebevoll gekümmert hat, sondern auch den Frauen der Neunziger ganz allgemein. Sie schien alles zu haben: Schönheit, eine sinnvolle Aufgabe, zwei wohlgeratene Söhne und die Bewunderung von Millionen Menschen. Aber während man aus ihr eine Vorführprinzessin machen wollte, hatte Diana ganz andere Vorstellungen. Sie demonstrierte den Frauen, daß es sehr wohl möglich ist, die Welt ein wenig besser und sicherer zu gestalten, wenn Mitgefühl und Verständnis Haß, Vorurteile und Furcht besiegen. Wenn eine zerbrechliche Prinzessin in der Lage war, es mit der ganzen Welt aufzunehmen – und zu gewinnen –, was sollte dann jede andere Frau davon abhalten, ihre Welt zu prägen?

Dianas Bruder, der Earl of Spencer, hat in seiner Trauerrede geäußert, daß die Versuchung groß wäre, seine Schwester heiligzusprechen. Dies sei jedoch überflüssig, da sie sich schon zu Lebzeiten aus eigener Kraft von der Masse abgehoben habe. Diana zur Heiligen zu machen, wäre sicher nicht in ihrem Sinne, denn sie hatte sich ganz anders gesehen: einfach als Mensch, wenn auch privilegierter als die meisten sich in ihren kühnsten Träumen vorstellen können, als eine Frau, die versuchte, so gut wie eben möglich, ihren Weg zu gehen. Ihrem Bruder zufolge besaß Diana etwas, das sie von anderen unterschied, ein Gespür für das, was im Leben derjenigen, denen sie begegnete, wirklich das Wichtigste war. Und dieser Instinkt, so meinte er, hatte seinen Ursprung darin, daß sie sich durch ihr eigenes Leid jenen verbunden fühlte, die sie als ihren »Club der Verstoßenen« bezeichnet habe.

Charles bestätigte in seiner Trauerrede das, was man seit längerem vermutet hatte: daß die schöne Prinzessin von Wales den Wunsch gehabt habe, ihre Heimat zu verlassen, um sich irgendwo niederzulassen, wo man sie akzeptierte, wie sie war. Charles, den es ärgerte, wie ihre aufrichtigen Bemühungen, Gutes zu bewirken, in den Schmutz gezogen wurden, rügte scharf die Presse und meinte, die einzige Erklärung für die Entschlossenheit in den Medien, sie von ihrem Sockel zu stürzen, läge darin, daß man sie auf die eigene niedrige Ebene herabziehen wollte. Dann fügte er jenen Satz hinzu, der in den nächsten Jahren wohl noch oft zitiert werden wird: Daß »ein Mädchen, das nach der Jagdgöttin der Antike benannt wurde, letztendlich der am leidenschaftlichsten gejagte Mensch der Moderne geworden war.«

Obgleich Diana 16 Jahre lang die wohl beliebteste Frau der Welt war, hat sie kaum etwas Denkwürdiges gesagt. Diana wird den Menschen nicht wegen irgendwelcher bemerkenswerter Äußerungen im Gedächtnis bleiben und ganz sicher nicht als Heilige – schließlich hat sie sich des Ehebruchs schuldig gemacht und raffinierte Scheidungsstrategien erdacht. Sie war nicht perfekt. Jedes Kind hätte ihr sagen können, daß sie sich auf ihrer letzten Autofahrt hätte anschnallen müssen – ob es sie nun gerettet hätte oder nicht – und daß es gefährlich und dumm war, so zu rasen.

Aber Diana wird immer die Sympathie der Menschen auf der ganzen Welt gehören, die sich an eine schöne Frau erinnern, die das Opfer einer lieblosen Ehe wurde. Sie war die Prinzessin eines neuen Zeitalters, die mit John Travolta tanzte und die Hand eines Aussätzigen hielt. Sie wird jenen ein Beispiel bleiben, die ebenfalls um etwas kämpfen müssen, sie hat gezeigt, daß sie sich ihren Problemen gestellt hat, statt nur zu lamentieren; mal ging sie als Siegerin, dann wieder als Verliererin aus ihren Schlachten hervor. Und bei alledem blieb Diana immer Mensch.

Diana war eine starke Frau mit eigenen Vorstellungen, und ihretwegen wird die Monarchie nie mehr dieselbe sein. Sie glaubte an ihre eigenen, persönlichen Rechte, übte diese jedoch stets im Rahmen ihrer Verantwortlichkeiten aus. Sie war entschlossen, ihre Kinder im Geiste des Mitgefühls für andere großzuziehen und ihnen ein Verständnis der »realen« Welt zu vermitteln. Diana hatte behauptet, Charles wäre nicht zum König geeignet, sie war der Überzeugung, daß die Regeln der Monarchie einengend und veraltet seien und deshalb wollte sie ihre Söhne zu Menschen erziehen, die anders sind als ihre Vorfahren. Sie war der Meinung, die Monarchie hätte im heutigen Leben nur noch wenig Bedeutung, und so wollte sie ihren Söhnen bewußt machen, was jeder Normalsterbliche weiß: daß es Menschen gibt, die sich von ihnen unterscheiden, Menschen, die nicht unbedingt reich und privilegiert sind und die eine hilfreiche, mitfühlende Hand brauchen. Diana wünschte sich, daß ihre Söhne das gleiche Mitgefühl entwickelten, das sie in Not Geratenen entgegenbrachte. Sollte die Monarchie Fortbestand haben, könnten ein mitfühlender König William und sein Bruder Harry, die Obdachlosenheime und Krebsstationen nicht nur von außen kannten, sehr wohl ihr dauerhaftes Vermächtnis sein.

Kapitel 9

Die Scheidung . . . und das Leben danach

Am 28. Februar 1996 willigte Prinzessin Diana nach Jahren des Unglücklichseins und der zerplatzten Träume schließlich in die Scheidung von Charles ein. Diese schokkierende Enthüllung kam von Diana selbst und wurde über ihren Pressesprecher bekanntgegeben, ohne Wissen oder Billigung der Queen oder ihres Noch-Ehemannes Prinz Charles. Bei einer privaten Unterredung mit Charles im St.-James's-Palast hatte Diana mit ihm verhandelt, um anschließend mit ihrem Statement an die Öffentlichkeit zu gehen. Die Royals waren »not amused«.

In Dianas überraschender Bekanntmachung hieß es: »Die Prinzessin wird weiterhin an allen Entscheidungen ihre Kinder betreffend teilhaben und im Kensington-Palast wohnen bleiben, mit Büros im St.-James's-Palast. Beide Elternteile werden sich die Erziehung der Kinder teilen.« Diana sollte außerdem den Titel Prinzessin beibehalten.

Am 19. Dezember 1995 schrieb die Königin an Diana und Charles und machte ihrem »Zorn und ihrer Frustration« ob der öffentlichen Streitigkeiten Luft. Diana war gerade mit den Kindern aus dem Kino zurückgekommen und sah sich im Fernsehen die Abendnachrichten an, als sie erfuhr, daß diese Briefe der Presse zugespielt worden waren – auf Betreiben der Königin persönlich, wie manche behaupteten.

Abgesehen davon, daß sie Charles und Diana rügte, weil sie öffentlich königliche Schmutzwäsche gewaschen hatten, riet die Königin dem Paar in ihren Briefen, sich möglichst bald scheiden zu lassen. Dies geschah in Folge von Dianas schockierendem und ungewöhnlichem Interview, in dem sie Einzelheiten aus ihrer gescheiterten Ehe preisgegeben, Ehebruch gestanden und ihre Kenntnis von Charles' anhaltender Untreue eingeräumt hatte. Auch sagte sie bei dieser Gelegenheit, daß sie absolut keine Scheidung wünschte, weil sie selbst ein Scheidungskind sei und ihren Kindern diese leidvolle Erfahrung ersparen wolle.

Associated Press berichtete, daß Dianas Pressesprecher bestätigt habe, daß Charles der Bitte der Queen sofort nachgekommen sei, während Diana sich erst mit ihren Anwälten beraten habe, bevor sie ihren endgültigen Entschluß bekanntgab. Andere Quellen ließen verlauten, daß die Einigung erst nach hitzigen Verhandlungen zustandegekommen sei.

Am 12. Juli 1996 war es offiziell. Der Buckingham-Palast verkündete im Namen des Prinzen und der Prinzessin, daß das Scheidungsurteil am 15. Juli verkündet und am 28. August 1996 rechtskräftig werden würde.

In der offiziellen Bekanntmachung des Buckingham-Palastes heißt es unter anderem:

»Ihre Königlichen Hoheiten, der Prinz und die Prinzessin von Wales, haben sich auf die Modalitäten ihrer Scheidung geeinigt. Die Verhandlungen, die in sehr freundschaftlicher Atmosphäre stattgefunden haben, wurden durch die überaus fairen Angebote Seiner Königlichen Hoheit des Prinzen von Wales sowie der bereitwilligen Akzeptanz durch Ihre Königliche Hoheit die Prinzessin von Wales sehr erleichtert.

Die Königlichen Hoheiten werden auch weiterhin

gleichberechtigt an der Erziehung ihrer Kinder mitwirken.

Während die finanziellen Regelungen vertraulich bleiben werden, ist man übereingekommen, daß die künftige Rolle Ihrer Königlichen Hoheit der Prinzessin von Wales von berechtigtem öffentlichem Interesse ist, und die gemeinsam erlangte Einigung über den Umfang dieser Rolle wird demnächst vom Buckingham-Palast bekanntgegeben werden ...«

Status und Rolle der Prinzessin von Wales schlossen den offiziellen Erklärungen gemäß Folgendes ein:

»Als Mutter von Prinz William wird die Prinzessin von Wales auch weiterhin von der Königin und dem Prinzen von Wales als Mitglied der königlichen Familie angesehen.«

Die Parteien haben sich darauf geeinigt, daß ihr Status und Titel weiterhin Diana, Prinzessin von Wales sein wird. Es ist ihr gestattet, Orden, Auszeichnungen und andere Titel anzunehmen, die ihr in ihrer Eigenschaft als Diana, Prinzessin von Wales verliehen werden.

Da sie als Mitglied der königlichen Familie betrachtet werden wird, wird die Prinzessin so wie die anderen Mitglieder der Königsfamilie hin und wieder auf Geheiß der Königin oder der Regierung zu staatlichen und nationalen öffentlichen Anlässen geladen werden. Bei diesen Anlässen werden der Prinzessin die Vorrechte zuteil die sie auch gegenwärtig genießt.

Als Mitglied der königlichen Familie wird die Prinzessin mit Zustimmung der Königin auch weiterhin im Kensington-Palast wohnen bleiben. Der Kensington-Palast wird somit der Prinzessin und ihren Kindern auch weiterhin ein zentrales und sicheres Heim bieten.

Welche Rolle die Prinzessin konkret in der Öffentlichkeit zu spielen gedenkt, obliegt weitestgehend ihrem eigenen Ermessen. Jedoch werden, wie bei jedem anderen Mitglied der Königsfamilie auch, repräsentative Pflichten, ob königlicher oder nationaler Art, im Inland oder Ausland, nur auf Geheiß der Königin wahrgenommen, im Bedarfsfall nach Rücksprache mit den Ministern. Wie jedes andere Mitglied der königlichen Familie, muß die Prinzessin Reisen nach Übersee (sofern es sich nicht um Privaturlaub handelt) mit dem Außen- und dem Commonwealth-Ministerium absprechen sowie diese von der Königin genehmigen lassen.

Die Prinzessin hat die Königin gebeten, ihre sämtlichen militärischen Termine absagen zu dürfen, und die Königin hat dem zugestimmt.

Die Prinzessin wird im gleichen Umfang wie die anderen Mitglieder der Königsfamilie auch weiterhin mit Erlaubnis der Königin Zugang zur 32. (Königlichen) Schwadron und zu den State Apartments des St.-James's-Palastes haben, um dort Gäste zu empfangen und zu bewirten.

Die Prinzessin wird ein privates Büro im Kensington-Palast beibehalten, dessen Umfang sich nach Art und Ausmaß der öffentlichen Rolle richten wird, die sie in Zukunft einzunehmen gedenkt.

Wie jedes andere Mitglied der Königsfamilie wird auch die Prinzessin jegliche Aktivität, die die Aufwendung öffentlicher Gelder erfordert, ausschließlich mit Erlaubnis der Königin tätigen, sowie sich gegebenenfalls mit den Ministern beraten.«

Dianas Alptraum war Wirklichkeit geworden; das Märchen, an das sie einst geglaubt hatte, war zerbrochen, man hatte ihr den Titel »Ihre Königliche Hoheit« genommen. Nun brachen die düsteren Tage nach der Scheidung an. Im Gegenzug erhielt sie eine einmalige Abfindung in

Höhe von mehreren Millionen Pfund sowie fast 280000 Pfund (ca. 800000 DM) jährlich als Unterhaltszahlung.

Charles war am Tag nach der offiziellen Bekanntgabe der Trennung aus dem Kensington-Palast ausgezogen, und sein erster offizieller Wohnsitz sollte der St.-James's-Palast bleiben. Der Tag davor war für Prinz Charles ein ganz normaler, geschäftiger Tag: Er überreichte im St.-James's-Palast die ersten Duchy of Cornwall Education Awards. Am 14. Juli reiste er dann nach Brunei zur Geburtstagsfeier des Sultans, außerdem sollte er verschiedenen anderen öffentlichen Verpflichtungen nachkommen.

Diana hatte keine offiziellen Verpflichtungen mehr; ihr letzter offizieller Termin war die Teilnahme an einem Treffen des National AIDS Trust in London mit anschließender Besichtigung des Mortimer Market Center am 27. Juni gewesen.

Während die Scheidung lief, erklärte Diana: »Ich werde stets für meine Kinder kämpfen, damit sie glücklich werden, ihren Seelenfrieden haben und ihre Pflichten erfüllen.«

Wollte sie offiziell in Übersee auftreten, so mußte Diana sich entsprechend der im Pressekommuniqué des Buckingham-Palastes genannten Bedingungen, ihre Pläne vorab mit dem Außen- und dem Commonwealth-Ministerium absprechen sowie die Erlaubnis der Königin einholen. Dieser Punkt sollte sich bald als Hindernis für Dianas Aktivitäten erweisen und diente ihrer Ansicht nach nur dazu, sie nach der Scheidung noch stärker zu isolieren.

Auch der Märchentraum des britischen Volkes war mit der Bekanntmachung der Scheidung geplatzt. Als Diana in die Königsfamilie eingetreten war, hatte sie frischen Wind mitgebracht und die Nation eine Liebesgeschichte miterleben lassen, wie sie phantastischer nicht sein konnte. Sie war *die* Hoffnungsträgerin für die Zukunft der Monarchie gewesen, und nun waren die Menschen traurig und enttäuscht. Die schwarzen Tage der Monarchie, die mit dem Scheitern von Sarahs und Andrews Ehe begonnen hatten, waren offensichtlich noch lange nicht vorbei.

Dianas Meinung, die sie in jenem Fernsehinterview geäußert hatte, daß Charles nicht geeignet wäre, den Thron zu besteigen, wurde von der britischen Öffentlichkeit gestützt, und Diana als betrogener Ehefrau und aufopferungsvoller Mutter flogen die Sympathien zu. Daß sie öffentlich ihre Unsicherheit eingestanden hatte sowie ihre Mühe, einer so zerstörerischen Beziehung standzuhalten, führte dazu, daß Frauen auf der ganzen Welt sich mit der Prinzessin identifizierten.

Charles' Eingeständis, Diana betrogen zu haben, und seine öffentlichen Liebeserklärungen an Camilla brachten Diana weitere Anhänger ein. Als bekannt wurde, daß Charles niemals zu Diana gesagt hätte, daß er sie liebe, daß er dafür Camilla als die einzige Frau bezeichnet hatte, der je seine Liebe gehört hätte, weckte bei der Öffentlichkeit einen Beschützerinstinkt gegenüber der Frau, die ihre Königin hätte sein sollen. Daß Diana so verletzlich war, war leichter nachzuempfinden als Charles' stoische, scheinbar gefühllose Art, wie er seine Pflicht erfüllte. Er hatte einen Thronerben gebraucht, eine Frau mit makelloser Vergangenheit, jemanden, der sich zur perfekten künftigen Königin formen ließ. Das Problem war nur, daß Diana ihren eigenen Kopf hatte und irgendwann ihre Angst davor überwand, das königliche Boot zum Schaukeln zu bringen.

Einige, die die königliche Scheidung nicht guthießen, meinten, daß die Charles-und-Diana-Show zu einem

»grotesken öffentlichen Spuckwettkampf« verkommen wäre. Der Autor Bruce Wallace behauptete, wäre so etwas Jahrhunderte zuvor passiert, dann hätten sie sich »auf ihre Landsitze zurückgezogen, Armeen aufgestellt und ihre Differenzen auf dem Schlachtfeld ausgetragen«. Statt dessen benutzen sie die Medien für ihren Privatkrieg. Wallace gestand Diana zu, daß sie geschickter als Charles gewesen sei in Sachen »ehelicher Guerilla-Kriegsführung«. Manche vertraten auch den Standpunkt, daß Diana in den guten alten Tagen einfach geköpft worden wäre.

Diana sollte wieder einmal einem sehr einsamen Pfad folgen und weiterhin versuchen, sich so gut wie möglich der aufdringlichen Presse zu erwehren. Ihre häuslichen Probleme wurden auf der Titelseite jeder Tageszeitung breitgetreten, und die Boulevardpresse verstärkte den Druck zusätzlich. Wie vorauszusehen gewesen war, wurde die ewige Gier der Öffentlichkeit nach saftigen Einzelheiten regelmäßig von den Paparazzi gestillt, die die Prinzessin immer wieder öffentlich wie auch privat zum Weinen brachten. Es schien, als wären ihre Kinder und einige enge Freunde, die loyal blieben, ihre einzige Stütze.

Der Schutz der Monarchie war ihr offiziell entzogen worden.

Am 28. August 1996 erklärte ein englisches Gericht die Scheidung des Prinzenpaares für rechtskräftig. Die fünfzehnjährige Ehe war hiermit offiziell beendet. Das Jahr, das das letzte in Dianas Leben sein sollte, hatte begonnen.

Angesichts des Scherbenhaufens, zu dem ihr Leben geworden war, mußte Diana all ihre Kraft und Entschlossenheit aufbringen, um den unerträglichen Alptraum durchzustehen, in den sie verstrickt war. Sie besann sich schließlich darauf, wie sie früher als junges Mädchen gewesen war, und sie verwandelte sich in eine selbstsichere, liebevolle und willensstarke Fürsprecherin all jener, die krank waren oder Not litten.

Eine neue Diana zeigte sich der Welt, und ihr Kampf, um sich aus dem eisernen Griff der Royals zu befreien, begann jetzt erst richtig.

Anfang Januar listete das *People*-Magazin die bekanntesten Mitglieder der Pro-Diana-Fraktion auf: Anthony Julius, Susie Orbach, Patrick Jephson, Sarah Ferguson und Lord Palumbo. Julius war Dianas Scheidungsanwalt, der sich ihr Vertrauen erworben hatte, als er versuchte, per Gerichtsbeschluß die Veröffentlichung der inzwischen berühmten Fitneßstudio-Fotos im *Daily Telegraph* zu verhindern.

Susie Orbach hatte ihr geholfen, als Diana sich 1994 von ihr das erstenmal wegen ihrer Bulimie behandeln ließ. Mit der Zeit wurde sie zu einer engen Freundin der Prinzessin, die ihr rückhaltlos vertraute. Orbach therapierte Diana auch nach der Scheidung, als sie unablässig von Fotografen verfolgt wurde.

Dianas Privatsekretär Patrick Jephson war ein unerschütterlicher Anhänger Dianas, vor allem in der schwierigen und tränenreichen Zeit ihrer Trennung von Charles. Jephson, ein ehemaliger Kommandeur der Royal Navy, stand Diana öffentlich zur Seite, als Camilla und Charles sich nach Bekanntgabe der Scheidung das erstemal zusammen in der Öffentlichkeit zeigten. Das *People Magazine* berichtete im Januar, daß ein königlicher Insider behauptet habe: »Nichts geschieht ohne sein Wissen und seine Billigung.«

Dianas Leidensgenossinnen-Freundschaft mit Fergie vertiefte sich wieder bei Dianas Scheidung. Beide Frauen fühlten sich von der Königsfamilie isoliert und geächtet und ermutigten sich gegenseitig bei ihrer Suche nach neuen Wegen, fort vom Hause Windsor. Diana wurde Rita Rogers vorgestellt, Fergies Wahrsagerin, und die beiden fuhren fort, alternative spirituelle Praktiken zu erforschen. Der Londoner *Daily Mirror* berichtete, daß »die beiden von der Königsfamilie ausgestoßenen Frauen lachend und kichernd Dianas Plan besprachen, alles im Fernsehen offenzulegen«. Sarahs eigene Enthüllungsbücher *My Story* und *Sarah: The Life of a Duchess* versetzte der Freundschaft der beiden jedoch einen Dämpfer.

»Die beiden standen sich extrem nah«, sagt Dianas langjähriger Pressevertrauter Richard Kay. »Doch Fergies Buch hat sie einander zweifelsohne entfremdet. Als man Fergie vorwarf, die Monarchie zu untergraben, antwortete sie: ›Und was ist mit Charles und Diana?‹«

Lord Palumbo war mit Prinz Charles befreundet gewesen und hatte mit ihm Polo gespielt, aber nachdem sie sich entzweit hatten, war es Palumbo gewesen, der Diana ihre späteren Rechtsberater empfohlen hatte. Ein Insider des Königshauses meinte, die Freundschaft der beiden hätte auf ihrer geteilten Antipathie gegen Charles beruht.

Obgleich Charles' Anhänger ihr das Leben schwer machten, kamen die schlimmsten Vertrauensbrüche, die Diana erlebte, von Menschen, denen sie hatte helfen wollen; um einigen die Scheu zu nehmen, hatte Diana ihnen von ihren persönlichen, tragischen Erlebnissen berichtet.

Im Mai 1997 äußerte Diana *Press Associate* gegenüber, daß sie tieftraurig gewesen sei, als ein Privatgespräch mit einer bulimiekranken Frau an die Medien gelangte.

Der Pressesprecher der Prinzessin sagte: »Diana, Prinzessin von Wales, war sehr enttäuscht, als sie erfahren hat, daß eine Patientin, die sie vergangene Woche im Priory besucht hat (eine Londoner Privatklinik), dem *Daily Mirror* Einzelheiten aus Privatgesprächen verraten hat.«

Diana hatte versucht, der Frau zu helfen, ihre Eßstörung zu überwinden, aber diese hatte nichts Besseres zu tun gehabt, als sofort zur nächsten Zeitung zu laufen.

Viele Menschen, die an Eßstörungen leiden, haben Kraft geschöpft aus den Eingeständnissen der Prinzessin, aus dem, was sie von ihren persönlichen Erfahrungen mitteilte.

Aber wieder einmal stieß ihr jemand, während sie ihm ihr Herz öffnete, einen Dolch hinein.

Daß sie selbst unter Bulimie gelitten hat, vermittelt ihr ein einzigartiges Verständnis für Menschen mit ähnlichen Problemen. Sie ist in der Lage, Menschen zu ermutigen, indem sie auf ihre persönlichen Erfahrungen zurückgreift, die ihr ein tiefgreifendes Wissen um die Bedürfnisse der Kranken vermitteln«, hieß es weiterhin in dem Statement des Pressesprechers.

»Die positiven Auswirkungen auf die Patienten sind in hohem Maße abhängig von Diskretion, und in diesem Fall ist es besonders traurig, daß ihr Besuch zur Sensation hochstilisiert wurde.« Die Presseerklärung endete mit den Worten: »Die Prinzessin hofft, daß dieser bedauerliche Vorfall die positiven Aspekte ihres Besuches nicht untergräbt oder künftige Gespräche überschattet.«

Viele haben darüber gelacht, daß Diana sich an Parapsychologen wandte. Doch wenn Träume und Leben zerstört werden, muß alles wieder zusammengesetzt werden, und Dianas spirituelle Suche war Teil dieses Erneuerungsprozesses. Diana suchte nach Antworten und Anleitung.

Vielleicht haben diese Gespräche ihr die Antwort darauf gegeben, ob sie es wirklich wagen konnte, ihr Herz zu öffnen, ihre Intuition zu nutzen und ihren Gefühlen zu vertrauen, sich immer vorschreiben zu lassen, was sie denken, tun und glauben *sollte*? Genau wie so viele andere Frauen, die unter traumatischen Erlebnissen gelitten hatten, fand auch Diana Erfüllung darin, anderen zu helfen – doch sie erkannte gleichzeitig, daß auch ihre eigene zerbrechliche Seele Hilfe brauchte. Sie lernte, vielmehr an sich selbst zu glauben und ihren eigenen Gefühlen zu vertrauen, und es war ihr egal, was andere von dieser »Grenz«- oder »New Age«-Spritualität halten mochten.

Nachdem die Scheidung offiziell hinter ihr lag, konnte Diana endlich ihre Flügel ausprobieren. Sie wählte ihre öffentlichen Auftritte sorgfältiger aus und entschied selbst, wie stark sie sich jeweils engagieren wollte. Entschlossen, aufgrund ihres Status, ihrer Beliebtheit und mit ihrem Charme Gutes zu bewirken, setzte sie sich weiterhin zu Hause wie im Ausland für jene Zwecke ein, die ihr am meisten am Herzen lagen.

Während manche innerhalb der königlichen Familie sich auch weiterhin mehr für sich selbst zu interessieren schienen, als für andere, fanden Dianas Bemühungen in der Öffentlichkeit große Anerkennung. Eine Londoner Umfrage Anfang 1997 hat ergeben, daß nur einundzwanzig Prozent der Befragten der Ansicht waren, daß die Königsfamilie sich tatsächlich »um Menschen in Not schert«.

Bei ihrem ersten offiziellen Besuch in den Vereinigten Staaten nach der Scheidung nahm Diana an einer Benefizveranstaltung teil und traf sich mit Hillary Clinton. Im Dezember folgte eine Leprakonferenz in London, und anschließend reiste die Prinzessin nach New York zu einem Ball des Metropolitan Museum of Art.

Ihre Januarreise nach Angola im Rahmen ihrer Kampapgne für das Verbot von Landminen fand international Interesse. In ihrem ersten persönlichen Interview seit ihren verblüffenden Enthüllungen in der BBC im November 1995 erklärte Diana, daß sie sich nach Kräften für ein weltweites Verbot von Landminen einsetzen wolle. »Ich hatte keine vorgefertigte Meinung dazu. Ich wußte nicht, was mich erwartete. Ich stand diesem Thema völlig unbefangen gegenüber. Aber ich bin erschüttert von dem Ausmaß der Verletzungen, die ich gesehen habe. So etwas ist mir noch nicht untergekommen. Ich glaube, es hat uns alle schockiert. Ich fand es so gemein und niederträchtig«, erzählte Diana Peter Archer, dem Korrespondenten von *Press Associate* in Luanda, der Hauptstadt Angolas.

»Im Krankenhaus lag ein kleines Mädchen, dem die Eingeweide herausgerissen worden waren. Es ging der Kleinen sehr, sehr schlecht, und sie nur anzusehen und sich vorzustellen, was in ihrem Kopf und ihrem Herzen vorgehen mochte, hat mich tief erschüttert. Aber für wie viele ist sie nur eine Zahl in einer Statistik?«

Ursprünglich hatte Diana noch andere Länder besuchen wollen, was man jedoch als politisch unangebracht angesehen hatte. In diesem Interview machte sie demnach ihrem Wunsch, Kambodscha, Bosnien und Afghanistan zu besuchen, sehr deutlich. »Dort sind die Menschen am stärksten betroffen ... Ich hoffe sehr, daß es mir möglich sein wird, diese Länder als freiwillige Helferin des Britischen Roten Kreuzes zu besuchen – wenn sie mich haben wollen«, sagte Diana. Ihre Reise in das vom Krieg verwüstete Angola wurde daheim von bestimmten Kreisen als unpassend bezeichnet. Manche Politiker glaubten sogar, sie befände sich auf »Kollisionskurs mit der Tory-Regierung«.

Die Bekanntgabe, daß Diana von Christie's etliche ihrer Kleider versteigern lassen wollte, sorgte erneut für Kontroversen. Unterstellungen, denen zufolge Diana sich die Hälfte des Erlöses in die eigene Tasche stecken wolle, wurden heftig dementiert. Diana verklagte die Londoner Zeitung *Express on Sunday* wegen Verleumdung. Es war das erstemal, daß Diana rechtliche Schritte gegen eine Zeitung unternahm. Sie gewann, und die Schadenersatzsumme wurde wohltätigen Zwecken zugeführt. Diana erklärte, daß jeder Cent aus dem Verkauf der Kleider an Aids- und Krebsorganisationen gehen würde, und sie sorgte auch dafür, daß jeder davon erfuhr. Diana erklärte, daß diese Benefizveranstaltung eine Idee ihres Sohne William gewesen sei, der ihr vorgeschlagen hätte, ihre Designerkleider für wohltätige Zwecke meistbietend zu versteigern.

Man könnte es wohl auch als eine sehr öffentliche Loslösung von ihrem alten Ich betrachten, daß sie sich aus der Form zu befreien gedachte, in die sie fünfzehn Jahre zuvor gepreßt worden war.

»Diese Kleider passen nicht mehr in das Leben, das sie heute führt«, sagte Meredith Etherington-Smith, Marketingdirektorin von Christie's, die aktiv an den Plänen für diese Auktion mitgewirkt hat. »Sie hat die Vergangenheit dort gelassen, wo sie hingehört – in der Vergangenheit.«

Die Versteigerung brachte eine Rekordsumme ein, die an folgende Organisationen und Einrichtungen gingen: den Britisch AIDS Crisis Trust, den London's Royal Marsden Hospital Cancer Fund, das amerikanische AIDS Care Center des New York Hospital und Cornell Medical Center, das Harvard AIDS Institute und das Evelyn H. Lauder Breast Center des Memorial Sloan-Kettering Cancer Center.

Dianas unvergeßliche mitternachtsblaue Samtrobe, die sei 1985 bei einem Besuch im Weißen Haus trug, brachte den höchsten Erlös: unglaubliche 120301 Pfund (ca.

350 000 DM). Es handelte sich um die Kreation von Victor Edelstein, die sie beim Tanzen mit John Travolta getragen hatte.

Obwohl Diana nach neuen Wegen für sich selbst suchte, bemühte sie sich dennoch, der Monarchie – und damit ihren Söhnen – keinen Schaden zuzufügen. Aus diesem Grund zog sie auch ihre Zusage zurück, an einem Buch eines ihrer Lieblingsdesigner – Gianni Versace – mitzuwirken.

»Im vergangenen Jahre bat Mr. Versace mich, ein Vorwort für ein Buch mit dem Titel *Rock and Royalty* zu schreiben, das er herausbringen wolle, um Gelder für Elton Johns Aids-Stiftung aufzubringen.

Ich war an dieser Stiftung interessiert und wollte Mr. Versace gern unterstützen. Mir wurde versichert, daß das Buch nichts enthielt, was als beleidigend aufgefaßt werden könne, und darum erklärte ich mich bereit, ein Vorwort zu verfassen.«

Als Diana das Buch zu lesen bekam, machte sie sich jedoch Sorgen, daß es einige Mitglieder der Königsfamilie vor den Kopf stoßen könnte.

Dianas Sorge war berechtigt; so war zum Beispiel ein Foto des verstorbenen Herzogpaares von Windsor neben der Aufnahme eines britischen Fußballstars plaziert, der zwar eine Krone trug, aber sonst herzlich wenig, um bestimmte privatere Teile seines Körpers zu bedecken.

Diana zog ihre Zusage für das Vorwort zurück und sagte ihre Teilname an der Benefizgala anläßlich der Veröffentlichung des Buches am 18. Februar 1997 ab. Um Dianas Interessen zu schützen, verkündete Versace, daß er die Benefizgala streichen werde: »Das Geld, das mich diese Party gekostet hätte, werde ich direkt an die Elton John AIDS Foundation spenden«, sagte er.

Dianas stürmische Beziehung zum Establishment setzte sich fort, und im April wurde ihr zum Vorwurf gemacht, daß sie Wales schon seit zwei Jahren nicht mehr besucht habe. Immerhin sei sie die Prinzessin von Wales.

Diana hielt es für das beste, sich aus Charles' Revier fernzuhalten, um Charles die ungeteilte Aufmerksamkeit zu überlassen. »Als Thronerbe hat er, was offizielle Termine anbelangt, absoluten Vorrang, und aus diesem Grund hält die Prinzessin es für unangebracht, Wales gegenwärtig in offizieller Funktion zu besuchen«, ließ ihr Privatsekretär Michael Gibbins verlauten. »Nach der Scheidung der Prinzessin im vergangenen Jahr ist die Situation ein wenig schwierig, und die Prinzessin möchte auf jeden Fall vermeiden, dem Prinzen von Wales in Wales die Sympathien streitig zu machen.«

In den Zeitungen wurde ständig von den Schwierigkeiten berichtet, mit denen Diana in den folgenden Monaten konfrontiert wurde. Die Prinzessin verlor ein halbes Dutzend ihrer Angestellten in nur einem Jahr – manche waren gefeuert worden, andere waren aus eigenem Antrieb gegangen – und eine von Dianas Assistentinnen, Victoria Menham, kündigte, nachdem Diana verlangt hatte, daß Menham die Kosten für eine Reise nach Übersee selbst tragen müsse. Victoria Menham behauptete, sie sei zu dieser Reise eingeladen worden, aber Diana sah das anders. Sie einigten sich außergerichtlich. Brian Hoey, der zwölf Bücher über die Königsfamilie geschrieben hat, meinte, daß Dianas engster Kreis rasch zerfiele, vor allem wegen ihrer fordernden und schwierigen Art. »Ihr gehen langsam die Freunde aus, und es gibt auch keine Romanzen mehr – nicht die geringste«, sagte er.

Und auch Lord Runcie, der frühere Erzbischof von Canterbury, fiel Diana öffentlich in den Rücken, indem er sie in seiner Biographie als Intrigantin und traurige Gestalt bezeichnete. Im Oktober 1996 wurde Dianas Name aus dem täglichen Gebet des Unterhauses gestrichen. Obwohl sie weiter persönlich angegriffen wurde, obwohl es weiter öffentlich Rügen sowohl aus den Kreisen der Kirche als auch der Politik gab, ließ Diana nicht zu, daß sie erneut in das schwarze Loch der Depressionen und Einsamkeit fiel. Sie erstrahlte in neuem Glanz, und sie strahlte wahrhaftig wie eine Sternschnuppe.

Dianas Auseinandersetzungen mit den Medien hielten an, und im April 1997 machte ein Zwischenfall, der sich mit einem besonders aufdringlichen Fotografen ereignete, in der Boulevardpresse Schlagzeilen.

Beim Verlassen eines Londoner Fitneßstudios stellte Diana einen extrem dreisten Fotografen zur Rede und verlangte, daß er ihr den Film aus seiner Kamera aushändigte. Ein Passant folgte Dianas Bitte um Hilfe und verlieh ihrer Forderung Nachdruck. Den beiden gelang es, dem Mann seinen Film abzunehmen, aber unglücklicherweise wurde der Zwischenfall von einem zweiten Fotografen festgehalten. Auf den Bildern war zu sehen, wie der 28jährige Kevin Duggan den Fotografen an die Wand drückte und Diana zusah, wie ihr Held dem Mann den Film abnahm. Duggan entriß dem Fotografen die Kamera, während er ihn im Schwitzkasten hielt.

Diana reagierte auf die Berichterstattung darüber wütend und angewidert und wollte, daß die ganze Welt von ihrem Unmut erfuhr. Ihr Büro gab folgende Mitteilung heraus: »Wieder einmal wurde die Prinzessin von Wales von einem Fotografen belästigt. Wieder einmal wurde der Zwischenfall von der Presse über Gebühr hochgespielt.

Die Prinzessin hofft, daß das kürzlich erlassene Gesetz zum Schutz vor Belästigung Menschen wie sie selbst, die

Opfer solch nervenaufreibender Aufdringlichkeit sind, endlich vor einem eklatanten Eindringen in ihr Privatleben schützen wird.«

In der *Sun* hieß es, Diana habe die gewalttätige Auseinandersetzung unterstützt, und der Gegenstand von Dianas Wut, Fotograf Brendan Beirne, sagte dazu: »Ich bin erschüttert, daß sie nicht eingegriffen und der Sache ein Ende gemacht hat. Das war unglaublich. Sie weiß, daß ich kein Sittenstrolch bin und keine Gefahr für sie darstelle. Ich fotografiere sie seit zehn Jahren.«

Vielleicht waren zehn Jahre ja genug, denn Diana war es zunehmend leid, auch im Alltag unablässig verfolgt zu werden. Vielleicht faßte sie allein seine Anwesenheit als Bedrohung ihres persönlichen Wohlbefindens und ihrer Privatsphäre auf. Die Medien waren eine Bedrohung für sie, seit sie fünfzehn Jahre zuvor die königliche Bühne betreten hatte. Es gab Reporter, die einfach nicht von ihr ablassen wollten. Sie wurde die Straßen hinuntergejagt, wenn sie zu Fuß ging, mit hoher Geschwindigkeit im Auto gehetzt, und einmal fuhr sogar ein Fotograf, der sie quer durch London verfolgt hatte, auf ihren Wagen auf. Diana sagte über die andauernde Aufmerksamkeit der Medien: »Ich finde das Interesse an meiner Person immer noch erschreckend und unglaublich, da ich es im Grunde nicht leiden kann, im Mittelpunkt zu stehen. Ich weiß nie, wann eine Linse auf mich gerichtet ist.«

Ihre Abneigung gegen die Medien übertrug sich auf ihre Kinder, vor allem auf William. Die beiden hatten eine sehr enge Beziehung zueinander, und oft hat William sie in einer schwierigen Situation getröstet; schließlich hat er sie oft genug wegen der überall lauernden Presse weinen sehen, und das hat eine Abneigung bewirkt, die sich leicht zu Haß steigern könnte. Obwohl ihre Kinder stets Objekt größten öffentlichen Interesses waren, hat Diana dafür gesorgt, daß ihre Privatsphäre auf der Schule weitgehend gewahrt wird, und die Königin hat sich zusätzlich dafür eingesetzt, daß die Presse die Jungen so weit wie möglich in Ruhe läßt, es sei denn, sie sind offiziell an der Seite ihrer Eltern unterwegs. Auf ihren Internaten werden sie vor den neugierigen Blicken der Öffentlichkeit abgeschirmt, die Presse bleibt auf Distanz, wenngleich es heißt, daß einige Fotografen William regelrecht verfolgen, wenn er sich in London aufhält. Bemerkenswerterweise sind es die Zeitungen, die die Nachfrage an diesen Fotos gering halten, indem sie sich weigern, sie Williams Verfolgern abzukaufen.

Es wird berichtet, daß beide Kinder, William und Harry, den Medien die Schuld an der Trennung ihrer Eltern geben würden. In den schweren Zeiten hat William seinem jüngeren Bruder beigestanden und ihn vor dem Medienzirkus, der um ihre Familie veranstaltet wurde, abgeschirmt. Und trotz allem hat Diana es geschafft, ihren Söhnen viele ganz besondere Erlebnisse zu ermöglichen. Im Juni 1997 wurde Diana jedoch öffentlich dafür kritisiert, daß sie sich mit den Jungen *The Devil's Own* angesehen hatte, einen Film, von dem es hieß, er wäre IRA-freundlich. Harry war ins Kino gelassen worden, obgleich er unterhalb der Altersgrenze war, die man wegen der Gewaltszenen in diesem Film erlassen hatte. William war gerade eben alt genug, nachdem er erst am Tag zuvor seinen Geburtstag gefeiert hatte.

Der Kensington-Palast gab eine Erklärung heraus, in der man sich formell dafür entschuldigte, daß die Jungen diesen Film gesehen hatten. Es hieß unter anderem: »Diana, Prinzessin von Wales, wußte nicht über das Thema des Filmes Bescheid ... Sie entschuldigt sich bei allen, deren Gefühle sie möglicherweise dadurch verletzt hat, daß sie sich mit ihren Söhnen diesen Film angesehen

Prinzessin Diana, eine der bestgekleideten und meistfotografierten Frauen der Welt, ließ etliche ihrer Abendroben für wohltätige Zwecke versteigern. Ihr Hochzeitskleid schenkte sie dem Londoner *Victoria and Albert Museum*.

Die englische Prinzessin Diana nimmt am Donnerstag, den 22. Februar 1996, bei einem Besuch im Shaukat Khanum Hospital in Lahore, das vom pakistanischen Krickettstar Imran Khan gegründet wurde, einen kleinen Jungen auf den Arm. Die Prinzessin hielt sich in Pakistan auf, um Spenden für das Krebskrankenhaus zu sammeln.

Diana, Prinzessin von Wales, trägt Schutzkleidung bei der Besichtigung eines Minenfeldes in Angola im Januar 1997. Diana hatte Angola und das ehemalige Jugoslawien besucht, um mit ihrem Einsatz zu einem weltweiten Verbot von Landminen beizutragen.

Mutter Teresa (Mitte) verabschiedet sich nach einem Besuch am Mittwoch, den 18. Juni 1997 in New York, von Diana. Prinzessin Diana verbrachte bei einem Privatbesuch 40 Minuten mit Mutter Teresa bei den *Missionaries of Charity* in der South Bronx in New York. Die römisch-katholische Nonne starb im Alter von 87 Jahren - nur 5 Tage nach dem tragischen Unfall der Prinzessin.

oben: Prinzessin Diana sitzt neben Popstar Elton John (Mitte), der beim Gedenkgottesdienst für Gianni Versace am Dienstag, den 22. Juli 1997 in der gotischen Kathedrale von Mailand von einem unbekannten Mann getröstet wird. An der Trauerfeier eine Woche nach dem Mordanschlag auf den Modedesigner in Miami Beach nahmen zahlreiche Prominente teil.

rechte Seite oben: Die Polizei sperrt die Tunneleinfahrt am Seineufer, wo die Prinzessin bei einem Autounfall schwere Verletzungen erlitt, denen sie später erlag. Bei dem Unfall am Sonntag, den 31. August 1997 in Paris, starben auch ihr Freund Dodi Al Fayed und der Fahrer. Das Autowrack ist auf der rechten Tunnelseite zu erkennen.

rechte Seite unten: Die Route, der Prinzessin Dianas Limousine vom Hotel Ritz zum Tunnel unter der Place de I´Alma gefolgt ist, wo sich der Unfall ereignete, bei dem ihr Partner Emad (Dodi) Al Fayed und Henry Paul auf der Stelle getötet wurden. Diana und der Leibwächter Trevor Rees-Jones wurden schwerverletzt ins Krankenhaus gebracht. Nach mehreren Stunden verzweifelter Wiederbelebungsmaßnahmen erklärten die Ärzte Diana gegen 4:00 Uhr für tot.

Ein tragischer Unfall

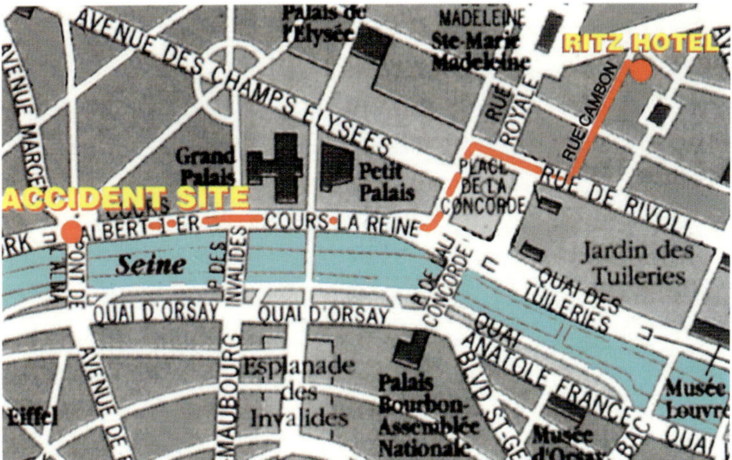

Die Medien reagierten sofort und überall auf Dianas Tod. In den Sonntagsausgaben der New Yorker Zeitungen machte die Tragödie, die sich erst am frühen Morgen ereignet hatte, bereits Schlagzeilen.

oben: Prinzessin Dianas Sarg wird nach dem Trauergottesdienst am Samstag, den 6. September 1997, in London aus der Westminster Abbey getragen.

rechts: Der Schmerz steht dem Prinzen von Wales ins Gesicht geschrieben, als er einen Blick auf seine Söhne, Prinz William (links) und Prinz Harry (rechts), wirft, während sie darauf warten, daß Prinzessin Dianas Sarg nach dem Trauergottesdienst in der Westminster Abbey in London in den Leichenwagen geladen wird.

Dianas letzte Ruhestätte.
Der Earl of Spencer legt am Montag, den 8. September 1997, auf dem Anwesen der Familie Spencer in Althorp, Northamptonshire, Blumen auf einer Insel inmitten eines künstlichen Sees nieder, auf der seine Schwester Diana, die Prinzessin von Wales, am Sonntag bestattet wurde.

hat. Sogar die Stars des Films, Harrison Ford und Brad Pitt, bezeichneten den Film als unverantwortlich, da er Sympathien für einen IRA-Mörder wecke. Da Harrison Ford einer von Prinz Williams Lieblingsschauspielern war, hatten sie diesen Film ausgewählt und jemanden vorausgeschickt, die Karten zu besorgen. Da Diana weder Harry daheimlassen noch William enttäuschen wollte, gestattete das Kino allen dreien den Zutritt. In bezug auf die gewalttätigen Szenen und Pro-IRA-Sicht des Films war es vielleicht gar nicht so schlecht, daß die Kinder ihn gesehen haben. Immerhin ist die Gewalt in Irland unmittelbare Ursache der britischen Besatzung, und es handelt sich um eine Realität innerhalb einer gewalttätigen Welt, die die Jungen eines Tages mitregieren werden.«

Kritik an Dianas Erziehungsmethoden gab es nur selten, denn man schätzte es allgemein, daß sie den Kindern eine für die Royals völlig neue Sichtweise ihrer Stellung zu vermitteln suchte. Sie wollte, daß sie sich ihres privilegierten Status bewußt und dankbar dafür sind und gewillt, diese Position zu nutzen, um das Leid anderer zu lindern. Diana verließ manchmal heimlich und spätabends den Palast zusammen mit ihren Söhnen und besuchte mit ihnen die zahlreichen Obdachlosenheime in der Londoner Gegend, um ihnen auch andere ihrer »Untertanen« zu zeigen. Menschen, die nicht auf der Sonnenseite des Lebens stehen. Die Jungen waren sich ihres privilegierten Status wohl bewußt, und William hat seine Mutter bereits dabei beraten, auf welche Weise sie noch mehr Geld für wohltätige Zwecke auftreiben könnte.

Diana schaffte es, ihren Kindern Freude zu schenken, ob sie nun einen Vergnügungspark besuchten oder vor einem Kino Schlange standen. Während sie auf ihre königliche Rolle vorbereitet wurden, versuchte Diana ihnen beizubringen, wie wichtig es sei »Mensch zu bleiben«.

Obgleich ihre Söhne sie immer wieder gedrängt haben, England zu verlassen, hat Prinzessin Diana durchgehalten, denn sie wußte, daß es ihre Beziehung zu ihren Kindern eingeengt hätte; sie hätte den beiden nicht mehr in dem gleichen Maße ihre Liebe und Zuneigung geben können, sie wäre nicht mehr jederzeit erreichbar gewesen.

Im Juli 1997 äußerte die Prinzessin Reportern gegenüber, daß es William und Harry deutlich bewußt wäre, wie sehr ihr die ständige Beobachtung durch die Paparazzi, der sie in London ausgesetzt war, zu schaffen mache. Sie »drängen mich ständig, ins Ausland zu ziehen ... und vielleicht sollte ich das tatsächlich tun«, teilte Diana den Reportern ganz offen mit. Aber es dauerte nicht lange, und die Gerüchteküche brodelte wieder, so daß sie ihr Pressebüro im Kensington-Palast anweisen mußte, Behauptungen zu dementieren, denen zufolge sie bald eine Erklärung abgeben werde, die für einiges Aufhebens sorgen würde. Obgleich ihr Wunsch nach mehr Privatsphäre sie von einem friedlichen Leben abgeschirmt von den neugierigen Medien träumen ließ, wußte Diana, daß ihre Söhne niemals bei ihr leben könnten, wenn sie ins Ausland zöge. Und da sie die Rolle ihrer Kinder innerhalb der Monarchie nach Kräften unterstützte, blieb Diana in London und teilte sich weiterhin die elterlichen Pflichten mit Charles.

Die Königin spielt ebenfalls eine nicht unerhebliche Rolle im Leben der Kinder, indem sie sie mit dem königlichen Protokoll und der Etikette vertraut macht. Es heißt, William würde die Königin häufig im Palast besuchen und von ihr unterwiesen werden. An den meisten Sonntagen fährt William in einem Wagen vor und verbringt einige Zeit allein mit seiner Großmutter auf Windsor Castle. »Die Königin fühlt sich für ihn verantwortlich, und er liegt ihr sehr am Herzen«, schreibt die Biographin der

Queen, Sarah Bradford. Was Harry betrifft, so lehrte Diana ihn, seinen älteren Bruder zu unterstützen. Die engsten Freunde und sogar selbst die Kritiker der Prinzessin stimmen darin überein, daß es bewundernswert war, wie Diana ihre Mutterliebe stets offen zeigte, daß sie sich nicht davon abhalten ließ, die Kinder auch in der Öffentlichkeit zu umarmen oder mit ihnen herumzualbern. Sie sorgte dafür, daß ihre Söhne ohne Problem in ihre Rolle in einer sich wandelnden Monarchie hineinwachsen.

Diana war schmerzhaft bewußt, daß Charles' gefühlsarme und steife Erziehung einen Mann geschaffen hatte, der eine große Distanz zu seinem Volk entwickelte, dem es widerstrebte oder der einfach unfähig war, Reaktionen zu zeigen, die man als menschlich hätte betrachten können, und der manchmal sogar Menschen – einschließlich sich selbst – quasi als »Ausführungsorgan« der königlichen Pflichten betrachtete. Charles' unermüdlicher Einsatz für den Naturschutz, für ein größeres Umweltbewußtsein (zu seinen Leidenschaften gehört auch der biologische Gartenbau) und den weltweiten Schutz der Natur sind nur einige seiner Interessen außerhalb seiner offiziellen Verpflichtungen, und es heißt, daß er den Jungen gegenüber seine Zuneigung viel deutlicher zum Ausdruck bringt, wenn keine Kameras in der Nähe sind. Immerhin ist er selbst in einem eher kühlen und distanzierten Umfeld aufgewachsen, war die meiste Zeit von seinen Eltern getrennt. Ganz offensichtlich war er sich mit Diana darüber einig, daß seine Kinder es besser haben sollten. Ihre Söhne sind die Hoffnungsträger der Zukunft Englands, und sie werden die Monarchie ins nächste Jahrhundert führen. Diana, die sich des gewaltigen Drucks, der auf ihren Kindern lastet, stets bewußt war, hat ihnen das notwendige Rüstzeug gegeben, starke Führer zu sein, die nicht nur mit dem Kopf, sondern auch mit dem Herzen regieren.

In den Augen vieler konnte die Prinzessin einfach nichts falsch machen. Ihr Einsatz angesichts des Kummers und der Not anderer Menschen schien grenzenlos, während sie gleichzeitig damit fertigwerden mußte, daß sie ein Leben wie unter dem Mikroskop führte, selbst in privatesten Bereichen schonungslos den Blicken anderer ausgesetzt. Dann gab es natürlich auch jene, die niemals etwas Gutes sehen wollen. Schlimmer jedoch sind noch diejenigen, die, weil sie schmutzig denken, auch alle anderen in den Schmutz ziehen wollen.

Die königliche Familie hat Diana in vielen Bereichen ihres Lebens nur wenig Unterstützung gegeben. Man kritisierte sie, weil sie es vorzog, sich selbst um ihre Kinder zu kümmern, man war peinlich berührt von ihren öffentlichen und »ungehörigen« Gefühlsausbrüchen. Die »stift upper lip«, diese Steifheit in ihrem Betragen, scheint vielen Angehörigen der Aristokratie angeboren zu sein; mit jemandem der so menschlich war wie Diana, konnten diese Menschen nichts anfangen. Viele, die sich im Kampf um die Gunst der Öffentlichkeit auf Charles' Seite geschlagen hatten, redeten selten Gutes über die Prinzessin, wenn ihnen jemand zuhörte. Nach Dianas Interview in *Panorama,* in dem sie Charles' Anhänger als »den Feind« bezeichnet hatte, gab es einige grausame und unnötige Kommentare zu ihrem Geisteszustand. Aber diese Bemerkungen bestätigten der Öffentlichkeit nur, daß es solche Feinde tatsächlich gab, daß Diana sich nichts einbildete. Verteidigungsminister Nicholas Soames erklärte nach Dianas Interview in einer Sondersendung der BBC, daß Dianas Kummer und ihre Depressionen sich zur »Geisteskrankheit« ausgeweitet hätten. Er behauptete, daß sie an »Verfolgungswahn in einem fortgeschrittenen Stadium« litte. Aber wenn überhaupt jemand auf der Welt allen Grund hatte, paranoid zu werden, dann die Prinzessin von Wales. Der damalige Premierminister John Major rügte Soames scharf wegen seiner Bemerkungen und warnte ihn, sie nicht in der Öffentlichkeit zu wiederholen.

Leider war Soams nicht der einzige, der darauf aus war, Diana einen Dolchstoß zu versetzen. Es gab auch Medienvertreter, die sich weigerten, Dianas eindringliche Bitten um Verständnis ernst zu nehmen und sie als manipulativ und verwöhnt bezeichneten, die die ihnen zur Verfügung stehenden modernen Mittel nutzten, um die Prinzessin öffentlich zu verspotten. Die Ironie dabei war, daß genau dies das Mitgefühl von Millionen Menschen weckte, die sich dann erst recht hinter Diana stellten.

Der Londoner Reporter Bruce Wallace verfaßte eine Kritik über die Prinz-Charles-Biographie *The Prince of Wales* von Jonathan Dimbleby. Wallace nutzte diese Gelegenheit, nun die Prinzessin und den Prinzen »herunterzuputzen« und beide als von sich selbst besessen, Privilegien ausnutzend und egoistisch zu bezeichnen. Auch weist Wallace in seinem Artikel darauf hin, daß Andrew Morton, Autor der beiden Diana-Biographien *Diana: Her True Story* und *Diana: Her New Life*, zwar versuche, ein sympathisches Porträt der Prinzessin zu zeichnen, daß es ihm jedoch nicht gelungen sei zu verbergen, welche reizbare Frau Diana tatsächlich wäre. Wallace beschreib sie als jähzornig, rachsüchtig und »mehr als nur ein wenig aufbrausend«.

»Dies ist eine Frau, die geweint hat, als Demi Moore und Woody Harrelson sich am Ende dieses albernen Hollywood-Streifens *Indecent Proposal* wieder versöhnten (als wäre sie die einzige), und die glaubt, in einem früheren Leben Nonne gewesen zu sein. Ihr Leben wird von einer Batterie von Tarotkartenlegern, Wahrsagern, Parapsychologen, Astrologen, Osteopathen und Masseuren bestimmt.« Wallace fährt im selben Ton fort und äußert sich verächtlich über Dianas regelmäßige Entschlackungsbehandlungen (eine Praktik, die gar nicht so ungewöhnlich oder medizinisch fragwürdig ist, wie Wallace glauben machen will). »Außerdem zeigt die Prinzessin Anzeichen von Paranoia und bildet sich ein, die königliche Familie würde ein Komplott gegen sie aushecken«, behauptete Wallace.

Morton, ihr eigener Biograph, sagte: »Ihr war bewußt, daß sich für jeden Punkt, den sie in öffentlichen Umfragen verlor, Tausende von Pfund (Sterling) aus der Scheidungsvereinbarung herausholen ließen.« Dies kann man auch als geschickten Schachzug werten, um zu verhindern, daß sie in Zukunft vom Königshaus weiter diskreditiert wurde oder daß man versuchte, ihr zu schaden. Für Wallace war dies nur ein weiterer Beweis dafür, daß »ihr ganzes Verhalten von Berechnung geleitet wird: Kein Hospiz wird besichtigt, kein Kondolenzschreiben versandt, ohne daß sie kalkuliert, inwieweit ihr das auf der Beliebtheitsskala zugute kommt und ihren Stand gegenüber dem Prinzen festigt.«

Als Diana die Einladung der Königin ablehnte, Weihnachten 1995 zusammen mit der königlichen Familie auf Sandringham zu verbringen, sahen manche darin einen Versuch, das Mitgefühl der Öffentlichkeit zu wecken. William und Harry waren bei ihrem Vater auf Sandringham, während Diana Weihnachten allein im Kensington-Palast feierte. Da sie nicht willens gewesen war, sich nur einen Monat nach ihrem *Panorama*-Interview dem Zorn der Royals auszusetzen, hatte Diana wohlweislich eine Situation vermieden, die nicht nur für sie selbst, sondern auch für ihre Kinder unerfreulich und peinlich hätte werden können.

Die Briefe, die die Queen im Dezember an Charles und Diana schickte, wurden nur Wochen vor Weihnachten der

Presse zugespielt, und in den Schreiben wurden beide wegen ihres unköniglichen Benehmens gerügt. Diese Ohrfeige mit dem Samthandschuh war die Rache an Diana wegen ihres *Panorama*-Interwiews.

Wer konnte Diana verübeln, daß sie Weihnachten lieber nicht auf Sandringham verbrachte? Wer will schon Urlaub in der Gesellschaft von Menschen verbringen, die einen so offensichtlich nicht leiden können?

Es war nicht das erste und auch nicht das letzte Mal, daß die Königin persönlich eingriff, um ihre Mißbilligung gegenüber Diana zu zeigen. Die Queen hat Berichten zufolge Diana wiederholt gewarnt, daß ihr das Sorgerecht an den Prinzen entzogen werden und diese ihrer eigenen Obhut unterstellt werden könnten. Und nachdem die Königin ihre ganze Macht entfaltet hatte, wurde Diana deutlich zu verstehen gegeben, daß sie gut daran täte, die nächsten Monate sehr leise zu treten. Inzwischen veröffentlichte die Presse wie gewöhnlich alles, was sie in die Finger und vor die Linse kriegen konnte. Über Victoria Mendhams Kündigung wurde im Dezember 1996 berichtet. Im März einigte Diana sich außergerichtlich mit einem ehemaligen Dienstmädchen, Sylvia McDermott, das Diana wegen ungerechtfertigter Kündigung verklagt hatte. Diana beschwerte sich über die Arbeitsmoral McDermotts, aber letztlich einigten die Parteien sich darauf, daß McDermotts Arbeitsverhältnis beendet war, als »ihre Stellung als Hausmädchen überflüssig wurde«, wie es David Pannick QC, der Anwalt der Prinzessin, formulierte.

Im März warnte das Außenministerium außerdem, daß Dianas geplante Reise nach Südostasien zu gefährlich wäre. Diana hatte nach ihrer Rückkehr aus Angola ihre Kampagne gegen Landmine fortsetzen wollen. Im Juni wurde sie dann erneut von Mitgliedern des Unterhauses kritisiert, denen sie auf die politischen Zehen getreten war. Diana wollte vor dem Unterhaus über das Thema Landminen und die Weigerung des Parlaments sprechen, diese Waffen grundsätzlich zu verbieten, überlegte es sich jedoch anders, als sie wegen ihrer Einmischung in die politischen Angelegenheiten des Unterhauses scharf kritisiert wurde.

Ihre öffentliche Entschuldigung dafür, daß sie sich mit ihren Söhnen den Film *The Devil's Own* angesehen hatte, wurde in den Zeitungen umfangreich dokumentiert, ebenso wie ihre angebliche Kritik an Tiggy Legge-Bourke, dem Kindermädchen der Prinzen, als sie Williams Einladung zum Elterntag seiner Schule angenommen hatte. Die Boulevardpresse berichtete, Diana habe Tiggy als »gedankenlos, dumm und idiotisch« bezeichnet, weil sie an der Veranstaltung in Eton teilgenommen habe. Diana widersprach den Berichten der Boulevardzeitungen und behauptete, sie sei im Gegenteil »hoch erfreut« gewesen, daß William Tiggy eingeladen habe und diese bei dem Picknick dabei gewesen sei. William hatte seine Einladung nicht mit seinen Eltern vorab besprochen. Diana und Charles hatten beschlossen, dem alljährlichen Schulfest aus Rücksicht auf die anderen Eltern und Schüler nicht beizuwohnen. Keiner von beiden wollte den Frieden dieses Tages stören, und so hatten beide entschieden, der Feier fernzubleiben.

Obgleich es viele gab, die das Schlimmste von Diana glaubten oder glauben wollten, erklärte sie auch weiterhin, daß ihre Wohltätigkeitsarbeit und ihre unangekündigten Besuche in Krankenhäusern und Heimen ihr große Freude bereiteten und ihr das Gefühl vermittelten, gebraucht zu werden. »Ich bin kein Politexperte«, sagte sie, »aber ich glaube, die schlimmste Krankheit, an der die Welt in unserem Zeitalter leidet, ist die, daß immer mehr

Menschen sich ungeliebt fühlen, und ich weiß, daß ich Liebe schenken kann, für eine Minute, eine halbe Stunde, einen Tag, einen Monat. Es macht mich glücklich, das zu tun, und ich möchte es auch weiterhin tun.«

In Andrew Mortons zweitem Buch *Diana: Her New Life* erklärten Dianas engste Berater, daß es immer Kritik an Dianas Verhalten geben würde. »Diana befindet sich derzeit auf Entdeckungsreise. Was wir heute sehen, ist ihre wahre Persönlichkeit, die durchbricht, nun, da sie nicht mehr so stark durch das königliche System eingeschränkt ist. Menschen, die eine bestimmte Stellung innehaben, egal ob es Journalisten, Politiker oder Höflinge sind, fällt es schwer, mit ihrer Spontaneität umzugehen, mit ihrer Vitalität, ihrer Energie und ihrer aufrichtigen Zuneigung für die Menschen. Sie werden immer versuchen, ihr Verhalten als berechnend und unziemlich darzustellen. Sicher wird ihr Timing nicht immer das beste sein, aber man darf nicht vergessen, daß sie sehr jung geheiratet hat und die vergangenen zehn Jahre einem Image entsprechen mußte, das nicht mit ihrer wahren Persönlichkeit übereinstimmte. Sie wird Fehler machen, aber letztlich werden wir alle den wahren Menschen sehen, der in ihr steckt.« Wie gewöhnlich sollten jene Menschen, die ihr am nächsten standen, recht behalten.

Niemand wird leugnen können, daß Diana für Frauen in aller Welt ein Vorbild war, ein Idol, das ihnen Hoffnung und Kraft gab dadurch, wie sie selbst ihre Scheidung, ihren Kampf gegen die Bulimie, ihre Depressionen bewältigt hatte, dadurch, wie sie auf persönliche Krisen reagierte. Diana bekam die Liebe, nach der sie sich so verzweifelt sehnte, von jenen geschenkt, denen sie half, und das gab ihr die Kraft weiterzumachen, auch nachdem sie sich von einigen ihrer Wohltätigkeitsverpflichtungen zurückgezogen hatte.

Auch war offenkundig, daß ihr gesundes Leben es ihr ermöglichte, Frust und Wut abzureagieren, und der Erfolg ihrer regelmäßigen Besuche im Fitneßstudio zeigte sich in ihrer deutlich zunehmenden Selbstsicherheit, Haltung und Ausgeglichenheit sowie in der schlanken Figur, die sie dem Training verdankte.

Während Prinz Charles öffentliche Unterstützung und das Vertrauen seiner Anhänger vor allem unter den gläubigen Anglikanern einbüßte, begann Diana ihr neues Leben mit Selbstvertrauen. Nachdem sie die Bulimie schon vor Jahren überwunden hatte und nicht mehr an Depressionen litt, konzentrierte sie sich auf ihre Zukunft, hörte auf ihr Herz und begann, sich die Träume zu erfüllen, die sie fünfzehn Jahre lang hatte unterdrücken müssen. Tina Brown zufolge, Herausgeberin des Magazins *New Yorker* hatte Diana einmal geglaubt, daß sie und Charles »das beste Team der Welt« sein könnten. Während Browns Interview mit ihr im Juni 1997 sagte Diana, daß sie nicht vorhabe, wieder zu heiraten, und fügte hinzu: »Wer würde mich schon wollen? Ich schleppe so viel Ballast mit mir herum. Wenn jemand nur mit mir essen geht, muß er damit rechnen, daß die Medien sich auf ihn stürzen. Daß Fotografen seinen Müll durchwühlen. Nein, ich glaube, allein bin ich besser dran.«

Obgleich dies traurig für sie war und sie einsam machte, setzte Diana sich weiterhin voller Elan für ein neues Ziel ein: Sie unterstützte Friedensinitiativen und nutzte ihre Möglichkeiten, um die Aufmerksamkeit der ganzen Welt auf das Leid so vieler Menschen zu lenken. Sie erzählte Brown, daß der neue Labour-Premierminister, Tony Blair, gewillt sei, sie in künftige Friedensinitiativen miteinzubeziehen. »Ich denke, es gibt endlich jemanden, der weiß, wie er mich sinnvoll einsetzen kann«, erklärte Diana. »Er hat mir gesagt, daß er mich auf verschiedene Missionen schicken möchte.« Dianas Wunsch, Bosnien, China und andere Krisengebiete zu besuchen, verursachte den Politikern Unbehagen, aber Diana interessierte das Behagen privilegierter Politiker nicht im mindesten. Sie wollte den Presserrummel um ihre Person nutzen, um auf die grauenhaften Bedingungen aufmerksam zu machen, unter denen viele Menschen exisiteren mußten.

Nach ihrem Besuch in Angola im Januar und dem darauffolgenden politischen Aufruhr begab sich Diana im Februar auf eine zweitägige Reise nach Pakistan, die erneut politisches Aufsehen erregte. Es war keine ofizielle Visite, auch wenn Diana in Pakistan Krankenhäuser besuchte. Sie traf sich mit Jemima Goldsmith Khan, einer alten Freundin, die einige Zeit zuvor Imran Khan geheiratet hatte. Da Imran als »politisch ehrgeizig« und als »mit Premierministerin Benazir Bhutto zerstritten« gilt, betrachteten manche Dianas Besuch als einen weiteren politischen Fauxpas. Dianas Anhänger hingegen waren dankbar und stets bereit, ihr öffentlich Anerkennung dafür zu zollen, daß sie sich für ihre Interessen einsetzte. Der Leiter der Abteilung für Öffentlichkeitsarbeit des Britischen Roten Kreuzes, John Gray, meinte zu ihrer Reise nach Angola: »Ziel des Roten Kreuzes ist es nicht nur, den Opfern von Landminen zur Seite zu stehen, sondern auch, die Öffentlichkeit darauf aufmerksam zu machen, wie viele unschuldige Zivilisten von Landminen verstümmelt oder getötet werden. Die Prinzessin von Wales hat unserer Kampagne unbezahlbaren Auftrieb gegeben. Tausende von Menschen werden jedes Jahr Opfer von Landminen. Ihr Einsatz hat auf die abschreckende Anzahl von Toten und das Ausmaß des Leids hingewiesen, das durch diese tückischen Waffen verursacht wird.«

Als Diana nach Südafrika reiste, um ihren Bruder, Earl Spencer, zu besuchen, gelang es ihr, sich den Kameras fast vollständig zu entziehen, außer als Präsident Nelson Mandela erfuhr, daß Diana im Land war und sie zum Tee und zu einem Plauderstündchen einlud. Im Laufe dieses informellen Besuches unterhielten sich Präsident Mandela und Prinzessin Diana über Themen, die sie beide bewegten, wie Aids und Landminen. Südafrika hat unter beiden katastrophalen Plagen zu leiden, und Diana, die »begeistert« war, Mandela persönlich kennenzulernen, sagte ihre volle Unterstützung für Kampagnen zur Prävention und Behandlung von Aids in Südafrika zu. Mandela war offensichtlich sehr angetan von ihr, und die entspannte Atmosphäre zwischen ihnen war deutlich spürbar, als die beiden für die Fotografen posierten.

Ermutigt von ihren Erfolgen, fuhr Diana fort, sich mit weiteren Kampagnen zu befassen. Im Juni reiste sie in die USA, zu einem Treffen mit Hillary Clinton und einem Besuch bei Mutter Teresa. Auch diesmal handelte es ich um eine inoffizielle Reise. Sie nahm in Washington an einer weiteren Veranstaltung des Roten Kreuzes teil, bei der Spendengelder gesammelt wurden und der Blick der Öffentlichkeit erneut auf die Opfer von Landminen gelenkt werden sollte. Da sie um Mutter Teresa tief besorgt war, reiste Diana schon eine Woche früher als geplant in die Staaten, um die Ordensschwester zu besuchen, deren Gesundheitszustand äußerst bedenklich war. Mutter Teresa saß nach ihrer Operation im Rollstuhl und erholte sich in einem New Yorker Krankenhaus, das von den Sisters of Mercy der St. Anthony of Padua Church in der Bronx geleitet wurde. Peter Archer, Hofkorrespondent für Press Associate News, berichtete, daß der kritische Zustand Mutter Teresas sich beim Besuch der Prinzessin plötzlich radikal zu bessern schien. Als Diana im Sisters-of-Mercy-

Krankenhaus eintraf, mobilisierte die 86jährige Nonne ihre ganzen Kräfte, um sich aus dem Rollstuhl zu erheben. Die beiden Frauen schlenderten Arm in Arm umher, sie umarmten und küßten sich und beteten zusammen. Archer berichtete, daß Diana während ihres vierzigminütigen Besuchs von Mutter Teresa gesegnet wurde. Es scheint, als hätte Diana jedem, der sich ihr öffnete, Kraft und Trost spenden können, sogar der katholischen Nonne und Friedensnobelpreristrägerin, die für ihr aufopferndes Leben und ihren Einsatz für die Sterbenden der Elendsviertel von Kalkutta geehrt worden war.

Als Diana im Juli von dem Mord an Gianni Versace erfuhr, war sie tief bestürzt. Sie hatte gerade Urlaub in Südfrankreich gemacht, als die schreckliche Nachricht ihr vom Kensington-Palast telefonisch mitgeteilt wurde. »Ich bin erschüttert über den Verlust dieses großen und talentierten Mannes«, lautete Dianas Kommentar. Und wieder schlüpfte sie in die Rolle der Trösterin und loyalen Freundin und stand bei Versaces Beerdigung einem sichtlich niedergeschmetterten Elton John zur Seite. Sie hielt seine Hand, tätschelte sie und redete während des Trauergottesdienstes leise auf den weinenden Sänger ein.

Natürlich war von Diana erwartet worden, daß sie die britische Modeindustrie unterstützt, und Versace war der erste nichtbritische Designer, dessen Modelle sie trug. Versace ehrte die Prinzessin 1995, indem er eine Abendhandtasche entwarf, die er nach der Prinzessin benannte. Die »Lady-Di«-Tasche wurde laut Shenai Raif von *Press Associates News* (16. Juli 1997) für 815 Pfund (ca. 2400 DM) verkauft.

Im Juli schien Diana das Tief langsam zu überwinden. An ihrem 36sten Geburtstag nahm sie mit zahlreichen anderen Prominenten, einschließlich des Schauspielers Steve Martin und Lord und Lady Attenborough, an einer Benefiziveranstaltung für die Tate Gallery in London teil. Es heißt, ihre überschäumend gute Laune wäre von dem Augenblick an spürbar gewesen, als sie die Galerie betrat.

Prinzessin Dianas Reise nach Bosnien im August 1997 war ein Meilenstein für sie. Nachdem sie schon früher in diesem Jahr das vom Krieg zerstörte Land hatte besuchen wollen, konnte Diana nun endlich international auf das Leid in einem weiteren verwüsteten Land aufmerksam machen. Tom Walker, *Times*-Reporter in Sarajewo, berichtete, daß Diana ihren ursprünglichen Plan, mit dem Roten Kreuz nach Bosnien zu reisen, aufgeben mußte, um eine Begegnung mit der serbischen Rotkreuz-Präsidentin Liljana Karadzic zu vermeiden, der »Frau des meistgesuchten mutmaßlichen Kriegsverbrechers der Welt.«

Das Landminen Survivors' Network arrangierte ein Abendessen im kleineren Kreis im Vezir's Elephant Hotel in Travnik in Zentralbosnien, und Walker berichtete, daß Diana zwar mitgenommen gewirkt hätte, aber sehr umgänglich gewesen wäre. Diana sagte, daß sie gern eines Tages nach Serbien zurückkehren würde, und erzählte, daß sie vorhätte, Afghanistan und Georgien zu besuchen. Walker gegenüber erwähnte Diana auch, daß sie sich künftig auch für geistig Behinderte und depressive Menschen einsetzen wolle.

In einem Interview mit Annick Cojean von der französischen Zeitung *Le Monde* sprach Diana offen über die Kontroverse, die sie mit ihrer neuen Rolle als »Botschafterin des guten Willens« herbeigeführt habe. »Ich werde lernen müssen, solche Kritik zu ignorieren. Aber die Ironie ist, daß die Auseinandersetzungen mir eine Kraft verliehen haben, von der ich nie geglaubt hätte, daß ich sie besitze. Das soll nicht heißen, daß die Kritik mich nicht verletzt hätte. Im Gegenteil. Aber sie gab mir die Kraft, die ich brauchte, um auf dem Weg weiterzugehen, den ich mir ausgewählt hatte«.

In diesem Interview bezeichnete Diana außerdem Paparazzi als skrupellos. »Die Presse ist unerbittlich«, sagte sie. »Sie verzeiht nichts. Sie ist schrecklich fehlerorientiert. Jede Absicht wird verdreht, jede Geste kritisiert. Ich glaube, im Ausland ist das andes. Dort werde ich freundlich empfangen. Ich werde so akzeptiert, wie ich bin, ohne Vorurteile und ohne daß man auf einen Fauxpas lauert. In Großbritannien ist das Gegenteil der Fall. Und ich glaube, daß jeder andere vernünftige Mensch an meiner Stelle längst aufgegeben hätte. Aber ich kann nicht. Ich muß an meine Söhne denken«. (Le Monde, 27. August 1997.)

Diana besaß die Fähigkeit und den Willen, das Leben der Menschen positiv zu verändern, und das gelang ihr sogar bei jenen, die keine Ahnung hatten, wer sie war. In Bosnien machte Diana einem Landminenopfer namems Mohammed Soljankic ein ganz besonderes Geburtstagsgeschenk. An seinem 38. Geburtstag überreichte Diana ihm erst einen Kuchen und teilte ihm dann mit, daß er etwas bekommen werde, wovon er niemals geglaubt hätte, es eines Tages zu besitzen – neue Füße. Das bosnische Gesundheitsministerium hatte Soljankics Antrag auf »richtige« Fußprothesen bislang mit der Begründung abgelehnt, daß man sich diese nicht leisten könne, aber das Landmine Survivors' Network, das auch Dianas Bosnienreise arrangiert hatte, hatte sich bereiterklärt, die 700 Pfund (ca. 2000 DM) für dieses ganz besondere Geburtstagsgeschenk zu übernehmen.

In den vom Krieg verwüsteten Straßen Bosniens wußten nur wenige, wer Diana war, und es interessierte sie auch nicht, bis man es ihnen erklärte. Aber dies hielt Diana nicht davon ab, sich mit Soljankics Familie anzufreunden. Die Sprachbarrieren wurden rasch durch Dianas aufrichtiges Interesse an den Kindern der Familie überwunden. Diana hielt die eine kleine Tochter an der Hand und streichelte den anderen über die Köpfe, als sie unter den Bäumen im Garten spazieren gingen«, berichtete Roger Williams, Hofberichterstatter für *PA News* in Bosnien (9. August 1997).

Ramiza, Soljankics Frau, und Diana unterhielten sich mit Hilfe eines Dolmetschers. Von der Offenheit der Prinzessin ermutigt, sagte Ramiza: »Ich bin sehr glücklich, aber ich wußte nicht, wer Prinzessin Diana war, bis man es mir sagte.« Ramizas Unwissenheit war offenkundig, als sie die Gruppe von Journalisten sah, die draußen vor dem Haus warteten. »Ich verstehe nicht recht, was sie wollen«, sagte Ramiza.

Aber auch in dem Land, in dem niemand sie erkannte, wurde Diana nicht von der Presse verschont. Wie gewöhnlich interessierten sich die Paparazzi nicht für ihre Wohltätigkeitsarbeit; vielmehr stocherten sie wieder einmal in ihrem Privatleben herum, das kurz zuvor eine überraschend glückliche Wende erfahren hatte. »Ist Ihre Beziehung mit Mr. Al Fayed nicht eine wunderbare Neuigkeit?« rief Williams zufolge einer der Paparazzi. Diana schenkte ihm einen eisigen Blick und ging wortlos an ihm vorbei. Dann ignorierte sie ihn erneut, als er rief: »Was ist es für ein Gefühl, verliebt zu sein?«

Nachdem sie bemerkenswert lange allein gewesen war, aus Angst, jemanden in die Schlagzeilen zu bringen und den Löwen zum Fraß vorzuwerfen, wurde wieder einmal auf den Titelseiten der Boulevardzeitungen von Dianas Privatleben berichtet. In spekulativen Berichten im Juli hieß es, Diana stünde kurz vor einer Enthüllung, die die

Welt schockieren werde – zumindest die königliche. Obwohl die Prinzessin diese Gerüchte dementierte, war ihre neue Liebe durchaus dazu angetan, das Königshaus in helle Aufregung zu versetzen.

Dianas Liebesleben war lange Zeit auf Eis gelegt worden. Nachdem ihre vergangenen Beziehungen und Affären im Fernsehen und in den Zeitungen breitgetreten worden waren, hatte sie sich zurückgezogen und Trost und Erfüllung in ihren Kindern und ihren Wohltätigkeitsverpflichtungen gefunden. Obgleich sie behauptet hatte, daß niemand sie würde haben wollen, war unausweichlich, daß diese neue, umwerfende Frau, die sich aus einem Scherbenhaufen ein neues Leben aufgebaut hatte, eines Tages wieder der Liebe begegnen würde.

Es gab schon früh einiges Aufhebens und reichlich Interesse seitens der Paparazzi, als Diana, William und Harry im Juli zusammen mit Mohammed Al Fayed und dessen Familie Urlaub an Bord seiner Yacht, der *Jonikal,* und in seiner Villa in Saint Tropez verlebten. Die schillernde Persönlichkeit Mohammed Al Fayeds, den das britische Establishment als großen Unruhestifter betrachtete, machte einen Teil des hitzigen Interesses an Dianas letzter Feriengesellschaft aus.

Mohammed Al Fayed, ägyptischer Millionär und Inhaber von Harrods und des Pariser Hotels ›Ritz‹, stand während der letzten englischen Allgemeinwahlen im Mittelpunkt einer Kontroverse, da es hieß, er hätte eine Reihe konservativer Mitglieder des Unterhauses dafür bezahlt, daß sie in seinem Auftrag im Parlament verschiedene Fragen anschnitten. Er hat so ziemlich alles Menschenmögliche getan, um einen britischen Paß zu erhalten, aber seine Anträge wurden stets abgelehnt. Manche sagen, er habe sich ins Fäustchen gelacht, als der Stern der Torys unterging; es heißt, der Geschäftsmann hätte beim Imageverlust der Torys und dem Sieg Tony Blairs und der Labour Party eine entscheidende Rolle gespielt.

Mohammeds langjährige Freundschaft mit Dianas Vater, dem verstorbenen Earl Spencer, war so eng, daß dieser Mohammed auf dem Totenbett das Versprechen abnahm, nach seinem Tod »ein Auge auf Diana« zu haben.

Diana und Mohammed hatten vieles gemein. Sie hatten beide unter dem Establishment gelitten, und sie beide widmeten der Wohltätigkeit viel Zeit – sie hatten im Laufe der Jahre öfter an denselben Veranstaltungen teilgenommen. Nach ihrer Scheidung bestand Dianas erste Aufgabe darin, Mohammed bei Harrods im Rahmen eines Benefiz-Dinners Gesellschaft zu leisten. Mohammed brachte Diana zum Lachen und war ein unerschütterlicher Anhänger von ihr, jemand, der ihr in schweren Zeiten eine Schulter zum Ausweinen bot.

Dann war da noch Mohammeds Sohn. Manche sagten »Playboy«, andere sagten »Filmproduzent«, aber alle waren sich darin einig, daß Dodi so amüsierfreudig, charmant und bodenständig war, wie es ein jetsettender Milliardärssohn nur sein konnte. Der 42jährige Filmproduzent Dodi Al Fayed war ebenfalls beim Familienurlaub in und um St. Tropez im Juli dabei. Entsprechend seiner Für-meine-Freunde-ist-mir-nichts-zu-teuer-Großzügigkeit wurden Dianas Söhne schrecklich verwöhnt, und es heißt, daß William und Harry sehr gut mit dem jovialen Dodi auskamen. So mietete Dodi beispielsweise in Saint Tropez eine ganze Diskothek, damit die Jungs und ihr Gefolge tanzen und sich amüsieren konnten, ohne von den Kameras belästigt zu werden, die sie an Land und auf See unablässig beobachteten. Diana bezeichnete diesen Urlaub als den schönsten ihres Lebens.

Als Diana und die Jungen nach ihrem Urlaub heimkehrten, waren bereits allerlei Gerüchte bezüglich einer Romanze zwischen Diana und Dodi in Umlauf. Manche waren außer sich, daß Diana sich mit Dodi einließ, dem Neffen des saudiarabischen Waffenhändlers Adnan Kashoggi. Sollte dieser schamlose Playboy tatsächlich ein Auge auf Englands Juwel geworfen haben, bestand wirklich die Gefahr, daß er der Stiefvater des künftigen Königs von England wurde? Als Diana nur wenige Tage nachdem sie die Jungen nach England zurückgebracht hatte, erneut einen privaten Urlaub mit Dodi verlebte, zog manch ein Beobachter des Königshauses die Brauen hoch – und litt plötzlich an Bluthochdruck. Die aufkeimende Romanze zwischen Diana und Dodi, die weit entfernt davon war, eine Wochenendliebelei zu sein, wie manche vermuteten, gründete auf einer soliden Freundschaft. Diana hatte Dodi bereits zehn Jahre zuvor kennengelernt, als sein Poloteam bei einem Spiel das von Prinz Charles geschlagen hatte.

Die Boulevardpresse ahnte zum ersten Mal, daß etwas im Busch war, als Diana unmittelbar vor ihrer Reise nach Bosnien Anfang Juli gesehen wurde, wie sie zu Dodis Park-Lane-Residenz in London gefahren wurde, allem Anschein nach zu einem intimen Tête à Tête. Nach ihrem romantischen Wochenende in Südfrankreich leistete Diana schon eine knappe Woche später Dodi auf einer Bootsfahrt entlang der Küsten von Sardinien und Korsika erneut Gesellschaft. Als die ersten unscharfen Fotos auf den Titelseiten der Boulevardblätter auftauchten, war dies der offizielle Beginn der Hetzjagd. Diana und Dodi wurden der Weltöffentlichkeit am Abend als Hauptspeise serviert. Der *Sunday Mirror* gewann den erbitterten Kampf um das Foto, das Dodi und Diana in zärtlicher Umarmung zeigte, und zahlte eine horrende Summe dafür. Es tauchten weitere Fotos auf, diesmal von Kindern geschossen, als Diana und Dodi im Harrods-Hubschrauber zu einem Treffen mit Dianas Vertrauter und Psychiaterin Rita Rogers nach Derbyshire flogen. Diana war verärgert über die Bilder. Als die Presse versuchte, mit Rita zu sprechen, wurden die Reporter an der Tür von einem älteren Mann abgewiesen, der wie folgt zitiert wurde: »Rita wird kein Wort mit Ihnen reden. Es geht Sie nichts an, wer sie besucht.«

Obgleich Dodi schon mit vielen schönen und berühmten Frauen in Zusammenhang gebracht worden war, von denen einige wenig Gutes über ihn zu berichten wußten, setzte seine Ex-Frau Suzanne Gregard sich öffentlich für ihn ein: »Er war so romantisch und aufmerksam«, wurde Suzanne Gregard im *People*-Magazin zitiert. In einem Interview mit *News of the World* sagte sie, daß Dodi ihr von seiner Beziehung mit Diana erzählt und ihr versichert habe: »Es ist nicht nur irgendeine Liebelei, das verspreche ich. Es ist ernst. In der einen Minute wußten nur wir davon, und in der nächsten wurden wir von Publicity überrollt. So einen Presserummel wie diesen habe ich noch nie erlebt. Er klang ganz ernsthaft und versicherte mir, daß es sich nicht um eine bloße Affäre handele. Dann sagte er: ›Diana und ich haben eine Romanze, eine wahre Romanze.‹ ›Wow, dann ist es also ernst‹, meinte Gregard.

›Ja, das ist es‹, entgegnete Dodi.

Ich habe ihn nicht nach persönlichen Details befragt, aber ich kenne Dodi gut genug, um zu wissen, daß er Di wirklich lieben muß – und ich bin ganz sicher, daß auch sie ihn liebt«, erzählte Suzanne Gregard. Ihre Ehe mit Dodi endete 1986 nach weniger als einem Jahr wegen ihres grundverschiedenen familiären Hintergrunds, doch in aller Freundschaft. »Wir waren ständig von Leibwächtern umgeben«, erklärte sie.

Auf Dianas Seite stellte sich ebenfalls ihre geliebte Stiefgroßmutter, Barbara Cartland. Sie kritisierte öffentliche Kommentare, in denen man sich über »diesen Ausländer« beklagte, der mit Diana ausging. Manche meinten, daß Dodi, weil er kein Brite wäre, ungeeignet sei als Stiefvater für den künftigen König von England.

»Ja, Dodi sollte Brite sein, aber wir wissen alle sehr gut, daß Diana mit einem Briten verheiratet war und diese Ehe in einer Katastrophe endete. Sie haben Diana ignoriert. Ich denke, daß es sie nichts angeht«, meinte Barbara Cartland dazu. »Es kann einen ganz plötzlich überkommen, und ehe man sich versieht, ist man unsterblich verliebt«, erzählte sie dem *People*-Magazin. »Ich hoffe nur, daß sie jemanden gefunden hat, der sich um sie kümmert – und der erkennt, wie wunderbar sie ist.«

Mohammed Al Fayed gehörte ebenfalls zu Dodis und Dianas Lager. »Sie sind beide erwachsen. Sie ist ein hübsches Mädchen, und er ist mein Sohn, den ich sehr liebe. Sie scheinen gern zusammen zu sein, und es macht mich froh, sie beide so glücklich zu sehen«, erklärte Al Fayed Senior, als er um einen Kommentar zu den verschwommenen Fotos gebeten wurde. Manche spekulierten, daß er, weil die Briten ihm die heißbegehrte Staatsbürgerschaft verwehrten, höchst erfreut wäre, wenn es seinem Sohn gelänge, das größte Juwel der Monarchie für sich zu erobern.

Wie jeden Vater freute es ihn, daß sein Sohn glücklich war, und wenn Dodi dieses Glück bei der Prinzessin von Wales fand, dann sollte es eben so sein. Mohammed wurde wie folgt zitiert: »Wir müssen warten und sehen, was passiert«, aber er spielte auch an auf eine »ernste und vernünftige Beziehung, die sich da entwickelt.« Die Familie Al Fayed nahm Diana mit offenen Armen auf. Und nur allzu bereit, die frostige Kälte im Umkreis der Royals hinter sich zu lassen, richtete die Prinzessin den Blick froh und glücklich in die Zukunft. Endlich sollten ihre Träume sich erfüllen. Prinz Charles wurde von mehreren Boulevardblätern folgendermaßen zitiert: »Ich bin glücklich, wenn sie glücklich ist«, aber diese Reaktion entsprang wohl eher persönlichen Beweggründen als aufrichtiger Freude darüber, daß seine Ex-Frau endlich die Liebe gefunden hatte. Seine Beziehung zu Camilla Parker-Bowles hatte seiner Beliebtheit sehr geschadet seit jenen gräßlichen Tonbandaufnahmen, auf denen er seinen Wunsch geäußert habe, seiner Langzeitgeliebten möglichst nahe zu sein.

Dodi hatte die Prinzessin erobert und in einen glücklichen, romantischen Rausch versetzt. Zeitungsberichten, in denen Dodis Ex-Verlobte, das amerikanische Model Kelly Fisher, behauptete, sie und Dodi hätten ein Kind zusammen haben wollen, schienen Diana nicht zu beirren. Nachdem Kelly die verräterischen Fotos gesehen hatte, verklagte sie Dodi auf Schadenersatz, weil er das Eheversprechen gebrochen hätte. Der Presse erklärte sie: »Ich wußte, daß er sich mit einer anderen Frau traf, aber ich hatte keine Ahnung, daß es Diana war. Als ich die beiden zusammen im Fernsehen sah, war ich entsetzt.«

Dianas langjähriger Vertrauter Richard Kay vom *Daily Mail* bestätigte Berichte, denen zufolge die Beziehung zwischen Dodi und Diana tatsächlich ernst sei. Der intime Urlaub – so intim man im Licht der Öffentlichkeit werden konnte –, eröffnete Diana offensichtlich neue Perspektiven, die sie für sich selbst niemals für möglich gehalten hätte.

Kurz vor seinem Tod wurde Dodi bei einem Gespräch mit Michael Cole, dem Berater seines Vaters, vor einer Beziehung mit Diana gewarnt wegen ihrer Beliebtheit und der Gefahr, daß man sie nur als eine weitere Freundin des

Al-Fayed-Sohnes abstempelte. Dodi erwiderte hierauf: »Michael, ich werde nie wieder eine andere Freundin haben.«

»Er sagte dies mit solcher Entschlossenheit, daß ich wußte, daß er es ehrlich meinte«, erklärte der Pressesprecher auf Fragen zur Ernsthaftigkeit ihrer Beziehung. Derweil schipperten Diana und Dodi an der zerklüfteten und atemberaubenden sardischen Küste entlang, schwammen in abgeschiedenen kleinen Buchten und sonnten sich an Deck der Luxusyacht *Jonikal.* Sie hielten Händchen, umarmten sich und lachten ... der Anfang eines neuen Märchens, das sich unter der strahlenden Mittelmeersonne entwickelte.

Nicht, daß es die Presse wirklich interessiert hätte, ob es sich nun um eine wahre Romanze handelte oder nicht. Den Paparazzi ging es nur ums Geld, und das bedeutete: Bilder. Der italienische Paparazzo Mario Brenna hatte bereits 3 Millionen Pfund (knapp 9 Millionen DM) verdient ... nun war es an der Zeit, daß alle etwas vom Kuchen abbekamen. Es heißt, Diana sei wieder einmal zu Recht wütend gewesen wegen der dreisten und gemeinen Vorgehensweise der Paparazzi.

Die Entschlossenheit der Fotografen, *das* Foto zu schießen, wurde zunichte gemacht, als die Crew der *Jonikal* die Paparazzi daran hinderte, Dianas und Dodis Privatsphäre zu stören, als diese friedlich in einer abgelegenen Bucht schwammen. Zornig, weil sie bei ihrer Hetzjagd behindert wurden, näherten sich zwei Fotografen der ankernden *Jonikal* und warfen der Crew Beleidigungen und Schimpfwörter an den Kopf. Als der Skipper sich an Land der schreienden Meute näherte, wurde er nachweislich von einem Paparazzo geschubst, der sich daraufhin gegen seine eigenen Kollegen wandte und einen davon zweimal schlug.

Obgleich dies nur ein ganz normaler Tag im Leben Prinzessin Dianas war, begannen andere zu realisieren, daß die Aktionen der Paparazzi immer gefährlicher wurden. Ein britisches Parlamentsmitglied hatte im August für den *Spectator* einen Artikel darüber verfaßt, wie die Presse Personen bedrängt, die im Licht der Öffentlichkeit stehen. In diesem Artikel machte Alan Clark, Unterhausmitglied für Kensington und Chelsea, die Medien mit ihrer skrupellosen Verfolgung für den Selbstmord von Lady Green und Lady Caithness verantwortlich sowie für den Tod des Labour-Parlamentsmitgliedes Gordon McMaster. Clark schrieb, wenn die Medien den Tod Prinzessin Dianas filmen könnten, dann würden sie dies als »die ultimative Trophäe« betrachten.

Aber das glückliche Paar war weit davon entfernt an den Tod zu denken. Die Öffentlichkeit hatte Dodi inzwischen als Verehrer der Prinzessin akzeptiert, und einige meinten sogar, die Beziehung wäre gut für das Image der Royals. Anfang August wurde eine Umfrage durchgeführt, und etwa um die gleiche Zeit erklärte Will Carling, der Rugby-Kapitän, dem man seinerzeit eine Affäre mit Diana nachgesagt hatte, daß die Presse seine Freundschaft mit Diana vor zwei Jahren »maßlos übertrieben« habe. In einem Radiointerview brachte Carling seine Sorge und sein Unverständnis über die ständige Hetzjagd der Presse auf Diana zum Ausdruck.

»Manchmal verstehe ich die Besessenheit nicht, und ich glaube, daß viele Menschen diese Besessenheit inzwischen leid sind. Ich halte das für eine Schande. Ich glaube, daß nur wenige begreifen, was sie durchgemacht hat und was für ein Leben sie führt. Vielleicht würden wir unser Leben ein wenig anders leben, wenn wir auch nur ein wenig von dem durchgemacht hätten, was Diana tagtäglich durchmacht«.

Es war offensichtlich, daß die skrupellosen Paparazzi sich nicht für Gefühle interessierten, und so beschlossen Diana und Dodi, ihren kurzen Sardinienurlaub abzubrechen, um der ständigen Verfolgung zu entgehen. Sie wollten nach Paris zurückkehren, zu einem romantischen Wochenende im Ritz, wo ihre Privatsphäre garantiert sein würde.

Wie immer ungeduldig, ihre Söhne wiederzusehen, plante Diana, sich ein paar Tage früher als vorgesehen, nämlich schon am 31. August, mit ihnen zu treffen, um vor Beginn des neuen Schuljahres noch etwas Zeit mit ihnen verbringen zu können. Außerdem war Dianas Terminkalender für den Monat September ziemlich voll.

Die *Times* berichtete, daß Prinzessin Diana im Rahmen einer Aids-Kampagne in den Fernen Osten reisen und mit ihrem Einsatz für Asthmakranke und Menschen, die am Down-Syndrom litten, beginnen wollte. Neben mehreren Verpflichtungen in London plante Diana auch, am 23. September an einem Aids-Benefiz-Galadinner in Singapur teilzunehmen.

Dieses Ereignis würde für die königliche Familie bedeutungsvoll sein, da Diana seit der Rückgabe der ehemaligen britischen Kronkolonie an China als erste Vertreterin des Königshauses nun wieder Hongkong besuchen würde. Ihre letzte Verpflichtung in diesem Monat sollte dann ein Besuch der neuen Kinderstationen im Northwick Park und St. Mark's Hospital in London sein.

Dianas aufrichtiges Interesse an ihrer Wohltätigkeitsarbeit wurde noch deutlicher, als sie am 21. Juli mit Dodi der Kinderstation des St. Mark's Hospital in London einen zweistündigen Besuch abstattete. Sie bestand darauf, mit jedem der kleinen Patienten zu sprechen, und zeigte sich warmherzig, mitfühlend und fürsorglich. Al Fayeds Pressesprecher Michael Cole meinte: »Es war ein außergewöhnlich glücklicher Tag.«

In Folge der »exzessiven und übertriebenen Aufmerksamkeit« in Italien fuhren Diana und Dodi zum Flughafen Olbia, wo bereits der Harrods-Privatjet bereitstand, und startete zu einigen glücklichen und ungestörten Augenblicken an Bord der Maschine, bevor sie ihr spontanes Wochenende in Paris begannen. Es war der 29. August und der Anfang vom Ende.

Kapitel 10

Die Tragödie

Die einzelnen Teile von Lady Dianas letztem Tag sind schwer zusammenzusetzen. Auch die Medienvertreter waren so schockiert von Dianas Tod, waren dermaßen davon überrascht, daß die Reaktionen zunächst nur langsam einsetzten. Doch dann erschien eine Flut von Theorien und Spekulationen in der Presse, darunter nur wenige vernünftige. Widersprüchliche Berichte und Verschwörungstheorien gab es reichlich, aber zahlreiche Fakten wurden inzwischen bestätigt. Allerdings ist dies nur ein schwacher Trost für eine Welt, die um Prinzessin Diana trauert.

Lady Diana und Dodi Al Fayed haben ihren Mittelmeerurlaub vorzeitig abgebrochen, weil sie massiv von italienischen Paparazzi bedrängt worden waren. Der Harrods-Jet, mit dem sie flogen, landete am 30. August 1997 um 15:20 Uhr auf dem Flughafen Le Bourget bei Paris. Sie wurden bereits von einer Gruppe von Fotografen erwartet, als sie in Paris eintrafen. Die Prinzessin und Dodi befanden sich in Begleitung von Dodis Leibwächter Trevor Rees-Jones, und wurden am Flughafen abgeholt. Sie wollten die Villa Windsor besuchen, die Al Fayed erworben hatte.

Die Fahrt zur Villa Windsor legten Lady Diana, Dodi Al Fayed, Trevor Rees-Jones und Al-Fayed-Chauffeur Philippe Dourneau in einem schwarzen Mercedes der 600er

Klasse zurück. Henri Paul folgte in kurzem Abstand in einem schwarzen Range Rover.

Berichten zufolge setzten sich auf der Fahrt zur Villa Windsor Paparazzi in einem Wagen direkt vor den Mercedes, in dem Versuch, die Limousine auszubremsen, wodurch die Fotografen auf den Motorrädern Gelegenheit gehabt hätten, dicht genug an den Mercedes heranzufahren, um Bilder von Diana und Dody zu schießen.

Als dies geschah, soll Diana Sorge um die Sicherheit der Fotografen auf den Motorrädern geäußert haben. Sie fand, daß die Motorräder zu dicht an den schnellen Mercedes und den Range Rover heranfuhren, und fürchtete, daß jemand ernsthaft verletzt oder sogar getötet werden könnte, wenn die Jagd nicht bald ein Ende hätte. Glücklicherweise kam niemand zu Schaden, und Diana und Dodi konnten den Fotografen durch Cleverneß und Ausweichmanöver der Fahrer entwischen. Philippe Dourneau gab Gas und überholte die Fotografen. Henri Paul tat es ihm nach, um gleich darauf zu bremsen und den Verfolgern den Weg abzuschneiden, wodurch er dem Mercedes auf seinem Weg zur Villa Windsor einen entscheidenden Vorsprung verschaffte.

Dodi und Diana erreichten die Villa Windsor im Bois de Boulogne gegen 15:45 Uhr, und gleich nach der Ankunft führte Dodi Diana durch das imposante Haus und die umliegenden Gärten.

Dann machten Dodi und Diana sich auf den Weg zum Pariser Ritz, wo sie wieder von zahlreichen Fotografen erwartet wurden. Sie beschlossen, das Ritz durch den Hintereingang in der Rue Cambon zu betreten, um der Meute zu entgehen. Im Ritz entspannte das Paar kurze Zeit in der luxuriösen 2000-Dollar-Kaisersuite (ca. 3500 DM pro Nacht).

Gegen 18:00 Uhr fuhr Philippe Dorneau Diana und

Dodi zu dessen Wohnung, wo sie um 18.15 Uhr eintrafen. Auch hier lauerten Fotografen auf sie, die ihre Ankunft und Abfahrt dokumentierten.

Später wurden Diana und Dodi dann erneut von Fotografen belästigt, als sie gegen 20:30 Uhr einen Schaufensterbummel auf den Champs Élysées unternahmen. Vermutlich wegen ihrer Probleme mit der fotowütigen Presse beschlossen sie, ihre Tischreservierung im *Benlit*, einem sehr trendigen Bistro in der Rue Saint-Martin, zu stornieren.

Statt dessen kehrte das Paar zurück zum friedlichen Ritz, wo sie eine gewisse Normalität genießen konnten. Auf ihrer Fahrt zum Hotel wurden sie von etwa zehn Fotografen auf Motorrädern verfolgt.

Dodi und Diana trafen um 21:50 Uhr am Ritz ein und mußten sich durch einen weiteren Mob von etwa 40 Fotografen kämpfen. Berichten zufolge herrschte Dodi die Reporter wütend an, als er das Hotel betrat. Das Paar begann seine Abendmahlzeit im berühmten Fischrestaurant des Ritz, dem *L'Espadon*. Diana bestellte Rührei mit Pilzen, Spargel und Seezungenfilet; Dodi wählte Steinbutt. Wie sich jedoch herausstellte, war es ihnen aufgrund der Aufregung, für die ihre Anwesenheit im *Espadon* sorgte, unmöglich, im Restaurant in Frieden zu essen, und so beschlossen sie nach nur zehn Minuten, ihre Mahlzeit oben in der Kaisersuite zu beenden.

Es heißt, Dodi habe Diana während ihrer Mahlzeit ein sehr teures Präsent überreicht: einen Soliltärring. Er hatte den Ring mehrere Tage zuvor bei einem der angesehensten und teuersten Juweliere von Paris bestellt, Alberto Repossi. Was den Wert des Ringes betrifft, ist man sich nicht einig, aber Mr. Al Fayed wird wohl zwischen 200000 und 300000 Dollar für dieses Geschenk bezahlt haben (zwischen ca. 320000 und 480000 DM) Diana hatte Dodi zuvor ein Paar Manschettenknöpfe geschenkt, die ihrem Vater, dem Earl of Spencer, gehört hatten. Kurz nach der Tragödie fand Mohammed Al Fayed in Dodis Pariser Wohnung einen goldenen Zigarrenschneider, in den die Worte »In Liebe von Diana« eingraviert waren. Außerdem berichtete Mohammed Al Fayed, daß er unter Dianas Kopfkissen eine silberne Plakette mit einem Liebesgedicht von Dodi gefunden habe.

Während Diana und Dodi in der entspannten Atmosphäre der luxuriösen Kaisersuite speisten, wurde Henri Paul aus seiner Wohnung in der Rue des Petits-Champs zurückbeordert.

Zwei Wochen nach dem Unfall hieß es offiziell, Henri Paul habe, nachdem er das Paar im Ritz abgesetzt hatte, seinen ersten und zweiten Drink des Abends im Hotel zu sich genommen: zwei Gläser Pastis. Wohin Henri Paul als nächstes fuhr, weiß man nicht genau, da es hierüber widerstreitende Aussagen gibt. Allerdings wird angenommen, daß Henri, der glaubte, Feierabend zu haben, Harry's New York Bar aufsuchte, wo er zwei oder drei weitere Drinks nahm, ehe er das Lokal um 21:45 Uhr wieder verließ. Anschließend suchte Paul eine weitere Pariser Bar auf, in der er Stammkunde war. Dort blieb er, bis um 22:00 Uhr sein Handy klingelte. Es heißt, er habe in dieser Bar nichts mehr getrunken. Zweifellos kam der Anruf vom Hotel, und man teilte ihm mit, daß er sich zum Dienst zurückmelden solle. Paul kehrte um 22:08 Uhr ins Ritz zurück. Eine Pariser Zeitung berichtete, daß Paul in der Hotelbar weitere Pastis getrunken habe, während er auf Diana und Dodi wartete, und daß er beim Verlassen der Bar geschwankt habe. Der französischen Zeitung zufolge war Paul gebeten worden, an einer List mitzuwirken, um die zahlreichen Fotografen auszutricksen, die immer noch draußen vor dem Ritz warteten.

Laut Plan sollten der schwarze Mercedes S 600 und weitere Fahrzeuge dieses Modells sowie der schwarze Land Rover vor dem Hotel vorfahren. Das sowie der Umstand, daß die Fahrzeuge von Al Fayeds Chauffeuren gesteuert wurden, sollte den Anschein erwecken, als würden Diana und Dodi das Ritz durch den Vordereingang verlassen. Die Fahrer sollten zu Al Fayeds Privatwohnung im 16. Arrondissement fahren und vortäuschen, das Paar würde nach seinem Dinner im Ritz in Dodis Wohnung zurückkehren.

Derweil fuhr Henri Paul insgeheim einen dunkelblauen Mercedes S 280 zum Hintereingang, wo das Paar und Trevor Rees-Jones schon seit fünf Minuten auf ihn warteten. Die Gruppe verließ das Ritz um 0:19 Uhr durch den Hintereingang.

Die List war nur teilweise erfolgreich, da es mehreren der mißtrauischen Fotografen gelang, Diana und Dodi beim Einsteigen in den Mercedes zu knipsen.

Nach dem Unfall hieß es, bei dem Mercedes S 280 habe es sich tatsächlich um einen kugelsicheren S 600 gehandelt. Diese Behauptungen erwiesen sich als falsch; bei dem Unfallfahrzeug handelte es sich zweifelsfrei um einen S 280 ohne jede Panzerung. Der Wagen war vom Ritz angemietet worden; er war in der Vergangenheit einmal gestohlen und ausgeschlachtet, anschließend jedoch von Mercedes Benz wieder instandgesetzt worden.

Gerüchten zufolge soll Henri Paul die Fotografen herausgefordert haben, indem er ihnen, als er losfuhr, zurief: »Ihr kriegt uns nicht.«

Nachdem sie das Ritz verlassen hatten, fuhr der Mercedes auf die Rue Cambon und bog in Höhe des Jardin des Tuileries nach rechts ab auf die schicke, von Geschäften gesäumte Rue de Rivoli. Dann überquerte der Wagen die kopfsteingepflasterte Place de la Concorde und machte einen U-Turn nach links, um den Obelisken herum. Dort hatte der Mercedes bereits beachtlich beschleunigt. (Nach der Tragödie befaßten sich zahlreiche Artikel mit dem Irrsinn, mit einer Limousine ein Motorrad abhängen zu wollen; so etwas wäre unter den meisten Bedingungen für den Mercedes schlicht unmöglich gewesen. Die Limousine war weder so schnell noch so wendig wie die Motorräder. Möglicherweise wollte Paul als er erkannte, daß sie sie niemals würden abschütteln können, die Zweiräder auf dem Kopfsteinpflaster der Place de la Concorde in Bedrängnis bringen).

Außerdem wurde berichtet, daß der Mercedes in seinem Bestreben, die Paparazzi abzuschütteln, eine rote Ampel überfuhr. Während der Wagen am rechten Seineufer entlang nach Westen fuhr, erst dem Course de la Reine, dann dem Cours Albert 1er folgend, jagte er mit zunehmender Geschwindigkeit auf den schmalen Eingang des 200 Meter langen Tunnels unter der Place de l'Alma zu.

Henri Paul verlor etwa um 0:25 Uhr die Kontrolle über das Fahrzeug, als der Wagen sich gerade dem zweiten Tunnel unter der Place de l'Alma näherte. Es wird spekuliert, daß ein zweiter Wagen, der vor dem Mercedes fuhr, möglicherweise in den Unfall verwickelt wurde, aber die diesbezüglichen Ermittlungen sind noch nicht abgeschlossen. Erwiesen ist hingegen, daß der Mercedes die Trennwand des Tunnels touchierte, gegen die rechte Wand prallte, wieder quer über die Straße schleuderte und gegen den 13. Pfeiler krachte. Der Wagen überschlug sich, knallte erneut gegen die rechte Tunnelwand, drehte sich und blieb entgegen der Fahrtrichtung liegen. Der Wagen kam etwa auf halber Länge der Unterführung zum Stehen.

Der S 280 hinterließ 16 Meter lange Schleuderspuren, und die Aufprallgeschwindigkeit liegt irgendwo zwischen 80 und 120 Meilen (zw. 130 und 190 kmh) pro Stunde. Normalerweise ist die Geschwindigkeit am Tunneleingang auf 50 Stundenkilometer begrenzt. Polizeiberichten zufolge zeigte der Geschwindigkeitsmesser des Unfallfahrzeugs 196 Stundenkilometer an, wobei es sich jedoch, wie sich später herausstellte, aus verschiedenen Gründen nicht um die tatsächliche Aufprallgeschwindigkeit handeln konnte. Es ist gut möglich, daß die Reifen des Mercedes sich nach dem Überschlag weitergedreht haben, was die höhere Geschwindigkeit auf dem Tacho erklären würde. Darüber hinaus haben Experten erklärt, daß der Tachometer des S 280 auf 0 oder 190 Stundenkilometer schaltet, wenn der Motor abgeschaltet wird. Ein Phänomen namens »Nadelausschlag« ist ein zuverlässiger Indikator. Zu einem Nadelausschlag kommt es, wenn durch die Wucht eines Aufpralls die Tachonadel gegen das Glas gedrückt wird und dort eine winzige Markierung hinterläßt, die die Geschwindigkeit beim Aufprall anzeigt. Dieses Phänomen ist allerdings nicht bei allen Unfällen eindeutig.

Dodi Al Fayed und Henri Paul waren sofort tot. Augenzeugen berichteten, daß Dodi Al Fayeds Leichnam quer über dem Rücksitz lag, während Paul durch die Windschutzscheibe geschleudert wurde. Die Heizung des Mercedes bohrte sich in Pauls Körper, der über der Hupe lag, die ein anhaltendes Signal von sich gab. Trevor Rees-Jones, der einzige, der angeschnallt war, erlitt schwere Verletzungen im Bereich des Gesichts und des Brustkorbs. Lady Diana lag im Fußraum zwischen Vorder- und Rücksitz.

In einigen Berichten hieß es, die Fotografen, die Diana und Dodi verfolgt hatten, seien kurz nach dem Unfall am

Schauplatz des Geschehens eingetroffen. Es gibt widersprüchliche Aussagen bezüglich ihrer exakten Zahl und ihres Verhaltens in den Minuten unmittelbar vor und nach dem Unfall. Tatsache ist, daß um 0:27 Uhr ein Augenzeuge den französischen Notdienst verständigte und die Feuerwehr um 0:40 Uhr eintraf. Kurze Zeit später setzte die Polizei sich mit der britischen Botschaft in Verbindung und teilte ihr mit, daß Prinzessin Diana einen Autounfall gehabt habe. Charles, der zusammen mit der Königsfamilie Urlaub auf Balmoral machte, wurde um 0:45 Uhr informiert.

In der hektischen Betriebsamkeit am Unfallort begannen mehrere Fotografen, Bilder des Fahrzeugs und der sterbenden Prinzessin zu schießen, anstatt zu versuchen, ihr zu helfen. Einer der Fotografen wurde daraufhin von der Menge, die sich am Unfallort versammelt hatte, verprügelt. Ein anderer Fotograf soll Dianas Puls gefühlt und dabei Bilder der Sterbenden geschossen haben. Dann traf ein französischer Arzt, Frederic Maillez, am Schauplatz des Geschehens ein. Er hastete zu dem verunglückten Mercedes, nahm die Szenerie in Augenschein und kehrte dann zu seinem Fahrzeug zurück, um Unterstützung anzufordern. Es gibt widersprüchliche Versionen dazu, wer als erstes den Notdienst verständigt hat. Als Dr. Maillez zum Unfallwagen zurückkehrte, wandte bereits ein Mann, der der freiwilligen Feuerwehr angehörte, jedoch nicht im Einsatz war, bei Trevor Rees-Jones Erste-Hilfe-Maßnahmen an. Maillez wandte seine Aufmerksamkeit daraufhin der Frau auf dem Rücksitz zu und »half, ihre Atemwege freizubekommen«. Erst später am Morgen erfuhr er, daß es sich bei dem Opfer um Prinzessin Diana gehandelt hatte. In seiner späteren Aussage erzählte der Arzt, er habe »an die 10 oder 15 von ihnen [Fotografen] bemerkt, die ohne Unterlaß den Wagen ablichteten.« Er meinte jedoch auch, man könne nicht behaupten, die Reporter hätten ihn bei seiner Arbeit behindert. Trotzdem sollte die Polizei noch in der Unfallnacht sechs Paparazzi und einen Fahrer verhaften sowie drei weitere Fotografen später in jener Woche. Die Polizei beschlagnahmte sämtliches Filmmaterial. Aber nicht alle Paparazzi, die Zeugen der grauenhaften Szene waren, wurden verhaftet. Einer der Fotografen sprach anonym mit den deutschen Medien und gab zu, am Unfallort gewesen zu sein und die sterbende Lady Diana fotografiert zu haben.

Die Feuerwehr brauchte eine Stunde, um Diana aus dem Autowrack zu befreien. Zwanzig Minuten später, um 2:00 Uhr, wurde auch Trevor Rees-Jones geborgen.

Diana, die an schweren Verletzungen im Bereich des Brustkorbes sowie an inneren Blutungen litt, wurde zum Krankenhaus La Pitié-Salpetrière gebracht, wo sie um 2:00 Uhr eintraf. Um 2:20 Uhr erlitt sie einen schweren Herzanfall, und als die Ärzte eine Not-Rippenresektion (das Entfernen mehrerer oder aller Rippen) vornahmen, stellten sie fest, daß Dianas linke Lungenvene stark geschädigt war, (die lebenswichtige Vene, die das Blut von der Lunge zum Herzen transportiert). Nachdem sie die Wunde verschlossen hatten, nahmen die Ärzte eine interne und externe Herzmassage vor, wobei sie teilweise sogar die bloßen Hände bei ihren verzweifelten Bemühungen benutzten, Dianas Herz wieder zum Schlagen zu bringen. Die Herzmassage wurde bis 4:00 Uhr fortgesetzt. Dann, um 4:00 Uhr am 31. August 1997, wurde Diana, die Prinzessin von Wales, für tot erklärt.

Der französische Botschafter rief die Queen an, die ebenfalls Urlaub auf Balmoral machte, und setzte ihren Privatsekretär davon in Kenntnis, daß Diana tödlich verunglückt war. Premierminister Tony Blair, ein Vertrauter und Freund der Prinzessin, wurde ebenfalls von Dianas Tod unterrichtet. Als Charles die Neuigkeit erfuhr, weckte er William und Harry und informierte die beiden vom tragischen Tod ihrer Mutter.

Um 4:21 Uhr bereitete sich die Press Association auf eine Erklärung vor. Der britische Außenminister, Robin Cook, bereitete von Manila aus eine Presseerklärung vor.

Zwanzig Minuten später verkündete die Press Association: »Wie Presse Association heute morgen aus britischen Quellen erfahren hat, ist Diana, Prinzessin von Wales, tödlich verunglückt.«

Um 4:57 Uhr wurde Dianas Tod vom französischen Innenminister Jean-Pierre Chevenement im Krankenhaus offiziell bestätigt.

Um 5:05 Uhr bestätigte Robin Cook die Bekanntmachung vom Flughafen in Manila aus. Hierauf folgte um 5:09 Uhr die Erklärung des Buckingham-Palastes, daß die Queen und der Prinz von Wales »zutiefst schockiert und erschüttert seien von dieser entsetzlichen Nachricht«. Tony Blair erklärte, er sei »niedergeschmettert«. Die British Broadcasting Corporation und zahlreiche andere Sender auf der ganzen Welt unterbrachen ihre laufenden Sendungen und konzentrierten sich ausschließlich auf die Tragödie von Dianas Tod.

Um 11:30 Uhr fanden sich Königin Elizabeth, die Königinmutter, der Herzog von Edinburgh, der Prinz von Wales sowie die Prinzen William und Harry in der Kirche von Crathie bei Balmoral zu einem privaten Gottesdienst ein. Der Gottesdienst endete um 12:55 Uhr, und der Prinz von Wales unterhielt sich kurz mit Reverend Sloan.

Später, um 14:10 Uhr am Sonntag, dem 31. August, traf sich Prinz Charles mit den beiden Schwestern Dianas, Lady Jane Fellowes und Lady Sarah McCorquodale, auf dem Flughafen Aberdeen. Sie flogen nach Paris, um Dianas Leichnam nach England zu holen. Sie betraten das Hospital La Pitié-Salpetrière um 16:40 Uhr und wurden von Präsident Chirac und seiner Frau Bernadette empfangen, bevor man sie in das Zimmer führte, in dem der Sarg stand. Eine halbe Stunde später wurde die tote Prinzessin in einem Sarg, über den die königliche Fahne gebreitet war, in einem Leichenwagen zu einem Flughafen in der Nähe von Paris gebracht und von dort aus nach England geflogen.

Um 18:00 Uhr traf Tony Blair auf dem RAF-Flughafen Northolt ein. Um 18:51 Uhr landete Prinzessin Diana in einer Maschine der Royal Squadron BAe 146 in der Heimat. Ihr Sarg wurde von Prinz Charles und den Schwestern der Prinzessin von Wales begleitet. Ebenfalls an Bord waren George Robertson, der Verteidigungsminister, der Haushofmeister, also der Vorsteher des königlichen Haushaltes, und der Lord Lieutenant, der Vertreter der Krone für London.

Der Sarg wurde aus dem Flugzeug geladen und von Sargträgern der Königlichen Color Squadron der RAF zu einem Leichenwagen getragen, der auf dem Rollfeld bereitstand. Der Leichenwagen brachte den Sarg zu einer privaten Leichenhalle, von wo aus er kurz nach Mitternacht zur Chapel Royal im Saint James's Palast überführt wurde.

Inzwischen wurde auch der Leichnam Dodi Al Fayeds nach Surray in England geflogen und in die Moschee des Regent's Park gebracht. Dodi wurde der moslemischen Tradition gemäß innerhalb von 24 Stunden nach seinem Tod beerdigt. Seine letzte Ruhestätte ist der Brookland Cemetery in Surray. Der Leichnam Henri Pauls wurde einer Reihe von Tests unterzogen, um seinen Zustand in der Unfallnacht zu bestimmen.

Einen Tag nach Lady Dianas Tod gab es zahlreiche Spekulationen und Kontroversen um Henri Paul. Ursprünglich hieß es, Henri Paul, 41 Jahre alt, sei ein alleinstehender Mann und zuverlässiger Angestellter gewesen, der seit 13 Jahren für das Ritz gearbeitet habe. Michael Cole, Pressesprecher Mohammed Al Fayeds, erklärte, Henri sei ein »gewissenhafter und verantwortungsvoller Mitarbeiter« gewesen. Angeblich hatte Henri an zwei speziellen Fahrkursen bei Mercedes Benz in Stuttgart teilgenommen. Außerdem hieß es, er sei in Anti-Terroristen-Maßnahmen ausgebildet. Andere Quellen zogen Henri Pauls fahrerisches Können jedoch in Zweifel. Die Presse zitierte einen Chauffeur, der regelmäßig Kunden der Pariser Luxushotels fährt, wie folgt: »Ich habe den Mann nie unter den 10 oder 15 Fahrern gesehen, die regelmäßig auf einen Einsatz für das Ritz warten.« Es gab Berichte, denen zufolge Henri keine Lizenz zur Personenbeförderung besaß – was sich jedoch insofern als Ente erwies, als in Frankreich jeder mit einem normalen Führerschein der Klasse III als Chauffeur arbeiten darf.

Henri war in Lorient aufgewachsen, einem Fischereihafen an der Südwestküste der Bretagne. Ursprünglich hieß es, er habe es während seines Wehrdienstes bei der französischen Luftwaffe bis zum Hauptmann gebracht, ein Gerücht, das jedoch später von der Luftwaffe dementiert wurde.

Die ersten Untersuchungsergebnisse wurden den Medien am Montag, den 1. September mitgeteilt. Sie hatten ergeben, daß Henri Paul in der Unfallnacht stark alkoholisiert war; er hatte 175 Milligramm Alkohol pro 100 Milliliter Blut im Körper, also 1,75 Promille. Um diese Alkoholkonzentration zu erreichen, hätte Henri sieben Flaschen Bier, umgerechnet 3½ Liter, trinken müssen. (In Frankreich gilt es als leichtes Vergehen, mit mehr als 0,5 Promille Auto zu fahren. Mehr als 0,8 Promille werden als Straftat gewertet. In solchen Fällen muß der Fahrer sich einem Eignungstest unterziehen, ehe er seine Fahrerlaubnis zurückerhält). Die Familie Al Fayed fürchtete, die Testergebnisse wären nicht korrekt, weil am Unfallort so viel Blut geflossen war, wodurch Henris Blut verunreinigt oder mit dem einer anderen Person hätte vermischt werden können. Die Familie übergab den Medien das Band aus der Überwachungskamera des Hotels, um zu beweisen, daß Henri Paul am Abend des 30. August 1997 nicht betrunken war. Das Video war nicht eindeutig, aber ein zweiter Bluttest am 4. September, der in Gegenwart des mit dem Fall betrauten Richters vorgenommen wurde, bestätigte das Ergebnis des ersten Tests. Henri hatte am Abend des Unfalls getrunken, und der ermittelte Alkoholgehalt im Blut lag nur unerheblich unter dem, der beim ersten Test ermittelt worden war. Dieser zweite Test bewies außerdem, daß Henri zwei verschreibungspflichtige Medikamente im Blut hatte: Fluexetine, ein Antidepressivum, und Tiapride, ein Mittel, das bei der Behandlung von Alkoholismus und aggressivem Verhalten eingesetzt wird. Der Gehalt von Fluexetine in Henris Blut war der offiziellen Erklärung des Staatsanwaltes zufolge »therapeutisch«, der des Tiapride »subtherapeutisch«. In ihrer Beharrlichkeit verlangte die Familie Al Fayed einen dritten Test und behauptete, es seien nicht genügend verschiedenartige Gewebeproben genommen worden, um ein akkurates Resultat zu erzielen. Die Ergebnisse des dritten Tests deckten sich mit denen der ersten beiden Untersuchungen, aber es wurde nicht präzisiert, ob diesmal eine andere Probe analysiert wurde als zuvor. Erst zwei Wochen nach der Tragödie gab der Richter Henri Pauls Leiche frei. Henri Paul wurde in seiner Heimatstadt Lorient in der Bretagne bestattet.

In den Wochen nach Dianas tödlichem Unfall hieß es, die Prinzessin habe ihre letzten Worte zu dem Arzt gesagt, der ihr kurz nach dem Unfall eine Sauerstoffmaske über den Mund legte. Diese Worte »Laßt mich in Ruhe« wurden überall veröffentlicht. Anderen Berichten zufolge soll Lady Diana Spencer ihre letzten Worte kurz vor ihrem Tod im Krankenhaus La Pitié-Salpetrière zu einem Al-Fayed-Angestellten gesagt haben. Diese letzten Worte wurden Mohammed Al Fayed zugetragen, der sie wiederum an die Person weiterleitete, für die sie bestimmt war.

In den Tagen, nachdem Dianas Leichnam nach Großbritannien überführt worden war, wurde nicht nur England von einer Welle der Trauer überflutet. Über eine Million Blumensträuße wurden auf den drei Londoner Plätzen sowie an anderen Stellen in der Stadt abgelegt, darunter vor Harrods, wo ein Gedenkschrein für Diana und Dodi errichtet worden war. Die Geschäftsleute in London hielten eine Schweigeminute ein, um der toten Prinzessin die Ehre zu erweisen. Londoner standen bis zu 12 Stunden Schlange, um sich in eins der Kondolenzbücher der Familie einzutragen. Ähnliche Kondolenzbücher wurden fast überall auf der Welt ausgelegt, und auch dort bildeten sich vergleichbare Menschenschlangen. Am Montag, dem 1. September, zollten zahlreiche Mitgliedsstaaten des Commonwealth und auch andere Länder Prinzessin Diana Tribut, indem die Flaggen einen Tag lang auf halbmast wehten.

Zwei Nationen bildeten auffällige Ausnahmen im Rahmen der weltweiten Respekts- und Trauerbekundung für

Lady Diana: Libyen und der Iran. Die nationale libysche Nachrichtenagentur verbreitete eine der ersten und abstrusesten Verschwörungstheorien: Sie beschuldigten den englischen Staat des Mordes an Diana, weil sie mit einem Araber liiert gewesen sei. Die iranische Regierung ihrerseits bezeichnete Diana als »moralische Schande« des britischen Königshauses.

Am Mittwoch, dem 3. September 1997, verkündete die BBC, daß sie die Beerdigung live in 187 Länder senden werde und daß der Trauergottesdienst simultan in 43 verschiedene Sprachen gedolmetscht werden würde. Es sollte die größte Live-Sendung in der Geschichte der BBC werden, mit weltweit geschätzten 2,5 Milliarden Zuschauern.

In der Woche nach Dianas Tod verstärkte sich der Unmut des britischen Volkes über die stoische Haltung der königlichen Familie. Während die Nation wie gelähmt war vor Trauer, hatten »die Royals die öffentliche Trauer nicht widergespiegelt« wie die Presse es treffend formulierte. Der Buckingham-Palast hatte den Union Jack am Montag, dem 1. September, als Fahnen weltweit auf halbmast geweht hatten, nicht ebenfalls auf halbmast gesenkt. Seit Donnerstag, dem 4. September, hatte es noch nicht einmal eine offizielle Ansprache der Königin gegeben.

Am folgenden Abend, dem Tag vor dem Begräbnis, sprach die Königin live vom Chinese Dining Room im Buckingham-Palast zu ihrer Nation und zur ganzen Welt. Sie sah direkt in die Kamera und hielt ihre erste live übertragene Fernsehansprache seit dem Beginn ihrer 45jährigen Amtszeit:

»Seit den grauenhaften Neuigkeiten vom vergangenen Sonntag

haben wir in England und auf der ganzen Welt eine überwältigende Trauerbekundung angesichts von Dianas Tod erlebt. Wir alle haben, jeder auf seine Art, versucht, mit der Tragödie fertigzuwerden. Es fällt nicht leicht, unser Gefühl des Verlustes in Worte zu fassen, da auf den ersten Schock oft eine Mischung anderer Gefühle folgt: Unglauben, Unverständnis, Zorn – und Sorge für die Hinterbliebenen.

Wir alle haben diese Gefühle in den vergangenen Tagen empfunden. Was ich Ihnen also jetzt sage, sage ich als Ihre Königin und als Großmutter, aus tiefstem Herzen. Zu allererst möchte ich persönlich Diana Tribut zollen. Sie war ein außergewöhnlicher und gutherziger Mensch. In guten wie in schlechten Zeiten hat sie nie verlernt, zu lächeln und zu lachen oder anderen mit Wärme und Freundlichkeit zu begegnen.

Ich habe sie bewundert und respektiert – für die Energie und das Engagement, die sie für andere aufgebracht hat, vor allem aber für ihre grenzenlose Liebe zu ihren beiden Söhnen.

Wir alle haben in dieser Woche auf Balmoral versucht, William und Harry zu helfen, mit dem schrecklichen Verlust zurecht zu kommen, den sie und wir anderen erlitten haben. Niemand, der Diana persönlich gekannt hat, wird sie je vergessen. Millionen von anderen, die ihr nie begegnet sind, die jedoch das Gefühl hatten, sie zu kennen, werden sich an sie erinnern.

Ich für meinen Teil glaube, daß wir aus ihrem Leben und der überwältigenden und rührenden Reaktion auf ihren Tod lernen können. Ich teile die Entschlossenheit von Ihnen allen, ihrer zu gedenken.

Dies ist auch eine Gelegenheit für mich, im Namen der Familie und vor allem im Namen von Prinz Charles, von William und Harry all jenen zu danken, die Blumen niedergelegt, Kondolenzschreiben geschickt oder dieser bemerkenswerten Persönlichkeit auf irgendeine andere Art ihren Respekt erwiesen haben. Diese freundlichen Gesten waren uns eine große Hilfe und ein großer Trost.

Unsere Gedanken sind auch bei Dianas Familie und den Familien derer, die mit ihr gestorben sind. Ich weiß, daß auch sie Kraft geschöpft haben aus dem, was seit dem vergangenen Wochenende geschehen ist, während sie versuchen, ihre Trauer zu überwinden und sich einer Zukunft ohne den geliebten Menschen zu stellen.

Ich hoffe, daß wir alle, egal, wo wir auch sein mögen, gemeinsam unsere Trauer im Angesicht von Dianas Tod und auch unsere Dankbarkeit für ihr viel zu kurzes Leben zum Ausdruck bringen können. Es ist eine Chance, der ganzen Welt eine im Frieden vereinte britische Nation zu zeigen, und mögen wir, jeder einzelne von uns, Gott danken für jemanden, der viele, viele Menschen glücklich gemacht hat.«

Endlich bekam die Öffentlichkeit eine Königin zu sehen, deren Trauer der ihren entsprach, eine Königin, die auch Großmutter war und Diana, so wie sie selbst, »bewundert und respektiert« hatte. Auch kam es den Briten vor, als hätte die Königin ihre Vorbehalte gegen Diana aufgegeben. Am selben Tag sprachen die Königin und Prinz Philip mit den Trauernden vor dem Buckingham- und dem Saint James's Palast. Prinz Charles, William und Harry mischten sich vor dem Kensington-Palast unter die Menschen, die kamen, um Blumen niederzulegen und ihr Beileid auszusprechen. Am nächsten Morgen, am Tag der Beerdigung, wehte der Union Jack über dem Buckingham-Palast zum erstenmal in der Geschichte auf halbmast, als der Trauerzug vorbeizog. Die Königin und die königliche Familie stiegen nach der Ansprache der Königin und nach dieser Geste wieder merklich in der Achtung der Öffentlichkeit.

Am Tag vor der Beerdigung wurde Dianas Leichnam um 20:00 Uhr vom Saint James Palast zum Kensington-Palast in West-London überführt. Prinz Charles und die Jungen folgten dem Leichenwagen in einer schwarzen Limousine. Große Menschenmengen – von Hunderttausenden war die Rede – sahen im Regen stehend zu, wie der Leichnam der Frau, die Königin von England hätte werden können, langsam an ihnen vorbei zum Kensington-Palast gefahren wurde, für eine letzte Nacht in ihrem ehemaligen Zuhause.

Durch den Entschluß, die Tote in den Kensington-Palast zu überführen, wurde die Route der Trauerprozession auf drei Meilen (knapp 5 Kilometer) verlängert. Der Grund dafür war, daß man am Tag der Beerdigung Millionen von Menschen entlang der Route erwartete. Viele säumten die Straßen vom Kensington-Palast bis zur Westminster Abey – andere hatten sogar im Freien kampiert, um den vorbeiziehenden Trauerzug besser sehen zu können. Im Hyde-Park und an sechs weiteren Stellen in der Stadt waren 5 m x 3,5 m große Fernsehschirme aufgebaut worden, vor der Westminster Abbey hatte man Lautsprecher angebracht, damit die Massen alles sehen und hören konnten.

Die Prozession zur Westminster Abbey am Samstag, dem 6. September, setzte sich um 9:08 Uhr in Bewegung. Auf dem Sarg, über den die königliche Flagge drapiert war und der auf einem Geschützwagen ruhte, vor den sechs schwarze irische Zugpferde gespannt waren, lagen drei Kränze aus weißen Lilien und eine große weiße Karte mit dem handgeschriebenen Wort »Mummy«. Die Kränze waren von ihrem Bruder, Earl Spencer, und ihren Söhnen, den Prinzen William und Harry. Die King's Royal Troop in ihren leuchtendroten Uniformen mit den hohen Bärenfellmützen eskortierten den Sarg. Earl Spencer, Prinz Charles und die beiden jungen Prinzen William und Harry sowie der Herzog von Edinburgh reihten sich in die Prozession ein, als sie sich der Westminster Abbey näherte. Je fünf Vertreter jeder einzelnen der über 100 Wohltätigkeitsorganisationen, die Diana repräsentiert hatte, schlossen sich ebenfalls der Prozession an, als diese sich langsam auf die Abbey zubewegte. Viele von jenen, die am Straßenrand standen, um der Prinzessin die letzte Ehre zu erweisen, weinten, riefen Dianas Namen und warfen Blumen vor den Wagen.

Die 2000 geladenen Gäste, die in der Westminster Abbey auf das Eintreffen von Dianas Sarg warteten, waren eine bunte Mischung aus Berühmtheiten und Normalbürgern – Tom Hanks, Luciano Pavarotti, Sting, Tom Cruise und Nicole Kidman, Hillary Clinton, Margaret Thatcher und zahlreiche ausländische Würdenträger. Außerdem waren viele Menschen anwesend, die Diana durch ihre Wohltätigkeitsarbeit kennengelernt hatten, sowie Freunde der Familie Spencer.

Während die Trauergäste warteten und der Zug die drei Meilen vom Kensington-Palast zur Westminster Abbey zurücklegte, läutete eine Glocke jede Minute, und auf der Orgel wurden Musikstücke von Mendelssohn, Bach, Dvorak, Vaughan Williams und Elgar gespielt.

Nachdem die Prozession die Westminster Abbey durch den Westeingang betreten hatte, sang die Trauergemeinde die Nationalhymne und blieb stehen, während der Dechant von Westminster, der ehrwürdige Dr. Wesley Carr, ein Gebet sprach, ehe der die Hymne »I Vow to Thee, My Country« anstimmte.

Die erste Lesung des Trauergottesdienstes übernahm die älterer Schwester der Prinzessin, Lady Sarah McCorquodale:

»If I should die and leave you here awhile,
Be not like others, sore undone, who keep
Long vigils by the silent dust, and weep.
For my sake – turn again to life and smile,
Nerving thy heart and trembling hand to do
Something to comfort other hearts than thine.
Complete those dear unfinishes tasks of mine
And I, perchance, may therein comfort you.«

Im Anschluß sangen die British Broadcasting Corporation Singers, begleitet von der Sopranistin Lynne Dawson. Sie sangen Ausschnitte aus Verdis *Requiem*, einem von Dianas Lieblingsstücken.

Darauf folgte eine Lesung von Dianas zweiter Schwester, Lady Jane Fellowes:

»Time is too slow for those who wait.
too swift for those who fear,
too long for those who grieve,
too short for those who rejoice,
but for those who love time is eternity.

Hierauf erhob sich die Trauergemeinde und sang »The King of Love My Shepherd Is«, gefolgt von einer Lesung aus dem 1. Korintherbrief 13, die der britische Premierminister Tony Blair vortrug:

»Wenn ich mit Menschen- und mit Engelszungen redete und hätte die Liebe nicht, so wäre ich ein tönendes Erz oder eine klingende Schelle.«

Dieser Lesung folgte ein ganz besonderer Moment der Trauerzeremonie. Rockstar Elton John, der seinen speziell für ihn angefertigen Yamaha-Konzertflügel in die Westminster Abbey hatte bringen lassen, sang »Candle In The Wind«, ein Lied, dessen Text von Johns langjährigem Mitarbeiter Bernie Taupin dem traurigen Anlaß entsprechend umgeschrieben worden war. Die Presse schrieb, daß während dieses Abschnitts der Zeremonie die beiden jungen Prinzen die Fassung verloren und weinten.

Auf Elton Johns Gesangsvortrag folgte die Trauerrede des Earl of Spencer. Mit seiner sehr gefühlvollen Rede schien der Earl die Trauer der ganzen Welt in Worte gefaßt zu haben. Im dritten Absatz kritisierte der Earl of Spencer sehr deutlich die königliche Familie, indem er sagte, daß Diana »keinen Königstitel brauchte«. Dies war eine Anspielung darauf, daß der Buckingham-Palast Diana erst Monate zuvor den Titel »Ihre Königliche Hoheit« aberkannt hatte (der Buckingham-Palast erbot sich später, Diana den Titel postmortem wieder zuzuerkennen, aber die Familie Spencer lehnt ab). Der Earl äußerte sich auch zu der ständigen Verfolgung durch die Medien, der Diana ausgesetzt war, und kritisierte, daß Dianas »aufrichtig gute Absichten von den Medien verhöhnt wurden«. Der Earl schwor, daß Dianas Blutsverwandte, die »einfallsreiche und liebevolle« Art fortführen würden, in der sie die beiden jungen Prinzen erzogen habe. (Diese Ansprache wurde von Zeugen als Schmährede gegen die Königsfamilie gewertet. Die meisten Trauergäste in der Westminster Abbey sowie draußen vor den Lautsprechern spendeten spontan Beifall und klatschten, als der Earl seine Rede beendet hatte. Die Presse berichtete, daß die jungen Prinzen William und Harry ihrem Onkel ebenfalls Beifall spendeten, während Prinz Charles ruhig die Hände auf die Knie legte.

Hier die vollständige Rede von Earl Spencer:

»Ich stehe heute vor Ihnen als Vertreter einer trauernden Familie in einem trauernden Land, im Angesicht einer schockierten Welt.

Wir alle sind vereint, nicht nur in unserem Wunsch, Diana unseren Respekt zu erweisen, sondern auch in unserem Bedürfnis, dies zu tun, denn ihre Beliebtheit war so außergewöhnlich, daß Abermillionen von Menschen, die weltweit via Fernsehen und Radio diesen Gottesdienst verfolgen, obgleich sie sie nie persönlich kennengelernt haben , das Gefühl haben, in den frühen Morgenstunden des vergangenen Sonntags einen Menschen verloren zu haben, der ihnen sehr nahe stand. Das ist ein weit bemerkenswerterer Tribut an Diana, als ich ihn ihr heute zollen kann.

Diana war die Verkörperung von Mitgefühl, Pflichtbewußtsein, Stil und Schönheit. Auf der ganzen Welt galt sie als Symbol für selbstlose Menschlichkeit, als Standartenträgerin für die Rechte der wahrhaft Unterdrückten. Ein durch und durch britisches Mädchen, für das es den Begriff der Nationalität nicht gab. Sie besaß einen natürlichen, klassenlosen Adel und bewies im vergangenen Jahr, daß sie keinen königlichen Titel brauchte, um auch weiterhin ihren ganz eigenen Zauber zu verbreiten.

Heute haben wir Gelegenheit, dir zu danken für die Art, wie du unser Dasein bereichert hast, obwohl Gott dir nur ein halbes Leben gewährt hat. Wir alle werden uns ewig betrogen fühlen, weil du uns so jung genommen wurdest, und doch müssen wir dankbar sein, daß es dich überhaupt gegeben hat. Erst jetzt, da du unwiderruflich von uns gegangen bist, vermögen wir wirklich einzuschätzen, was es heißt, ohne dich zu sein, und du sollst wissen, daß das Leben ohne dich sehr, sehr schwer ist. Wir alle sind fast verzweifelt an unserem Verlust der vergangenen Woche, und allein die Kraft der Botschaft, die du uns durch deine Jahre des Gebens hast zukommen lassen, gibt uns die Stärke, weiterzumachen.

»Die Versuchung ist groß, deine Erinnerung voreilig heiligzusprechen. Aber das ist gar nicht nötig. Du stichst schon als Mensch mit einzigartigen Qualitäten derart aus der Masse hervor, daß du es nicht nötig hast, als Heilige betrachtet zu werden. Tatsächlich würde es deinem Wesen widersprechen, dich heiligzusprechen. Dein wunderbar verschmitzer Humor, dein herzliches Gelächter, deine Lebensfreude, die du überall dort vermittelt hast, wo du dein Lächeln und das Blitzen in deinen unvergeßlichen Augen hingetragen hast, deine grenzenlose Energie, die du kaum zügeln konntest.

Aber dein größtes Geschenk war deine Intuition, und diese Gabe hast du sehr weise benutzt. Das lag all deinen anderen wunderbaren Attributen zugrunde, und wenn wir genau hinsahen, um zu bestimmen, was dich so beliebt machte, stellten wir fest, daß es dein instinktives Gespür war für alles, was in unser aller Leben wirklich wichtig war.

Ohne deine dir von Gott gegebene Sensibilität würden wir noch weniger wissen von dem Leid der Aidskranken und HIV-Infizierten, der Not der Obdachlosen, der Ausgrenzung von Leprakranken und der wahllosen Verstümmelung durch Landminen.

Diana hat mir erklärt, daß ihr eigenes, am tiefsten empfundenes Leid es ihr ermöglicht hätte, ein Band zu den Ausgestoßenen zu knüpfen. Und damit kommen wir zu einer weiteren Wahrheit über sie. Trotz allen Status, allen Glamours und Beifalls blieb Diana im Herzen stets ein sehr unsicherer Mensch, beinahe kindlich in ihrem Bestreben, gut zu anderen zu sein, um sich selbst von ihrem Gefühl der Unzulänglichkeit zu befreien, für das ihre Eßstörung nur ein Symptom war. Die Welt erspürte diesen Teil ihres Charakters und liebte sie wegen ihrer Verletzlichkeit, während sie sie gleichzeitig auch für ihre Aufrichtigkeit bewunderte.

Ich habe Diana am 1. Juli in London das letzte Mal gesehen, an ihrem Geburtstag, an dem sie sich wie gewöhnlich nicht die

Zeit nahm, mit Freunden zu feiern, sondern an dem sie als Ehrengast an einer Benefizveranstaltung teilnahm – wie immer als strahlende Erscheinung.

Aber ich denke lieber an die Tage zurück, die ich im März mit ihr verbracht habe, als sie mich und meine Kinder in unserem Haus in Südafrika besuchte. Ich bin stolz darauf, daß es uns abgesehen von ihrem öffentlichen Treffen mit Präsident Mandela gelungen ist, die allgegenwärtigen Paparazzi daran zu hindern, auch nur ein Foto von ihr zu schießen. Das hat ihr viel bedeutet.

Das waren Tage, die ich immer in meiner Erinnerung hochhalten werde. Es war, als wären wir in unsere Kindheit zurückversetzt worden, und wir haben als die beiden Nesthäkchen der Familie sehr viel Zeit zusammen verbracht. Im Grunde hatte sie sich überhaupt nicht verändert, war immer noch die große Schwester, die mich als Baby bemuttert, in der Schule verteidigt und mit mir gemeinsam die endlosen Zugfahrten von einem Elternteil zum anderen am Wochenende durchgestanden hatte.

Es spricht für ihre Vernunft und ihre Kraft, daß sie intakt blieb, sich selbst treu, obwohl sie ein recht bizarres Leben geführt hat, kaum daß sie der Kindheit entwachsen war. Zweifelos suchte sie nach einer neuen Richtung in ihrem Leben. Sie sprach ständig davon, England zu verlassen, vor allem wegen der Art, wie die Zeitungen mit ihr umgingen. Ich glaube, sie hat nie verstanden, warum ihre aufrichtig guten Absichten von den Medien verhöhnt wurden, warum Journalisten immer so bestrebt schienen, sie zu Fall zu bringen. Es ist unfaßbar. Meine einzige Erklärung hierfür ist die, daß aufrichtige Güte von jenen am anderen Ende des moralischen Spektrums als Bedrohung empfunden wird.

Wir sollten nicht vergessen, daß von allen Ironien in Dianas Leben folgende vielleicht die größte war: Ein Mädchen, das nach der alten Göttin der Jagd benannt wurde, wurde selbst zur am meisten gejagten Person der Moderne.

Sie würde sich wünschen, daß wir uns heute verpflichten,

ihre geliebten Söhne William und Harry vor einem ähnlichen Schicksal bewahren, und das tue ich hiermit, Diana, ich schwöre es dir. Wir werden nicht zulassen, daß sie dem unerbittlichen Druck ausgesetzt werden, der regelmäßig dazu benutzt wurde, dich in tränenreiche Verzweiflung zu stürzen. Und darüber hinaus verspreche ich auch im Namen deiner Mutter und Schwestern, daß wir, deine Blutsverwandten, alles in unserer Macht Stehende tun werden, um die einfallsreiche und liebevolle Art fortzuführen, mit der du diese beiden außergewöhnlichen jungen Männer gelenkt hast, damit ihre Seelen nicht nur von Pflichten und Tradition erfüllt sind, sondern so frei singen können, wie du es wolltest. Wir alle respektieren das Erbe, in das sie beide hineingeboren wurden, und werden sie in ihrer königlichen Rolle stets ermutigen, aber wie du halten wir es für unerläßlich, daß sie möglichst viele verschiedene Aspekte des Lebens kennenlernen, damit sie seelisch und emotional für die kommenden Jahre gewappnet sind. Ich weiß, daß du von uns nicht weniger erwartet hättest.

William und Harry, wir alle fühlen heute mit euch. Wir alle sind ganz krank vor Trauer ob des Verlustes einer Frau, die nicht einmal unsere Mutter war. Wie unerträglich muß euer Leid sein! Wir können es uns nicht einmal andeutungsweise vorstellen.

Zum Abschluß möchte ich Gott danken für die kleinen Gnaden, die er uns in dieser schrecklichen Zeit erwiesen hat. Dafür, daß er Diana von uns genommen hat, als sie am schönsten und strahlendsten war und auch privat ein neues Glück gefunden hatte.

Vor allem aber danken wir für das Leben einer Frau, die ich voller Stolz meine Schwester nennen darf – das Leben der einzigartigen, komplexen, außergewöhnlichen und unersetzlichen Diana, deren innere und äußere Schönheit nie aus unserem Gedächtnis getilgt werden wird.«

Hierauf folgte die Hymne »Make Me a Channel of Your Peace«, die auf einem Gebet des heiligen Franz von Assisi beruht.

Im Anschluß folgten Gebete unter Leitung des Erzbischofs von Canterbury, Dr. George Varey, der mit folgendem Gebet für Diana, Prinzessin von Wales, begann:

»Wir danken Gott für Diana, Prinzessin von Wales; für ihre Lebensfreude und ihre Art, so vielen Menschen so viel zu geben.

Herr, wir danken dir für Diana, deren Leben uns alle berührt hat, und für all die Erinnerungen an sie, die uns so kostbar sind. Wir danken für jene Eigenschaften und Stärken, für die wir sie geliebt haben, für ihre Verwundbarkeit; für ihre strahlende und lebhafte Persönlichkeit; für ihre Fähigkeit, Wärme und Mitgefühl zu vermitteln; für ihr herzliches Lachen; und vor allem für ihre Bereitschaft, sich mit den Notleidenden in unserem Lande und auf der ganzen Welt zu identifizieren.

Gott der Liebenden, erhöre unser Gebet.«

Dann folgten die Gebete für die Familie der Prinzessin, für die königliche Familie, für alle Trauernden und für das Leben und das Werk der Prinzessin:

»Die Prinzessin wird auch von zahlreichen Wohltätigkeitsorganisationen vermißt werden, mit denen sie sich zu Lebzeiten identifiziert hat. Wir erinnern uns an die zu Herzen gehenden Bilder: an die zärtliche Umarmung von Kindern im Krankenhaus; wie sie den jungen Mann berührte, der an Aids starb; an ihr Mitgefühl den verstümmelten Landminenopfer gegenüber und für viele mehr.

Herr, wir beten für alle, die in diesem Land und überall auf der Welt schwach, arm und machtlos sind; für die Kranken, darunter Trevor Rees-Jones; für die Verstümmelten und all jene, de-

ren Leben geschädigt wurde. Wir danken dir dafür, daß Diana für so viele zu einem Licht der Hoffnung und einer Quelle der Kraft wurde. Wir legen dir all jene Wohltätigkeitsorganisationen ans Herz, die sie unterstützt hat. Festige die Entschlossenheit jener, die für sie arbeiten, damit sie das gute Werk fortsetzen, das mit ihr begonnen hat.

Gott der Leidenden, erhöre unser Gebet.«

Das Gebet schloß mit der Aufforderung zu einem Gebet für die Trauergemeinde, wonach der Chor »An Air From Conty Derry« sang, bevor der Erzbischof die Rezitation des Gebetes »The Lord's Prayer« leitete. Anschließend sprach der Erzbischof den Segen.

Die Gemeinde sang die walisische Hymne »Guide me, O Thou Great Redeemer«, und der Dekan von Westminster beschloß die Totenmesse mit den Worten:

»Laß uns unsere Schwester Diana der Gnade Gottes, unseres Schöpfers und Erlösers übergeben.

Diana, unsere Glaubensgefährtin und Schwester in Christus, wir vertrauen dich Gott an. Verlasse diese Welt in der Liebe des Vaters, der dich erschaffen hat; in der Gnade Jesu Christi, der für dich gestorben ist; in der Macht des Heiligen Geistes, der dir Kraft schenkt. Eins mit allen frommen Lebenden und Verstorbenen, mögest du in Frieden ruhen und in den Himmel aufsteigen, wo Trauer und Leid gebannt sind und ewig Licht und Freude herrschen. Amen.«

Die Trauergemeinde blieb stehen, als der Trauerzug die Abbey wieder verließ und der Chor Ausschnitte aus Shakespeares *Hamlet* und der orthodoxen Totenmesse sang, vertont von John Taverner.

»Halleluja. Mögen Schwärme von Engeln dich in den ewigen Schlaf singen. Erinnere dich meiner, wenn du dein Königreich betrittst, o Herr. Schenke deiner eingeschlafenen Dienerin Frieden, o Herr. Der Heiligenchor hat die Quelle des Lebens und das Tor zum Paradies gefunden. Das Leben: ein Schatten und Traum. Am Grab zu weinen erschafft den Gesang: Halleluja. Komm, erfreue dich an Belohnungen und Kronen, die ich für dich bereithalte.«

Am Westende der Westminster Abbey machte der Trauerzug kurz nach zwölf Uhr mittags Halt, für eine Schweigeminute, die im ganzen Land eingehalten wurde, bevor er die Kirche verließ und die Fahrt nach Althorp begann.

Althorp, das 300 Hektar umfassende Familienanwesen der Spencers, befindet sich nur eine Stunde von London entfernt im grünen, hügeligen und ländlichen Northamptonshire, in der Nähe der Ortschaft Great Brington.

In den Tagen nach Dianas Tod waren nach Great Brington Horden von Besuchern gekommen, um Diana die letzte Ehre zu erweisen. Sie standen Schlange vor der St. Mary's Church, um einen Blick auf die historische Kapelle der Familie Spencer zu werfen, wo zwanzig Generationen von Spencers begraben sind. Great Brington hat nur 150 Einwohner, und der Ort war nicht vorbereitet auf den Besucheransturm und das Medieninteresse nach Dianas Tod. Aufgrund der Touristenströme im winzigen Great Brington beschlossen die Spencers, Diana nicht in der Familienkapelle zu bestatten, sondern auf Althorp, auf einer winzigen, abgeschiedenen Insel inmitten eines hübschen künstlichen Sees. Dieser See liegt inmitten eines kleinen

Wäldchens, in dem Diana und ihre Schwestern seinerzeit Bäume gepflanzt haben.

Diana, die Prinzessin von Wales, wurde am Samstag, dem 6. September, zur letzten Ruhe gebettet. Die Fahrt von der Westminster Abbey dauerte dreieinhalb Stunden. Der britischen Nachrichtenagentur zufolge nahmen nur zehn Personen an der eigentlichen Beerdigung teil: Lady Sarah McCorquodale und Lady Jane Fellowes; ihre Ehemänner Sir Robert Fellowes und Neil McCorquodale; Prinz Charles; Prinz William; Prinz Harry; Dianas Mutter, Frances Shand Kydd; und Dianas persönlicher Butler, Paul Burrell.

Kapitel 11
Gute Zwecke

Am 4. Dezember 1993 versammelten sich Interessierte in London zu einem von Headway, der nationalen Vereinigung für Kopfverletzungen, gesponserten Mittagessen, um sich eine Rede der Schirmherrin und Meister-Spendensammlerin Prinzessin Diana anzuhören. Die Menge war größer als gewöhnlich, und die Erwartung war groß, als der Augenblick ihrer Rede kam. Diana näherte sich dem Podium, ließ den Blick über die Menge schweifen und begann. Ihre Ansprache beeinhaltete das übliche Lob für die ehrenamtlichen Mitarbeiter, sie sprach außerdem davon, wie befriedigend sie ihren eigenen Einsatz für Headway immer empfunden habe, aber nichts hätte die Zuhörer auf das vorbereiten können, was dann folgte. Mit vor Rührung brüchiger Stimme versuchte sie zu erklären, warum sie als Schirmherrin von Headway zurücktrete, warum sie im Laufe des kommenden Jahres ihre öffentlichen Auftritte für die 114 Wohltätigkeitsorganisationen, die sie vertrat, drastisch kürzen werde. Die Menschen waren sprachlos. Die unmittelbaren Reaktionen der Menge waren unterschiedlich: Trauer, Zorn und Enttäuschung waren nur einige davon. Diana wollte sich in Zukunft mehr auf die Erziehung ihrer beiden Söhne und auf ihr eigenes Leben konzentrieren und sich hierfür aus dem grellen Scheinwerferlicht der Medien zurückziehen. Seit ihrer sehr öffentlichen Trennung von ihrem Mann waren nur 11

Monate vergangen. Wer sollte ihr verübeln, daß sie um mehr Zeit, mehr Freiraum für sich bat?

In den folgenden Tagen sollte auf der ganzen Welt in Hunderten von Zeitungsartikeln die Konsequenzen von Dianas Erklärung debattiert werden. Wohltätigkeitsorganisationen und -vereinigungen hatten überall direkt oder indirekt, finanziell oder durch ihre Ermutigung, von Dianas Einsatz profitiert, und nun würden sie ohne sie auskommen müssen.

Dianas Abwesenheit von »der Arbeit« war jedoch nicht von langer Dauer. Es war nie ihre Absicht gewesen, die Wohltätigkeitsarbeit vollständig aufzugeben, und schon knapp ein Jahr später schlichen sie und ihre beiden Söhne sich durch die Hintertür eines Londoner Obdachlosenheimes, um die Bewohner zu besuchen, ihnen Mut zuzusprechen und sie zu trösten. Ihr überwältigender Wunsch, ihre karitative Arbeit fortzusetzen, war kaum überraschend, wenn man bedenkt, wie tief verwurzelt ihr Mitgefühl, ihre Fürsorge und ihr Drang, anderen zu helfen, waren.

Die Royals waren schon immer Wohltätigkeitsverpflichtungen nachgekommen, und besonders Prinzessin Diana war ein Mensch, der anderen viel zu geben hatte. Die Royals verbringen den Großteil ihrer Zeit damit, Wohltätigkeitsveranstaltungen zu besuchen oder selbst zu organisieren. Derzeit haben die Royals die Schirmherrschaft über mehr als 3000 Wohltätigkeitsorganisationen, Universitäten und anderen Vereinigungen. Aber seit ihrem Eintritt in das öffentliche Leben war Diana unangefochtener Champion gewesen, wenn es darum ging, auf eine bestimmte Organisation aufmerksam zu machen, die Werbetrommel zu rühren und Gelder aufzubringen. Einmal wurde hochgerechnet, daß in London als Eintritt für eine Benefizveranstaltung 200 Pfund (knapp 600 DM) verlangt werden konnten, wenn die Prinzessin anwesend war, der gleiche Betrag, den man fordern konnten, wenn die Königin sich die Ehre gab. In Washington standen Vertreter der High Society Schlange, die 1990 noch über 3500 Dollar (ca. 5500 DM) für ein Ticket für ein Benefizdinner mit Diana gelöhnt hatten, um nun, Jahre später, 7000 Dollar (ca. 11 000 DM) zu zahlen, um bei einer Benefizgala in der Nähe der Prinzessin zu sitzen. Aber die Summen, die Diana aufbrachte, waren nichts im Vergleich zu der überwältigenden Aufmerksamkeit, die sie mit nicht mehr als einer schlichten Geste auf einen guten Zweck lenken konnte. Im Jahre 1987, als die Hysterie in bezug auf die vermeintlichen Ansteckungsmöglichkeiten bei Aids ihren Höhepunkt erreicht hatte, schüttelte Diana bei der Eröffnung einer Aids-Station im Middlesex Hospital Aids-Infizierten die Hand und scheute sich auch nicht, sich auf ihre Betten zu setzen, um mit ihnen zu plaudern, wobei sie auf Handschuhe zu ihrem Schutz verzichtete. Einer der Patienten erklärte sich einverstanden, sich zusammen mit der Prinzessin fotografieren zu lassen, wenn auch nur von hinten, aus Angst, erkannt zu werden. Dieses Foto wurde von Forschern, Aktivisten und HIV-Infizierten gleichermaßen gelobt, weil es dazu beitrug, den Mythos zu entkräften, daß schon bei flüchtigen Kontakten mit Aidskranken die Gefahr einer Ansteckung bestünde. Nach einer ähnlichen Szene 1991 in einem Hospiz in Toronto schrieb die renommierte Autorin und Hospizgründerin June Callwood: »Meiner Ansicht nach haben die Bilder von Diana, die ganz dicht bei einem aidskranken Mann saß, mehr Aufklärung über eine mögliche Ansteckungsgefahr bewirkt als eine Million Informationsbroschüren der Gesundheitsämter.«

Schon als junge Frau war Diana glücklich, wenn sie ihren Mitmenschen helfen konnte. Einmal in der Woche besuchte sie Altenheime, leistete Kranken Gesellschaft oder spielte mit behinderten Kindern. Ihre guten Taten blieben nicht unbemerkt, und als sie 1977 von der Schule abging, erhielt sie einen Sonderpreis für ihren Einsatz. Aber das waren noch die sorglosen Tage im Leben eines jungen Mädchens aus gutem Haus, dessen Verantwortungsgefühl noch von den Eltern, den Freundinnen und der Schule diktiert wurde. Sogar während der »Lehrjahre« ihrer Ehe, als sie bereits an unzähligen Benefiz-Veranstaltungen teilgenommen hatte, die so viel von ihrer Zeit beanspruchten, war sie sich noch nicht darüber klar, wo ihre persönlichen Verpflichtungen liegen sollten. Darüber hinaus gab es ein sehr strenges Protokoll des Buckingham-Palastes bezüglich der Wohltätigkeitsarbeit der königlichen Familie. Aufgabe der Palastberater war es, jede mögliche Kritik vorauszusehen, die sich dadurch ergeben könnte, daß die Königsfamilie mit einer bestimmten Wohltätigkeitsverpflichtung in Verbindung gebracht wurde, und die jeweiligen Royals entsprechend zu informieren, damit sie dem Image der Königsfamilie nicht schadeten. Es ist also nicht überraschend, daß es nach der Hochzeit ein ganzes Jahr dauern sollte, bis Diana endlich entschied, über welche fünf karitativen Organisationen sie erst einmal die Schirmherrschaft übernehmen sollte: Die Welsh National Opera (aufgrund ihres Titels), die Royal School für the Blind, der Malcolm Sargeant Cancer Fund for Children, die Pre-School Playgroups Association und das Albany, ein Gemeindezentrum im Osten Londons. Für all diese Vereinigungen oder Einrichtungen wollte sie sich persönlich einsetzen, doch zu diesem Zeitpunkt hatte Diana noch nicht die Talente oder das Pflichtgefühl entwickelt, die sie später in die Arena der internationalen Wohltätigkeitsorganisationen katapultieren sollten.

Jene Organisationen, für die sie sich in den Anfangsjahren einsetzte, spiegeln die Interessen einer jungen Frau und Mutter wieder. Kurz nach Williams Geburt nahm sie an einem Benefiz-Mittagessen für Birthright teil, der Spendenorganisation des Royal College of Obstretricians and Gynecologists. Obgleich Diana noch nicht lange dabei war, brachte ihre Unterstützung Birthright beträchtliche Publicity. Schon bald boten Bühnen- und Bildschirmstars sich an, um für die Organisation und ihre Ziele zu werben. Schließlich, 1984, bat man sie dann, die Schirmherrschaft zu übernehmen. Aber Dianas Einsatz für die Organisation ging weit über das Sammeln von Spendengeldern hinaus: Diana besichtigte eine der Forschungskliniken von Birthright, als sie im achten Monat mit Harry schwanger war.

Diana und ihr Mann hatten sehr vielseitige Interessen. Charles befaßte sich mit Themen wie dem Erhalt historischer Bauwerke und den Auswirkungen der Städteplanung, Interessen, die weit entfernt waren von Dianas Liebe zu Kindern und älteren Menschen. Dennoch konnten die beiden bei einigen Gelegenheiten auch zusammenarbeiten, insbesondere im Rahmen des Prince's Trust, einer Organisation, die Charles ins Leben gerufen hatte und die darauf hinarbeitete, unterprivilegierten Jugendlichen zu helfen, sich selbständig zu machen. Spendengelder wurden vor allem durch regelmäßig stattfindende Rockkonzerte aufgebracht. Diana, die ein leidenschaftlicher Fan moderner Musik war, wirkte bei der Organisation mehrerer dieser Veranstaltungen mit. Das gemeinsame Erscheinen des königlichen Paares zu mehreren jener Konzerte machte Diana bei dem jungen Publikum noch beliebter. Ihre sichtliche Begeisterung bei den Konzerten, die auf MTV ausgestrahlt wurden und bei denen Stars wie Bryan Adams, Phil Collins und Eric Clapton auftraten, bewiesen, daß sie eine ganz normale junge Frau war, jemand, mit dem die Leute sich identifizieren konnten. Diese Haltung – erreichbar und ganz natürlich – sollte für den Rest ihres Lebens ihre Wohltätigkeitsarbeit prägen.

1984 wurde Diana auch gebeten, Präsidentin von Dr. Barnardo's zu werden, der größten Wohltätigkeitsorganisation für Kinder, eine Position, die sie liebte. Natürlich war Dr. Barnardo's Diana schon allein deshalb wichtig, weil die Organisation sich für die Belange von Kindern einsetzte, aber das war noch nicht alles. Diana hatte ihren erfahrenen Mann bei seiner Wohltätigkeitsarbeit beobachtet und etwas dabei gelernt. Er konnte leidenschaftlich und kompetent über ein Thema sprechen, und die Menschen schenkten ihm Aufmerksamkeit. Ausschnitte aus seinen Reden wurden von den Zeitungen gedruckt oder im Fernsehen gesendet. Die Menschen sprachen über die Themen, mit denen ihr Mann sich befaßte. Diana wußte, daß ihr Alter und ihre vergleichsweise Unerfahrenheit sie in der Öffentlichkeit benachteiligten. Sie erkannte, daß ihre Rolle manchmal allein darin bestand, als schmückendes Beiwerk für die Kameras zu dienen, aber sie war entschlossen, ihr Image zu ändern. Dr. Barnardo's verschaffte ihr die Gelegenheit, ihre Ansichten zur Kindererziehung und der Bedeutung der Familie als Schutz gegen gesellschaftliche Plagen wie Drogensucht und Prostitution zu verkünden. Hier bot sich ihr eine Chance, mehr zu tun, als nur für Fotos zu posieren.

Diana ergriff jede Gelegenheit, bei Banketten Preise zu überreichen, um zu helfen, Benefizveranstaltungen für Dr. Barnardo's zu organisieren, und schließlich, 1988, wurde ihre Mühe belohnt. Bei der Jahresversammlung der Organisation in London sprach Diana, die ihre Rede selbst verfaßt hatte, leidenschaftlich über die Probleme, die sich modernen Eltern stellten, und über die Wohltätigkeitsarbeit von Dr. Barnardo's, einer Organisation, die Pflegestellen und Heimplätze für Jugendliche organisierte, die nicht bei ihren Familien wohnen bleiben konnten. Indem sie hervorhob, inwieweit Organisationen wie Dr. Barnardo's eingriffen, um die Scherben im Leben notleidender Kinder zu kitten, begann Diana, eine Kampagne voranzutreiben, die einen radikalen Wandel der Einstellung zu Dr. Barnardo's bewirken sollte. Die Organisation versuchte, ihr Image als Waisenhaus-Verein im viktorianischen Stil abzuschütteln und die Menschen über ihre Arbeit mit körperlich und geistig behinderten Kindern zu informieren. Diana gelang es, diese Botschaft zu vermitteln. Königliche Beobachter und auch die Medien registrierten den Wandel in Dianas Persönlichkeit. Sie erregte Aufmerksamkeit, nicht wegen dem, was sie war, sondern wegen dem, was sie sagte.

In diese neugewonnene Aufmerksamkeit mischte sich auch Kritik, vor allem, als Diana begann, sich in Bereichen zu engagieren, die brisanter waren als neue Geburtstechniken oder Pflegefamilien. Die Szene, die sich 1987 auf der Aids-Station des Middlesex Hospitals abspielte, weckte auf internationaler Ebene das Interesse der Öffentlichkeit an jener schrecklichen Krankheit, von der nur »Perverse, Homosexuelle und Drogensüchtige« betroffen waren. Es schien leicht, Dianas Motive zu kritisieren. Man hielt es für eine sehr publicity- und schlagzeilenträchtige Zurschaustellung der »Prinzessin im Einsatz.« Die Menschen reagierten ungehalten, weil sie glaubten, Diana würde riskieren, ihre beiden Söhne mit dem HI-Virus zu infizieren – damals glaubte man noch, die Krankheit könne schon durch eine Umarmung oder einen Kuß übertragen werden. Es hieß, sie würde mit diesem dramatischen Akt den künftigen König von England gefährden, nur um sich selbst zu profilieren. Aber dies war schlichtweg falsch, aber Diana fiel es schwer, mit der Kritik umzugehen. Angela Serota, eine gute Freundin von Diana, sagte einmal: »Sie empfindet es als sehr verletzend. Es hemmt sie, aber sie ist sicher, daß solche Kritik gewöhnlich aus reiner Ignoranz entsteht. Ihr ist bewußt, daß die Leute ihre Motive anzweifeln. Ich habe selbst schon gehört, daß ihr unterstellt wurde, sie täte das alles nur der Publicity wegen. Man darf nur nicht vergessen, daß Diana weitermacht, obwohl sie weiß, daß die Menschen sie falsch beurteilen. Sie verfügt über genug Kraft und Nächstenliebe, um an ihren Überzeugungen festzuhalten.«

Mitte der Achtziger war es in Anbetracht der Unwissenheit um diese Krankheit ganz allgemein noch sehr schwer, Sympathie für Aidskranke zu wecken, aber Diana schaffte es. Ihre Berater warnten sie, daß sie, indem sie sich öffentlich mit Aids in Verbindung brachte, ihrer zukünftigen Stellung als Königin von England schaden könnte. Diana mußte lange kämpfen, um vom Buckingham-Palast die stillschweigende Erlaubnis zu bekommen, sich für Aids-Organisationen einzusetzen. Sie informierte sich persönlich über die Krankheit, indem sie Kontakt zu etlichen Organisationen und Forschern aufnahm. Diana gab Studien in Auftrag, die die wachsende Zahl von Neugeborenen und Müttern aufwiesen, die sich ohne jeden homosexuellen Kontakt oder Drogensucht infizierten. Trotz der Kritik blieb Diana am Ball, bis es schließlich zu jenem Besuch kam, bei dem das berühmte Foto geschossen wurde. Aufgeklärte Menschen auf der ganzen Welt lobten sie einmütig für ihren Mut. Ein Journalist schrieb damals: »Einem Aidskranken die Hand zu schütteln war die wichtigste Handlung eines Royals in 200 Jahren.« Dennoch riß die Kritik an der Prinzessin nicht ab. 1991 schrieb James Pickles, ein ehemaliger Richter, der nun Zeitungskolumnist geworden war: »Ich halte ihre andauernde, spektakuläre, allumfassende Unterstützung von Aidsopfern für ebenso falsch wie schädlich für sie selbst. Fürsorge für unschuldige Opfer ist ja in Ordnung, aber es war gefährlich von ihr, das gleiche Mitgefühl für Männer zu bekunden, die sich die Krankheit durch schmutzige, unnatürliche Sexpraktiken mit anderen sogenannten Schwulen zugezogen haben.« Aber angesichts dieser Art von Opposition kämpfte Diana nur um so erbitterter gegen die Ignoranz.

Laut einer Theorie sollte Dianas Interesse an Aids deshalb so groß sein, weil Künstler besonders betroffen waren. Mode, Tanz und Theater haben alle die verheerenden Auswirkungen von Aids erfahren, und da zahlreiche Freunde Dianas sich in Künstlerkreisen bewegten, war sie möglicherweise selbst auf ganz persönlicher Ebene mit der Krankheit konfrontiert worden. Diana setzte sich so leidenschaftlich für diesen Zweck ein, daß sie nicht nur im ganzen Land Aidsstationen eröffnete, sondern auch großes wissenschaftliches Interesse an der Krankheit entwickelte und ständig versuchte, ihr eigenes Wissen zu erweitern. Im Rahmen einer Frankreichreise 1988 besichtigte sie auch die Versuchslabors des Institut Pasteur, einer der bedeutendsten Aids-Forschungsstätten der Welt. Professor Luc Montagnier, einer der Endecker des Aids-Virus, lobte Dianas persönlichen Einsatz. »Es ist sehr wichtig, daß Personen, die im Licht der Öffentlichkeit stehen, die Aids-Kampagnen unterstützen und sich für Aidskranke einsetzen«, sagte Montagnier. Was immer ihre persönlichen Gründe gewesen sein mochten, Diana setzte sich weiterhin unermüdlich ein. Vieles von dem, was sie tat, fand unbemerkt von den Medien statt. Autor Nicholas Davies berichtet in seinem Buch *Diana. A. Princess and Her Troubled Marriage* von den häufigen und unangekündigten Besuchen der Prinzessin im Mildmay Mission, einem Aids-

Hospiz im Ostteil Londons. Helen Taylor-Thompson, die Leiterin des Hospizes, erzählte Mr. Davies von den Besuchen. »Eines Tages klingelte das Telefon, und zu meiner Überraschung war der Buckingham-Palast dran und fragte, ob es uns recht wäre, wenn Prinzessin Diana uns einen inoffiziellen, privaten Besuch abstattete. Sie gaben uns nur ein paar Tage, um uns darauf vorzubereiten, was sehr ungewöhnlich ist, wie ich heute weiß. An dem Tag, als sie kam, war sie noch ganz schwach von einer gerade erst überstandenen Grippe, aber sie war wunderbar, wirklich reizend, und sie stellte so viele Fragen über unser Haus und die Patienten. Und sie fragte, ob sie vielleicht irgendwie helfen könne.« Dianas Besuche hatten stets eine positive und überraschende Wirkung auf die Kranken, aber dieser Besuch war besonders einschneidend, da ein junger Patient namens Martin durch den Besuch der Prinzessin den Mut fand, seiner Familie zu gestehen, daß er HIV-Positiv war und nicht mehr lange zu leben hatte.

Dianas gesunder Menschenverstand und ihr Mitgefühl werden deutlich in einem ihre öffentlichen Statements: »Es ist nicht gefährlich, HIV-kranke Menschen zu kennen. Sie können ihnen also die Hand geben und sie umarmen. Sie können es weiß Gott brauchen.« Aber Diana setzte sich nicht nur für die Kranken ein, sondern auch für Menschen, die aus anderen Gründen ausgegrenzt wurden. 1989, als die Prinzessin ein neuerrichtetes Aids-Krankenhaus für Kinder in Harlem, New York, besichtigte, sah sie sich mit einer ganzen Reihe gesellschaftlicher Vorurteile und Mythen konfrontiert. Wie sich jedoch herausstellte, sollte eine junge Aidskranke für eine ganz besondere Überraschung sorgen. Bei ihrer Krankenhausbesichtigung war Diana ganz besonders angetan von einem kleinen Mädchen namens Monica, das den Ärzten zufolge nicht mehr lange zu leben hatte. Die beiden plauderten und spielten miteinander, aber schließlich mußte die Prinzessin doch gehen. Die Erinnerung an Monica blieb ihr jedoch im Gedächtnis haften. Wie sich herausstellte, überlebte das Mädchen, ohne daß Diana hiervon etwas ahnte, viel länger als erwartet, so daß die beiden sechs Jahre später im selben Krankenhaus ein ergreifendes Wiedersehen feiern konnten.

1991 wurde Diana für ihren unermüdlichen Einsatz belohnt, als man sie bat, Schirmherrin des National AIDS Trust zu werden. Aber die Ehre wurde überschattet vom Tod eines engen Freundes, der im selben Jahr an Aids verstarb. Adrian Ward-Jackson war ein renommierter Londoner Kunsthändler, engagierter »Spendeneintreiber« und stellvertretender Vorsitzender des AIDS Crisis Trust. Als Diana erfuhr, daß Ward-Jackson dem Tode nah war, unterbrach sie ihren Familienurlaub in Schottland, um ihm beizustehen. Sie wachte an seinem Krankenhausbett und blieb nach seinem Tod noch eine Weile bei seiner Familie, um sie zu trösten. Dieser Verlust bestärkte Diana noch mehr in ihrer Entschlossenheit, Aids zu bekämpfen.

Diana besuchte verschiedene Krankenhäuser in den USA, und schließlich gelang es ihr, dort eine prominente Person des öffentlichen Lebens für die Sache zu gewinnen: Amerikas ehemalige First Lady Barbara Bush. Gemeinsam besuchten die Frauen Patienten auf beiden Seiten des Atlantik und schlossen nicht nur Freundschaft, sondern auch eine mächtige Allianz im Kampf gegen die Ignoranz in Sachen Aids. Es wurde behauptet, Dianas Engagement für Aids hätte sie groß gemacht. Ihr Mitgefühl und ihr Einsatz für Kranke und Arme wurde plötzlich auf der ganzen Welt diskutiert. Sie hätte unter einer Vielzahl anderer sinnvoller Zwecke wählen können, die ihr reichlich Publicity ohne beißende Kritik gebracht hätten. Statt dessen wählte Diana mit Aids eine schwere Last und fand darin in den Augen der Welt ihre Berufung.

Diana war sich zweifellos der aus traditionellerer Sicht zweifelhaften Aspekte im Leben einiger der Opfer bewußt. Die Royals lernten bald, daß die Prinzessin eine hartnäckige Fürsprecherin für jene sein konnte, die sonst ignoriert worden wären: Sie verwarf die Einstellung, daß Menschen, die ihre Erkrankung selbst herbeigeführt hatten, die Bürde ihres Leids auch allein tragen sollten. Ihr echtes Verständnis für Schmerz und Kampf bewies sie, als sie begann, sich für Süchtige einzusetzen. Turning Point, Englands umfangreichste nationale Wohltätigkeitsorganisation, befaßt sich unter anderem mit der ambulanten Behandlung von Alkoholikern, Drogensüchtigen und Geisteskranken. 1987 willigte Diana ein, Schirmherrin von Turning Point zu werden. Wie sie schon bei anderen Organisationen bewiesen hatte, wollte Diana nicht nur Aushängeschild sein. Sie ging die heiklen Themen Alkoholismus und Drogensucht ganz direkt an. Die hochgestellten Bürokraten der Organisation einfach übergehend, krempelte sie die Ärmel hoch und begann mit der schwierigen und oft furchterregenden Aufgabe, Süchtige in Gefängnissen, geschlossenen Anstalten und Rehakliniken zu besuchen. Bei ihren Besuchen in den Zentren und Gefängnissen bekam sie die einzigartige Gelegenheit, sich mit Suchtopfern anzufreunden. Langsam, aber sicher entwikkelte sich die Prinzessin zu einer leidenschaftlichen und sehr lauten Befürworterin der Forschung auf dem Gebiet der Ursachen und Eigenheiten verschiedener Süchte. Sie verbrachte viel Zeit mit Gefängnisinsassen und überschritt oft die Zeit, die ihr offiziell zugestanden worden war. Indem sie mit diesen Menschen über ihre Schwierigkeiten und Erfahrungen sprach, gewann Diana einen unbezahlbaren Einblick in diese gestörten Seelen, was ihr bei mehr als einer Gelegenheit das Lob einbrachte, erstaunlich gut über das Thema Sucht informiert zu sein. Aus ihrem Bedürfnis heraus, Schwerkranken beizustehen, suchte sie auch einige der kränksten Süchtigen auf und zeigte ihnen ihr Mitgefühl.

In Nottinghamshire wurde eine spezielle Klinik errichtet, in der fast alle Patienten zu ihrer eigenen oder zur Sicherheit Dritter eingesperrt wurden. Bevor Diana die Klinik besuchte, war noch kein Mitglied der königlichen Familie dort gewesen. Diana besaß jedoch genügend Mut und Interesse, den Kontakt zu Menschen herzustellen, die ihr Leben hinter verschlossenen Türen fristeten. Die Prinzessin nahm sogar an Gruppendiskussionen mit Patienten teil. Dieses Verhalten, gepaart mit ihren Gefängnisbesuchen, sorgte für Unruhe im Buckingham-Palast. Diana wurde zunehmend unabhängiger und stellte immer mehr die Traditionen in Frage, von denen sie umgeben war.

Die Prinzessin weigerte sich bei einigen ihrer Privatbesuchen, Leibwächter an ihrer Seite zu dulden, weil sie befürchtete, diese würden eine Mauer zwischen ihr und den Süchtigen schaffen. Obwohl ihre Berater Diana scharf kritisierten wegen der Risiken, denen sie sich aussetzte, ließ die Prinzessin sich nicht beirren. Sie hätten sich keine so großen Sorgen zu machen brauchen. Berater und andere Experten waren verblüfft, mit welcher Leichtigkeit es ihr gelang, auch zu den hoffnungslosesten Fällen durchzudringen. Dennoch zog Diana sich weiterhin die Kritik einiger Staatsbeamter zu. Sie war das weitblickendste Mitglied der königlichen Familie und bekam des öfteren die Opposition des konservativen Establishment des Buckingham-Palastes zu spüren. Bob Houston, Herausgeber der Zeitschrift *Royalty Monthly* sagte 1988: »Zwar ist sie in einem extrem privilegierten Rahmen aufgewachsen, doch obwohl sie so jung ist, besitzt sie doch mehr Lebenserfahrung als der Rest der königlichen Familie. Und sie verleiht sozialen Problemen eine neue Perspektive.« Diese »neue

Perspektive« zeigte sich auch 1984 bei einem Besuch von Broadway Lodge, einem alternativen Reha-Zentrum in Weston-Super-Mare-Avon. Ihr Besuch der Klinik brachte ihr Proteste des örtlichen Gesundheitsamtes ein, das Diana dafür rügte, daß sie nicht statt dessen das von der Regierung gebilligte NHS-Behandlungszentrum besucht hatte. Die Philosophie der Lodge basierte auf einer neuen Behandlungsmethode, wobei Methoden der Anonymen Alkoholiker verwandt werden, die in den USA entwickelt wurden. Es heißt, ein Mitglied des örtlichen Gesundheitsamtes habe dazu geäußert: »Ihr Besuch hat der ›Minnesota-Methode‹, die von den meisten Ärzten und der Regierung strikt abgelehnt wird, das königliche Gütesiegel aufgedrückt.«

1990 beschloß die Prinzessin, sich in regierungseigene Projekte einzumischen, was bei den Mitgliedern der königlichen Familie gar nicht gern gesehen wurde. Während der Amtszeit von Premierministerin Thatcher wurde ein Projekt namens »Fürsorge in der Gemeinden« ins Leben gerufen. Ehemalige Patienten psychiatrischer Anstalten, die nicht als Bedrohung für die Gesellschaft betrachtet wurden, sollten wieder in ihre Heimatgemeinden integriert werden. Diana sprach sich ebenso knapp wie direkt gegen dieses Vorhaben aus. »Die rosigen Worte ›Fürsorge in der Gemeinde‹ geben wohl kaum die harsche Realität wieder, der die Geisteskranken nach ihrer Entlassung gegenüberstehen«, erklärte sie. Laute Proteste von mehreren Mitgliedern des Unterhauses vermochten Diana nicht zum Schweigen zu bringen, und sie weigerte sich auch, ihre Behauptung zurückzunehmen. Aufgrund ihrer Aktivitäten und ihrer umfassenden Kenntnisse zu diesem Thema war Diana eine begehrte Sprecherin bei vielen sozialen und politischen Veranstaltungen. An einem internationalen Kongreß über Alkohol- und Drogenmißbrauch in Glasgow nahmen 700 Delegierte aus 54 Ländern teil und hörten dort, wie die Prinzessin dazu aufrief, daß mehr Geld für Suchtforschung aufgebracht werden müsse. Wieder sprach sie sehr offen über ihre Gefühle: »Traurigerweise betrachten viele Menschen Sucht immer noch als moralische Schwäche«, sagte sie. »Einige dieser selbsternannten Moralisten geben solche Verurteilung in eine Wolke von Zigarettenrauch gehüllt von sich. Rauchen halten sie offensichtlich für moralisch neutral und stufen es nicht als Sucht ein.«

Diana war ein extrem mitfühlender Mensch, der sich nicht scheute, anderen helfend die Hand hinzuhalten. Mitgefühl war ihre Stärke, und ihr Ziel war es, anderen eine bessere Lebensqualität zu verschaffen. Das Wissen darum, daß es so viele Menschen gab, die ihre Hilfe brauchten, trieb sie an, ihre Arbeit fortzuführen. Nach einem Besuch der Prinzessin auf der Drogenstation des White Church Hospital in Cardiff sagte ein junger Süchtiger: »Die Prinzessin ist sehr mutig, an einen Ort wie diesen zu kommen. Viele Leute würden Menschen wie uns lieber vergessen.« Aber das hätte die Prinzessin niemals übers Herz gebracht.

Es waren nicht nur die aufregenden, schlagzeilenträchtigen Themen, die in jenen Jahren die Aufmerksamkeit der Prinzessin erregten. Ihre Arbeit für den Child Accident Prevention Trust, die dazu führte, daß sie darauf aufmerksam machte, welche Gefahren für Kinder in der Wohnung lauerten und welche Spielzeuge gefährlich sein konnten, bewies, daß es ihr darum ging, zu helfen, und nicht, sich zu profilieren. Die Marriage Guidance Organization wurde ebenfalls zu einer von Dianas Lieblingsorganisationen. Es heißt, Diana habe an keinem der Eheberatungsgespräche aktiv teilgenommen, wäre jedoch allein durch ihre Anwesenheit bei manchen Gesprächen mit jungen Paaren eine wertvolle Hilfe gewesen. Es ist wohl nicht überraschend, daß die Leute willens waren, ihre Probleme mit Diana zu besprechen. Durch die viele Publicity, die ihre Arbeit und ihr Privatleben umgab, kam es den Leuten vor, als würden sie die Prinzessin sehr gut kennen. Dieses Gefühl der Vertrautheit war wohl einer der größten Vorzüge bei ihrer Arbeit mit anderen: Die Menschen hatten das Gefühl, sich auf sie verlassen zu können. Diana wurde bei ihrer Arbeit oft fotografiert, wie sie jemandem die Hand streichelte oder ein Lächeln auf das Gesicht eines Kindes zauberte. Wenn sie sich mit den Menschen unterhielt, erzählte sie – vor allem in den späteren Jahren ihrer Ehe – häufig auch von eigenen Problemen und ihrer persönlichen Situation, wann immer es ihr nötig erschien. Ihre Offenheit und Wärme machten sie in der Öffentlichkeit beliebt, auf eine Art und Weise, wie es noch keinem Royal von ihr gelungen war.

Nach einem Besuch bei Kindern der British Deaf Association versprach sie, bis zu ihrem nächsten Besuch die Gebärdensprache zu lernen. Sie hielt Wort und lernte mühsam, sich mit Handzeichen zu verständigen. Als sie die gehörlosen Kinder dann das nächste Mal besuchte, wandte sie ihr neues Können vor einem Publikum an, das ihre Bemühungen sehr zu schätzen wußte.

Diana besaß auch die Fähigkeit, ihr gesellschaftliches Leben mit wohltätigen Zwecken zu verknüpfen. Das war nicht nur eine phantastische PR-Taktik, sondern eine wunderbare Möglichkeit, jene Organisationen bekannt zu machen, auf die die Menschen sonst kaum geachtet hätten. Nach der Besichtigung eines Pflegezentrums für Kinder mit Gehirnlähmung und einem nationalen Spendenaufruf zugunsten der Foundation for Conductive Education – deren Schirmherrin sie war – sah Diana sich mit den betroffenen Kindern eine Vorstellung des Birmingham

Royal Ballet an. Indem sie eine wichtige gesellschaftliche Pflicht für eine Benefizveranstaltung nutzte, konnte Diana für einen guten Zweck werben, nicht nur bei den Reichen und Einflußreichen, die sich die Teilnahme an den Galaveranstaltungen leisten konnten, sondern auch bei jenen, die die Hochglanzbilder in der Presse sahen, womit sie den guten Zweck auf einer weiteren Ebene ins Licht der Öffentlichkeit rückte.

Während ihrer ganzen Ehe mußte Diana den zahlreichen Reiseterminen eines Mitglieds des Königshauses nachkommen. Auslandsreisen überwogen. Aber Diana verknüpfte all diese offiziell abgesegneten Termine mit Besuchen bei Wohltätigkeitsorgansiationen verschiedener Länder, in der Hoffnung, ein paar Minuten Zeit zu finden für Menschen, die Hilfe brauchten.

Lepra wurde ebenfalls zu einem Anliegen, für das Diana sich einsetzte, nachdem sie gebeten worden war, Schirmherrin der Leprosy Mission zu werden, einer Organisation, die in über 33 Ländern aktiv war. Die Auswirkungen von Lepra sind in England und anderen Industrienationen nicht bekannt, aber zahlreiche unterprivilegierte Länder müssen heute noch mit dieser schrecklichen Krankheit leben. Ähnlich wie Aidskranke müssen Leprakranke mit der erschreckenden Ignoranz ihrer Umwelt hinsichtlich der Ansteckungsgefahr leben. Reisen in Länder, in denen die Mission tätig war, sollten also unweigerlich auf Dianas Terminplan kommen. 1989 besuchte sie das Sitanala Leprosy Hospital in Indonesien. Es war Dianas erster Kontakt mit Menschen, die an dieser Krankheit litten, aber mit ihrer gewohnten Natürlichkeit stürzte sie sich einfach ins kalte Wasser und begann, allen Patienten – von denen viele Kinder waren – die Hand zu schütteln. Einige Monate später wiederholte sie dies bei einem Aufenthalt in Nigeria. Vor laufenden Kameras gab Diana so vielen der Leprakranken wie nur möglich die Hand – auch um den so immens wichtigen menschlichen Kontakt herzustellen.

Auslandsreisen boten ihr auch die Gelegenheit, Würdenträgern aus der ganzen Welt zu begegnen. Obwohl viele dieser offiziellen Anlässe sie langweilten, lernte sie bei diesen Gelegenheiten auch Menschen kennen, die einen tiefen Eindruck bei ihr hinterlassen sollten. Mutter Teresa, deren Hospiz Diana auf einer Reise nach Kalkutta besucht hatte, wurde zu einer besonders wichtigen Figur in ihrem Leben. Unglücklicherweise war Mutter Teresa bei Dianas erstem Besuch des Mutterhauses nicht in Kalkutta. Enttäuscht, Mutter Terresa nicht persönlich kennengelernt zu haben, flog Diana nach Rom, wo die Nonne sich von einem Herzanfall erholte. Sie und Mutter Teresa beteten gemeinsam für die Armen und Hungernden auf der ganzen Welt – eine interessante Vorausschau auf Dianas Zukunft, da internationale Wohltätigkeitsorganisationen und Einsatzgebiete schon bald den Terminkalender der Prinzessin beherrschen sollten.

Im Dezember 1992 standen Dianas Eheprobleme im Licht der Öffentlichkeit. Ihre persönlichen Schwierigkeiten waren überall auf der Welt Gesprächsthema. Es wurde für Diana immer schwieriger, an Benefizveranstaltungen teilzunehmen oder sich für karitative Zwecke einzusetzen, ohne daß die Medien sich sofort auf ihr Privatleben stürzten. Es war ihr nicht mehr möglich, die Aufmerksamkeit auf einen bestimmten guten Zweck zu lenken, ohne daß ihr Privatleben vom eigentlichen Thema ablenkte und die Veranstaltung überschattete.

Einer Versammlung ehrenamtlicher Helfer versicherte sie in London: »Ihre Schirmherrin war nie glücklicher, Sie zu sehen. Welche Unsicherheiten die vergangenen Wochen auch gebracht haben mögen, ich möchte, daß Sie eines wissen: Unsere Zusammenarbeit wird sich unverändert fortsetzen.« Diana stand zu ihrem Wort und fuhr mit ihren Wohltätigkeitsverpflichtungen fort. Sie scheute sich nicht, sich zu ihren persönlichen Problemen zu äußern als sie an einer Konferenz über Eßstörungen teilnahm – schließlich handelte es sich um ein Thema, das ihr aus leidvoller Erfahrung vertraut war. Unglücklicherweise konnte Diana das Rampenlicht nicht länger ertragen, so daß sie 1993 schließlich auf der Headway-Versammlung unter Tränen jene Erklärung abgab. Sie war ausgebrannt, und so begann sie, sich von der Arbeit zu lösen, aus der sie fast zwölf Jahre lang Kraft geschöpft hatte, auch wenn dies schmerzlich für sie war. Im Folgenden finden Sie den vollständigen Text der Rede Prinzessin Dianas bei jenem Mittagessen der Headway National Head Injuries Association. Es fällt nicht schwer, herauszulesen, wie schwer Diana dieser Schritt gefallen ist:

»Es ist eine Freude, wieder bei Ihnen zu sein und Ihre Erfolgserlebnisse des vergangenen Jahres zu teilen. Headway hat sich zu einer Organisation entwickelt, die die Lebensqualität zahlreicher Menschen steigert. Ich bin so stolz auf das, was Sie erreicht haben. Ich kann mit aller Aufrichtigkeit sagen, daß in den vergangenen 12 Jahren meine Zusammenarbeit mit Menschen wie Ihnen zu den schönsten Erfahrungen in meinem Leben gehört hat. In diesen Jahren habe ich Tausende wunderbarer und außergewöhnlicher Menschen kennengelernt, hier und auf der ganzen Welt – Hilfsbedürftige und Helfende. Einige wurden meine Freunde und haben mir gestattet, ihre Gedanken und Träume zu teilen, ihre Enttäuschungen und ihr Glück. Und Sie haben mich geprägt, indem Sie mich mehr über das Leben gelehrt haben als es irgendwelche Bücher oder Lehrer vermocht hätten. Ich stehe tief in Ihrer aller Schuld. Ich hoffe nur, daß ich dies wieder wettmachen konnte. Vor einem Jahr habe ich meinen Wunsch geäußert, mit meiner Arbeit unverändert fortzufahren. Im vergangenen Jahr habe ich dies auch praktiziert. Aber das Leben und die Umstände ändern sich, und ich hoffe, daß Sie mir verzeihen, wenn ich diese Gelegenheit ergreife, um Ihnen meine Zukunftspläne mitzuteilen, die sich inzwischen geändert haben. Als ich vor 12 Jahren mein Leben in der Öffentlichkeit aufgenommen habe, war mir klar, daß die Medien sich für das interessieren würden, was ich tat. Ich wußte, daß sie sich nicht nur auf unser Leben in der Öffentlichkeit beschränken, sondern auch über unser Privatleben berichten würden. Aber ich ahnte nicht, wie übermächtig diese ganze Aufmerksamkeit werden würde oder in welchem Maße dies meine öffentlichen Pflichten ebenso wie mein Privatleben beeinträchtigen würde, in einer Art und Weise, die nur schwer zu ertragen ist. Am Ende dieses Jahres, wenn ich sämtliche noch feststehenden Termine wahrgenommen habe, werde ich den Umfang meines bisherigen öffentlichen Arbeit einschränken. Meine Wohltätigkeitsarbeit bedeutet mir sehr viel, und ich beabsichtige, mich in der Zukunft auf eine kleinere Anzahl von karitativen Zwecken zu beschränken. In den nächsten Monaten werde ich einen geeigneteren Weg suchen, eine sinnvolle öffentliche Rolle mit einem, wie ich hoffe, umfangreicheren Privatleben zu verknüpfen. Meine oberste Priorität werden weiterhin unsere Kinder William und Harry sein, die alle Liebe, Fürsorge und Aufmerksamkeit verdienen, derer ich fähig bin, sowie eine Anerkennung der Tradition, in die sie hineingeboren wurden. Ich möchte noch hinzufügen, daß ich diese Entscheidung mit vollem Einverständnis der Königin und des Herzogs von Edinburgh getroffen habe, die mich stets zuvorkommend behandelt und unterstützt haben. Ich hoffe, daß Sie es mir nicht verübeln, daß ich mir künftig mehr

Zeit und mehr Freiraum gönnen möchte. Ohne die von Herzen kommende Unterstützung der Öffentlichkeit in all dieser Zeit könnte ich heute nicht hier stehen und diese Erklärung abgeben. Ihre Güte und Zuneigung haben mir durch manches Ungemach geholfen – und Ihre Liebe und Ihr Mitgefühl haben mir die Reise stets erleichtert. Dafür danke ich Ihnen aus tiefstem Herzen.«

Ein Leitartikel in der *London Times* bezeichnete Dianas Ankündigung als »eine reife Entscheidung, die Respekt verdient«, und diese Ansicht schien auch die breite Öffentlichkeit zu vertreten. Den meisten Menschen war klar, welch hohen Preis Diana für ihre Rolle als Fürsprecherin der Kranken und Schwachen gezahlt hatte.

Die Prinzessin setzte ihre Arbeit fort, jedoch in geringerem Umfang wie angekündigt. Mit einem heimlichen Besuch mit den beiden Jungen in einem Obdachlosenheim knapp ein Jahr später kündigte sich Dianas Rückkehr zu ihren öffentlichen Pflichten an. Diana besuchte auch den Schauplatz eines schrecklichen und tödlichen rassistischen Anschlags in London, um an die Öffentlichkeit zu appellieren, dem Rassismus ein Ende zu machen. Außerdem unternahm sie eine Reise nach Japan und suchte verschiedene Organisationen auf, die sich für Alte, Kranke und Behinderte einsetzten. Ein kleiner Abendempfang in der britischen Botschaft war das einzige gesellschaftliche Ereignis in ihrem Terminkalender. Das britische Rote Kreuz bot Diana den Posten der Präsidentin an, nachdem sie bereits Vizepräsidentin war. Die Prinzessin flog sogar nach New York, wo sie von der United Cerebral Palsy Foundation einen Preis für ihre Wohltätigkeitsarbeit entgegennahm. Es schien, als würde Diana in ihre alten Gewohnheiten zurückverfallen und ihre Zeit erneut unter über 100 karitativen Organisationen aufteilen. Sie mußte in ihrer Auszeit die Batterien neu aufgeladen haben, da es schien, als wäre sie bereit für einen neuen Start. Aber Diana hatte ganz andere Pläne. Sie nahm nicht einfach ihre alte Rolle wieder ein, sie war dabei, sich selbst neu zu erschaffen.

Diana hatte sich für den Tag gewappnet, wenn sie ihren Titel »Königliche Hoheit« nicht mehr innehaben würde. Sie wußte, daß dies zu den Bedingungen ihrer Scheidung gehören würde, und sie war bereit, dies zu akzeptieren. Es schien, als würde Diana vorausplanen, indem sie begann, sich auf drei verschiedene internationale Anliegen zu konzentrieren: Krebs- und Herzforschung, Aids-Patienten und Aids-Forschung und die Not der Obdachlosen. Sie wußte, daß ihr Name ohne den Titel für die zahlreichen Organisationen, für die sie sich einsetzte, nicht mehr ganz so nützlich sein würde. Und obwohl mit dem Titel auch ein großer Druck von ihr genommen werden würde, war ihr klar, daß sie in manchen Ländern nicht mehr dieselbe Anerkennung genießen würde wie bisher, was sich unweigerlich negativ auf ihre internationale Arbeit auswirken würde. Sich von Wohltätigkeitsbereichen zu lösen, die eine königliche Verpflichtung waren, war eine schwere Entscheidung, aber sie mußte getroffen werden.

Am 15. Juli 1996 wischte Diana alle Zweifel beiseite, die die neue Rolle betrafen, die ihr für sich selbst vorschwebte. Zügig kündigte Diana 93 Organisationen, denen sie geholfen hatte, ihre offizielle Unterstützung. Diesmal war es endgültig, diesmal gab es kein Zurück. Die Prinzessin setzte die 93 Organisationen mit einem von ihr persönlich unterzeichneten Brief aus dem Kensington-Palast von ihrer Entscheidung in Kenntnis. Wie Sie anhand des untenstehenden Textes ersehen können, hat sich der Ton im Vergleich zu 1993 radikal geändert. Der Brief lautet wie folgt:

»Es war mir eine große Ehre, Ihnen als Schirmherrin zu dienen, und es war immer mein Wunsch, meinen Pflichten von ganzem Herzen und nach bestem Vermögen nachzukommen. Darum macht es mich traurig, Ihnen schreiben zu müssen, um Ihnen eine Situation zu erklären, die sich inzwischen sehr klar abzeichnet. Wie Sie wissen, waren mein Privatleben und vor allem meine Ehe mit dem Prinzen von Wales in den letzten Monaten Gegenstand detaillierter Berichterstattung, und unsere persönlichen Probleme werden bald auf normale legale Weise beendet werden. Obgleich ich hoffnungsvoll in die Zukunft blicke, mischt sich in diese Hoffnung auch Bedauern, da es eine Reihe von Angelegenheiten gibt, die ich regeln muß. Aus diesem Grund schreibe ich Ihnen, um Ihnen mitzuteilen, daß ich von meiner derzeitigen Stellung als Ihre Schirmherrin zurücktrete. Da ich beabsichtige, mein Leben neu zu organisieren, wird es mir nicht mehr möglich sein, mich in dem Maße für Sie einzusetzen, wie Sie es verdienen. Ich denke, daß ein anderes Mitglied der königlichen Familie künftig vielleicht besser geeignet ist, Ihre großen Ziele zu unterstützen. Ich möchte Ihnen meinen tiefempfundenen Dank ausdrücken für die zahlreichen Gelegenheiten, die Sie mir gegeben haben, mich für die Menschen in diesem Land einzusetzen. Ich werde auch weiterhin alles, was Sie tun, mit großem Interesse verfolgen, und ich bin sicher, daß unsere Wege sich in nicht allzu ferner Zukunft wieder kreuzen werden.«

Die sieben Organisationen, die Diana weiter betreute, waren Centrepoint, das English National Ballet, die Leprosy Mission, der National AIDS Trust, das Hospital for Sick Children in der Great Ormond Street, und das Royal Marsden Hospital. Die Spekulationen über Dianas Gründe für diesen Schritt rangierten von »Schirmherrschaft-Überdruß« bis hin zu einem gegen den Buckingham-Palast gerichteten politischen Seitenhieb. Der tatsächliche Grund für ihre Entscheidung scheint jedoch klar, wenn man sich die lange Liste der Organisationen ansieht, von denen sie sich trennte, und sich vor Augen hält, wieviel Zeit und Arbeit für sie alle aufgewendet werden mußte. Diese unvollständige Liste vermittelt einen Eindruck vom früheren Ausmaß der Verpflichtungen Dianas:

Association for Spinal Injury Research, Rehabilitation and Reintegration Australian Council and Smoking and Health
Australian Junior Red Cross
British Deaf Association
Ninth Congress of the European Society for Child and Adolescent Psychiatry
Malcolm Sargeant Cancer Fund for Children in Australia
National Council for Child Health (Child 2000)
College of Physicians and Surgeons of Glasgow (königliche Schirmherrin und Ehrenmitglied)
Diystrophic Epidermolysis Bullosa Research Association
British Lung Association
Huntingdons Disease Association
Parkinson's Disease Society
National Rubeola Council
Institute for the Study of Drug Dependence
International Spinal Research Trust
British Sports Association for the Disabled
College of Obstetricians and Gynaecologists (königliches Ehrenmitglied) National Hospital for Neurology and Neurosurgery Development Association
Faculty of Dental Surgery of the Royal College of Surgeons of England (Ehrenmitglied)
National Meningitis Trust
Royal School for the Blind

New Zeeland Foundation for the Blind
Anglo-European College of Chiropractice
Barnardo's (Vorsitzende)
Benesh Institute of Choreology
Commonwealth Independence Association (Vorsitzende)
General Council and Registry of Osteopaths (Vorsitzende)
Help the Aged
Leukemia Research Appeal
Northern Ireland Pre-School Playgroups Association
St. Mary's Save the Baby Fund

Erschöpfung und die Chance, künftig Organisationen zu unterstützen, die sie selbst auswählte, sind wohl die wahrscheinlichsten Gründe für ihre Trennung von diesen Einrichtungen.

Natürlich waren die Organisationen, von denen sie sich zurückzog, besorgt wegen ihrer Zukunft. Dominic Jenins, Leiter des Ty-Hafan-Hospizes, bat Diana schriftlich, ihre Entscheidung noch einmal zu überdenken. Der *London Times* gegenüber sagte er: »Die Unterstützung der Prinzessin war überaus wichtig für uns. Ich bin ganz sicher, daß die Bevölkerung von Wales sich wünscht, daß sie weitermacht. Wir wollen die Prinzessin als Person und nicht ihren Titel ›Königliche Hoheit‹.« Eine schönere Bestätigung hätte es für Diana nicht geben können. Die Menschen begannen endlich, ihre Arbeit unabhängig von ihrer Zugehörigkeit zum Königshaus anzuerkennen. Aber wie schwer es Diana auch gefallen sein muß, die Bande zu diesen Organisationen zu kappen, sie wußte, daß sie eine neue Richtung einschlagen mußte. Und diese Richtung sollte der Welt in den folgenden Monaten immer deutlicher vor Augen geführt werden.

Im Januar 1997 unternahm Diana ihre erste Auslandsreise als Ex-Mitglied der königlichen Familie. Es überraschte niemanden, daß sie bei dieser Reise Opfer einer Seuche der anderen Art aufsuchen wollte. Im afrikanischen Angola traf Diana auf Menschen, die entweder selbst durch Minen verletzt worden waren oder Angehörige verloren hatten. Sie wurde dabei fotografiert, wie sie tückische Minenfelder durchquerte und mit den Opfern von Landminenexplosionen sprach. Die Reise hatte jedoch auch einen offiziellen Touch, da sie im Rahmen der Kampagne des Britischen Roten Kreuzes für ein Verbot von Landminen stattfand. Das Britische Rote Kreuz versuchte in Zusammenarbeit mit anderen Organisationen auf der ganzen Welt, sämtliche Länder, die Landminen verwendeten oder herstellten, dazu zu bewegen, ein Abkommen zu unterzeichnen, das ihre Benutzung verbot. Diese Initiative wurde auf einer Konferenz in Ottawa 1996 geboren, anläßlich derer der kanadische Außenminister Lloyd Axworthy alle Teilnehmerstaaten aufforderte, im kommenden Jahr nach Ottawa zurückzukehren und das allgemeingültige Abkommen zu unterzeichnen. Die Initiative stieß auf heftige politische Opposition. Der demokratischen Regierung in den USA und der konservativen Regierung Großbritanniens wurde vorgeworfen, sie würden den Prozeß verzögern, indem sie Klauseln forderten, die die Initiative weitgehend unmöglich machen würden. Außerdem waren zwei der bedeutendsten landminenproduzierenden Länder – Rußland und China – nicht geneigt, ein wie auch immer geartetes Abkommen zu unterzeichnen. Berichten zufolge sind auf der Erde mehr als 100 Millionen Antipersonenminen verstreut, und noch einmal so viele lagern schätzungsweise in militärischen Depots. Jedes Jahr werden etwa 26 000 Zivilisten, die meisten von ihnen Frauen und Kinder, von Minen verstümmelt oder getötet. Außerdem machen diese Minen Tausende von Hektar Ackerland unbrauchbar und verhindern, daß Zivilisten zu einem normalen Leben zurückfinden, nachdem die Kampfhandlungen aufgehört haben.

Diana wurde vom Britischen Roten Kreuz gebeten, sich für das Abkommen einzusetzen. Sie brauchten jemanden, der größere Aufmerksamkeit erregte, jemanden, der das Leid verdeutlichen konnte, das diese Waffen bewirkten, jemanden, dem die Menschen vertrauen würden. Diana war die ideale Besetzung. Sie hatte sich in ihrem Leben nie die leichtesten Ziele ausgesucht. Sie hielt ständig Ausschau nach Gelegenheiten, sich für jene einzusetzen, die nicht selbst für sich eintreten konnten. Indem sie beschloß, sich für das weltweite Verbot von Landminen einzusetzen, stellte sich Diana einer Herausforderung, die über die Beseitigung von Ignoranz und die tröstliche Berührung eines Kranken hinausging. Ihr neuer Kampf war ein Kampf auf weltweiter Ebene und würde ihren Einsatz nicht nur vor Ort bei den Opfern fordern, sondern auch in Büros und auf den Fluren von Regierungen und Gesetzgebern. Auch würde sie ins Scheinwerferlicht der Medien zurückkehren müssen, eine Vorstellung, die gemischte Gefühle in ihr auslöste.

Nachdem sie vom Roten Kreuz angesprochen worden war und sich Videos angesehen hatte, die die Zerstörungskraft von Landminen dokumentierten, erklärte Diana sich einverstanden, die Kampagne zu unterstützen, obgleich sie sich sechs Monate zuvor von der Organisation losgesagt hatte. Wie immer interessierte Diana sich nicht nur für Benefizgalas und Publicity – sie glaubte wirklich, daß sie den Überlebenden durch ihre Anwesenheit helfen konnte. Ohne konkrete Vorstellung dessen, worauf sie sich einließ, entschied Diana auch diesmal, die Opfer dieser schrecklichen Explosionen persönlich zu besuchen. Sie reiste nach Angola und begann, den Menschen in dem vom Krieg verwüsteten Land neue Hoffnung zu geben.

Doch dafür bekam Diana nicht nur Lob, sondern auch öffentliche Kritik. Diana wurde wegen ihres Einsatzes in Afrika öffentlich von einem Minister des britischen Parlaments gerügt, weil sie gegen die damalige Politik der Regierung verstoßen habe. Nachdem sie ihren Titel verloren hatte, konnte Diana jedoch Dinge sagen und tun, die ihr als Royal unmöglich gewesen wären. Nun konnte sie sich öffentlich zu der Kritik äußern, ohne Furcht, vom Buckingham-Palast getadelt zu werden. Diana fegte die Kritik mit vernünftigen Argumenten beiseite, indem sie meinte, es wäre sinnlos, ihre Motivation anzugreifen. Was sie selbst, die Prinzessin, beträfe, sei ein weltweites Verbot von Landminen das einzige, was zähle, und dieses Ziel würde ganz sicher nicht dadurch erreicht werden, daß man über die Aufrichtigkeit oder Nichtaufrichtigkeit ihres Einsatzes diskutiere.

Solche Angriffe waren jedoch auch eine Art der Anerkennung von Dianas neuer Macht. Während jenes Disputs schrieb Magnus Linklater, ein Kolumnist der *London Times*: »Wenn Diana sich weiter auf dieses Feld hinauswagt, wird sie sich nicht nur mit dem einen oder anderen Minister anlegen müssen, sondern auch das ganze Gewicht der britischen Rüstungsindustrie zu spüren bekommen. Ob dieser Kampf einer Prinzessin ansteht, deren bisherige Erfahrungen sich weitgehend darauf beschränken, Aids-Opfern Trost zu spenden und todkranke Menschen im Krankenhaus zu besuchen, ist fraglich. Allerdings sollte niemand daran zweifeln, daß sie durchaus in der Lage ist, eine sehr wirkungsvolle und effektive Kampagne aufzuziehen, wenn sie beschließt, weiterzumachen.«

Eine »wirkungsvolle und effektive« Kampagne war genau das, was Diana für diese Sache vorschwebte. Es wurden mehrere Benefiz-Dinner organisiert. Ein Spendensammler des amerikanischen Roten Kreuzes brachte fast eine Million Dollar (ca. 1,6 Millionen DM) für Prothesen auf, die an die Landminenopfer verteilt werden sollten.

Prinzessin Diana äußerte sich sehr unverblümt gegen die Verwendung von Landminen. Bei einer Benefizveranstaltung in Washington (Eintritt 7000 Dollar – ca. 11 000 DM), richtete Diana einige Bemerkungen direkt an die Clinton-Verwaltung. »Im Namen der Menschlichkeit, verbieten Sie Landminen«, forderte Diana.

Dianas nächste Auslandsreise erfolgte drei Wochen vor ihrem Tod. Diesmal wollte sie weniger Publicity. Sie wünschte sich ein privateres Umfeld, um Überlebende zu treffen, mit ihnen zu reden und sie zu trösten, und das mit weniger Zerremoniell als zuvor. Die Straßen Bosniens waren ihr nächstes Ziel. Sie wählte die Organisation Landmine Survivors Network als Organisator ihrer Reise in dieses zerbombte Land. Diana war begeistert von der Idee, daß Landminenopfer anderen halfen, die Welt von der Bedrohung durch diese heimtückischen Waffen zu befreien. Diana besuchte Familien und Kinder, Opfer, die überlebt hatten, und die Angehörigen jener, die ihren Verletzungen erlegen waren. Jerry White, Mitbegründer und Leiter von LSN, begleitete Diana auf ihrer Bosnienreise und arbeitete sehr eng mit ihr zusammen in ihrem gemeinsamen Bestreben, ein Verbot von Landminen zu bewirken. In einem leidenschaftlichen Tribut im *Christian Science Monitor* schrieb White: »Sie hätte nicht ihr Leben zu riskieren und im Januar die Minenfelder in Angola oder im August jene in Bosnien zu besuchen brauchen. Aber sie hat es getan, weil die Konsequenzen der Unmenschlichkeit von Menschen anderen Menschen gegenüber sie sehr berührt haben und sie entschlossen war, den

Opfern eine helfende Hand zu reichen.« Es sollte Dianas letzte Reise zur Unterstützung der Kampagne gegen Landminen sein.

Diana ist es zu verdnaken, daß dem Thema Landminen ein neues Gefühl von Dringlichkeit anhaftet. Nach ihrer Reise nach Angola verkündigt die britische Labour-Regierung ihre volle Unterstützung der Antilandminenkampagne, und die Regierung Clinton erklärte sich zu Gesprächen bereit. Ironischerweise kamen ausgerechnet am Todestag Dianas Delegierte aus über 100 Ländern in der norwegischen Hauptstadt Oslo zusammen, um ein Abkommen zum Verbot von Landminen auszuhandeln. Die Versammlung legte zu Ehren der Prinzessin eine Schweigeminute ein. Heute wird erwogen, das Dokument, das sich aus der nächsten internationalen Landminenkonferenz ergibt, nach Prinzessin Diana zu benennen.

Dianas letzte offizielle karitative Handlung galt einer Sache, die ihr ebenfalls ganz besonders am Herzen lag. Am 21. Juli besuchte Diana die neue Kinderstation des Northwick Park and St. Mark's Hospital in London.

Dianas Terminkalender war prallvoll, und hätte sie weitergelebt, hätte sie viele Termine zu erfüllen gehabt. Anfang September hätte sie einen Appell zugunsten von Kindern, die an Asthma oder am Down Syndrom leiden, an die Öffentlichkeit richten sollen. Außerdem sollte sie als Ehrengast an einem Mittagessen teilnehmen, um für verschiedene jamaikanische Organisationen zu werben, die sich für Kinder einsetzen. In Singapur stand eine Aids-Benefizgala auf dem Programm.

Aber auch im Tod vermag Diana noch Gutes zu bewirken. Der Diana, Princess of Wales Fund, eine Stiftung, die zum Gedenken an die Prinzessin schon kurz nach ihrem Tod eingerichtet wurde, um jene Wohltätigkeitsorganisationen zu unterstützen, für die sie sich eingesetzt hat, berichtete, daß bereits in der ersten Woche seines Bestehens 240 Millionen Dollar an Spendengeldern eingegangen seien (ca. 415 Millionen DM). Telefonische Spendenzusagen gab es etwa 350 in der Stunde.

Niemand kann sagen, wie die Welt hätte aussehen können, wenn Prinzessin Diana uns nicht genommen worden wäre. Die Ausgestoßenen und Kranken dieser Welt hatten Glück, eine so energische Fürsprecherin zu haben. Die breitere Öffentlichkeit kann nur über das staunen, was sie in ihrem viel zu kurzen Leben alles geleistet hat. Die Erinnerung an sie ist eine Herausforderung an alle, sich für mehr Menschenwürde für alle Bewohner unseres Planeten einzusetzen. Vielleicht ist es am passendsten, Dianas eigene Worte als die größte Achtungsbezeigung für sie anzuführen. In einem Interview mit der *London Times* aus Angola sagt sie: »Ich bin kein Mensch der Politik. Ich bin ein Mensch, der sich für humanitäre Ziele einsetzt, ich war es immer, und ich werde es immer sein.«

Chronologie

1506

Die Spencers gelangen in den Besitz eines 600-Hektar-Anwesens in Northamptonshire, auf dem sie einen imposanten Landsitz errichten, der heute als Althorp bekannt ist.

1603

Sir Robert Spencer, angeblich der wohlhabendste Mann Englands, wird zum Baron Spencer ernannt.

1948

14. November: Prinz Charles Philip Arthur George wird geboren, erstes Kind von Prinzessin Elizabeth und Prinz Philip und nach dem Tod seines Großvaters, König George VI. im Jahre 1952 Erbe des englischen Throns.

1954

Mai: Die Königin kehrt von einer Weltreise heim. Obgleich sie ihren damals fünfjährigen Sohn sechs Monate nicht gesehen hat, begrüßt sie ihn, indem sie seinen Kragen glattstreicht und ihm kühl die Hand schüttelt.

1961

1. Juli: Diana Spencer wird in Park House bei Sandringham in Norfolk geboren; sie ist die dritte Tochter von Viscount und Viscountess Althorp. Ihr Vater Edward John (Johnnie) Spencer wird später der achte Earl Spencer; ihre Mutter, Frances Ruth Fermoy, ist die zweite Tochter des fünften Barons Fermoy. Das Paar hat in der Westminster Abbey geheiratet, in Anwesenheit der Königin und von 1700 Gästen. Lady Diana ist eine direkte Nachfahrin König Charles' II. Wenn Dianas Sohn William König wird, wird er der erste Monarch seit König James II. sein, in dessen Adern hauptsächlich englisches Blut fließt.

30. August: Diana wird in der örtlichen Kirche in Sandringham getauft. Diana wächst in Park House auf, später zieht die Familie nach Althorp um.

1967

Dianas Mutter, Frances, verliebt sich in Peter Shand Kydd und verläßt ihren Mann Johnnie und die Kinder ganz plötzlich, sie bezieht eine Wohnung in Cadogan Place in

London. Die beiden älteren Mädchen, Sarah und Jane, trifft die Trennung besonders hart. Diana ist sechs Jahre alt, und ihr Bruder Charles drei. In London besucht Diana eine Ganztagsschule. Am Jahresende verbringt die Familie Spencer ihr letztes gemeinsames Weihnachtsfest in Park House.

1968

Juni: Diana wird für die Silfield School in King's Lynn angemeldet (sie ist zwei Jahre dort), als ihre Mutter die Scheidung einreicht und als Grund Grausamkeit seitens des Viscount Althorp angibt. Ihr Mann erhebt eine Gegenklage wegen Ehebruchs, und nach langem und erbittertem Kampf vor Gericht wird ihm das Sorgerecht für die Kinder zugesprochen.

1. Juli: Diana bekommt eine besondere Geburtstagsüberraschung: Sie und ihre Gäste dürfen im Dudley-Zoo auf einem Kamel namens Bert reiten.

1969

April: Die Scheidung von Dianas Eltern wird rechtskräftig. Frances heiratet kurz darauf Peter Shand Kydd. Diana und ihr Bruder Charles fahren an den Wochenenden und in den Ferien mit dem Zug zu ihrem Haus in Itchenor, an der Küste von Sussex, wo Diana schwimmen und segeln lernt.

1. Juli: 1958 zum Prinzen von Wales erklärt, wird Prinz Charles auf Caernarvon Castle in Wales nun offiziell in dieses Amt erhoben. Er scheint viele abweisend eingestellte Waliser dadurch für sich zu gewinnen, daß er ihre Sprache spricht. An diesem Tag feierte Diana ihren achten Geburtstag; sie und ihre Schulfreunde sehen sich die Zeremonie im Fernsehen an. Am Abend zuvor wurde der Dokumentarfilm »Royal Family« in Großbritannien und in den Commonwealth-Staaten ausgestrahlt. Es ist das erstemal, daß die Öffentlichkeit die Mitglieder der königlichen Familie als Privatmenschen erleben kann.

1970

Im Alter von neun Jahren kommt Diana nach Riddlesworth Hall in Norfolk, ein Internat, das nur zwei Stunden Fahrt von ihrem Zuhause entfernt liegt. Ihre Lieblingshymne ist »I Vow To Thee My Country« (sie wird später sowohl bei ihrer Hochzeit als auch bei ihrem Trauergottesdienst gesungen). Am Ende des ersten Jahres dort gewinnt sie den Legatt Cup für Hilfsbereitschaft.

Mary Clarke wird von der Spencer-Familie für zwei Jahre als Kinderfrau eingestellt. Viel später sagte Clarke über Diana: »Ich erinnere mich, daß sie sagte: ›Ich werde nur heiraten, wenn ich ganz sicher bin, daß ich denjenigen auch liebhabe, dann brauche ich mich nie scheiden zu lassen.‹« Außerdem beschreibt sie Diana in dieser Zeit als »hübsch, temperamentvoll, eine Schauspielerin, clever, raffiniert und charakterstark, aber dennoch sympathisch, ehrlich und sensibel, ohne jeden Standesdünkel.«

1972

Prinz Charles lernt Camilla Shand kennen, geboren am, 17. Juli 1947 als Tochter von Major Bruce und Rosalind Shand. Camillas Vater ist Mitglied des königlichen Haushaltes, ihre Mutter ist eine Cousine von Lord Ashcombe, dem Oberhaupt der wohlhabenden Cubitt-Familie, die Belgravia errichtet hat. Camilla setzte Charles davon in Kenntnis, daß sie die Urenkelin von Alice Keppel sei, der Lieblingsmätresse von Edward VII. Hiernach soll sie angeblich gesagt haben: »Und, wie wär's?«

1973

14. November: Am 25. Geburtstag ihres Bruders Charles heiratet Prinzessin Anne Captain Mark Phillips, den Sohn des Direktors der Wales Food Company, der als Reiter olympisches Gold gewonnen hat. Anne wird in diesem Jahr Siegerin des europäischen Dreitageturniers. Später bekommt das Paar zwei Kinder, Peter (1977) und Zara (1981).

1974

Diana ist dreizehn, als Raine Dartmouth, die Tochter der Romanautorin Barbara Cartland, in das Leben ihres Vaters tritt. Die vier Kinder können sie von Anfang an nicht ausstehen, geben ihr den Spitznamen »Acid Raine« und singen »Rain, Rain, go away.« Sie scheint Johnnie glücklich zu machen, macht sich aber bei den Kindern noch unbeliebter, als sie, um eine gesunde finanzielle Basis für das Anwesen zu schaffen, zahlreiche Kunstschätze von Althorp verkauft, um Schulden in Höhe von 2,4 Millionen Pfund (ca. 7. Millionen DM) zu begleichen.

1976

14. Juli: Johnnie Spencer und Raine Dartmouth heiraten. Spencer (inzwischen achter Earl Spencer) und Raine (die inzwischen wegen Ehebruchs schuldig von Earl Dartmouth, einem alten Freund Spencers geschieden wurde, und das Sorgerecht für ihre vier Kinder verloren hat) lassen sich in aller Stille trauen. Keins der Kinder ist anwesend.

1977

6. Juni: Zur Feier des Jubiläums der Königin werden im ganzen Königreich Freudenfeuer entzündet. Am nächsten Tag, einem nationalen Feiertag, fährt die Königin in der Staatskarosse durch London zur Saint-Paul's-Cathedral. Die Feierlichkeiten, anläßlich derer auf den Straßen gefeiert wird, werden von der Bevölkerung begangen wie eine zweite Krönung.

November: Prinz Charles, inzwischen neunundzwanzig, ist im Rahmen einer Jagdgesellschaft Wochenendgast auf Althorp. Er geht mit Sarah Spencer aus, aber Diana fällt ihm bereits auf, und als sie sich auf Nobottl Wood, einem Feld auf dem Althorp-Anwesen, begegnen, sieht er in ihr bereits eine potentielle künftige Ehefrau.

Dezember: Diana fällt zum zweiten Mal bei den Examen zum Schulabschluß durch. Sie beschließt, von West Heath abzugehen, bekommt jedoch vorher noch von der Schuldirektorin Ruth Rudge den Miss-Clarence-Preis für besondere Verdienste überreicht (sie hat alte Damen in der Nachbarschaft und behinderte Kinder betreut).

1978

Diana besucht ihre letzte Schule, jedoch nur für sechs Wochen, das Institut Alpin Videmanette in der Schweiz. Von Heimweh geplagt und nicht in der Lage, sich wie vorgeschrieben auf französisch zu unterhalten, kehrt sie nach England zurück und läßt die Schulzeit endgültig hinter sich. Sie zieht in das Haus ihrer Mutter in Chelsea; später ziehen Laura Grieg, eine Freundin aus West Heath, und Sophie Kimball, mit der sie sich auf dem Schweizer Internat angefreundet hat, zu ihr.

April: Dianas Schwester Jane heiratet Robert Fellowes, den stellvertretenden Privatsekretär der Königin. Die Königinmutter nimmt an der Trauungszeremonie teil. Der Hochzeitsempfang findet im Saint-James's-Palast statt. Das Paar bezieht mietfrei eine Wohnung im Kensington-Palast – eine Aufmerksamkeit der Königin.

September: Earl Spencer erleidet auf Althorp eine Hirnblutung, fällt ins Koma und ringt mit dem Tod. Als er sich vier Monate später wieder weitestgehend erholt hat, sagte er, daß er seine Wiederherstellung allein seiner Frau Raine zu verdanken hätte, die ihn durch schiere

Willenskraft gerettet habe. Die Hingabe, mit der Raine ihren Vater gepflegt hat, stimmt die drei Töchter ihr gegenüber milder.

1979

Mai: Dianas Schwester Sarah heiratet Neal McCorquodale, einen Vetter von Raine. Dianas Mutter richtet die Hochzeit aus und gestattet Raine, an der Seite von Earl Spencer zu sitzen. Diana fängt den Brautstrauß auf.

August: Lady Sarah Armstrong-Jones, Tochter von Prinzessin Margaret und Brautjungfer auf Sarah Spencers Hochzeit, lädt Diana während der Cowes Week für ein paar Tage auf die königliche Yacht *Britannia* ein; Prinz Charles nimmt ebenfalls an dem Törn teil. Hinterher schickt Charles Diana ein Dutzend Rosen und eine Einladung nach Balmoral, dem königlichen Landsitz in Schottland.

1980

Durch ein Fernglas sieht ein Reporter, wie Charles und Diana sich am Ufer des River Dee auf Balmoral umarmen.

14. November: Die Presse enthüllt, daß Diana Charles' 32. Geburtstag ganz allein mit ihm auf Sandringham gefeiert hat. Diana wird von nun an als mögliche künftige Ehefrau des Prinzen betrachtet.

1981

Januar: Charles macht Diana an einem Wochenende auf Highgrove bei einer Flasche Champagner endlich einen Antrag, den sie annimmt.

24. Februar: Am Tag der offiziellen Bekanntgabe der Verlobung fragt ein Reporter, ob sie einander lieben. Charles antwortet: »Ja ... was immer Liebe heißen mag«; Diana blickt ängstlich zu ihm auf und meint: »Ja, natürlich.«

18. Mai: Ein Ferngespräch zwischen Charles (in Australien) und Diana (in England) wurde offenbar aufgezeichnet und erscheint in Newsweek (nachdem es zuvor bereits in der deutschen Zeitschrift »Die Aktuelle« erschienen war.) Sich darauf beziehend, daß Tausende von Menschen um ihn herum seien, nur sie nicht, sagt Diana: »Ich vermisse dich wirklich, Darling ... ich bin schrecklich eifersüchtig.« Charles antwortet: »Ja, ich weiß. Zu schade, aber in ein paar Jahren bist du vielleicht froh, wenn du mich mal eine Weile los bist.«

»Niemals« versichert Diana.

29. Juli: In der Saint Paul's-Cathedral findet die spektakuläre königliche Hochzeit statt. Es ist 300 Jahre her, daß ein Thronerbe eine Engländerin geheiratet hat. An die 600 000 Menschen säumen die Route vom Buckingham-Palast zur Kathedrale, die Zahl der Fernsehzuschauer und Radiohörer, die das Geschehen weltweit verfolgen, wird auf 750 Millionen geschätzt. Elf Jahre später schreibt Andrew Morton in seinem Buch *Diana: Her True Story,* daß Diana ein paar Tage zuvor beim Auspacken von Geschenken irrtümlich ein Päckchen öffnete, das ein Armband mit den eingravierten Initialen »F & G« enthielt (Fred und Gladys, Charles' und Camillas Kosename füreinander). Während der Flitterwochen an Bord der königlichen Yacht *Britannia* sollen dann Morton zufolge Bilder von Camilla aus Charles' Tagebuch gefallen sein. Bei einem Dinner mit dem ägyptischen Präsidenten Anwar Sadat trug Charles goldene Manschettenknöpfe in Form zweier Cs.

1982

17. Mai: Das königliche Paar, das bislang im Buckingham-Palast gewohnt hat, bezieht eine Wohnung im Kensington-Palast. Diana, im achten Monat schwanger und von Übelkeit geplagt, ist sehr erleichtert.

21. Juni: Diana bringt im Londoner St. Mary's Hospital in Paddington den Prinzen William Arthur Philip Louis (»Wills«) zur Welt (bis dahin wurden königliche Babys traditionell im Buckingham-Palast geboren). Kurze Zeit später belauscht Diana ein Telefonat, das Charles mittels Handy in der Badewanne führt. Er versichert Camilla, daß er sie ewig lieben wird. Diana verfällt in postatale Depressionen; sie verliert an Gewicht, und es kommt der Verdacht auf, daß sie an nervöser Anorexie leide. Die Dienstboten werden Zeugen heftiger Auseinandersetzungen: Charles möchte allein ausgehen, während Diana verlangt, daß er bei ihr und dem Baby bleibt.

September: Diana unternimmt ihren ersten offiziellen Staatsbesuch allein und vertritt die Königin bei der Beerdigung von Fürstin Gracia Patricia von Monaco.

11. November: Diana und Charles liefern sich ein hitziges Wortgefecht: Er besteht darauf, daß sie ihn wie geplant zum Annual Festival of Remembrance – der Jahresfeier zum Gedenken an die im Krieg gefallenen Soldaten – in der Royal Albert Hall begleitet. Diana, erschöpft von anhaltender Schlaflosigkeit, weigert sich und bricht in Tränen aus. Wütend stürmt Charles hinaus. Bei der Feier erklärt er den Anwesenden, einschließlich der Königin, daß Diana krank sei und nicht teilnehmen könne. Kurze Zeit später erscheint Diana, die ihren Fehler inzwischen erkannt hat. Gerüchte kommen auf, daß es in der Ehe kriselt.

Das Ehepaar verbringt einen Winterurlaub in Liechtenstein – zweite Flitterwochen, wie es heißt –, der Diana Abstand von ihren Problemen verschaffen soll. Als Charles sie jedoch bittet, Fotos zu gestatten, lehnt sie entschieden ab. In Tränen aufgelöst sagt sie, daß sie den kleinen William vermisse.

1983

Der Prinz und die Prinzessin von Wales unternehmen eine erfolgreiche offizielle Reise nach Australien und Neuseeland. Die Tradition gebietet, daß noch sehr junge Kinder der königlichen Familie bei solchen Anlässen daheim bleiben, aber Diana trotzt dem Druck der Königin und ihres Gatten und nimmt Prinz William mit, obgleich er noch kein Jahr alt ist. Wenige Monate später, bei einer ähnlichen Reise nach Kanada, bleibt William in England. Diana ist tief betrübt, daß sie seinen ersten Geburtstag am 21. Juni verpaßt.

1984

Charles wird Präsident von Business in the Community (BiC), 1981 von Geschäftsleuten gegründet, um Firmenspenden für Projekte sammeln, die zu Geschäftsgründungen führen und neue Arbeitsplätze schaffen sollen.

15. September: Diana bringt »Harry«, Prinz Henry Charles Albert David, zur Welt, der wie zuvor bereits sein Bruder im St. Mary's Hospital in Paddington geboren wird. Das königliche Paar hat jetzt zwei Söhne (einen Thronerben und einen »Ersatzthronfolger«); weitere Kinder sollen aus der Ehe nicht hervorgehen.

1985

Dianas Bruder, Viscount Charles Althorp (der spätere neunte Earl Spencer) wird einundzwanzig. Er läßt sich seine Geburtstagsfeier 250 000 Pfund (ca. 730 000 DM) kosten.

Das königliche Paar reist nach Italien; William und Harry dürfen gegen Ende der Reise nachkommen.

1986

23. Juli: Prinz Andrew, der zweite Sohn von Königin Elizabeth und Prinz Philip, führt Sarah Ferguson (»Fergie«) mit großem Pomp in der Westminster Abbey zum Altar. Ihr Vater ist Major Ronald Ferguson, Prinz Charles' Polotrainer (als Fergie vierzehn war, verließ ihre Mutter den Major wegen Hector Barrantes, einem argentinischen Polostar). Anders als Diana hat Sarah Ferguson eine »Vergangenheit« (einschließlich einer Beziehung mit dem zweiundzwanzig Jahre älteren Paddy McNally). Andrew und Sarah teilen schon vor der Hochzeit ganz offen ein Schlafzimmer im Buckingham-Palast.

November: Inspiriert von Bob Geldorfs Band Aid, wird Inner City Aid gegründet, mit Charles als Schirmherrn. Ziel der Organisation ist es, 10 Millionen Pfund (ca. 29 Millionen DM) für die Sanierung der Innenstädte aufzubringen; im ersten Jahr kommen nur 33 000 Pfund (knapp 100 000 DM) zusammen, und nach dem zweiten Jahr, in dem die Vereinigung vom Prinzen gänzlich ignoriert wurde, gibt sie auf, nachdem sie nur wenig erreicht hat.

Während dieses schmerzlichen Jahres trifft Charles sich wieder mit Camilla Parker-Bowles, während Diana an Bulimie erkrankt. Was einst als Märchenromanze und mit einer Traumhochzeit begann, ist zu einer freudlosen Ehe geworden, in der beide Partner ihre eigenen Wege gehen.

1987

13. Juni: Nachdem sie als Schirmherrin das Save the Children Fund die Dritte Welt bereist hat, wird Prinzessin Anne für ihren Einsatz belohnt und bekommt von der Königin den Titel Königliche Prinzessin verliehen. Auch wenn kaum jemand anzweifelt, daß Prinzessin Anne ihre Wohltätigkeitsarbeit sehr ernst nimmt, soll der Titel wohl vor allem dazu dienen, sie von Diana und Sarah, den beiden anderen Prinzessinnen, abzuheben.

Dezember: Prinz Charles hält seine sogenannte »Luftwaffenrede«, während der er behauptet, die Londoner Skyline hätte durch britische Städteplaner mehr Schaden erlitten als durch Nazibomben im Zweiten Weltkrieg. Die negative Reaktion einiger Architekten sorgt für Aufruhr; noch wütender werden sie, als sie erfahren, daß Charles anstelle der ausgewählten Architekten eigene Kandidaten mit Bauvorhaben betrauen will. Mehr als eine Karriere wird hierdurch ruiniert.

1988

Mai: Die Boulevardpresse berichtet hämisch, daß Major Ronald Ferguson beim Verlassen des Wigmore Club gesehen wurde, einem »Massagesalon« in Soho.

Fergie fliegt ohne ihre kleine Tochter Beatrice zu Prinz Andrew nach Australien; ihre Beliebtheit in England schwindet rapide.

1989

Die Pressestelle des Buckingham-Palastes gibt bekannt, daß Tim Laurence, königlicher militärischer Stallmeister, Autor der »intimen« Briefe war, die aus Prinzessin Annes Aktentasche gestohlen wurden. Laurence erbietet sich, zu kündigen, wird aber von der Königin unterstützt. Später in jenem Jahr heißt es, Annes Ehemann, Mark Phillips, habe in Neuseeland ein »Kind der Liebe« gezeugt. Anne fordert die offizielle Trennung.

1991

Zu den Meilensteinen in diesem Jahr gehören der fünfundsechzigste Geburtstag der Queen und der siebzigste Geburtstag von Prinz Philip. Obgleich Charles und Diana in diesem Jahr ihren zehnten Hochzeitstag haben, besteht wenig Anlaß zum Feiern. Bei einem kleinen Zwischenfall – vielleicht ein Vorbote dessen, was noch kommen soll – wird die Königin von einem ihrer frechen und heißgeliebten Corgis gebissen –, die Wunde muß mit drei Stichen genäht werden.

10. Februar: Sich darüber auslassend, daß keiner von ihnen in den Golfkriegen dabei war, moniert die *Sunday Times* den scheinbar frivolen Lebensstil der jungen Royals während des Krieges. Die Zeitung kritisiert, daß die jungen Leute »eine Mischung aus Oberklassedekadenz und Unsensibilität ausleben, die die Öffentlichkeit abstößt und der Monarchie schadet.«

3. Juni: Inzwischen acht Jahre alt, wird Prinz William unbeabsichtigt von einem Schulkameraden mit einem Golfschläger am Kopf verletzt. Er zieht sich einen Schädelbruch zu und muß im Great Ormond Street Hospital einer Notoperation unterzogen werden. Diana wacht die ganze Nacht an seinem Bett, während Prinz Charles in die Oper geht. Die Öffentlichkeit ist empört von seiner scheinbaren Gefühllosigkeit. Der Vorfall wirkt sich verheerend auf Charles' ohnehin schwindende Popularität aus. Diana ihrerseits gewinnt immer mehr Sympathien für sich.

1. Juli: Charles ist bei Dianas dreißigstem Geburtstag nicht dabei. Gerüchte, seine Abwesenheit betreffend, erscheinen in den Tageszeitungen.

2. Juli: En Kolumnist des *Daily Mail* zitiert Freunde von Prinz Charles dahingehend, daß Charles sich erboten habe, eine Party für sie zu organisieren, Diana dies jedoch abgelehnt habe.

25. Dezember: Auf einem Fernsehsender wird die Weihnachtsansprache der Königin am ersten Weihnachtstag in eine Szene eingebaut von *Coronation Street,* der ältesten Seifenoper Englands. Die Königin äußert sich zu Osteuropa und einer Commonwealth-Versammlung in Zimbabwe, ehe sie erklärt, daß sie nicht gedenkt, um Charles' willen abzudanken. Die Einschaltquoten der Ansprache sind doppelt so hoch wie im Jahr davor.

1992

16. Januar: Der *Daily Mail* berichtet von der Existenz kompromittierender Fotos der Herzogin von York, Sarah Ferguson, mit Steve Wyatt, einem texanischen Ölmagnaten. Die Fotos, die von einem Reinigungsmann in Wyatts Wohnung in Mayfair gefunden wurden, werden der Polizei übergeben und nicht veröffentlicht, wenngleich die Boulevardblätter sie als eindeutig bezeichnen.

6. Februar: Vierzig Jahre liegt die Thronbesteigung der Königin zurück. Ein Dokumentarfilm der BBC wird ausgestrahlt, und der Palast plant, das Ereignis gebührend zu feiern. Aber schon am selben Tag hält die Presse der Königin vor, daß sie nicht einkommenssteuerpflichtig sei und auch nicht auf der Zivilliste stehe (der Liste der zur Bestreitung des königlichen Haushalts bewilligten Beträge). Außerdem wird von einem Sexskandal berichtet, in den Paddy Ashdown, der Führer der Liberal Democratic Party verwickelt sein soll.

11. Februar: Der Prinz und die Prinzessin von Wales sind auf Besuch in Indien. Es ist allgemein bekannt, daß Charles Diana schon vor langer Zeit versprochen hat, sie zum Tadsch Mahal zu begleiten, aber inzwischen berühmt gewordene Fotos zeigen Diana allein vor einem Monument der Liebe; Charles ist in Delhi geblieben, um einen Termin wahrzunehmen. Sie haben separate Suiten und reisen auch getrennt ab. Die Reise ist eine Katastrophe für die Ehe.

19. Februar: Diana trifft sich mit Mutter Teresa.

19. März: Während der ersten Woche der britischen Allgemeinwahlen gibt der Buckingham-Palast bekannt, daß Verhandlungen bezüglich der Scheidung des Herzogs und der Herzogin von York begonnen hätten. Später bezeichnete Charles Anson, der Pressesprecher der Königin, Fergie als »für das königliche und öffentliche Leben« ungeeignet.

29. März: Dianas Vater, der achte Earl Spencer, stirbt überraschend; Diana bricht ihren Skiurlaub ab und reist sofort zurück nach Hause. Bei ihrer Ankunft in England fährt Diana allein von London nach Althorp. Prinz Charles kommt zu spät zur Beerdigung und verläßt den Trauergottesdienst frühzeitig wieder.

19. April: Fergie holt ihre beiden Töchter aus der Schule und verbringt ihren Urlaub zusammen mit ihrem »Finanzberater« John Bryan.

23. April: Der Buckingham-Palast bestätigt, daß die Scheidung von Prinzessin Anne und Captain Mark Phillips nun rechtskräftig sei. In der darauffolgenden Woche zeigt sie sich das erste Mal mit Tim Laurence in der Öffentlichkeit.

16. Mai: Bei einer offiziellen Ägyptenreise wird Diana – wieder allein – vor den Pyramiden fotografiert. Am selben Tag kursieren in London bereits Gerüchte zu einem Buch, in dem Charles' Untreue beschrieben werde.

7. Juni: Die *Sunday Times* veröffentlicht Auszüge aus Andrew Mortons Buch *Diana: Her True Story*. Es heißt, Diana habe wegen des Scheiterns ihrer Ehe und aus Eifersucht wegen einer anderen Frau fünf Selbstmordversuche begangen. Die Verkaufszahlen der *Times* brechen alle Rekorde; in Buchform wird *Diana: Her True Story* zum Bestseller in England und den USA. Am selben Tag lädt die Königin Camilla Parker-Bowles beim Windsor-Reitturnier in die königliche Loge ein.

12. Juni: Diana, die in Southport, Lancashire, begeistert empfangen wird, bricht in der Öffentlichkeit in Tränen aus.

15. Juni: Bei der alljährlichen Zeremonie des Hosenbandordens auf Windsor Castle ruft die Königin Charles und Diana zu sich. Diana macht deutlich, daß sie ihre Ehe beenden und die königliche Familie loswerden möchte, um sich nur noch ihrer Wohltätigkeitsarbeit zu widmen. Die Königin und Prinz Philip bieten ihr eine großzügige Apanage und eine eigene offizielle Residenz an; darüber hinaus soll sie das Sorgerecht für ihre Söhne erhalten, jedoch den Titel Königliche Hoheit abgeben.

17. Juni: Als die königliche Prozession in den Ascot Meet einzieht, werden Fergie und ihre Töchter gesehen, wie sie ihr aus der Menge zuwinken. Die Königin lädt Andrew Parker-Bowles, Camillas Ehemann, in die königliche Loge ein; Diana ist ebenfalls anwesend. Charles und Diana werden gesehen, wie sie gemeinsam in einer Limousine davonfahren, aber bereits nach einer Meile trennen sich ihre Wege, und sie fahren in ihren eigenen Wagen davon.

22. Juni: Es heißt, Charles habe seinen Eltern gegenüber seinen Verdacht geäußert, daß er niemals König werden wird. Sechs Tage später berichten die Zeitungen, daß er mit ihnen über eine Scheidung gesprochen habe.

1. Juli: Charles bleibt Dianas 31. Geburtstag fern.

6. Juli: Freunde von Prinz Charles beginnen eine Kampagne, um Diana mittels verschiedener Indiskretionen in der Öffentlichkeit zu diskreditieren. Artikel von Penny Junor in *Today* beschreiben Diana als Neurotikerin, die die Kinder gegen ihren Vater aufhetzt, und selbst verantwortlich ist für das Scheitern ihrer Ehe. *Diana: A Princess and Her Troubled Marriage* von Nicholas Davies erscheint zur gleichen Zeit wie Andrew Mortons zweites Buch in den Buchhandlungen. Davies bezeichnet sein Buch später als Gegenpol zu dem von Morton und beschreibt Diana als hysterisch und streitsüchtig, als verwöhnt und anspruchsvoll sowie als alleinige Verantwortliche für das Scheitern der Ehe.

13. Juli: Einer Umfrage des Harris Research Center zufolge, die im *Daily Express* erscheint, gibt die Mehrheit der Briten Charles die Schuld. Auf die Frage nach dem beliebtesten Mitglied des Königshauses nannten 34% Diana, 11% die Queen, 11% Prinzessin Anne, 9% Charles.

26. Juli: Charles und Diana begehen ihren elften Hochzeitstag nicht zusammen.

20. August: Der *Daily Mirror* bringt Fotos von Sarah Ferguson, die im Beisein ihrer Töchter oben ohne in Frankreich mit Johnny Bryan herumalbert. Noch am selben Tag verläßt Fergie ganz plötzlich Balmoral, vermutlich endgültig aus dem Kreis der Familie verbannt.

25. August: »Squidgygate«: Die *Sun* druckt eine Abschrift eines intimen Telefonats (das drei Jahre zuvor illegal aufgezeichnet worden war) zwischen James Gilbey und einer Frau, die er Squidgy nennt (offenbar Diana) und der er wiederholt seine Liebe gesteht. Die *Sun* behauptet, daß ein siebzigjähriger pensionierter Bankmanager das Gespräch in seinem Garten aufgezeichnet habe; später zweifeln Experten diese Behauptung an und behaupten, es müsse sich um einen »Inside Job« gehandelt haben. Die Zeitung richtet darüber hinaus eine Leitung ein, über die das Telefonat angehört werden kann. Über 60 000 Anrufer zahlen insgesamt über 100 000 Pfund (knapp 300 000 DM), um es zu hören; das Geld soll an die National Society for the Prevention of Cruelty to Children gehen, die sich jedoch weigert, das Geld anzunehmen.

1. September: Die Presse veröffentlicht ein Schreiben, bei dem es sich offenbar um ein internes Memo auf Briefpapier des Buckingham-Palastes handelt, in dem aufgezeigt wird, wie sehr Diana der Monarchie geschadet habe; das Schreiben entpuppt sich als Fälschung. Die *Sun* behauptet, Diana habe eine Affäre mit Major James Hewitt gehabt, dem Reitlehrer von William und Harry.

2. September: Hewitt erklärt, daß er die *Sun* wegen Verleumdung verklagen wolle. Derweil berichtet der *London Evening Standard* von einem heimlichen Rendezvous James Gilbeys mit Diana in einem »konspirativen Haus« in Norfolk.

4. September: Der *Daily Mail* schreibt, Diana habe ihre polizeilichen Leibwächter überredet, sie bei sechs geheimen Treffen mit Gilbey in Norfolk allein zu lassen. Offensichtlich auf Wunsch des Palastes wird diese Behauptung am nächsten Tag von Scotland Yard dementiert.

6. September: Diana bringt Wills zurück in die Schule. Charles ist an Harrys erstem Schultag dabei.

16. September: der »Schwarze Mittwoch«: Die Regierung ist gezwungen, Milliarden aufzuwenden, um den Kursverfall des Pfund Sterling aufzuhalten, das dennoch um zwanzig Prozent abgewertet wird.

21. September: Die Sterling-Krise hat antideutsche Gefühle geweckt. Diana gibt ihren 200 000-Mark-Mercedes ab und fährt fortan britische Modelle aus dem palasteigenen Fuhrpark.

25. Oktober: Charles und Diana nehmen an der Gala zur

Feier des vierzigsten Amtsjahres der Königin im Earl's Court teil. Am darauffolgenden Abend werden sie zum erstenmal seit drei Jahren wieder zusammen gesehen, im Royal Opera House, wo Placido Domingo den Othello singt. Die Presse äußert sich optimistisch zur Zukunft des Paares.

2. November: Das königliche Paar reist zu einem offiziellen Staatsbesuch nach Südkorea. In den kommenden Tagen zeigen Fotos der beiden in der britischen Boulevardpresse allzu deutlich, daß Charles und Diana sich nichts mehr zu sagen haben, daß sie distanziert miteinander umgehen und sich einander entfremdet haben. Am Ende der fünftägigen Rundreise kehrt Diana allein nach England zurück. In einem Statement des Kensington-Palastes am 6. November heißt es, die Prinzessin wolle sich ausdrücklich freisprechen von Kritik an der Königin und Prinz Philip in der Presse: »Die Behauptung, sie hätten etwas anderes als Verständnis und Mitgefühl bekundet, ist falsch und sehr verletzend.«

13. November: Der Daily Mirror bestätigt die Existenz (wenn auch nicht den Inhalt) der Aufnahme, die später als »Camillagate-Band« für Wirbel sorgen sollte.

14. November: Charles verbringt seinen 44. Geburtstag auf Highgrove. Diana hält sich in Paris auf, wo sie ein 45minütiges Gespräch mit Präsident Mitterrand führt.

17. November: In London hält Diana ihre lange Schlüsselrede anläßlich der Europäischen Anti-Drogen-Woche. Wenn Eltern ihre Kinder lieben, sagt sie, ist unwahrscheinlich, daß diese später nach Drogen greifen: »Zärtlichkeit hat keine schädlichen Nebenwirkungen.«

21. November: Die Königin verbringt ihren 45. Hochzeitstag auf Windsor Castle (Prinz Philip hält sich in Argentinien auf), als ein Feuer ausbricht und das historische Gebäude verwüstet. Am nächsten Tag verkündet Peter Brook, der Staatssekretär für das Nationale Erbe, ohne Rücksprache mit dem Unterhaus, daß der Staat für den Schaden in Höhe von geschätzten 60 Millionen Pfund (ca. 175 Millionen DM) aufkommen werde. Hierauf folgt in der Presse eine heftige Debatte darüber, ob inmitten einer schweren Depression der Steuerzahler die Rechnung zahlen solle.

24. November: Die Königin hält ihre berühmte »annus horribilis«-Rede: »1992 ist kein Jahr, auf das ich mit ungetrübter Freude zurückblicken werde.«

26. November: Premierminister John Major gibt im Unterhaus bekannt, daß die Königin künftig freiwillig Einkommenssteuer zahlen und einen Teil der Ausgaben der Zivilliste tragen werde.

9. Dezember: Major gibt im Unterhaus bekannt, daß der Prinz und die Prinzessin von Wales sich »zum beiderseitigen Bedauern« getrennt hätten.

11. Dezember: Bei einem Abendessen mit europäischen Regierungschefs an Bord der Yacht *Britannia* plaziert die Königin Diana an ihrem eigenen Ehrentisch zwischen Präsident Mitterrand und Douglas Hurd, dem britischen Außenminister. Am dritten Tisch sitzen Prinz Charles und John Major.

12. Dezember: Bei einer von der Trennung des Prinzenpaares überschatteten Zeremonie in Crathie Kirk auf Balmoral geben sich Prinzessin Anne und Tim Laurence nur zwei Wochen nach Annes Scheidung das Jawort.

15. Dezember: Diana erklärt, daß in bezug auf ihre zahlreichen Wohltätigkeitsorganisationen alles weitergehe »wie gehabt«.

30. Dezember: Nach sechstägiger Trennung über Weihnachten (das sie zusammen mit der königlichen Familie auf Sandringham verbracht haben) fliegen William und Harry mit ihrer Mutter auf die Karibikinsel Nevis, wo Diana wieder einmal von den Paparazzi verfolgt wird. Auf dem Hinflug reist sie mit ihren Freunden Economy Class, während Wills und Harry Erster Klasse fliegen (wie es das Protokoll vorschreibt).

1993

14. Januar: »Camillagate«; ein australisches Magazin veröffentlicht die Abschrift eines höchst intimen Telefonats zwischen Prinz Charles und Camilla Parker-Bowles. Fünf Tage später wird sie in England vom *Sunday Mirror* und *The People* gedruckt. Charles wird mit den Worten zitiert: »Ich möchte mich an deinem ganzen Körper entlangtasten, möchte dich ganz und gar fühlen, von oben bis unten, innen und außen. Ich werde deinen Tank füllen! Ich brauche dich mehrmals die Woche.« Bezugnehmend auf einen weiteren peinlich einprägsamen Wunsch des Prinzen, beginnen junge Frauen, Tampons als »Charlies« zu bezeichnen.

24. Januar: Auf der Titelseite der *Sunday Times* heißt es: »Führende Mitglieder des Establishments haben beschlossen, daß der Monarchie am besten gedient wäre, wenn Charles von der Thronfolge ausgeschlossen würde und man sich von Diana distanzierte.«

26. Januar: Der *London Evening Standard* zitiert »jemanden aus Charles' engstem Umfeld«, der gesagt haben soll, Diana befände sich »in einem vertrauten Zustand nervöser Erregung« und sei »sehr gefährlich«. Die Quelle bezeichnet sie außerdem als »neurotische Tyrannin«.

3. Februar: Die *Times* berichtet, daß während eine Regierungskampagne für das Anlegen des Sicherheitsgurtes werbe, die Prinzessin von Wales und der Premierminister dabei beobachtet worden wären, wie sie auf das Anlegen des Gurts verzichtet hätten.

6. Februar: In einem Interview mit dem *Daily Mail* behauptet Mary Clarke, Dianas ehemaliges Kindermädchen, in bezug auf Dianas Bulimie, die Prinzessin sei aus Zorn und Verletztheit darüber, daß Charles sie nicht geliebt habe (sie bezeichnete den Prinzen als verwöhnten kleinen Jungen, der vor Selbstmitleid zerfließe), krank geworden.

16. Februar: Während Charles sich mit Farmern in Mexiko trifft, hält Diana in London einen Vortrag über Aids. Sie kritisiert die »Engstirnigkeit und einen beklagenswerten Mangel an Menschlichkeit« bei vielen, die über dieses Thema berichteten.

2. Dezember: Einer Umfrage im *Daily Express* zufolge geben Charles doppelt so viele Menschen die Schuld am Scheitern der Ehe wie Diana; 57 Prozent haben »größeres Mitgefühl« mit Diana, nur zwölf Prozent mit Charles. Auf die Frage, wer in den vergangenen zwei Jahren am meisten zur Verbesserung des Bildes der königlichen Familie in der Öffentlichkeit beigetragen habe, nannten 50 Prozent Diana, 29 Prozent die Königin und 14 Prozent Charles.

3. Dezember: Diana gibt bekannt, daß sie sich aus der Öffentlichkeit zurückziehen wird.

1994

29. Juni: In einem Interview im britischen Fernsehen gesteht Charles, seiner Frau nach dem Scheitern ihrer Ehe untreu gewesen zu sein.

Juli: Am 25. Jahrestag seiner Ernennung zum Prinz von Wales muß Charles sich erneut der Zustimmung der Öffentlichkeit stellen.

August: Diana leugnet Presseberichte, denen zufolge sie Oliver Hoare telefonisch belästige und sofort auflege, wenn seine Frau sich melde.

3. Oktober: In Anna Pasternaks »Princess In Love« heißt es, Diana und James Hewitt wären fünf Jahre lang ein Liebespaar gewesen, was Diana im darauffolgenden Jahr bestätigt.

1995

3. März: Camilla und Andrew Parker-Bowles lassen sich scheiden.

August: Die Presse berichtet, Diana habe eine Affäre mit Will Carling, dem Kapitän der britischen Rugby-Nationalmannschaft. Am 29. September trennen er und seine Frau Julia sich einvernehmlich.

20. November: In einem BBC-Interview gesteht Diana die Affäre mit James Hewitt, erklärt jedoch, daß sie sich nicht scheiden lassen wolle.

24. November: Der Palast gibt bekannt, daß Diana an der Weihnachtsfeier der königlichen Familie auf Sandringham teilnehmen wird.

18. Dezember: Diana wird auf eigenen Wunsch nicht an der Weihnachtsfeier teilnehmen, wohl aber ihre Söhne.

20. Dezember: Der Buckingham-Palast gibt bekannt, daß die Königin Charles und Diana gedrängt habe, sich scheiden zu lassen.

1996

28. Februar: Diana willigt in eine Scheidung von Charles ein und bezeichnet diesen Tag als den »traurigsten Tag« in ihrem Leben.

Mai: Der Herzog und die Herzogin von York werden geschieden.

4. Juli: Nach wochenlangen Verhandlungen legen die Anwälte Diana die Scheidungsbedingungen vor.

12. Juli: Charles und Diana einigen sich auf die Scheidungsbedingungen. Sie soll eine Abfindung in Millionenhöhe erhalten und ihren Titel »Ihre Königliche Hoheit« verlieren. Tags darauf wird eine weinende Diana in der Öffentlichkeit gesehen.

15. Juli: Charles und Diana reichen die Scheidung ein, nachdem sie über zwei Jahre getrennt gelebt haben.

16. Juli: Darauf hinweisend, daß sie sich nicht länger »Ihre Königliche Hoheit« nennen dürfe, zieht Diana sich als Schirmherrin von fast einhundert gemeinnützigen Organisationen zurück. Sie bleibt jedoch Präsidentin zweier Krankenhäuser (des Royal Marsden Hospital und des Great Ormond Street Hospital for Children) und Schirmherrin des National AIDS Trust, der Leprosy Mission, des English National Ballet und von Centrepoint.

28. August: Nach über fünfzehn Jahren wird die Scheidung des Prinzen und der Prinzessin rechtskräftig. Diana bleibt im Kensington-Palast wohnen und gilt in ihrer Eigenschaft als Mutter von William und Harry weiterhin als Mitglied der königlichen Familie.

September: Diana frühstückt im Weißen Haus mit Hillary Clinton und nimmt an einer Benefizveranstaltung zugunsten der Brustkrebsforschung teil.

November: Bei einem Australienaufenthalt besucht Diana Patienten am Victor Chang Cardiac Research Institute in Sydney. Im selben Monat nimmt sie an einem Benefiz-Dinner in Buenos Aires teil.

10. Dezember: Diana nimmt in London an einer Leprakonferenz teil. Später fliegt sie nach New York zu einem Ball des Metropolitan Museum of Art.

1997

13. Januar: Die Prinzessin von Wales trifft in Angola ein, um sich für die Kampagne des Britischen Roten Kreuzes zum Verbot von Landminen einzusetzen. In einem orthopädischen Zentrum in Luanda lernt sie einige verstümmelte Landminenopfer kennen. Nachdem sie persönlich ein Minenfeld inspiziert hat, geben die Angolaner ihr den Namen »Prinzessin des Friedens«. Am 11. Februar strahlt die BBC einen Dokumentarfilm über den Besuch der Prinzessin aus.

24. Februar: Diana will den *Express on Sunday* wegen Verleumdung verklagen, weil das Blatt behauptet, sie würde die Hälfte der Summe einbehalten, die bei der Versteigerung ihrer Kleider zugunsten der Aids- und Krebsforschung bei Christie's am 25. Juni zusammenkommt. Am 2. März entschuldigt man sich förmlich bei ihr und einigt sich auf eine große, aber nicht genannte Schadenersatzsumme, die Diana für wohltätige Zwecke spendet.

1. April: Nach dem Training in einem Fitneßstudio hilft ein Passant Diana, den Film aus der Kamera eines lästigen Fotografen zu entfernen. Der Zwischenfall wird von einem anderen Journalisten abgelichtet, und das Handgemenge erscheint auf allen Titelseiten.

25. Juni: Bei der Versteigerung von Dianas Roben bei Christie's wird ein Erlös in Millionenhöhe erzielt. Ebenfalls im Juni spricht Diana vor der Royal Geographic Society und verlangt ein weltweites Verbot der Herstellung und Verwendung von Landminen.

18. Juli: Camilla Parker-Bowles wird fünfzig; Prinz Charles gibt für sie eine verschwenderische Party auf Highgrove, seinem Landsitz in Gloucestershire.

6. August: Die Welt erfährt das erstemal von dem neuen Mann in Dianas Leben, Dody Al Fayed, Sohn des ägyptischen Milliardärs Mohammed Al Fayed, Inhaber von Harrods, der Zeitschrift *Punch* und des Hotels Ritz in Paris.

8. August: Diana setzt ihre Kampagne gegen Landminen in Bosnien fort.

9. August: Der *Sunday Mirror* veröffentlicht die ersten Fotos von Diana und Dodi. Angeblich hat die Zeitung eine sehr hohe Summe für die Aufnahmen gezahlt. Im gehässigen Begleittext heißt es: »Prinzessin Diana hat endlich einen Mann gefunden, bei dem sie sich wie eine RICHTIGE Frau fühlt.«

Mitte August: Model Kelly Fisher verklagt Dodi wegen eines angeblich gebrochenen Eheversprechens.

30. August: Diana und Dodi essen im Pariser Ritz zu Abend. Gegen Mitternacht wird der offizielle Wagen als Lockvogel für die das Hotel belagernden Paparazzi vorausgeschickt.

31. August: Diana und Dodi verlassen in Begleitung ihres Leibwächters Trevor Rees-Jones das Hotel. Henri Paul, stellvertretender Sicherheitschef des Hotels, fungiert als ihr Chauffeur. Gegen 0.35 prallt der Mercedes, in dem sie unterwegs sind, in einer Unterführung gegen einen Betonpfeiler. Dodi und Paul sind sofort tot, während Diana tödliche und Rees-Jones schwere Verletzungen davonträgt. Nachdem die Feuerwehr sie aus dem Wrack befreit hat, werden beide Überlebenden ins Krankenhaus gebracht.

4:00 Uhr: Diana, Prinzessin von Wales, wird von den behandelnden Ärzten für tot erklärt. Später an diesem Tag wird Dianas Leichnam nach England überführt, begleitet von Prinz Charles und ihren Schwestern. Dodi Al Fayed wird in England beigesetzt.

5. September: Entgegen der Tradition hält die Königin eine spezielle Fernsehansprache.

7. September: Nach einer fünfeinhalb Kilometer langen Fahrt von Kensington-Palast aus trifft Dianas Sarg zum Trauergottesdienst in der Westminster Abbey ein. Hinterher wird der Sarg nach Althorp gebracht, wo Diana im engsten Familienkreis auf einer kleinen Insel inmitten eines künstlichen Sees auf dem Familienanwesen bestattet wird.

Bibliographie

Adler, Jerry und Peterson, Daniel: »Diana's Battle Royal« *(Newsweek:* 11. März 1996)

Alderson, Andrew & Swain, Jon: ». . . the Wales's rumored truce is a sham« *(Sun:* 8. November 1992)

Alderson, Andrew: »How Diana wrecked palace PR offensive« (London *Times:* 8. November 1992)

Statement des Buckingham-Palastes: »It is announced . . . with regret« (*London Times:* 10. Dezember 1992)

Barbash, Fred: Princess Di Admits to an Affair (*Washington Post,* Foreign Service: 21.11.95)

Britain Feeling the Royals' Pain (*Washington Post* Foreign Service: 5.10.1994)

Barry, Stephen P.: Royal Service: *My Twelve Years as Valet to Prince Charles* (New York: Mac Millan Publishing Co., Inc., 1983)

Best, John: »Princess carries on After Fainting Fit« *(London Times:* 8. Mai 1986)

Blackhall, Susan & Blundell, Nigel: *Fall of the House of Windsor* (Chicago: Contemporary Books Inc, 1992)

Borders, William: »For ›Hounding‹ a Friend of Charles, Press is Chided« *(New York Times:* 15. Dez. 1980)

Brendon, Piers & Whitehead, Phillip: *The Windsors: A Dynasty Revealed* (London: Hoddernd Stoughton Ltd, 1994)

Callwood, June: »Reaching out in T.O.« *(Macleans,* 15. Sept. 1996)

Campbell, Lady Colin: *Diana in Private: the Princess Nobody Knows* (New York: St. Martin's Press, 1992)
Chua Eoan, Howard: »Princess Diana 1961–1997: In Living Memory *(Time Magazine,* Sonderausgabe, 15.09.97)
Davies, Nicholas: *Diana: A Princess and her Troubled Marraige* (New York: Bantam Books/Carol Publishing Group, 1993)
»Di's Private Battle« (http://Pathfinder.com.people: 3.08.1992)
»Diana absent from Charles's side at wedding« *(Sunday Times:* 1. November 1987)
Diana: das *Panorama*-Interview auf BBC (Abschriften: http://www.pa.press.net princess/intervieww.html Mon, 20 November 1995)
Downie Jr., Leonard: »The Royal Wedding: Conversation Pieces« (Washingtonpost.com: International Report: 29. Juli 1981)
Duff, Martha: »Fractured Fairytale« *(Time* 11. März 1996)
Elliot, Michael & Peterson, D.: »I Won't Go Quietly« *(Macleans:* 4. Dezember 1995)
Fairley, Josephine: *The Princess and the Duchess* (New York: St. Martin's Press, 1989)
Friedman, Dennis: Inheritance: *A Psychological History of the Royal Family* (London: Sidgwick & Jackson, 1993)
Gledhill, Ruth: Archbishops urge compassion and understanding« *(London Times:* 10. Dezember 1992)
Green, Michelle & Denworth, Lydia & Wright, John *(People* Online. 18. Dezember 1995)
Green, Michelle & Smith, Terry & Wirght, Margaret: »True Confessions« (http:/pathfinder. com/people: 4. Dezember 1995)
Green, Terry & Healy, Sanderson, Laura & Smith, Michelle & Wright, Margaret: »Diana Under Fire« (http://pathfinder.com/people: 14. September 1992)

Green, Terry & Thorpe, Tracey, Rosemary & Shmith, Michelle & Wright Margaret »Love on the Rocks...« (http://pathfinder.com.people:29.Juni 1992)
Grigg, John: »Marriage of rare qualities« *(London Times:* 1991)
Hall, Trevor: *Charles and Diana, the Prince and Princess of Wales* (Don Mills, Ontario: Collins Publishers, 1982)
Hamilton, Alan: Palace is silent on royal anniversary« *(London Times:* 29. Juli 1991)
Hamilton, Alan & Pitman, Joanna: »Koreans keep smiling through royal gloom« *(London Times:* 5.11.1992)
Hamilton, Alan & Wood, Nicholas: »Princess sends best wishes, but may not go to wedding« *(London Times:* 11. Dezember 1991)
Hamilton, Alan: »Parting no barrier to throne« *(London Times:* 10. Dezember 1992)
Hamilton, Alan & Woods, Nicholas: »Separation but not divorce for Prince and Princess« *(London Times:* 10. Dezember 1992)
Healy, Laura Sanderson & Johnson, Bonnie & Smith, Terry: »Autumn of their Discontent« (http://pathfinder.com/people: 9. November 1987)
Holden, Anthony: King Charles III. (New York: Weidenfeld & Nicolson, 1988)
Holden, Anthony *The Tarnished Crown: Diana and the House of Windsor* (New York: Random House, 1993)
»I Would Like to Marry Soon, says Lady Diana« *(Guardian:* 15. November 1980)
Junor, Penny: *Charles* (London: Sidgwick & Jackson, 1987)
Keel, Paul: »Charles Hunts as Lady Di goes to Ground« *(Guardian,* 15. November 1980)
»Lady Diana Denies meeting Prince on Royal Train« *(Times,* 29. November 1980)
Lague, Louise & Smith, Terry & Wirght, Margaret: »Que-

stions for an Absent Father« (http://pathfinder.cpm/people: 17. Juni 1991)
Latham, Caroline & Sakol, Jeannie: *The Royals* (New York: Congdon & Weed, 1987)
Leete-Hodge, Lornie: *The Country Life Book of Diana, Princess of Wales* (Toronto: The Hamlyn publishing Group Ltd, 1982)
Lillis, David K.: »British press flirts with a princess . . . and angers a queen« (London: *The Cristian Science Monitor,* 21.01.1983)
MacLeod, Alexander: »Critics See Frank Biography of Prince as a Possible Signature of Abdication« (London: *The Christian Science Monitor,* 19.10.1994)
Magrino, Susan: *Harper's Bazaar.* 26. Juni 1997
Martin, Ralph G.: *Charles & Diana* (New York: G.P. Putnam's Sons, 1985)
Morton, Andrew: *Diana: Her New Life* (New York: Simon & Schuster, 1994)
Diana: Her True Story (New York, NY: Pocket Books, 1992) »Diana to leave ›gilded cage‹ home at Kensington Palace« *(Sunday Times:* 5. 12. 1993) »Rivals« *(Sunday Times:* 12. Mai 1991) »Truce« *(Sunday Times,* 7. Juli 1991)
Murray, Ian: »Charity duties will take centre stage« *(London Times:* 11. Dezember 1992)
Obituary: »Diana, Princess of Wales« *(The Economist,* 6. September 1997)
»Palace regrets couple's parting« *(London Times:* 10. Dezember 1992)
Phillips, Andrew: »Diana's Story« *(Macleans:* 15. Juni 1992) »Royal Fire Storm« *(Macleans:* 30. 11. 1992) »Icon for All Seasons« *(Macleans:* 15. 09. 97)
Pimlott, Ben: *The Queen: A Biography of Elizabeth II* (London: Harper Collins Publishers, 1996)

Parris, Matthew: »Domestic drama proves chilling news for peers« *(London Times:* 10. Dezember 1992)

»The M.V.P.« (http://pathfinder.vom/people 10. Oktober 1990) *»The Prince and Princess of Wales' Wedding Day«* (Agincourt, Ontario: Methuen Publications, 1981)

Roberts, Roxanne: »State of the Union, Ten Years After« (Washingtonpost.com: International Special Report: 28. Juli 1991)

Smith, Michelle & Green, Terry & Wright, Margaret: »The Outsider« (htto:/pathfinder.com/people:6.12.93)

Spink, Katherine: *Invitation to a Royal Wedding* (Toronto: Collins Publishers, 1981)

Spoto, Donald: *The Decline and Fall of the House of Windsor* (New York; Pocket Books – a division of Simon & Schuster, 1995)

Staff Reporter: »Palace Ends Clash with Newspaper Over Prince« *(Times:* 24. November 1980).

Stewart, Malcolm: »Queen Attacks Story on Charles« *(Guardian:* 22. November 1980)

Thornton, Philip: Charles' Other Woman *(PA News:* 20. November 1995)

Wade, Judy: *Inside a Royal Marriage* (Angus & Robertson Publishers, 1987)

Walker, Martin: »Palace Stays Mum on ›Delightful' Diana« *(Guardian:* 11. November 1980)

Wallace, Bruce: »Diana, Princess of Wales: 1961–1997« *(Macleans:* 8. September 1997)

White, Jerry: Travels with Diana: A Landmine Survivor's Tale *(The Christian Science Monitor,* 3. September 1997)

Whittaker, James: *Setling Down* (London: Quartet Books Ltd, 1981)

»Who's on Trial – the Press, the Palace, or Lady Diana?« *(Guardian:* 3. Dezember 1980)

Witherow, John: »Lady Diana Gives All Her Hunters the Slip« (Times, 15. November 1980) »Harassed Lady Diana Remains Calm and Polite« *(Times:* 26. November 1980)

Band 61394

J. Cachée,
G. Praschl-Bichler

»...von dem müden Haupte nehm' die Krone ich herab«

Kaiserin Elisabeth privat

Die private Seite der österreichischen Kaiserin Elisabeth Habsburg-Wittelsbach, genannt »Sissi«, wird in vielen Publikationen vernachlässigt. Was sie als öffentliche Person getan hat, ist oft erzählt und beschrieben worden. Doch wie sah der Alltag aus? Welche Kleider trug sie? Wie konnte sie ihr langes Haar bändigen? Womit beschäftigte sie sich in ihrer Freizeit? Welche Ängste beherrschten sie, und unter welchen Krankheiten litt sie? Mit wem verbrachte sie ihre Zeit am liebsten, und wie behandelte sie ihre Hofdamen und Angestellten?
In dieser Biographie wird die menschliche Seite von »Sissi« aufgedeckt, die Seite, die sie selbst vor den Augen der Öffentlichkeit gern geheimhalten wollte. Es erscheint ein ungewohntes Bild der oft idealisierten Kaiserin, die genau wie jeder Mensch ihre alltäglichen Freuden und Sorgen hatte.

BASTEI LÜBBE

Band 12 736
Randi Reisfeld
Prinz William
Deutsche Erstveröffentlichung

Er ist fünfzehn Jahre alt und seiner Mutter, der ›Königin der Herzen‹, wie aus dem Gesicht geschnitten. Eines Tages wird er König William V. von England sein. Doch sein Leben als ältester Sohn von Prinz Charles und Prinzessin Diana ist nicht leicht. Beim Begräbnis seiner geliebten Mutter stellt er das zum ersten Mal vor den Augen aller Welt unter Beweis.
Aber trotz der strengen Regeln, denen er unterliegt, hat er vieles mit seinen Altersgenossen gemein. Er liebt Rockmusik, Videospiele, McDonald's und lässige Kleidung. In diesem Buch erzählt die Autorin, wie William und sein jüngerer Bruder Harry die Scheidung ihrer Eltern verkrafteten und wie der Alltag des künftigen Königs von England ist...

BASTEI LÜBBE